BASTEI
LÜBBE

Edith Biewend

Letta

Eine Kindheit in Deutschland

BASTEI
LÜBBE

BASTEI-LÜBBE-TASCHENBUCH
Band 17066

Lizenzausgabe: Gustav Lübbe Verlag GmbH, Bergisch Gladbach
Printed in Western Germany 1982
Einbandgestaltung: Manfred Peters
Gesamtherstellung: Ebner Ulm
ISBN 3-404-17066-0

Dem Andenken meiner Eltern

»Zum Heroismus gehört nun einmal ein bißchen Mut.«

Rudolf Reichmann

»Lieber reich und gesund als krank und arm.«

Volksmund, leicht abgewandelt von Lisa Reichmann

I

Welchen Beruf er denn ausübe, ihr Rudi, will Frau Hüsken von ihrer jüngsten Tochter wissen. Man wird ja noch fragen dürfen. In einer Arbeiterfamilie steht eine solche Erkundigung auf solideren Füßen als bei Leuten, die nur aus Prestigegründen fragen.
Friseur, antwortet Lisa.
Friederike Hüsken dreht sich rasch und verwundert um und sieht der Tochter voll ins Gesicht. Friseur, wirklich? Und sein Geschäft geht gut? Dann ist er fein raus. Handwerk hat goldenen Boden, wie Papa immer sagte. Und du hast verkaufen gelernt und kannst gut rechnen, das paßt zusammen. Ist noch was? Seh ich dir doch an, daß du was zurückhältst. Komm mir bloß nicht damit, daß er katholisch ist –
Nein, nein, Mama, er ist evangelisch. Die ganze Familie. Aber er hat noch gar kein Geschäft. Sein Vater ist Bergmann, und es sind noch drei jüngere Brüder da. Später will er sich selbständig machen, wenn er genug Kapital zusammengespart hat.
Und wo arbeitet er jetzt?
Bei seinem früheren Chef als Aushilfe. Bei dem er die Meisterprüfung gemacht hat.
Friederike Hüsken hebt den grauen Steinguttopf auf einen Stuhl, preßt die letzten Bohnen hinein, läßt sich von Lisa das Pergamentpapier reichen. In ihrem mageren Gesicht vertiefen sich die Schatten und Kerben. Ach, Kind, ich weiß nicht, ob du dir das richtig überlegt hast. Als Aushilfe bei einem fremden Friseur, was verdient er da schon? Ich hätte dir so sehr ein leichteres Leben gewünscht.
Er ist ein schöner Mann, Mama.

Lisa hat es kaum ausgesprochen, da lachen sie beide. Die Mama zitiert, während sie sich die Hände abtrocknet: Ne schöne Mann, ne nedde Mann, sett em op'n Dösch un frett dovan! Jeder Hilfsarbeiter bei Thyssen verdient mehr als dein schöner Rudi bei seinem Friseurmeister. Wer gibt denn heutzutage noch Trinkgeld?
Da hast du leider recht. Deshalb will er ja auch als Hilfsarbeiter ins Hüttenwerk gehen, bis bessere Zeiten kommen. Damit er eine Familie ernähren kann.
Arme Familie. Aber ihr müßt euch ja nicht gleich Kinder anschaffen.
Im März ist es soweit.
Für den Augenblick verschlägt es Frau Hüsken die Sprache, dann wird sie zornig. Sie ist seit vier Jahren Witwe, hat acht Kinder aufgezogen, man ist da einiges gewöhnt. – Konntest du das nicht gleich sagen? Du bist doch sonst mit dem Schnabel immer geradeaus.
Ich weiß, Mama, kommt es kleinlaut zurück. Aber vor dir hab ich immer ein bißchen Strang.
Friederike Hüsken beruhigt sich wieder, steht still und denkt nach. Dann muß geheiratet werden, das ist klar. Spätestens im Oktober, jedenfalls solange man noch nichts sieht. Hinterher sollen die Leute von mir aus nachrechnen und reden, dann seid ihr Mann und Frau. Lutz wird euch die nötigen Möbel besorgen, sein Freund hat eine Schreinerei. Im Schuppen unten steht noch ein alter Herd von Karl, auf dem er immer sein Karnickelfutter kocht. Erna näht euch Vorhänge, den Stoff bringst du aus eurem Konsum mit. Wenn wir die Erna nicht hätten! Ohne Näherin in der Familie wär' man ja aufgeschmissen. Heiraten, in dieser Zeit. Wo ein Pfund Rindfleisch 60 Mark kostet und ein Stück Toilettenseife in einem Monat von 10 auf 20 Mark aufgeschlagen wird. Auf bessere Zeiten hoffen? Karl sagt, das kommt noch schlimmer mit der Teuerung, da ist das Ende noch gar nicht abzusehen.
Du machst mir ja Mut.

T'schuldige, das war jetzt gedankenlos von mir. Nein, ich will dir das Herz nicht schwermachen. Bring ihn nächsten Sonntag mal mit, deinen Rudi. Wie heißt er übrigens mit Familiennamen?
Reichmann.
Frau Hüsken nickt, ihre besondere Art von Humor wird zu Lisas Erleichterung von diesem Namen nicht berührt, obschon sie natürlich darauf Bezug nimmt.
Nun ja. Ich dachte schon an so was unaussprechlich Polnisches wie bei den meisten Bergarbeiterfamilien. Reichmann also. Von mir aus braucht er kein reicher Mann zu werden. Nicht arm, das tät mir schon genügen. Wir legen es in Gottes Hand. Ich hab mich noch gar nicht richtig für die Butter bedankt. Hier kostet sie jetzt 94 Mark das Pfund, bei euch drüben wird's nicht anders sein. So gut ich sie gebrauchen kann, möcht ich dich doch bitten: bring keine mehr mit! Ich steh jedes Wochenende Ängste aus, wenn ich dich unterwegs weiß. Karl hat erzählt, daß die Belgier jetzt jeden filzen, der hier rüber will. Sogar Leibesvisitation sollen sie eingeführt haben. Als hätten wir noch Krieg, als wohnten wir im Feindesland. Haben sie dich auch gefilzt? Sei ehrlich!
Lisa gibt es zu. Leugnen hat keinen Zweck, Mama kommt auf alles. Spätestens, wenn sie entdeckt, daß die Butter durchlöchert ist.
Keine Sorge, mich erwischen sie nicht so leicht. Schließlich hab ich die Sachen nicht gestohlen, sonst hätte ich ein schlechtes Gewissen, und dann würden sie es mir ansehen. Aber die Butter stammt aus meiner eigenen Ration. Ich war kaum am Brückenkopf, da kam eine belgische Beamtin, Ausweis zeigen und mit hinein, das ging ruck-zuck. Auf dem Ausweis steht RHEINPREUSSEN, das Wort ist für sie wie ein rotes Tuch. Im Brückenturm haben sie eine Stube nur für Frauen, da mußte ich mich nackt ausziehen. Die Tasche hatten sie mir schon vorher durchwühlt.
Und die Butter?

Hatte ich unterm Hut. Mit der Hutnadel festgesteckt. Den Hut durfte ich aufbehalten, auf den Trick kamen sie nicht. – Lisa lacht, daß ihr die Tränen kommen. Sie sieht sehr hübsch aus dabei mit ihrem runden Gesicht, unbekümmert wie ein Kind.
Die Mutter bleibt ernst. – Das tust du nicht wieder, Lisetta. Das versprichst du mir in die Hand. Und jetzt nimm den Mantel und geh, damit ich nicht noch wegen der Sperrstunde um dich zittern muß.
Vor der Wohnungstür nehmen sie zärtlichen Abschied. Tschüs, meine Kleine, mein Küken. Gerade erst zwanzig, und schon 'n Kind im Bauch. An den Gedanken muß ich mich erst gewöhnen. Und nächsten Sonntag bringst du den Rudi mit.
Ich bin zweiundzwanzig, Mama.
Wahrhaftig! Wie einem die Jahre davonrinnen. Ist noch was?
Es ist noch was. Schon im Gehen zögert Lisa, schluckt, sieht zu Boden. Fast hätte ich's vergessen. Wenn ich Sonntag mit dem Rudi komme, bitte sprecht laut und deutlich. Sag's auch den anderen, Mama. Ihr müßt eure Stimme nicht unbedingt strapazieren, es genügt, wenn ihr ihm beim Sprechen das Gesicht zudreht, dann liest er euch alles von den Lippen ab, darin ist er sehr geübt. Der Rudi war ein guter Schüler, das wollte ich noch sagen. Der ist schlau wie ein Professor, der kennt noch mehr Bücher als unser Karl. Er ist lieb und ein sehr schöner Mann. Aber das sagte ich schon.
Ja, das sagtest du schon.
Es stört dich doch nicht, Mama, daß er schwerhörig ist? Er kann ja nichts dafür.
Statt einer Antwort zieht Friederike Hüsken ihre Jüngste an sich und gibt ihr einen Kuß ins Haar. Sie ist eine fromme Frau. Da fügt man sich, schickt sich, stellt alles Gott anheim. Ein Hilfsarbeiter ist nicht gerade das, was sie sich als Schwiegersohn wünscht, und nun ist er auch noch schwerhörig, fast taub, wie es scheint.

Aber dafür wenigstens nicht katholisch. Der Mensch kann nicht alles haben.

Lisetta Hüsken, im Jahr der Jahrhundertwende als letztes Kind des Anstreichermeisters Lambert Hüsken geboren, hat eine unbeschwerte Kindheit gehabt. Sie folgte ihrer Schwester Johanne in einem Abstand von acht Jahren, zur großen Verblüffung ihrer Mutter, die schon gemeint hatte, es gehe ihr nicht mehr »nach der Weiber Weise«. Aber mit vierzig ist eine Frau noch keine Matrone, damals wie heute. Ein Seufzer nach der Entdeckung, dann schickte sie sich und nahm es aus Gottes Hand. Das Kind verjüngte und verschönte sie, das hätte ihr schmeichelhaft und angenehm sein müssen, wäre es nicht mit neuen Sorgen verknüpft gewesen. Denn ihr Lambert nahm sie nun wieder sehr oft in die Arme, auch tagsüber, und vor einem weiteren Kind hatte der Hausarzt gewarnt. Es waren ja schon Enkel da, von Heinrich, dem ältesten Sohn, der bei seiner Frau in Kassel wohnte.
Die wirtschaftlichen Verhältnisse waren erträglich. Ein kleiner Betrieb in Zechennähe, die Kokerei nebenan, ein Geselle, zwei Lehrlinge. Ein paarmal gab es Rückschläge, vor allem im Winter, die wurden im Frühjahr aufgeholt. Lambert verstand es jedesmal, sein Schiffchen wieder flottzumachen, ohne Risiken einzugehen. Keine Spekulationen, kaum Investitionen, den Betrieb lieber klein halten und übersichtlich, man brauchte nicht viel. Die Kinder etwas lernen lassen, versteht sich. Heinrich im Geschäft, auch Fritz war dafür vorgesehen, aber der starb ihnen in jungen Jahren an Diphtherie. Karl brachte die besten Schulzeugnisse und ging nach der Handelsschule zum Gaswerk ins Büro. Gustav lernte Elektriker, Erna Schneiderin. Wilma und Johanne wurden Verkäuferinnen. Mit Lisakind hatten sie noch keine Pläne, das würde sich finden. Es wurde fleißig gearbeitet und fleißig gespart, fürs Alter, daß man den Kindern nicht zur Last fiele, und für den Fall, daß einer

von ihnen in Not geriete. So manches Goldstück ging seinen Weg in die Sparkasse, man war voll Vertrauen auf Gott und den wilhelminischen Staat.

In einer Umgebung von solcher Stabilität konnte Lisetta sich voll entfalten. Ein Kind zu verwöhnen, entsprach nicht der Gepflogenheit im Hüskenschen Haushalt, aber bei der Kleinsten konnte man es nicht verhindern. Sie wickelte alle um den Finger, den Papa sowieso, dem sie ein Stück Jugend zurückgeschenkt hatte, und die älteren Geschwister, indem sie in ihnen väterliche und mütterliche Regungen weckte. Sie war von kleiner Statur, pummelig durch zu viele Süßigkeiten, die jedermann ihr zusteckte, rundgesichtig und kraushaarig, lachlustig und von einer unverschämten Sorglosigkeit. Ihr alter Volksschullehrer vergötterte sie und ließ ihr vieles durchgehen. Sie hatte eine Begabung fürs Gedichteaufsagen, war sonst aber lernfaul und ohne jeden Ehrgeiz.

Dieses Ruhrort, das viele als finster und dreckig bezeichneten, war für Lisa der schönste Ort auf der Welt. Hier floß die Ruhr in den Rhein, mit zahlreichen Mündungsarmen, die als Hafenanlagen Verwendung fanden, hier fuhren Schiffe ein und aus, wurden entladen oder beladen, es drehten sich die Hebekräne, die Löffelbagger bewegten sich ruckartig zu den Speichern hinauf, ein Greifbagger öffnete sein riesiges Maul und spie Kohle in den Leib eines Frachtschiffs – stundenlang hätte Lisa da zusehen mögen. Daß Duisburg-Ruhrort der größte Binnenhafen in Europa ist, wußte sie vom Bruder Karl und war sehr stolz darauf. Außerdem konnte man in den Rheinwiesen spielen, auf einen Brükkenbogen klettern (was streng verboten war!), samstags mit den Freundinnen in die neue Badeanstalt gehen oder zur Kirmes, denn irgendwo war mit Sicherheit Kirmes, wenn nicht in Ruhrort selbst, dann eben in Laar, Beeck, Meiderich, oder vielleicht in Homberg auf der westlichen Rheinseite.

Einmal stand eine Dampferfahrt nach Wesel auf dem Pro-

gramm, ein anderes Mal eine mit Papa, Heinrich und Karl nach Orsoy zur Baumblüte Dort sahen sie dann gegen Abend den Zeppelin über sich dahinschweben, in Richtung Nordsee.
Ein anregendes Leben, und ganz ohne Sorgen.
Die große Mietwohnung in der Kanzlerstraße war ein gemütliches Zuhause, abwechslungsreich durch die älteren Geschwister, die sich die Klinke in die Hand gaben, immer mal kucken, was Mama macht, mit Mama konnte man über alles reden. Erna saß an der Nähmaschine, das Zentimeterband um den Hals, und nähte für Lisa genau die Kleider, die sie sich wünschte. Alles war geordnet, schien unverrückbar. Über Volk und Land wachte der himmlische Vater mitsamt Seiner Majestät, dem Kaiser. Der war ein lieber Mann und wohnte in Berlin, »und wär es nicht so weit von hier, so ging ich heut noch hin«. – Es war aber ein bißchen zu weit, und Lisa hatte auch gar keine Lust, nach Berlin zu gehen. Später einmal würde Gustav dort wohnen, da hätte sie dann schon Lust gehabt, aber kein Geld.
In diese unversehrte Welt fuhr der Krieg hinein, und binnen kurzem änderte sich alles.
Schulentlassung: was willst du werden? Verkäuferin in einer Konditorei, sagte Lisa und dachte an die vielen Süßigkeiten. Sie kam nach Meiderich in ein Café, der Vater selbst brachte sie hin, handelte mit dem Besitzer die Bedingungen aus. Alle zwei Wochen sonntags frei. Lehrjahre sind keine Herrenjahre, Lisakind, ich will keine Klagen hören.
Im zweiten Kriegsjahr stürzte Lambert Hüsken von einem Baugerüst, lag monatelang im Krankenhaus und erholte sich nicht mehr. Heinrich stand an der Westfront. In Meiderich wurde Lisa von ihrem Dienstherrn herumgestoßen und geschunden, die Worte sind nicht zu stark gewählt. Keine Klagen zu Hause, man brauchte Mama nur anzusehen, gleich verschloß es einem den Mund. Papa opferte von der gesparten Goldmark, damit Heinrich endlich einmal Urlaub bekäme, Gold gab ich für Eisen, Gold gebe ich, um

mein Kind noch einmal zu sehen. Der Staat ließ sich solche Liebesdienste teuer bezahlen. Wenig später wiederum Gold, diesmal für Gustav, der bei Verdun lag, und Verdun war die Hölle, das wußte jeder, auch wenn keiner es auszusprechen wagte.
Karl arbeitete als Angestellter beim Gaswerk, er galt als unabkömmlich. Und doch konnte er einmal abkommen, ganz unerwartet. Da kam er mitten in der Nacht nach Meiderich in den Laden der Konditorei, wo Lisa bei Kerzenlicht den Boden aufwischte, stand urplötzlich da wie aus dem Boden gewachsen und hatte eine lautstarke Auseinandersetzung mit dem Dienstherrn. Der sanfte und fromme Bruder Karl war nicht wiederzuerkennen, und am Ende packte er sein Schwesterchen bei der Hand und sagte: Du kommst mit mir! Keine Minute länger bleibst du bei diesen Ausbeutern. Sozi! schrie es hinter ihm her, und Lisa sah ganz erschrokken zu ihrem Bruder auf und fragte: Ist das wahr, Karl? Bist du ein Sozi? Nein, bin ich nicht, antwortete er grimmig. Lisa beruhigte sich und ging mit ihm. Ein Sozi war etwas ganz Schlimmes. Zu wissen, daß einer seiner Söhne ein Sozi sei, hätte Papa bestimmt ins Grab gebracht.
In der Woche darauf fuhr Karl mit Lisa in der Straßenbahn auf die linke Rheinseite und meldete sie im Konsum der Zeche Rheinpreußen an. Der große, weiträumige Laden lag mitten in der Zechenkolonie, an einer Straße mit dichtbelaubten Linden und Buchen. Die Verkäuferinnen wohnten im Haus, die Arbeitsbedingungen waren solide.
Im vierten Kriegsjahr fiel Heinrich beim Vormarsch in Frankreich, diesem letzten Aufflackern nationaler Hoffnungen, und Gustav lag schwer verwundet in einem Lazarett bei Metz. Lambert Hüsken verkaufte sein Geschäft und opferte weitere Goldmark, diesmal für den Schwiegersohn Heinz, damit er sein neugeborenes Kind besichtigen konnte. Der bekam Urlaub, besichtigte, fuhr zurück und galt von da ab als vermißt.
Keiner von Lamberts Söhnen war Sozi geworden, es waren

andere Gründe, die ihn im Sommer 1918 ins Grab brachten. Den Namen des einst glühend verehrten Kaisers durfte vor seinen Ohren zuletzt keiner mehr aussprechen. Von den Ersparnissen blieb nur ein Rest, den sollte bald darauf die Inflation verschlingen. Die Wohnung in der Kanzlerstraße wurde aufgegeben, die Witwe zog mit der ledigen Erna in die Florastraße zu Karl. Die Schwiegertochter Berta hatte nichts dagegen, auch gegen Erna nicht, man rückte zusammen. Erna war überall willkommen, eine Näherin in der Familie ist so praktisch.
Allezeit. Auch jetzt, im Spätsommer 1922.

Bist du sicher, daß er schon vierundzwanzig ist? fragt Frau Hüsken, als es ihr nach dem Kaffeetrinken gelingt, Lisa unauffällig beiseite zu nehmen. Erst dachte ich, du kommst mit seinem kleinen Bruder daher.
Klein ist Rudi aber wirklich nicht, Mama.
Nein, aber noch ein richtiger Junge mit diesem Milchgesicht. Ein hübscher Junge, geb ich ja zu. Erzähl mir bloß nicht, daß der dich verführt hat, das wird wohl umgekehrt gewesen sein.
Mama!
Reg dich nicht auf, die kucken gerade alle her. Ich kenn dich doch, du Temperamentsbolzen. Wenn du was haben willst, läßt du nicht locker. Stimmt es, daß dein Rudi seit seiner Konfirmation nicht mehr in der Kirche war?
Ja, das stimmt. Ich komm nicht dagegen an, Mama.
Sollst du auch nicht, laß ihn in Ruhe. Das haben die Männer nicht gern, wenn die Frauen ihnen Predigten halten, da war Papa nicht anders. Rudi ist ein anständiger Junge, auf den ersten Blick seh ich das. So eine Offenheit und Redlichkeit ist immer das wichtigste, das Grundkapital. Muß aber noch 'n bißken was dazukommen, Lisaken, denn von Luft und Liebe allein könnt ihr nicht leben.
Lisa ist sehr erleichtert, jeder sieht es ihr an. Die Geschwister amüsiert es, sie machen ihre Bemerkungen darüber,

gutmütig und wohlwollend. Am ausgezogenen Wohnzimmertisch sitzt Rudi zwischen Karl und Berta, im Uhrzeigersinn folgen nacheinander Erna, Gustav, Wilma, Johanne mit Ehemann Ludwig, den sie Lutz nennen, am Ende Frau Friederike mit Lisa, die wieder Platz genommen haben. Im hochrädrigen Kinderwagen liegt Baby Anita, die fünf Monate alte Tochter von Karl und Berta. Sie quäkt ein wenig, und die Oma schaukelt den Wagen.

Der junge Reichmann hat ein freundliches Wesen, alle mögen ihn sofort und nehmen auf seine Schwerhörigkeit jede erdenkliche Rücksicht. Übrigens muß Lisa damit wohl übertrieben haben. Es scheint, daß er alles versteht, auch das halblaut Gesprochene, auch die Reden am Ende des Tisches. Zuweilen beugt er sich vor und sieht den Sprechenden aufmerksam an, und nicht ein einzigesmal legt er die Hand hinters Ohr, wie Schwerhörige es sonst tun.

Eine Aura von Unnahbarkeit umgibt ihn. Keine willentlich hergestellte Distanz, womit manche sich interessant machen, davon hat er gar nichts, vielmehr eine Schutzhülle aus Einsamkeit und Diskretion. Man respektiert es, keiner rückt ihm zu nahe. In Wahrheit versteht er nicht die Hälfte aller Reden an diesem Tisch, aber er hat gelernt, dies zu verbergen. Er lauscht, kombiniert, errät, liest von den Lippen ab und tastet sich mit vorsichtigen Fragen an den in Rede stehenden Sachverhalt heran. Wie sehr es ihn anstrengt, weiß hier nur Lisa. Die anderen sehen einen höflichen jungen Mann, der nicht aus dem Rahmen fallen möchte. Hochgewachsen, sehr schlank, ein feines Gesicht. Es scheint, daß er sich pflegt, aber er riecht nicht nach Friseur, keine Pomade, keine duftenden Essenzen. Als einzigen Schmuck trägt er eine Perle in seinem Binder aus Seidenstrick. Daß es Talmi ist, kann man nur ahnen. Um eine stehende Redensart Lisas gleich einmal vorwegzunehmen: Es kommt immer drauf an, wer etwas trägt.

Ohne es auszusprechen, sind natürlich alle gespannt auf die anderen Mitglieder der Familie Reichmann, die man bei

der Hochzeit treffen wird. Nächsten Monat, Ende September. Jeder kennt den Grund für die Eile, keiner macht eine Anspielung. Das ist diesem Bräutigam besonders sympathisch.
Nicht immer geht es nach Lisas Willen, diesmal setzt sie ihren Kopf nicht durch. Mamas kleinbürgerliche Moralvorstellungen tragen den Sieg davon: keine Hochzeit in Weiß. Das fehlte noch. Weiß ist die Farbe der Unschuld, und wir sind keine Heuchler. – Von Bertas ehemaligem Konfirmationskleid ist Seide übriggeblieben, die macht sie der jungen Schwägerin zum Geschenk. Erna läßt den schon leicht brüchigen Taft durch die Hände gleiten, hockt sich an die Maschine und fängt an zu nähen. Es wird ein schwarzes Kleid von modischem Schnitt, schon bei der ersten Anprobe sieht man, wie tadellos es sitzt. Aber Lisa hat verheulte Augen und jammert: Wie eine Witwe seh ich aus. Das soll nun mein schönster Tag sein.
Hättste aufgepaßt! lautet Mamas lakonischer Kommentar. Wohlgemerkt. Sie hätte ja auch sagen können: Wärst du Jungfrau geblieben! Denn Frau Friederike ist fromm, in vielen Dingen auch prüde, nur weltfremd ist sie nicht. Sie beläßt die Kirche im sündigen Dorf und versetzt sie nicht etwa in ein Kloster. Wo sie sowieso aus unerfindlichen Gründen etwas gegen Katholiken hat.
Nach der standesamtlichen Trauung, als das junge Paar über den roten, schon abgewetzten Haargarnläufer zum Altar schreitet, trägt Lisa plötzlich zu ihrem Witwenkleid einen weißen Schleier mit Myrtenkränzchen. Sie hat beides in ihrer breiten Handtasche versteckt gehalten und es sich vorhin auf dem Klo eigenhändig aufgesetzt. Mama schüttelt kaum merklich den Kopf und sagt zum neben ihr stehenden Karl: Wenn das man gutgeht. Wir haben sie zu sehr verwöhnt. Armer Rudi!
Der arme Rudi blickt ernst, aber keinesfalls sorgenvoll, als er mit seiner Lisa vor dem Pastor steht und ihr den Ring an den Finger steckt. Einmal lächelt er sogar, wenn auch nur

flüchtig. Da singen sie gerade lautstark die Strophe: Lobe den Herren, der deinen Stand sichtbar gesegnet. – Er dürfte der einzige sein, der sich bei diesem Text etwas denkt. Man sieht Lisa aber noch gar nichts an, nicht die geringste Rundung eines Bäuchleins, und mollig war sie schon vorher. Auf der rechten Bankseite des Kirchenschiffes sitzen die Reichmanns, fünf an der Zahl. Vater, Mutter, drei Söhne, der jüngste ist fast noch ein Kind.
Das ist die Enttäuschung des Tages, es hilft nichts, sie vertuschen zu wollen, sie ist zu offenkundig. Die beiden Familien werden sich nach Möglichkeit aus dem Weg gehen müssen. Die Reichmanns können nicht halten, was ihr ältester Sohn versprach. Wie der in diese Familie kommt, oder umgekehrt, wie diese Familie einen solchen Sohn hervorbringen konnte, darüber zerbricht man sich nicht nur bei Hüskens den Kopf. Eine äußere Ähnlichkeit ist vorhanden, hoffnungsvolle Spekulationen von Findelkind oder Vertauschung bei der Geburt stoßen ins Leere. Kein Unterschied ab ovo, und dennoch ein fundamentaler, der sofort ins Auge springt. Ein Mysterium. Nicht mal mit der Milieutheorie kann man sich behelfen, denn Rudi ist bei seiner Familie aufgewachsen.
Als Meta Reichmann nach dem Mittagessen das zweite Glas Johannisbeerwein geleert hat, ist sie genügend präpariert für ihre Lieblingsrolle, die der komischen Alten. Ihr Gesicht ist eigentlich hübsch, der Körper dagegen von einem Volumen, daß man ihr am liebsten zwei Stühle untergeschoben hätte. Sie weiß das, aber anstatt von ihrem Leibesumfang abzulenken, setzt sie ihn kräftig für ihr Vorhaben ein. Es ist ihr Pfund, mit dem sie zu wuchern pflegt – etwas über zweihundert Pfund dürften es gewesen sein. Eine Flucht nach vorn? Nicht die Spur. Von Minderwertigkeitsgefühlen wurde sie nie geplagt, dazu fehlt es an Sensibilität. Im allgemeinen zeugt es von Humor, wenn jemand es fertigbringt, über sich selbst zu lachen, bei Meta Reichmann zeugte es immer nur von schlechtem Geschmack. In dieser

Familie allerdings muß sie kräftiger aufdrehen als bei anderen, wo man längst gelacht hätte. Der einzige, der hier lacht, ist Lisas Bruder Gustav. Bei den anderen läuft sie auf, was ihr indes nichts auszumachen scheint.
Der Bergarbeiter Gottlieb Reichmann sitzt neben Friederike Hüsken und schweigt. Wenn an diesem unauffälligen Mann irgend etwas auffällt, so ist es sein Schweigen. Der Sohn schwerhörig, der Vater stumm. Aber er ist nicht stumm, und er hört vorzüglich, mitunter besser, als ihm lieb ist. Was er nicht auszusprechen wagt, steht in seinem Gesicht geschrieben: daß er diese seine Ehefrau als eine Strafe Gottes empfindet.
Von ihrer Mädchenzeit erzählt sie, wie ihr die Männer nachgelaufen sind seinerzeit auf dem Hof im Westfälischen. Konnt mich gahnich retten vor denen, man hat ja nich gewußt, wie man sich drehen soll, daß sie einen nich die Röcke hochheben, an der falschen Stelle, mein ich, wat, Oller? Sag doch auch mal 'n Ton, sitzt wieder da wie'n Ölgötze und kuckt Löcher in die Tischdecke, mein feiner Gottlieb, wo war ich stehngeblieben? Ach so, ja, wie ich da gerade mal im Stall geh, woll, kommt so'n Kerl nachgeschlichen –
Lisa wird immer unruhiger. Sie hat Kranz und Schleier abgelegt und läuft mit der vollen Kaffeekanne um den Tisch herum, um nachzuschenken und zu kontrollieren, ob der Streuselkuchen reicht, wem darf ich noch –? Und: Zier dich nicht, Williken, nimm noch ein Stück. Zwischendurch erhält Rudi einen kleinen Rippenstoß, den er zu verstehen glaubt, denn er erhebt sich sofort und folgt seiner jungen Frau in die Küche.
Um zu helfen, wie er meint. Aber dazu hat sie ihn nicht mitgenommen, die Kanne füllt sie ohne seine Mithilfe nach. Ob er seine Mutter nicht bremsen kann, will sie wissen. Es nimmt ja nun langsam überhand. Am Ende erzählt sie noch die Geschichte, wie sie ihre Unschuld verlor, dann ist das hier aber Matthäi am letzten, dann

können wir gleich einpacken und zum Scheidungsanwalt laufen.
Nein, er kann da gar nichts machen, sagt er leise und lächelt traurig und ist sehr verlegen. So ist sie nun einmal, du kennst sie doch inzwischen, man muß sie nehmen, wie sie ist, und sie hat ja auch ihre guten Seiten. Hör einfach weg, Lisamädchen.
Das sagt sich leicht. Lisa stellt den Wasserkessel auf den Herd zurück, setzt den Deckel auf die Kanne, ist auf einmal sehr müde und niedergeschlagen. Nicht wegen der Schwiegermutter, mit der gedenkt sie schon fertig zu werden, sondern wegen des Rudi. Dieser Mann, in dessen Feinheit und Sanftmut sie verliebt ist, wird sich an Tatkraft und Entscheidungsfreudigkeit von jedem Trottel überbieten lassen, das zeichnet sich schon ab. Sie hat bisher auf seine Intelligenz gebaut, daß die ihn vorwärtsbringen wird. Aber jetzt und hier vor dem brüderlichen Herd überkommt sie eine Ahnung von der Nutzlosigkeit einer Intelligenz, die nicht zugleich mit einem Potential an Energie gebündelt ist. Sie denkt dies nicht ausdrücklich, nicht in Worten, es ist nur der Schatten einer Erkenntnis, eine kleine Wolke, die sich vor das Licht dieses so wichtigen Tages schiebt.
In der Tür steht die hübsche Gerda, ihre Freundin und Kollegin aus dem Konsum, die heute morgen Trauzeugin war. Na, ihr Turteltauben! Gib mir die Kanne, Lisa. An deinem Ehrentag brauchst du nicht zu arbeiten.
Frau Meta erzählt die ominöse Geschichte nicht, der die Schwiegertochter entgegenbebt, sie erzählt jetzt überhaupt weniger, scheint erschöpft, reißt mühsam die Lider auf. Da kommen dann auch die anderen zu Wort. Frau Friederike hat ihrer Gegenschwiegermutter flink und heimlich ein harmloses Schlafpulver in den Wein getan und damit die guten Sitten des Hauses gewahrt. Nach dem Abendbrot müssen die Reichmanns aufbrechen, wegen der Sperrstunde, weil sie sonst nicht mehr über die Brücke kämen. Die belgische Besatzungsmacht am linksrheinischen Brücken-

kopf kennt auch bei Hochzeiten keinen Pardon. Das Kind zieht mit.
Eine unmögliche Frau, sagt Mama, als alle weg sind. Immer diese zweideutigen Witze.
Die waren ziemlich eindeutig, behauptet Gustav und lacht.
Findest du? Ich hab nicht alles verstanden. Bloß, daß sie unanständig waren, das konnte man mit den Klumpen fühlen. Arme Lisetta, daß sie bei diesen Leuten auch noch wohnen muß. Ich hätte doch vorher Erkundigungen einziehen sollen, aber wer denkt denn an so was? Und bisher haben wir mit unserer Verwandtschaft immer Glück gehabt.
Rudi ist ein lieber Kerl! erinnert der Älteste. Und wenn erst die Besatzung abgezogen ist, finden sie auch eine eigene Wohnung. Schließlich hat sie nicht die ganze Familie geheiratet.
Das sagst du so, Karl, und weißt doch genau, daß es nicht stimmt. Man heiratet immer die Familie mit.

Aber so arg sind sie auch wieder nicht, die Reichmanns. Ein bißchen auf dem absteigenden Ast, und für den Abstieg haben sie die schlechteste Zeit gewählt, eine Epoche, in der einem der Wiederaufstieg besonders sauer gemacht wird.
Über die Herkunft der Familie, über die wichtigsten Daten, ist Lisa dank der redseligen Schwiegermutter bald im Bilde. Aus ihrem Rudi hätte sie darüber kaum so viel in Erfahrung gebracht.
Gottlieb Reichmanns Vater war Landwirt und Mühlenbesitzer im vormals preußischen Posen, ein wirklich reicher Mann. Auch ein Gestüt hatte er dort, und so lernte Gottlieb früh, mit Pferden umzugehen. Als einziger Sohn war er selbstverständlich für die Übernahme des Hofes vorgesehen. Er besuchte nach der Volksschule eine landwirtschaftliche Fachschule in Neustadt, diente als guter Reiter zwei Jahre bei den Ulanen in Schwedt, wo er in den Rang eines

Unteroffziers aufrückte, und wurde anschließend von den Eltern auf ein Gut nach Westfalen geschickt, um sein landwirtschaftliches Praktikum zu absolvieren. Eine gründliche, umfassende Ausbildung, von der Pike auf, und weil auch ein Handwerk dazugehörte, erlernte er die Schuhmacherei. Im heimatlichen Xions wartete eine reiche Bauerntochter auf seine Hand.

Daraus wurde dann nichts, weil ihm im Westfälischen die hübsche Dienstmagd Meta Koller über den Weg lief und ihn, der noch keine Erfahrungen mit Frauen hatte, in die Kunst der Liebe einweihte. Als Gottlieb erfuhr, daß der alte Koller Besitzer einer Schaubude war und mit einer Kirmes über Land zog, weigerte er sich, die Meta zu heiraten, obwohl sie ein Kind von ihm erwartete. In einem langen Brief an seine Eltern beichtete er, warb um Verständnis und bat um Geld für Alimente. Die Antwort des redlichen Mühlenbesitzers, Bauern und Kirchenältesten ist überliefert: Wenn dir das Mädchen *dazu* gut genug war, wird sie es auch zum Heiraten sein. Dein Kind wird deinen ehrlichen Namen tragen und auf unserem Hof zur Welt kommen.

Mit etwas mehr Eigenwillen hätte der bereits mündige Gottlieb sich durchsetzen können, aber einen solchen Willen zu entwickeln war er durch seine preußische Erziehung gehindert worden. Er gehorchte und zog mit seiner schwangeren Meta nach Xions. Dort wurde im Mai 1898 der erste Sohn geboren und auf die Namen Rudolf Gottlieb Johannes Reichmann getauft. Daß sich Schwiegermutter und Schwiegertochter nicht vertrugen, hatte weniger mit der herkömmlichen Rivalität »Zwei Frauen an einem Herd« zu tun – denn sie besaßen jede ihren eigenen Herd –, als vielmehr mit den Besonderheiten oder Absonderlichkeiten der geborenen Koller, für deren Komödiantentum die gottesfürchtige Bauernfamilie kein geeignetes Publikum abgab. Als die Klagen laut wurden, raffte Gottlieb sich auf, verzichtete in aller Form auf den Hof und zog mit Meta und dem Kind zurück in den Westen, genauer: nach Dortmund-

Aplerbeck. Der Aufbruch war kein Zeichen von Vernunft oder gar Initiative, höchstens von kindlichem Trotz. Ein paar Jahre später tat er ihm auch schon leid, aber da war zwischen ihm und den Eltern »das Tischtuch zerschnitten«. Nach Aplerbeck zog er, weil ihm der aufstrebende Ruhrbergbau annehmbare Verdienstmöglichkeiten bot. Während er sich zum Hauer ausbilden ließ, lebte die Familie vom Rest des Geldes, das er noch in Xions herausgewirtschaftet hatte. Es reichte gerade hin. Seine Zeche trug ironischerweise den Namen *Freier Vogel.*
Damals wurde die Kohle noch mit Keilhaue, Schlägel und Eisen herausgetrieben, und die Streben waren in der Mehrzahl Strossen, wo die Bergleute wegen der Enge in liegender Stellung und über die Achseln hinweg die Gewinnung ermöglichten. Zwölf Stunden am Tag, oder in der Nacht, in der Finsternis des Schachtes blieb sich das gleich. Dort wurden auf die Dauer nicht nur die Grubenpferde blind.
Von 1901 bis 1907 kamen drei weitere Söhne zur Welt, Peter, Alfred und Willi. Meta war eine fleißige Frau, kein Putzteufel, und auch nicht schlampig. Sie ging mit dem mühsam erworbenen Lohn ihres Mannes um wie alle Bergmannsfrauen in der Zechenkolonie: sie kaufte das Nötigste, kochte leidlich, hielt die Kinder proper. Ersparen konnte man nichts.
Daß er dann ausbrach, der Gottlieb, daß er mehr als ein Jahr lang verschollen blieb – womit soll man es erklären? Vielleicht hätte sie nicht so viel reden sollen. Vielleicht hätte sie manchmal besser den Mund gehalten und ein bißchen darüber nachgedacht, wieso er eigentlich immer schweigsamer würde neben ihr und daß er über ihre Witze schon lange nicht mehr lachte. Aber damit wäre Meta überfordert gewesen. Sie war ein ganz nach außen gekehrter Mensch, immer in Aktion, handelnd oder redend, es war ihre einzige Möglichkeit, das Leben zu ertragen. Wie ein Kreisel, der nur aufrecht bleibt solange er sich dreht. Stille, das ist der Tod. Sie war einfach nicht dünnhäutig genug, um heraus-

zuspüren, daß der Mann an ihrer Seite am Ende war. Ein Mann mit Nerven, ein hart arbeitender Mann, dem noch dazu täglich das Schild mit der Aufschrift *Freier Vogel* vor Augen geriet.

Schon das Wort «Ausbruch» ist übertrieben – in Wahrheit hat er sich einfach davongeschlichen. Auf leisen Sohlen und nicht ungeschickt. Wer genügend motiviert ist, vermag wohl auch einmal seine brachliegende Intelligenz in Schwung zu bringen. Meta Reichmann hat ein ganzes Jahr gebraucht, um ihren Mann ausfindig zu machen. *Abgemeldet nach Kamerun.*

Anfangs glaubte sie es und resignierte. Aus Afrika holte den keiner heraus. Dann kamen ihr die ersten Zweifel, überm Waschbrett, wenn niemand in der Nähe war, mit dem sie reden konnte. Denn sie wusch nun für fremde Leute, um sich und die Kinder durchzubringen.

Der und nach Kamerun? Übers Weltmeer, in einen anderen Erdteil, zu den Wilden? Für ein solches Abenteuer reichte ihres Gottliebs Mitgift an Unternehmungslust nicht aus, dazu kannte sie ihn gut genug. Und weil sie zum erstenmal in ihrem Leben richtig nachzudenken begann, kam sie ihm bald auf die Spur, denn auch sie war keineswegs dumm.

Den neunjährigen Rudi hatte ihr das Jugendamt weggenommen und in ein Waisenhaus gesteckt. Meta gab auch nach Jahren noch freimütig zu, daß sie ihn zum Betteln losgeschickt hatte – was sollte sie machen, die Not war zu groß.

Bei Gelegenheit erfuhr Lisa von ihrem Mann, daß die Zeit im Waisenhaus die glücklichste seiner ganzen Kindheit gewesen sei. In diesem düsteren Kasten am Stadtrand von Dortmund, in diesem Mief aus Graupensuppe und Kasernenhofdrill wurde des kleinen Rudi Sehnsucht nach Ordnung, Sauberkeit und Anerkennung gestillt. Er war der Liebling des Waisenhausvaters, der ihn zur Beaufsichtigung der jüngeren Kinder heranzog, der ihn aber auch intellektuell förderte, indem er ihm die Kinderbuchklassi-

ker zu lesen gab und Sorge trug, daß man ihn dabei nicht störte. Als Meta einmal die Erlaubnis erhielt, ihn zu besuchen, mußte sie, ohne ihn gesehen zu haben, wieder nach Hause fahren. In der Annahme, seine Mutter wolle ihn mit sich nehmen, hatte sich der Junge auf dem Speicher des Waisenhauses versteckt und kam erst wieder hervor, als er sicher sein konnte, daß die letzte Straßenbahn abgefahren war.
Kein gutes Zeugnis für eine Mutter. Aber man darf nicht vergessen, wie schwer sie es hatte, und über den Vater müßte das Urteil, wollte man gerecht sein, noch härter ausfallen.
Den jedoch spürte die Meta nun auf. Seit sie nach dem Goethewort *warum in die Ferne schweifen?* verfuhr, zog sich das Netz um den Flüchtigen immer enger zusammen, und *sieh, das Gute liegt so nah!*
Dieses Kamerun hieß in Wahrheit Friemersheim und war ein Ort auf dem linken Rheinufer, wo sich unter dem Strom die letzten Ausläufer der Ruhrkohle nach Westen hin erstreckten. So gelangte die Familie an den Niederrhein.
Es spricht für Meta Reichmann, daß sie nach einer geharnischten Strafpredigt an den Wiederaufgefundenen in der Folge keine Vorwürfe wegen seiner Flucht mehr gegen ihn erhob. Die meisten Menschen können erst vergeben, wenn sie vergessen haben. Meta vergaß nichts, aber sie vergab. Im stillen wunderte sie sich sehr, daß sie ihn in seiner reinlichen Junggesellenbude allein antraf, und auch spätere Nachforschungen ergaben keinen Hinweis auf eine Geliebte. Das mußte ihr rätselhaft sein, denn ihr Gottlieb war damals, von seiner dicken Nase einmal abgesehen, ein ganz ansehnlicher Mann, groß und sehnig und noch nicht so geschrumpft wie später, als die Jahre im Stollen ihn gezeichnet hatten. Kein Weibsbild also, trotz seiner gesunden Sinnlichkeit, die sie zur Genüge kennengelernt hatte. Nur Bücher im Regal und eine Menge Zeitschriften, dafür hatte er sein Geld ausgegeben. Merkwürdig war's schon.

Aber nun wurde rasch eine Wohnung gesucht. Sie waren eine sechsköpfige Familie und fanden nach einigem Umherlaufen drei Zimmer im Anbau eines alten Bauernhauses in Asberg. Auf dem Hof die Plumpsklos mit ausgesägten Herzen in den Türen, der Misthaufen gleich daneben, links vom Hauseingang die Pumpe. Anders waren sie es auch nicht gewöhnt.
Es kamen noch Kinder, zwei Mädchen, ein Junge, die jedoch infolge schwächlicher Konstitution nach wenigen Jahren starben. So blieb es bei den vier Söhnen, gutgewachsenen, organisch kräftigen Nachfahren eines alten Bauerngeschlechts. Nach dem Tod der kleinen Töchter, die eine Scharlach-Epidemie dahingerafft hatte, wurde Gottlieb noch einsilbiger und verfiel eine Zeitlang geradezu in Trübsinn. Damals begann er zu trinken. Nicht jeden Tag, beileibe nicht, nur etwa alle vier bis fünf Wochen einmal, und dann besorgte er es gründlich. Dann war er, mit Verlaub gesagt, sternhagelvoll. Und sehr höflich.
Wenn später einmal das Thema Gesundheit zur Sprache kam, wenn vor allem auf die kernige Natur der Reichmann-Söhne hingewiesen wurde, brachte Rudi gern das Gesetz der natürlichen Auslese ins Spiel. – Wer die Erziehungsmethoden meiner Mutter überlebt hat, pflegte er zu sagen, der ist fürs ganze Leben gefeit. Den muß man schon erschlagen, damit er zugrunde geht.
Ein Witz, mit Bitterkeit gewürzt, denn er wußte, wovon er sprach. Meta hatte einmal kläglich versagt, als Rudi mit zwölf Jahren nach einer Grippe immerzu diese heftigen Ohrenschmerzen verspürte. Wochenlang plagten sie ihn, wurden immer stärker, auch das Sausen verstärkte sich, manchmal hörte er fast gar nichts mehr. Die Mutter gab ihm einen Beutel mit Kamille in die Hand, den sollte er am Ofenrohr wärmen und dann ans Ohr legen. Das half nur vorübergehend. Es war Gottlieb, der eines Tages den Ausfluß in beiden Ohren seines Ältesten entdeckte und dann sofort handelte. Er machte blau, ließ eine Nachtschicht aus

und nahm Rudi mit zum Knappschaftsarzt. Der tobte nicht schlecht, als er sich die Bescherung ansah. Das ist doch die Höhe, erst jetzt zu kommen, wo die Sache schon chronisch ist, das Trommelfell im linken Ohr ist ganz zerstört, mal sehen, was wir vom rechten noch retten können. Auch die Knöchelchen hat es erwischt, eine hundsgemeine Schweinerei. Er müsse doch seit Wochen kaum noch gehört haben, der Rudi – hat denn der Lehrer in der Schule nichts gesagt? Nein, der hatte nichts gemerkt. Bei siebzig Schülern in der Klasse. Der Arzt wendete das Politzersche Verfahren an. Eine Lösung aus Borsäure und mangansaurem Kali wurde eingespritzt, es tat furchtbar weh, und im Anschluß an diese Prozeduren trug Rudi noch längere Zeit entfettete Watte mit Jodoformpulver in den Ohren, damit die Austrocknung beschleunigt würde. Seine Hörfähigkeit war bis auf einen geringen Rest für immer dahin.
Der alte Lehrer in der Dorfschule machte sich Vorwürfe, daß er nicht draufgekommen war. Hättest du mir doch was gesagt, Junge! Tapferkeit ist eine Tugend, aber hier war sie fehl am Platz. Schmerzen sind immer ein Signal, ganz besonders, wenn sie anhalten. Und ich hatte so schöne Pläne mit dir.
Er setzte Rudi in die vorderste Bank, wandte ihm beim Unterricht stets das Gesicht zu und sprach noch lauter als früher. Über die schönen Pläne, die er mit seinem Vorzugsschüler gehabt hatte und die nun durch die Schwerhörigkeit zunichte gemacht wurden, berichtete er dem Gottlieb Reichmann anläßlich eines Elternabends kurz vor Rudis Schulentlassung. Zur Präparande hatte er ihn schicken wollen und dann aufs Lehrerseminar, beide Institute gab es in der nahen Kreisstadt, und sie standen in einem guten Ruf. Was er denn nun mit seinem Jungen vorhabe?
In den Pütt kommt er mir nicht, bestimmte Gottlieb, und der Lehrer nickte beifällig. Immer dieser Dreck und Staub und die Herumkriecherei in den Strossen. Ich lasse ihn ein Handwerk lernen, ein sauberes.

Rudi wurde Friseur. Ohne besondere Neigung – aber wer fragte danach? War der Vater etwa aus Leidenschaft Hauer geworden? Fehlende Neigung ersetzte man durch Disziplin, wie die Weltordnung es verlangte. Außerdem war es ein sauberes Handwerk. Seinen Beruf lieben, gab es das überhaupt?
O doch, das gab es. Von dieser Tatsache hatte Rudi Reichmann eine klare, festumrissene Vorstellung. Denn Lehrer, Volksschullehrer, wäre er von Herzen gern geworden. Daher die Bitterkeit.
Dem Gottlieb Reichmann wurde die Bitterkeit nachgeliefert, als er nach Jahren erkennen mußte, welche Fehlentscheidung er getroffen hatte. Als Maurer, als Schlosser, als Zimmermann hätte sein Rudi im Bergbau gute Chancen gehabt. Als Friseur aber kann er eine Familie nur ernähren, wenn er genügend Kapital zusammenbringt, um sich selbständig zu machen. So hat denn Gottlieb seinen ältesten Sohn zum Hilfsarbeiter auf Lebenszeit verurteilt, und das, nein, das hat er wirklich nicht gewollt.

2

Sie zogen zu den Schwiegereltern, die ihnen das größte ihrer drei Zimmer gegen ein geringes Entgelt abtraten. Das war nur möglich, weil Peter und Alfred, beide Bergleute, in der Nähe ihrer Zeche einen Schlafplatz gefunden hatten und nur noch sonntags nach Hause kamen. Willi, damals fünfzehn Jahre alt, schlief auf einer Chaise in der Wohnküche, Meta und Gottlieb weiterhin in ihrem engen Eheschlafzimmer. Das junge Paar hatte das große Eckzimmer im Erdgeschoß durch einen Vorhang zweigeteilt und behalf sich mit diesem Provisorium, so gut es ging.

Wer den Raum durch die hohe, zweiflügelige Tür betrat, sah sich erst einmal erstaunt um. Nach Durchquerung eines matschigen Hofes, wo einem Schweine, Gänse und Hühner vor die Füße liefen, und dem anschließenden Gang durch einen finsteren Flur, von dessen Wänden der Verputz abbröckelte, hätte man so viel Licht und Sauberkeit nicht erwartet. Die Küchenmöbel, die Schwager Lutz besorgt hatte, waren von minderer Qualität, verbargen diese Dürftigkeit aber unter einem hellglänzenden Firnis. Auf Stühlen und Wachstuchsofa lagen bunte Kissen (mit dem obligaten Knick in ihres Leibes Mitte), auf den gescheuerten Bohlen ein paar Läufer, von Lisa mit grober Nadel aus aufgeriffelten Kartoffelsäcken gehäkelt und dann eingefärbt. Am hübschesten die Gardinen, und am nötigsten auch, denn die hohen Fensterkreuze hätten den Raum leicht erdrückt. Tüllschleier bis zum Boden hinab, üppig gerafft, darüber die Übergardinen aus grauem Nessel mit lila Blumenborte, die gleiche Borte in der Schabracke. Der ganze Fensterbehang stammte aus Gerdas Werkstatt, zeugte von ihrem Geschmack. Diese kleine Konsumverkäuferin wurde von ihrem Chef auch öfter als Dekorateurin eingesetzt.

Hinter einem Vorhang aus verschlissenem Samt, den Meta

beigesteuert hatte, das Schlafzimmer. Nichts Besonderes. Ehebetten, Kleiderschrank, Spiegelkommode und die beiden Nachtkonsölchen aus minderwertigem Holz, man sah die Astlöcher unter dem dünnen Lack. Der einzige Luxus die »echten« Marmorplatten auf Konsolen und Kommode. Ursprünglich hatten Imitationen aus gepreßter Pappe darauf gelegen, über die Lisa so lange jammerte, bis sich durch Mamas Vermittlung eine alte Großtante erbarmte und in einen Tausch einwilligte. Mir ist das egal, wo ich abends mein Glas drauf abstelle, soll sie gesagt haben. Ich seh sowieso nicht mehr gut. Wenn das Kind nun mal für Marmor schwärmt! Auf der Kommode stand die Waschgarnitur, die nie benutzt wurde. Eine Steingutschüssel von beinahe einem Meter Durchmesser, drinnen der Krug, beide mit einem Kranz aus roten Rosen bemalt. Etwas so Schönes nahm man nicht in Gebrauch. Man wusch sich in der Küche neben dem Herd, wo der Wassereimer stand und das eiserne Gestell mit Kanne und Schüssel aus Emaille. Auch die dicken, prallen Kissen mit dem Häkelmuster wurden nur zur Zierde ans Kopfende der Betten hochgestellt und zum Schlafen beiseite gelegt.

Ein paar Meter Leinen und etwas Damast hatte Lisa in ihrer Schrappkiste schon bereitliegen gehabt, bevor sie ihren Rudi kennenlernte, und vor der Hochzeit nähte Erna ihr die Bezüge daraus und machte es, wie immer, umsonst. Es ist ja so viel wert, wenn man eine Näherin in der Familie hat. Mama schenkte dem jungen Paar den Spruch in Brandmalerei, der die Wand über den Ehebetten einnahm: »Ein eigen Heim, von lieber Hand geschmückt, wo Sonnenschein das Menschenherz beglückt, dies wünsch' ich jedem, sei's auch noch so klein, zu inn'rer Ruh' und trautem Fröhlichsein.«

Sei's drum.

Mit dem trauten Fröhlichsein in der jungen Ehe hätte es noch ein bißchen besser geklappt, wäre der schreckliche Küchenherd nicht gewesen, dieses schwarze, rostige Ungetüm aus Bruder Karls Kaninchenschuppen. Er beeinträchtigte die Gemütlichkeit, er blieb ein Schandfleck – auch als Rudi das lange Rohr mit Silberlack anstrich. Und dabei mußten sie noch dankbar sein, daß Karl sich von dem Ding getrennt hatte, denn Herde waren zu der Zeit beinahe unerschwinglich.

Im Dezember kostete ein Pfund Butter 150 Mark.

Des Herdes wegen, hauptsächlich, ging Lisa weiterhin ins Geschäft. Stand um fünf Uhr morgens auf, machte Frühstück, packte Rudi die Sachen zusammen, den Henkelmann hatte sie ihm schon am Abend gefüllt, verabschiedete ihn mit einem Kuß und sah im Dunkeln durch die Gardine hinter ihm her, ob die Lampe an seinem Fahrrad auch brannte. Es war Gottliebs Rad, das er dem Sohn überlassen hatte. Nach Ruhrort, hinüber auf die andere Rheinseite, wo die Phoenix-Werke lagen, hätte Rudi zwei Stunden laufen müssen. Nun ging der Vater zu Fuß, in die entgegengesetzte Richtung und nicht ganz so weit. Immerhin brauchte auch er eine ganze Stunde bis zur Zeche Diergardt-Mevissen in Friemersheim. Danach zehn Stunden Schicht, nicht mehr rund um die Uhr wie vor dem Krieg, aber es langte. Die Gewerkschaften kämpften für den Achtstundentag.

Rudis Radlampe brannte, warf zitternde Lichtpünktchen aufs Pflaster, und Lisa schlug erleichtert die Übergardine wieder zusammen. Ohne Licht wäre Rudi im Straßenverkehr sehr gefährdet gewesen, denn da er die anderen nicht hörte, war er darauf angewiesen, daß sie ihn rechtzeitig sahen. Dann machte auch sie sich fertig zum Gehen. Überschuhe an, wegen der Nässe – die niederrheinischen Winter sind eher naß als kalt –, Wintermantel, Schal um den Kopf, die Hände tief in den Manteltaschen, so marschierte sie los. Im Stockdustern und ohne Angst, obwohl sie im allgemeinen ein richtiger Hasenfuß war mit Nervenzusammenbruch bei jedem mittleren Gewitter. Sie fürchtete sich auch immer sehr im Dunkeln, aber in diesen ersten Wochen ihrer Ehe war sie einfach zu glücklich und hoffnungsvoll, um irgendeiner Furcht zu verfallen.

Hinter der Grenzstraße hörten die Häuser auf, begannen die Felder, hier schritt sie etwas strammer aus. Jung und gesund, schob sie ihren kleinen Bauchladen vor sich her, der sich jetzt schon sichtbar wölbte. Sie machte Zukunftspläne, das erleichterte ihr den Weg.
Kurz vor Hochheide beginnt die Kolonie, und gleich das zweite Gebäude hinter dem Zaun aus gekreuzten Latten ist die Konsumanstalt. Wo der Herd steht, den sie jetzt abarbeitet. Noch hat sie nicht einmal die Summe für die Anzahlung beisammen, aber die Filialleiterin hat ihn ihr beiseite gestellt, hat ihn hinten ins Lager rücken lassen, hinter Kisten und Schachteln, damit ihn ihr keiner wegschnappt. Man hat Lisa das Vorkaufsrecht eingeräumt, weil sie schon so lange hier ist und immer ehrlich und fleißig war.
Jeden Tag schleicht sie sich einmal kurz ins Lager und nimmt das blitzende Ding in Augenschein. In der Stahlplatte kann sie sich spiegeln. Manchmal holt sie die Ringe einzeln heraus und setzt sie wieder zusammen wie bei einem Baukastenspiel. Auf der Backofenklappe steht PHOENIX, so heißt das Hüttenwerk, wo ihr Rudi arbeitet. Ob die den Herd hergestellt haben? Lisa hält die Bezeichnung für einen Eigennamen wie Krupp oder Thyssen, von Mythologie versteht sie nicht viel.
Im Januar 1923 kostet ein Pfund Butter – nein, es ist zwecklos, dies jetzt weiterzuverfolgen, denn nun überpurzeln sich die Preise von Tag zu Tag.
Der Arzt hat Lisa das Arbeiten im Geschäft verboten und stellt ihr ein Attest aus. Daß ihr mir bloß meinen Herd nicht verkauft! droht sie, als sie sich von den Kolleginnen verabschiedet. Wenn das Kind da ist, komm ich wieder und arbeite noch 'n halbes Jahr, bis ich das Ding abgezahlt habe.
Wir passen schon auf, Lisa, du kriegst deinen Herd.
Zu Hause bewegt sie sich vorsichtiger, arbeitet weniger, setzt sich öfter mal hin, die Beine hochgelagert, wie der Doktor ihr geraten hat. Das lange Stehen hinter der Ver-

kaufstheke ist ihr nicht bekommen, ihre Knöchel sind geschwollen. Sie macht ihre Hausarbeit und läßt sich nur das Wasser von der Schwiegermutter in die Wohnung tragen, weil sie Schmerzen bekommt, sobald sie den Pumpenschwengel betätigt. Die Kohlen holt sie immer noch allein aus dem Keller herauf.
Rudi ist zärtlich und besorgt, hilft auch, wo er kann, ist aber meistens zu müde, ein gesunder Mann, der sich an die schwere körperliche Arbeit, die er seit einem halben Jahr tun muß, noch nicht ganz gewöhnt hat. Denn es macht schon einen Unterschied, ob einer mit Kamm und Schere hantiert oder in der Kolonne schwere Eisenschienen auf den Schultern befördert, zehn Stunden hintereinander, dazwischen nur eine kleine Essenspause. Dann auf dem Fahrrad zurück und kräftig strampeln bei Gegenwind, auf der Heimfahrt hat er oft Gegenwind, weil der von Westen weht in dieser Jahreszeit. Er behält für sich, daß er einmal vor Müdigkeit vom Rad gefallen ist, daß ein belgischer Soldat ihm wieder hinaufgeholfen hat.
Sonntags kommen Mama und Berta, um nach Lisa zu sehen, auch Johanne mit Lutz und die ältere Schwester Wilma, deren Heinz immer noch vermißt ist. Alle bringen sie Babysachen oder Häkelgarn, denn Lisa hat ja nun Zeit zum Handarbeiten. Nur Erna kann nicht abkommen, sie hat zuviel zu nähen. Dafür hat sie Reste von geblümtem Voile gesammelt, es fällt ja immer mal was ab von den Stoffen ihrer Kunden, so genau messen die nicht nach. Lisa ist hellauf begeistert und streichelt das durchsichtige Gespinst, sie wird damit den Stubenwagen umkleiden, den Meta ihr besorgt hat, dann werden die Flecken und Löcher im Korbgeflecht nicht mehr zu sehen sein. Iß nicht soviel, Kind! sagt Mama streng, als Lisa sich das dritte Stück Kuchen nimmt. Das ist auch so ein Aberglaube, daß eine Schwangere für zwei essen soll. Kuck dir deine Schwiegermutter an, dann weißt du, wohin das führt.
Sie können es immer noch nicht recht miteinander, die

beiden Mütter. Aber man läßt es sich nicht anmerken, man weiß schließlich, was sich gehört.
Am 14. März ist es soweit, und einen Tag darauf, an Lisas dreiundzwanzigstem Geburtstag, kommt die Tochter zur Welt. Zu Hause, wie es üblich ist.
Nachdem Lisa zwanzig Stunden lang gekämpft und gewimmert hatte und es am Ende noch zu einem Dammriß gekommen war, legte die Hebamme ihr Strickzeug beiseite, blickte kurz auf den Wecker und sagte: Jetzt darf ich nicht mehr allein weitermachen. Was soll das heißen? fragte Rudi entgeistert.
Daß Sie den Arzt holen müssen.
Rudi schwang sich aufs Rad und brauste los. Der Arzt kam, fletschte die Hebamme an und erlöste Mutter und Kind von den Qualen. Lisa weinte vor Freude, als die Schmerzen aufhörten. Daß sie genäht wurde, hatte sie kaum noch verspürt. Ein Mädchen, ein gesundes Kind, neun Pfund schwer.
Die Hebamme hat so lange gewartet, weil die Versicherung ihr was vom Lohn abzieht, wenn sie es ohne Arzt nicht schafft, sagte Meta, als sie allein waren.
Rudi starrte seine Mutter an. Das hast du gewußt?
Klar, hab ich das gewußt. Ich hab bloß nichts gesagt, weil sie so ein armes Huhn ist. Dieser schwere Beruf, und die paar Kröten, die sie dafür kriegt. Kinderkriegen ist nun mal kein Honigschlecken, daran soll Lisa sich nur früh genug gewöhnen.
Lisa war nicht nachtragend – aber das vergaß sie ihrer Schwiegermutter nie.
Zuerst einmal deckte die Freude über das Kind alles andere zu. Und dann hatte die junge Mutter obendrein Geburtstag. Von allen Seiten kamen Geschenke.
Deiner Frau zum Geburtstag ein Kind zu schenken, nenn ich nobel, sagte Gustav zu seinem Schwager. Wie hast du das nur so genau hingekriegt?
Produktionsgeheimnis, prahlte Rudi.

Am Bett der Wöchnerin herrschte gute Laune, fast schon Übermut. Es müssen nicht immer die eingeplanten Wunschkinder sein, über die man sich am meisten freut, wichtig ist, daß man sie hinterher dazu erklärt. Ein bildschönes Kind, nicht wahr? fragte Meta und meinte es ehrlich.
Eine kleine Prinzessin, bestätigte Gerda und griff in den Voile, der das Korbwägelchen wie eine Wolke umgab. Hübsch hast du das gemacht, Lisa.
Die Wöchnerin lag in den Paradekissen und sah sehr glücklich aus. Das Kind war nicht schön. Bei seinem beträchtlichen Gewicht hätte es prall und glatt sein können, statt dessen war es schrumplig, rothäutig, verkniffen. Auch glatzköpfig übrigens wie die meisten Säuglinge, die einmal hellblondes Haar bekommen.
Zur Haustaufe, zwei Wochen später, kamen alle Hüskens außer Erna, die von ihrer Nähmaschine nicht wegkonnte. Dafür hatte sie einen Stapel Windeln genäht, ein hochwillkommenes Geschenk. Wenn wir die Erna nicht hätten! sagte Lisa und zählte die Tücher ab.
Die wohnten nun auch im besetzten Gebiet, die drüben in Ruhrort, seit ihnen im Januar die Franzosen »auf die Pelle gerückt waren«. Die Reichsregierung hatte zum passiven Widerstand aufgerufen. Nützt ja doch nichts, meinte Karl, bringt bloß neue Unruhen und Schießereien. Und Wilma fügte hinzu: Bei uns kostet die Butter schon zwölftausend Mark, das ist doch die Höhe. Na, heute feiern wir Taufe, da wollen wir uns mal nich die Hucke vollklagen mit Teuerung und Putsch und dem ganzen Palaver.
Als Taufpaten waren die Großeltern Reichmann vorgesehen, auf ihren ausdrücklichen Wunsch, denn es war ihr erstes Enkelkind. Frau Meta benahm sich tadellos, die Mama Hüsken fand nichts zu beanstanden, dafür gab es Ärger mit dem stillen Gottlieb. Hätte ich mir denken können, sagte Meta, daß er sich Mut antrinkt, macht er ja immer, wenn er irgendwo den Mund auftun soll, dabei braucht er

bloß ja zu sagen. Wie ich die Wirtschaft an der Ecke schon verwünscht hab, hoffentlich geht die irgendwann pleite. Ob du nicht mal nach ihm kuckst, Rudi?
Aber da kam er schon, pünktlich auf die Sekunde.
Kein Krakeeler, bewahre, ein ruhiger und feiner Mensch auch im Suff. Stand kerzengerade in seinem schwarzen Anzug, grüßte höflich nach allen Seiten und in der richtigen Reihenfolge, Verbeugung vor Herrn Pastor. Der zuckte etwas zurück, als er die Schnapsfahne wahrnahm, denn die hatte der Gottlieb leider nicht in der Pinte zurücklassen können. Hätten wir vielleicht noch einen dritten Paten –?
Aber ja, aber gleich, es waren genug Leute da. Gerda sprang ein, sie tat es sehr gern, es war ihre erste Patenschaft. Das Baby allerdings gab ihr die Meta Reichmann nicht, das hielt sie selber in den Armen und wiegte und klopfte es. Du, du, kuck, kuck, ja, du hast schlaue Augen. Mit dir werden wir noch was erleben.
Der Pfarrer taufte das Kind auf die Namen Lisetta Meta Friederike. Nach der Mutter und den beiden Großmüttern. Lisa hätte lieber einen modernen Vornamen genommen, sie schwärmte für Gisela, Waltraud oder Brigitte. Aber Rudi war in Lisetta verliebt, in den Namen und in die Frau. – Denk doch an die Verwechslungen, wenn du uns später rufen willst, hatte Lisa gemahnt. Aber Rudi wußte schon eine Abkürzung, die Verwechslungen ausschloß. Letta wollte er die Tochter nennen, Letta Reichmann, das klingt doch gut?
Als sich der Pfarrer nach einem kurzen Kaffeeplausch verabschiedet hatte, erhob sich Gottlieb Reichmann von seinem Stuhl, klopfte mit einem Löffel an sein Weinglas und begann eine Rede zu halten. Sehr gerade und sehr würdevoll mit dem seidenen Strunzläppchen in der oberen Rocktasche und der silbernen Uhrkette vor einem Bauch, der eigentlich keiner war. Man wollte seinen Augen und Ohren nicht trauen. Der – und reden? So lange, so klar, in so wohlgesetzten Worten, und ganz frei, ohne Konzept?

Dieses Kind – sagte er etwa –, das in einer schweren Zeit das Licht der Welt erblickte, möge es dazu auserwählt sein, dereinst ein freieres, glücklicheres Leben zu führen, als es uns allen hier vergönnt ist. Möge es seine Gaben entfalten dürfen, Gaben, die ihm der berühmte Ahnherr aus Rügen vermacht hat. Denn, meine Lieben, dergleichen geht nicht verloren, auch wenn es nach Gottes unerforschlichem Willen für zwei oder drei Generationen scheinbar verschwindet. Es ist nur aufgehoben im Aderngeflecht derer, denen die Mühsal der Brotbeschaffung es verwehrt, daß ihr Geist sich frei wie ein Vogel in die Lüfte schwingt –
Ja, du freier Vogel, sagt seine Ehehälfte leise vor sich hin.
Und darum wollen wir unser Glas erheben und auf das Wohl unseres Täuflings –
Alle stehen sie jetzt auf.
Friederike Hüsken ist sehr bewegt. Sie geht auf Gottlieb zu, stößt mit ihm an, gibt ihm feierlich die Hand zum Dank. Die Alkoholfahne stört sie nicht mehr. – Sehr schön haben Sie gesprochen, Herr Reichmann, beinahe noch besser als der Pfarrer.
Das Du bietet sie ihm dennoch nicht an, und er wäre der letzte, sich darin vorzudrängeln.
Welchen Ahnherrn hat er denn bloß gemeint? will Lisa am Abend von ihrem Rudi wissen, als sie nebeneinander in den Betten liegen. Sie fragt es dicht bei seinem Ohr, weil sie des schlafenden Kindes wegen die Stimme nicht erheben will.
Ernst Moritz Arndt.
Ach was. Mit dem sind wir verwandt?
Um viele Ecken, Lisa. Ich bitte dich, das hat nichts zu besagen. Sie funkelt ihn an. Nichts zu besagen? Da bin ich aber anderer Meinung. Das hat schon 'ne ganze Menge zu besagen, aus welchem Pott einer stammt. Von nix kommt nix. Und daß es mit Vererbung allein nicht getan ist, weiß ich auch. So ein Kind muß man natürlich anleiten, die schlummernden Gaben wecken –

Wir sind eine Arbeiterfamilie, Lisa!
Ja, weiß Gott! schreit sie nun doch, ohne Rücksicht auf das Baby. Und wenn es nach dir ginge, dann würden wir das in alle Ewigkeit auch bleiben!
Er ist gekränkt, dreht ihr den Rücken zu. An diesem Abend lieben sie sich nicht mehr.
Aber am anderen Morgen, kurz vor dem Aufstehen, sie wollen den Tag nicht unversöhnt beginnen. Jetzt hab ich mich verklüngelt, sagt Rudi erschrocken mit einem Blick auf den Wecker und zieht sich hastig an. Hoffentlich springt die Radkette nicht ab wie gestern. Zuspätkommen kann ich mir nicht leisten, wo sie wieder mit Entlassungen angefangen haben. Man muß ja froh sein über jeden Arbeitsplatz.
Im Frühsommer kehrt Lisa ins Geschäft zurück, des Herdes wegen, der immer noch im Lager hinter den Kisten steht. Sie ist nervös, überreizt, von Schuldgefühlen geplagt. Das Kind wird von Meta versorgt, aber das Abstillen ist ihm nicht bekommen. Es ist blaß und anfällig, hat an Gewicht verloren, seine Drüsen sind geschwollen. Und macht schon die irrsinnige Geldentwertung Kummer genug, so läßt die Besatzungsmacht nun noch die Lebensmittel strenger rationieren. Butter oder Vollmilch sind tagelang nicht zu haben, von Obst kann man nur träumen.
Lisa hat nie etwas mitgehen lassen, auch im letzten Kriegsjahr nicht, als der Hunger grassierte. Was sie ihren Angehörigen mitbrachte, stammte aus ihrer eigenen Ration, die sie sich einteilte, von der sie sich's absparte, denn die Verkäuferinnen erhielten eine großzügige Zuteilung. Auf dem Höhepunkt der Inflation wird auch diese eingeschränkt.
Stehlen will gelernt sein. Im Konsum beherrschen einige diese Kunst aus dem Effeff, Geschwindigkeit ist keine Hexerei, aber die Grundvoraussetzung für solche Zauberstückchen bleibt allemal ein abgebrühtes Gewissen. Als Lisa sich nach Ladenschluß durch die Tür schleichen will, tut sie es in einer Haltung, als habe sie soeben einen Mord

begangen. Die Filialleiterin befiehlt ihr, die Tasche zu öffnen, und holt das Diebesgut eigenhändig heraus: drei Büchsen eingedickte gezuckerte Babynahrung, ein Päckchen Kakao, eine Banane. Entrüstung und Enttäuschung auf seiten des ältlichen Fräuleins. Das machen Sie wohl nicht zum erstenmal, Lisetta? Hätte ich gerade von Ihnen nicht gedacht. Ich muß es dem Chef melden, tut mir leid. Sie müssen mit einer Anzeige rechnen.
So was Dusseliges, sagt Gerda und tippt sich an die Stirn. Alle Naselang hast du hinten im Lager zu tun, du konntest die paar Sachen doch in eine Tüte stecken und an den Gartenzaun legen und auf dem Nachhauseweg rasch an dich nehmen, hätte niemand gemerkt, machen doch alle so.
Lisa kann nicht schlafen in dieser Nacht. Eine Anzeige wollen sie erstatten, sie vor Gericht bringen, da wird sie dann als Diebin verurteilt werden und hinter Gitter kommen. Wenn Rudi doch wenigstens nicht so schwerhörig wäre, daß sie es ihm erzählen könnte, aber hier haben ja die Wände Ohren. Draußen prasselt ein Gewitterregen nieder, und die Nacht gebiert lauter Ungeheuer. Lisa versucht zu beten, aber nicht einmal das gelingt ihr. – Das Kind nehmen und ins Wasser gehen? Mein armes Kind.
Sie hat etwas Fieber und bleibt im Bett, Rudi ist voller Verständnis. Du bist erkältet und überarbeitet. Es paßt mir überhaupt nicht, daß du immer noch ins Geschäft gehst, auch für das Kind ist das nicht gut. Wir kriegen schon irgendwann einen neuen Herd. Tschüs, Lisaken.
Er ahnt nichts. Mein armer Mann, mein armes Kind.
Auch tagsüber Schweißausbrüche, Weinkrämpfe. Die Schwiegermutter will den Doktor holen, aber Lisa verbietet es ihr. Meta Reichmann ist eine erfahrene Frau: Du hast doch was, das ist nicht bloß 'ne Erkältung. Hast du dich vielleicht mit dem Rudi gestritten?
Nein, Mutter, bestimmt nicht.
Das kann sich Meta auch nicht gut vorstellen, wie jemand mit ihrem Rudi Streit kriegen sollte.

Gegen Abend kommt Gerda, die annehmen muß, daß die ganze Familie längst Bescheid weiß, und so wird die böse Tat ruchbar. Lisa ist von einer Last befreit. Natürlich hat die Filialleiterin es beim Chef gemeldet, aber der alte Wilhelmi will von einer Anzeige absehen, weil es das erste Mal war und Lisa in all den Jahren keinen Grund zur Klage gegeben hat. Dafür ist sie fristlos entlassen. Ein guter Mensch sagt Lisa voll Dankbarkeit, und jetzt sind es Freudentränen, die sie sich abwischt.
Rudi nimmt sie in die Arme. Hättest du doch was gesagt, Lisa, ich hätte dich sofort beruhigen können. Wegen so einer Bagatelle kommt niemand ins Gefängnis. Du wärst wahrscheinlich verwarnt und dann freigesprochen worden, wegen mildernder Umstände und weil es Mundraub war.
Mundraub?
Ja, sagt Gerda und packt ihrerseits die Tasche aus: drei Büchsen eingedickte gesüßte Babymilch und ein Päckchen Kakao. Nur die Banane fehlt, die letzten Bananen sind heute früh verkauft worden.
Meta Reichmann packt Gerda am Arm und jubelt: Das ist 'ne Frau! die paßt in die Welt.
Lisa kann mit dem Ausgang der Sache zufrieden sein. Bloß daß sie den Herd abschreiben muß, den sie doch schon angezahlt hatte, das wurmt sie nicht wenig. Und wie ist das eigentlich mit der Anzahlung – verfällt die nun oder wird die umgerechnet? Mit dieser verrückten Inflation kenne sich einer aus. In der Schule ist Lisa nur bis zu einer Milliarde gekommen, darüber hinaus kann sie nicht rechnen. Die Regierung, soweit von einer solchen die Rede sein kann, streut mittlerweile Billionen-Scheine unters Volk.
Vor einem Monat hat die Schwiegermutter in einem Haushaltwarengeschäft ein Nachttöpfchen für Letta gekauft, weil es gerade preiswert zu haben war, denn es kostete nur zehn Millionen. Noch kann die kleine Millionärin es nicht benutzen, denn sie hat eben erst in ihrem Korbwägelchen sitzen gelernt, mit Kissen im Kreuz. Nicht zu oft hinsetzen,

das Kind, hat der Doktor gesagt, die Skrofulose muß erst ganz überwunden sein. Lisa hilft beim Dreschen auf einem benachbarten Bauernhof und bringt täglich einen Liter Vollmilch nach Hause, der Arzt verschreibt Lebertran. Manchmal hat man Glück: das Kind ist geradezu wild auf Lebertran.
Als Letta zum erstenmal auf ihr millionenschweres Töpfchen gesetzt und von allen Seiten zu einem »großen Geschäft« ermuntert wird, ist der Währungsspuk verflogen, wurden die Scheine mit den astronomischen Zahlen von der schlichten, übersichtlichen Rentenmark abgelöst. Im letzten Monat der Inflation, am 15. November 1923, hatte der Dollar den Stand von 4,2 Billionen Reichsmark erreicht. Das ist nun vorbei. Aber rechnen wird man weiterhin müssen, denn die Armut ist geblieben.
Zu Weihnachten bekommt Lisa dennoch ihren Herd. Das hat Bruder Karl in Ordnung gebracht, der bei der Konsumverwaltung vorstellig geworden ist, um auf die Einhaltung gewisser Gesetze zu pochen. Anzahlung ist Anzahlung, und den Rest werden die Reichmanns abstottern, wie es am Anfang ausgemacht war. Sein schwarzes, rostiges Monstrum, an dem die Klappe nicht mehr richtig schließt, holt er sich bei Lisa ab und schiebt es im Handwagen nach Ruhrort zu seinen Kaninchen.

3

Im Sommer, als das Kind in sein zweites Lebensjahr hineinwächst, ziehen die Großeltern Reichmann in die Kreisstadt.
Sie haben in der Nähe des Bahnhofs eine geräumige Wohnung gefunden, fünfter Stock, große Mansardenzimmer, das familieneigene WC auf dem Treppenabsatz. Kein elektrisches Licht, aber Wasserleitung in der Küche. Es ist noch nicht lange her, da war dies alles Dachboden hier oben, mit schrägen Balken, die an mehreren Stellen quer durchs Zimmer führen. Der Opa hat sie beim Tapezieren gleich mit verkleidet, mit einer schönen, großblumigen Tapete. Die Fassade des hohen Eckhauses wird von zwei Türmen bekrönt. Einer davon gehört zur Reichmannschen Wohnung, ein herausgebauter Erker mit Aussicht über die Stadt. Für die sechs Fenster im Halbrund hat Oma Meta Mullgardinen mit Rüschen genäht. Auch die Frage der Möblierung wird gelöst. In Posen sind Gottliebs Eltern gestorben, der Hof fiel an den polnischen Staat, aber ein Pflichtteil wurde dem einzigen Sohn dennoch ausbezahlt. Es wäre eine stattliche Summe gewesen, hätte die Inflation nicht das meiste verschlungen. Vom Rest wurden neue Möbel gekauft, auch ein Kinderbett für Letta. Wer hier zu Besuch kommt – und die Reichmanns sind gastliche Leute –, käme nicht auf den Gedanken, daß er sich in der Wohnung eines Bergarbeiters befindet.
Die jungen Reichmanns in Asberg leben auf weniger großem Fuß, aber auch bei ihnen lockert sich einiges, bereitet der Boden sich vor für Hoffnung und Zukunftsfreude. Sie verlassen das zweigeteilte Eckzimmer und beziehen die beiden kleineren, in denen die Eltern bisher wohnten. Für drei Zimmer könnten sie die Miete nicht aufbringen und hätten auch nicht genug Möbel. So bleibt es bei Wohnkü-

che und Schlafzimmer. Lettas Gitterbettchen steht quer zu den Fußenden der Ehebetten, und die Enge ist nicht immer ein Nachteil. Für ein Kind kann sie zum Segen werden. Sie hält das Nest warm, verstärkt das Gefühl der Geborgenheit, fördert das Zusammenwachsen mit den Eltern.
Wenn Rudi Mittagschicht hat, nimmt er teil am Erwachen der Tochter, Seite an Seite mit Lisa, das bereichert sein Gemüt, das versteht er zu genießen. Was sein Gehör ihm an Weltläufigkeit vorenthält, müssen bei ihm die anderen Sinne leisten, deren Sensibilität sich erhöht. Er hört das Gebrabbel des Kindes nicht, und er vernimmt es gleichwohl. Schon taucht der kleine Glatzkopf wie ein Halbmond hinter der Fußkante des Bettes auf, schon werden die Augen sichtbar, blau-graue Augen mit tiefschwarzen Wimpern, im Blick noch eine letzte Furcht aus verstörenden Träumen. Doch die verschwindet beim Anblick der Eltern sofort und verwandelt sich in Neugier, Anfrage, Belustigung. Wollt ihr mich haben? Na, komm endlich, du Wonneproppen! Ein dickes Babybein findet den Weg über die Bettkante, das Kind stemmt sich hoch, läßt sich fallen, kriecht jauchzend auf die Eltern zu. Vier Hände strecken sich ihm entgegen. Wie arm sind Ehepaare ohne Kinder, sagt Rudi zu Lisa. Was denen alles abgeht.
Ein Erlebnis wie dieses schenkt Reserven für einen langen, mühsamen, stumpfsinnigen Arbeitstag. Rudi ist sich dessen bewußt, er gehört zu den Menschen, die sich darüber ihre Gedanken machen. Letta hat angefangen, ihre Umwelt zu erobern, zu erproben. Ein bißchen vermißt sie Oma Meta, ihre Weichheit und Wärme, ihren bergenden Ammenschoß. Doch ist ja die Mutter jetzt zu Hause. Die ist zärtlich zu ihr, gar keine Frage, aber ihre Liebe ist immer mit Strenge gepaart. Und darum kommt es noch eine Zeitlang zu Anwandlungen des Heimwehs nach einem Menschen, mit dem das Leben so wonnig konfliktfrei verlaufen war, weil er keinen Erzieherehrgeiz kannte. Jetzt ist man auf gegenseitige Besuche angewiesen.

Die kleine Wohnung erweitert sich um einen Hühnerhof, einen Garten, eine Straße mit Bäumen. Hinter der Straße liegt die Welt, von den Leuten Essenberger Bruch genannt. Eine Gegend zum Sichverlaufen, darum hält Letta sich von diesem Ort etwas zurück. Es ist das alte Rheinbett mit Wiesen, Sumpf, verkrüppelten Weiden und Erlen, am Horizont begrenzt durch einen ganz anderen Erdteil aus Schloten, Fördertürmen, Kränen und Hochöfen. Nicht zum Greifen nah und darum auch nicht zum Be-greifen, eine Geisterwelt, verschwommen und fern. Hinter dem Rhein, sagt Vati, und für Letta ist es gleichbedeutend mit: hinter dem Mond.
Das Bruch wird heimelig nach dem ersten bewußt erlebten Osterfest als ein Ort, wo der Osterhase seine Eier legt. Da traut man sich dann ein bißchen weiter in das sanft abfallende Grün, pflückt Gänseblümchen und Sumpfdotterblumen und läßt sich von der Mutter zeigen, wie man aus Löwenzahn ein Kränzchen flechten kann, mit dem Fingernagel ein Loch in den saftigen Stengel bohren und die nächste Blume hindurchstecken. Nimm aber nicht die Finger in den Mund, Letta, die Milch im Stengel ist giftig. Erst Hände waschen im Bach.
Eine Blindschleiche schlängelt sich über den Weg, ganz dicht vor Lettas Füßen, darüber ist sie sehr erschrocken. Man erklärt ihr das Tier, sagt ihr den Namen, aber der Schrecken hält eine Weile an und zwingt sie zum Rückzug in den heimischen Hof. Hier sind ihr die Tiere vertraut, sie kennt Hühner und Gänse mit Namen, liebt auch das ungebärdige, wild herumschnüffelnde Schwein und nennt es Küsch-Küsch. Nicht schmusen mit Küsch-Küsch, Letta, kuck mal, es ist ja so schmutzig! – Aber lieb, sagt Letta und schlingt ihren Arm um das Tier.
Lisa läßt sich von den Hausleuten den Termin für das Schlachtfest geben und fährt an dem fraglichen Tag mit dem Kind nach Ruhrort. In der Ting-Ting, auch Lektrische genannt, über den Rhein, das ist er, der Rhein, siehst du, später fahren wir auch mal mit einem Schiff.

Lisa fährt gern nach Ruhrort, wo sie sich immer noch zu Hause fühlt. Bei Mama kann man sich so vieles von der Seele reden, auch mit Karl und Berta, und Letta spielt mit der um ein Jahr älteren Kusine Anita. Schön vertragen, ihr zwei, wenn du zankst, Letta, gibt es Haue. Letta ist artig, zankt nicht, läßt sich alles Spielzeug wegnehmen, es gehört ihr ja sowieso nicht.
Tante Erna steht nur zum Kaffeetrinken von ihrem Stuhl an der Nähmaschine auf und kehrt gleich wieder dahin zurück. Das Kind könnte einen neuen Mantel brauchen, sagt sie und meint Letta, die aus ihrem roten Wollmäntelchen herausgewachsen ist. Will mal sehen, Lisa, was ich tun kann, ich hab da noch einen Rest von Mamas grünem Kleid, auch Futter muß noch übrig sein. – Ja, Erna, wenn du das tun willst, du bist wirklich ein Schatz.
Anita reißt Letta die Babypuppe aus dem Arm, die sie gerade mal kurz an sich genommen hatte, und Letta fragt ihre Mutter zum drittenmal, ob sie nicht endlich nach Hause fahren.
Ja, sicher, gleich. Wenn es dunkel wird.
Dann stehen sie am Ruhrorter Brückenkopf und warten auf die Ting-Ting, die am Friedrichsplatz wendet. Es ist zugig, sie frieren ein bißchen, ich hätte dir die Gamaschenhose anziehen sollen, Kind, aber heute morgen war es so warm. Steck die Hände in die Manteltaschen, und dann trampeln wir ein bißchen.
Es ist dunkel, aber so stockduster wie in Asberg wird es in dieser Gegend nicht. Die Brücke ist erleuchtet, die Schiffe auf dem Rhein sind es auch, und die Glut der Hochöfen schlägt rötliche Wolken in die Schwärze der Nacht. Ich find's überhaupt nicht schön hier, sagt Letta und ist froh, als die erhellte Straßenbahn heranquietscht und klingelnd vor ihnen am Bordstein hält.
Woran liegt es, daß sie so früh, im Alter von drei Jahren schon, die Welt der Industrie mit erklärtem Abscheu von sich weist? Daß sie ihr jedesmal erleichtert den Rücken

kehrt, dieser Gegend, zu der ihre Mutter mit Überzeugung Heimat sagt? Daß man im Asphalt nicht Wurzeln schlagen kann, dürfte eine Dreijährige bestenfalls ahnen. Aber wie bei jedem Kind sind die allerersten Eindrücke bestimmend: Hühnerhof, Garten, Wiesen, Alleen, die ganze bäuerliche Umgebung, in die es hineingeboren wurde. Und die nicht ohne Schrecken ist, wie Letta bald erfahren muß.

Am Abend, als Letta an Mutters Hand den Hof überquert, merkt sie noch nichts, allenfalls den ungewohnten Geruch, von dem ihr ein bißchen übel wird. Aber am anderen Morgen, als sie aus dem Bett geklettert ist, Mutter schläft noch, und sich den Stuhl ans Fenster schiebt, da sieht sie das Grauenhafte, diesen blutigen auseinandergeklappten Leib auf der schräggestellten Leiter, und daneben, auf einem umgekippten Holztrog, den abgehackten Kopf von Küsch-Küsch. Sie stößt einen Schrei aus, der die Mutter in ihrem Bett hochfahren läßt.

Lange ist sie nicht zu beruhigen, Lisa versucht es den ganzen Tag. Abends sitzt Letta im Nachthemd auf Vatis Knien, schmiegt sich an ihn, läßt sich noch einmal dasselbe erklären, will es nicht akzeptieren. So einen lieben Küsch-Küsch macht man doch nicht tot, und dann auch noch aufessen, macht man doch nicht.

Lenk sie ab, sagt Rudi erschöpft, ich bin mit meinem Latein am Ende. Und das Wort Küsch-Küsch will ich hier vorläufig nicht mehr hören.

Zeitlebens behält Letta eine Abneigung gegen Schweinefleisch und wird deswegen oft aufgezogen. Wie ein Jude oder Mohammedaner, als hättest du ein Gelübde drauf abgelegt. – Denn wenn sie zufällig nicht weiß, daß es Schweinefleisch ist, läßt sie sich ihr Schnitzel gut schmekken. Das Erlebnis mit Küsch-Küsch hat sie tief verdrängt, sie wüßte überhaupt nichts davon, hätten es ihr die Eltern später nicht erzählt. So wird es zu einer Erinnerung ohne Bild.

Gegen einen ähnlichen Schmerz versteht sie sich fortan zu

schützen, indem sie sich von den Tieren des Hofes distanziert, von allem Vieh, das zur menschlichen Nahrung bestimmt ist. Sie gibt den Hühnern und Gänsen keine Namen mehr und hat auf einmal dieselbe Angst vor dem Gänserich wie die fremden Kinder, denen sie die Angst bis dahin immer auszureden versuchte.

An Regentagen sitzt sie in der Küche auf der Fußbank, Mutter steht am Tisch und bügelt, dann singen sie miteinander. Weil ich Jesu Schäflein bin, Gott ist die Liebe, Was frag ich viel nach Geld und Gut, aber auch: Mariechen saß weinend im Garten, im Grase lag schlummernd ihr Kind. – Lisa ist geradezu erschrocken beglückt über die rasche Auffassungsgabe der Dreijährigen. Diese Lieder mit den vielen, oft schwierigen Strophen, und immer will sie alles ganz genau erklärt haben, manchmal kann sie einen ganz schön in Verlegenheit bringen. Etwas gedankenlos hatte Lisa ihr vorgesungen: »Tuck, tuck, tuck mein Hühnchen, Kikeriki mein Hahn. Die Eier legt das Hühnchen, das andere macht der Hahn.«

Was macht der Hahn? verlangt Letta sofort zu wissen.

Lisa stimmt ein neues Lied an, aber Letta läßt sich nicht dazu verführen, erst will sie erfahren, was der Hahn macht, wenn er schon keine Eier legt, etwas anderes eben, aber was? – Futter suchen, sag Lisa zögernd und ärgert sich, weil sie rot wird. Im Sand scharren und auf den Misthaufen fliegen und krähen. Das alles macht der Hahn.

Das Kind fragt nicht weiter, sieht aber sehr mißtrauisch aus.

Über Hänschen klein und die Fingerspiele ist sie bald hinaus. Das ist der Daumen, der schüttelt die Pflaumen. Steigt ein Büblein auf den Baum. Wie das Fähnchen auf dem Turme. – Manchmal singt sie es im Bett noch leise vor sich hin.

Das tollste Kunststück eines Zauberkünstlers hätte Letta nicht annähernd so imponieren können, wie die Tatsache, daß man den kleinen schwarzen Zeichen eines Buches

einen Sinn entnehmen, daß man »lesen« kann. Lesen wird ihre Leidenschaft, und Schule ein Zauberwort. Warte, bis du in die Schule kommst, dort wirst du es lernen. Jedes Nachbarkind, das morgens mit seinem Tornister auf dem Rücken loszieht, wird von Letta glühend beneidet.
Aber Letta kann auch schon lesen, mit dreieinhalb Jahren, wenigstens tut sie so und redet sich's ein. »Zu Bethlehem geboren ist uns ein Kindelein« – bitte aufschlagen, Mutter!
Lisa hat zu tun, ein Kuchen ist im Backofen, sie muß Kohlen nachlegen, greift hastig zwischendurch nach dem Gesangbuch, wie sie es schon einigemale gemacht hat, schlägt irgendwo auf – da steht es.
Das Kind reicht ihr das Gesangbuch zurück und erklärt mit großer Bestimmtheit: Das steht da *nicht*.
Aber ja doch, da steht es. Hier.
Nein, sagt Letta, und ihre Augen funkeln so böse wie Mutters Augen manchmal. »Zu Bethlehem geboren« – das steht da *nicht*.
Lisa sieht ihre Tochter an. Sollte sie wirklich schon ein bißchen –? Aber das ist nicht möglich. Unsicher fragt sie: Woher willst du wissen, daß es da nicht steht?
Weil ich mir voriges Mal einen Strich gemacht hab. Mit dem Stift.
Nun muß Lisa jedesmal die Seite mit dem Bleistiftstrich aufsuchen, obwohl das Lied dort auch nicht steht.
Meistens hat sie aber Zeit, der kleine Haushalt ist schnell versorgt. Die erübrigte Zeit kommt dem Kind zugute. Es wird ihr Lebensinhalt, ihr Glück, ihr Stolz, ihre Hauptaufgabe. Kein ungetrübtes Glück für ein Kind.
Zunächst einmal profitiert es mächtig davon, füllt sich körperlich und geistig auf, lernt Gedichte lieben und hat damit einen Schatz fürs Leben gewonnen. Daß Letta so schnell Gedichte lernt, auch schwierige mit vielen Strophen, führt Lisa auf den Ernst Moritz Arndt zurück. Sie hält insbrünstig und abergläubisch an dieser Vorstellung fest und ist auf ihren Rudi ärgerlich, daß der nur darüber lacht

und meint, der Alte habe ihr einen ganz schönen Floh ins Ohr gesetzt mit seiner Ansprache bei der Taufe. Sie läßt sich's nicht ausreden. In ihren eigenen Schullesebüchern, die sie alle aufbewahrt hat – für andere Bücher ist kein Geld da –, sucht sie nach Gedichten des Urahns, findet aber nichts, das für ein kleines Kind geeignet wäre. »Der Gott, der Eisen wachsen ließ« oder »Was ist des Deutschen Vaterland?« – damit will sie Letta denn doch nicht kommen, und »Du lieber heilger frommer Christ« kennt das Kind bereits. In einem Gedichtband beim Bruder Karl stöbert sie ein Kindergedicht des Ernst Moritz auf: »Wo ist der kleine Jakob geblieben?« Vier Strophen sind es, die lernt Letta im Handumdrehen. Sie wird jetzt zum Gedichteaufsagen regelrecht herangezogen, ein Ritus bildet sich heraus. Wenn Besuch da ist, versteht sich, oder wenn sie selbst zu Besuch sind, bei Oma Ruhrort, Oma Meta oder Tante Gerda. Das Kind muß sich auf einen Stuhl stellen, damit alle es gut sehen und hören können, Knickschen, Gedicht aufsagen, schön langsam mit guter Betonung, Knickschen, heruntersteigen. Letta erhält jedesmal viel Lob, und eine Weile macht es ihr Spaß.
Dann wird es ihr lästig. Sie möchte etwas anderes tun, spielen gehen oder Bilderbücher ankucken, aber ein Jugendfreund von Mutter ist mit seiner Frau zu Besuch gekommen, ein Onkel Eberhard, dem soll sie vorgeführt werden, »Wo ist der kleine Jakob geblieben« von Ernst Moritz Arndt, sie wird von Mutter auf einen Stuhl gestellt und klettert sofort wieder herunter. Heute hab ich keine Lust. Onkel Eberhard lächelt, seine Frau schlägt die Augen nieder, Lisa ist starr vor ungläubigem Zorn. Das Kind kündigt ihr den Gehorsam auf? Das hat es noch nie gegeben, das – hat es nicht zu geben. Noch meint sie, mit vernünftigem Zureden ihr Ziel zu erreichen, sie will das Kind vor den anderen nicht schlagen, obwohl ihr die Hand bereits juckt. Sei lieb, Letta, sag dein Gedicht auf. Was sollen unsere Gäste denken? Hinterher kannst du spielen gehen.

Nicht hinterher, jetzt! sagt Letta mit Festigkeit. Ich will –
Du willst??
Ich möchte, korrigiert sich Letta (im Sprachlichen macht sie gern Zugeständnisse), möchte lieber gleich spielen gehen. Jetzt, sofort. Es ist unerhört. Lisa kennt ihre Tochter nicht wieder, ist sehr erregt, sieht ihr mühsam errichtetes Familien-Prestige in Frage gestellt, und: wohin soll das führen, wenn man dies durchgehen läßt? Ein Mensch ohne Gehorsam und Disziplin wird es im Leben zu nichts bringen. – Daß sie auch gekränkt ist, schwer getroffen durch den Widerstand ihres Kindes, gesteht sie sich nicht ein.
Komm mal mit! sagt sie und zerrt die Tochter in den Flur, um ohne Zeugen ihren letzten und äußersten Trumpf ausspielen zu können. – Da drüben auf der Wiese sind Zigeuner, du hast sie gesehen, zu denen bring ich dich hin, daß sie dich mitnehmen, die geben mir noch Geld dafür. Also, was ist? Wirst du dein Gedicht aufsagen? Letta schüttelt den Kopf, die Augen voller Angst.
Nicht? Dann will ich dich nicht mehr haben. Dann verkaufe ich dich an die Zigeuner.
Spricht's, nimmt das steif gewordene Kind auf den Arm und trägt es durch den Flur, über den Hof, an der Hauswand vorbei auf das Tor zu.
Für diese Erinnerung hat Letta ein Bild: die geteerte Hauswand, an der sie entlanggehen. Die geteerte Wand wird mit Angst besetzt, vor allem Geteerten wird sie sich lange Zeit ekeln. Die Zigeuner drüben auf der Wiese hängen ihre Wäsche auf, über diese zerlumpten Gestalten sind die schlimmsten Gerüchte im Umlauf. Letta beginnt in den Armen der Mutter zu schreien, daß die Nachbarn ihre Fenster aufreißen. Es sind schrille, nicht mehr menschlich zu nennende Schreie.
Wirst du dein Gedicht aufsagen?
Letta nickt, ihr Schreien geht in ein nicht minder heftiges Schluchzen über, die Mutter kehrt um, sie hat sich durchgesetzt. Darin irrt sie sich allerdings, denn die Situation ist für

Gedichte von Grund auf verdorben. Zwar läßt sich Letta auf den Stuhl stellen, versucht auch zu sprechen, bringt aber nur Schluchzer heraus. So laß doch die Quälerei, sagen die Besucher.

Onkel Eberhard nimmt das Kind bei der Hand und geht mit ihm in die Wirtschaft an der Ecke, wo sie an der Theke auch Süßigkeiten verkaufen. Letta wählt die kleinen rautenförmigen Salmiakpastillen. Die kann man mit der Zunge benetzen und dann auf den Handrücken kleben zu einem schwarzen Stern und langsam ablutschen. Onkel Eberhard spricht sehr lieb zu ihr, mit keinem Wort erwähnt er die Blamage wegen des Gedichtaufsagens. Er ist etwas größer als Vati, blond, sehr schlank, und er trägt eine Brille mit hellem Hornrand. Der erste Mann, in den Letta sich später verlieben wird, ist groß, schlank, blond, und er trägt eine hellumrandete Brille. Da hat sie den Onkel Eberhard längst vergessen.

Das Vertrauen zwischen Lisa und ihrer Tochter ist schwer gestört. Die Mutter erzählt es dem Vati am Abend, was sie neuerdings für ein böses Kind haben, und Vati schimpft auch ein bißchen mit Letta, aber nicht ernsthaft, dazu ist er wohl auch zu müde. Sie erhält keinen Gutenachtkuß und ist danach ganz sicher, daß man sie hier nicht mehr liebt.

Das ist arg, aber zum Verzweifeln ist es nicht. Noch hat sie es nicht nötig, neurotische Symptome zu entwickeln wie Daumenlutschen, Bettnässen, Stottern. Noch kennt sie eine andere Quelle, die ihr Liebe spendet, Brutwärme und animalische Geborgenheit, und die nichts dafür fordert. Was nützt einem eine Mutter, die nach jedem Beweis der Fürsorge und Zärtlichkeit immer gleich kassieren kommt?

Letta handelt. Sie wartet ab, bis die Mutter mit ihrem vollen Korb in der Waschküche verschwunden ist, dort wird sie lange bleiben, wie man aus Erfahrung weiß, und die Waschküche liegt hinter den Stallungen und ist vom Hof nicht einzusehen. Dann packt sie ihre beiden Kinder, die Puppe Gerda und den Teddy, in ihren kleinen Korbwagen, von ihren Kindern trennt sie sich nämlich nicht, sie ist keine »stiefe« Mutter, und nie würde sie den Teddy und ihre Gerda an die Zigeuner verkaufen. Auch den Baukasten nimmt sie mit, aus dessen bemalten Würfeln man sechs Märchenbilder zusammensetzen kann, ihn stopft sie unter die Puppenkissen mitsamt dem »Struwwelpeter«, den sie zum Lesen braucht. Nun kann sie loswandern. Den Weg zu Oma Meta kennt sie gut, sie ist ihn mit den Eltern oft gegangen, streckenweise auf Vatis Arm, weil es so weit ist. Aber sie wird es schon schaffen. Es sind lauter ländliche Straßen und Alleen, eine Lektrische fährt in diese Richtung nicht.

Letta ist schon ziemlich weit gekommen, als sie von einem vorüberradelnden Nachbarn aufgehalten wird. Wo sie denn hin will, so allein? Zu Oma Meta, sagte Letta freundlich und ist ohne Arg. Sie weiß noch nicht, daß die meisten Menschen Verräter sind.

Der Mann radelt weiter, sucht Lisa Reichmann in der Waschküche auf und gibt ihr Bescheid.

Wie weit ist sie denn gekommen?

Ich hab sie am Bahndamm getroffen.

Um Gottes willen!

Lisa nimmt den Deckel vom Kessel, damit die Wäsche nicht überkocht, streift den Kittel ab, rennt sofort los. Ein Fahrrad hat sie nicht, sie kann auch nicht radfahren, aber sie ist gut zu Fuß. Als sie das Kind einholt, hat es bereits die Römerstraße überquert und schiebt seinen Puppenwagen an der Asberger Schule vorbei. Lisa ist ganz außer Atem. Letta, mein Liebchen, du kannst doch nicht einfach weglaufen, wo willst du denn hin? Hast du Mutter denn gar nicht mehr lieb?

Letta ist sehr erstaunt über die Frage, denn das verhält sich hier wohl eher umgekehrt. Und darum reagiert sie bockig. Ich geh zu Oma Meta. Bei dir bleib ich nicht. Daß du mich an die Zigeuner verkaufst.

Du Dummchen, das hab ich doch bloß so gesagt. Hast du wirklich geglaubt, daß ich das tu?

Lettas Erstaunen wird immer größer, geht jetzt schon in Verwirrung über. Bloß so gesagt und nicht so gemeint?
Weil aber Mutter vor ihr kniet und einen heiligen Eid schwört, sie nie, niemals an die Zigeuner zu verkaufen, will Letta mal nicht so sein und entschließt sich, mit der Mutter umzukehren. Zu Hause will sie sofort ins Bett, am hellichten Tag, sie ist zum Umfallen müde.
Lisa erzählt Rudi den Vorfall, und Rudi sagt nach einigem Nachdenken: Laß dir das eine Lehre sein. Wenn man einem Kind Angst macht, läuft es einem davon. Ich hab nichts dagegen, daß du sie streng erziehst – aber, Lisa, schlägst du sie nicht ein bißchen viel? Deine Mama sagt, sie hätte dich nie geschlagen.
Lisa verteidigt sich hitzig: Eben, eben. Das ist es ja gerade. Hätten sie mich nicht so verwöhnt zu Hause, wäre aus mir auch mehr geworden. Rudi schüttelt den Kopf. Was hätte aus dir denn werden sollen, Lisamädchen?
Darauf erhält er keine Antwort.
Letta versteht sich mit Mutter nun wieder ganz gut, sie wird manchmal mit kleinen Geschenken überrascht und findet sich dann auch bereit, neue Gedichte zu lernen. Von Zigeunern ist keine Rede mehr, die sind inzwischen weitergezogen. Vati hat Letta erzählt, was das für ein Unsinn ist, daß die Zigeuner fremde Kinder mit sich nähmen, die sind ja froh, wenn sie ihre eigenen ernähren können. Zigeuner sind Menschen wie wir, sagt er, bloß daß sie nicht in Häusern wohnen, sondern mit Wagen und Pferden durch die Welt ziehen. Letta glaubt ihm aufs Wort. Ihrer Mutter glaubt sie nicht mehr alles. Als Lisa ihr erklärt, daß es böse Männer gibt, die Kinder an sich locken und ihnen Schlimmes antun wollen, und daß sie also nie mit einem Unbekannten mitgehen dürfe, runzelt Letta die Stirn und fragt: Meinst du das wirklich, oder sagst du das nur so?
Lisa ist bestürzt über die Folgen ihrer Fehlhaltung. So werden die Kinder unsere Lehrmeister, sagt sie zu ihrem Mann.

Schwierigkeiten gibt es jetzt eigentlich nur außer Haus. Die Reichmanns sind weit und breit die einzige Arbeiterfamilie, in der Hochdeutsch gesprochen wird, und in ihrer Umgebung wohnen nur einfache Leute, Arbeiter und Kleinbauern. Seit Letta mit den Kindern auf der Straße spielt, erfährt sie sich als Außenseiter, und das Prekäre ist, daß sie gar nicht weiß, was sie da falsch macht. Als sie zu einem Nachbarjungen sagt: Gib mir jetzt mal den Ball, bitte! – wird sie verhöhnt und verhauen. Sie hätte sagen müssen: Gimmich dä Ball! und auf keinen Fall »bitte«, aber das muß sie erst lernen. Sie läuft ins Haus zur Mutter und läßt sich trösten.
Bleib du schön bei mir. Was brauchen wir die anderen.
Ihrer beider Beziehung wird wieder intim, sehr eng, auf den innersten Ring bezogen. Ein Rückgriff auf die Babyzeit.
Im politischen Leben des Landes scheint es aufwärtszugehen, die Republik festigt sich, ist nicht mehr in dem Maße ungeliebte Staatsform wie in den Wirren des Anfangs. Stresemann wird Kanzler, danach Außenminister, er wirbt in der Welt um Vertrauen und erreicht es, daß Deutschland in den Völkerbund einziehen kann. Die Deutschnationalen toben und verlassen die Regierung.
Rudi Reichmann wählt nicht deutschnational wie seine Schwiegermutter, er wählt als Arbeiter die SPD und ist Mitglied der Gewerkschaft. Die hat den Achtstundentag durchgesetzt, und was das für ein großer Fortschritt ist, können nur diejenigen ermessen, die jetzt zwei Stunden weniger arbeiten dürfen für den gleichen Lohn. Rudi ist nicht mehr so hundemüde, wenn er vom Hüttenwerk nach Hause kommt, braucht nicht mehr soviel Schlaf wie vorher, hat etwas mehr Zeit für Letta. Früher reichte der Schlaf immer gerade hin, sich für die nächste Schicht zu erholen, und richtig gelebt wurde nur am Sonntag. Wenn das in der biblischen Schöpfungsordnung verankert ist, wie Lisa immer behauptet, muß man sich aber doch fragen, wieso

ausgerechnet jene Leute, die sich ständig auf die Bibel berufen, es in ihrer eigenen Lebensführung um so vieles leichter haben. Die sind keine Wochenendler, wie man allenthalben beobachten kann, die haben auch an anderen Tagen manchmal Zeit, ins Kino, ins Theater oder einfach spazierenzugehen. Solche und ähnliche Gedanken kommen dem Rudi, wenn er nach acht Stunden Arbeit vom Hochofen erlöst wird, sein altes Fahrrad besteigt und nach Hause strampelt, bei Gegenwind.

Er lehnt es strikt ab, sonntags in die Kirche zu gehen. Ich bin doch kein Heuchler. Aber er hat nichts dagegen, daß Lisa das Kind zu einem religiösen Menschen erzieht. Man weiß nicht, was im Leben noch auf uns wartet, sagt er, vielleicht ist der Glaube an Gott einmal Lettas einziger Trost, wenn alles andere versagt.

Lisa hört solche pessimistischen Reden nicht gern. Sie erzieht Letta zum christlichen Glauben, weil sie selbst dazu erzogen wurde. Ein Warum gibt es für sie in dieser Hinsicht nicht. Ihre Grundeinstellung ist konservativ, sie tut die wichtigsten Dinge fraglos und mit Überzeugung, obwohl sie niemals überzeugt werden mußte. Dafür ist sie dann auch nicht verführbar.

Sie sind ein zärtliches Ehepaar und meistens fröhlich. Sie haben Freunde, intelligente Arbeiter, die wie Rudi keine Aufstiegschancen vorfinden. Zwei von ihnen besuchen an den Abenden die neugegründete Volkshochschule in Duisburg, um sich «weiterzubilden», schlafen aber, wie sie traurig eingestehen, in der Regel über dem Lehrstoff ein. Die Ehefrauen der Freunde sind Lisas Kolleginnen aus dem Konsum, das ist kein Zufall, denn der Freundeskreis hat sie und den Rudi zusammengeführt. Freundschaften, die fürs Leben halten.

Rudi ist wählerisch in seinem Umgang, was er allerdings nicht weiß. Er will nicht überheblich sein, er hält an seiner sozialen Einstellung fest. Aber dumme, primitive Menschen kann er schlecht ertragen, und Trinkern geht er aus dem Weg. Seine Freunde sprechen hochdeutsch, auch das ist ihm wichtig. Das niederrheinische Platt kennt er nicht, seine Wiege hat anderswo gestanden, und den Ruhrkumpeljargon findet er scheußlich. Er hat ja ohnehin Mühe, an einer Unterhaltung teilzunehmen, da soll es dann wenigstens ein klares, verständliches Deutsch sein. Sein Vater, der Gottlieb Reichmann, hält es ebenso. Nur daß der unter seinen Kumpeln überhaupt keine Freunde gefunden hat, ein einsamer Mann.

Obwohl Rudis Arbeitsplatz in Duisburg-Ruhrort liegt und die Volkshochschule in der Nähe, drängt es ihn nicht dorthin. Er will sich nicht weiterbilden. Er liest in seiner Freizeit Bücher, die er sich in der Werksbibliothek ausleiht: Tolstoi, Balzac, Zola, Jack London, am liebsten Mark Twain, dessen ironischer Realismus ihm entgegenkommt. Gedichte bedeuten ihm nichts, die besorgt er höchstens für Lisa. Auch schon mal Hedwig Courths-Mahler, aber selten, denn meistens liest Lisa in der Bibel. Die brauchen sie nicht auszuleihen, die haben sie bei der Trauung geschenkt bekommen. »Wo keine Bibel ist im Haus, da sieht es öd' und traurig aus«, lautet einer von Lisas Kernsprüchen. Rudi besitzt einen Duden und ein Fremdwörterlexikon. Beides hat er sich zu Weihnachten schenken lassen, weil es ihn oft ärgerte, wenn er bei seiner Lektüre auf Unverständliches stieß. Im übrigen spielt das Wort »Bildung« in seiner Gedankenwelt eine untergeordnete Rolle. Er liest, weil es ihm ein Bedürfnis ist, mit beruflichem Aufstieg hat es nichts zu tun. Der liegt auf einem anderen Sektor, wird nicht aus den Augen gelassen, wird immerfort mit Fleiß und Genügsamkeit angepeilt. Sie sparen für ein Friseurgeschäft.

Lisa ist ein Genie im Haushalten. Rudi gibt ihr seinen vollen Lohn ab, behält höchstens einmal zwanzig Pfennig für ein Bierchen zurück, an heißen Tagen, denn sonst trinkt er nicht, und das Rauchen hat er sich ganz abgewöhnt. Von einem Hilfsarbeiterlohn noch Rücklagen machen, ohne zu hungern, ist schon ein Geniestreich, sagen die Freunde, die

als Facharbeiter etwas besser dran sind. Und das neue Sommerkleid, Lisa, das sieht aber gar nicht billig aus. Hat Erna genäht, sagt Lisa, die ist sehr geschickt. Letta trägt die Kleider ihrer älteren Kusine Anita, guterhaltene Sachen von Kübler. Die Kinder tragen das ja nicht auf, sie wachsen so schnell aus allem raus.
Den häuslichen Sparstrumpf mußte Rudi seiner Lisa ausreden. Ich weiß, dir steckt noch die Inflation in den Gliedern, aber ein bißchen mehr Zutrauen darfst du schon haben zu unserer deutschen Rentenmark, und es wäre doch dumm, auf die Zinsen zu verzichten. Ein Sparbuch also, auf der Kreissparkasse.
Das Jahr 1927 bringt eine gewisse wirtschaftliche Blüte, die Industrie wird mit Hilfe von Auslandskrediten angekurbelt, es ist beinahe die Vollbeschäftigung erreicht, und die Regierung verabschiedet das Gesetz über die Arbeitslosenversicherung. Ein wichtiges Gesetz, ein großer sozialer Fortschritt. Der Verlust des Arbeitsplatzes und die damit verbundene Unfähigkeit, die Familie zu ernähren, hatte schon manchen in Verzweiflung und Selbstmord getrieben. Nun gibt es wenigstens die Sicherheit, im äußersten Fall nicht verhungern zu müssen.
Rudi bekommt zwei Wochen Sommerurlaub, den wollen sie mit ihren Freunden an der Mosel verbringen, in einer billigen kleinen Pension. Lisa konnte sich erst nicht dazu entschließen. Das schöne Geld, Rudi, es wird uns leid tun, nun dauert es ja noch länger, bis wir unser Geschäft –
Er gibt ihr meistens nach, diesmal bleibt er fest. Wir sind nur einmal jung, Lisamädchen, dies sind unsere schönsten Jahre, niemand weiß, wie die Zukunft aussieht. Eher könnte es uns einmal leid tun, daß wir die Zeit nicht genutzt haben. Er hätte ihr mit der Bibel kommen können, aber die kennt er zuwenig. Lisa läßt sich überreden, läßt fünf gerade sein und willigt ein. Sie ist ein geselliger Mensch wie ihr Rudi, und nachdem sie die Sache einmal beschlossen haben, wird über das Geld nicht mehr lamentiert.

Sie fahren mit der Eisenbahn an die Mosel, von Duisburg bis Koblenz, von Koblenz bis Bullay. Sie sind drei Ehepaare, dazu die Junggesellin Gerda, Lettas Patentante. Gerda stört nie, man muß sie einfach gern haben. Sie ist zierlich, schwarzhaarig, hübsch und immer sehr elegant angezogen. Die Männer schwärmen für sie und flirten mit ihr, die Ehefrauen sind ein bißchen eifersüchtig, aber nur an der Oberfläche. Warum heiratest du eigentlich nicht, Gerda? – Da wär ich schön dumm, lautet ihre Antwort, und die Frauen nicken. Vor einem Jahr ist Gerda Filialleiterin geworden, in Repelen, nicht in Hochheide, wo der Platz noch durch die ältere Kollegin besetzt ist, von der Lisa seinerzeit beim Diebstahl ertappt wurde. Darüber wird nie mehr geredet.
Die Reichmanns sind zum erstenmal an der Mosel, es ist für beide die erste größere Reise. Rudi war als Junggeselle im Teutoburger Wald, mit Fahrrad und Brotbeutel, mit Übernachtungen in Scheunen. Und weil die Dinge des Lebens ihren Wert nur aus dem Vergleich beziehen, wird der Aufenthalt in Bullay als feudal empfunden. Wie feine Leute kommen sie sich vor, und Rudi genießt es sichtlich, Trinkgelder auch einmal geben zu können, anstatt sie, wie in seiner Lehrzeit, mit einer Verbeugung entgegenzunehmen. Wenn er die Großzügigkeit übertreibt, wird er von seiner Frau unterm Tisch leicht gegen das Schienbein gestoßen.
Sie sind gut zu Fuß, alle sieben. Die winzige Gerda, der man dies gar nicht ansieht, ist sogar besonders zäh. Die Moselschleife bei Pünderich hat es ihnen angetan, hier beißt sich der Fluß beinahe in den eigenen Schwanz, von vier Seiten sieht man ihn durch die Fenster des Aussichtsturmes oben auf der Marienburg. Die Fenster sind bunt getönt, gelb, blau, rot, das erhöht den Reiz.
Abends gehen sie tanzen. Darin sind sie geübt, in einem Tanzkursus hatten sie sich kennengelernt, einer hatte den anderen nachgezogen. So jung sie sind, leben sie doch schon ein bißchen von Erinnerungen. Wißt ihr noch, der

dicke Klavierspieler damals bei Grünewald? Wie der immer schwitzte. Und der dünne Leopold mit seiner Geige –
Lisa schreibt Ansichtskarten an Mama und Oma Meta, an Meta gleich zweimal, denn dort haben sie Letta gelassen. Wo ich das Kreuz hingemacht habe, wohnen wir. Paßt gut auf unser Schätzchen auf! Wir haben viel Spaß miteinander. Gerda und Gusti lassen grüßen.
Sie können unbesorgt sein, denn das Kind fühlt sich bei den Großeltern so wohl wie immer. Die weiträumige Dachwohnung mit ihren Fluren, Erkern und Winkeln wird diesmal gründlich erforscht. Seit Onkel Peter und Onkel Alfred geheiratet haben und weggezogen sind, ist hier oben viel Platz. Nur Onkel Willi wohnt noch hier, in einer eigenen gemütlichen Bude. Er ist Schlosser geworden und bastelt in seiner Freizeit viel herum. Das Material sucht er sich auf Schrottplätzen zusammen, und so kommt Letta zu einem Roller, mit dem sie durch die dunklen Korridore flitzt. Die Räder sind verschieden groß, die Lenkstange war anfangs zu lang, aber Onkel Willi hat so lange gesägt, gehämmert und geschraubt, bis das Ding fahrtüchtig war. Im Essen ist sie mäklig, hatte Lisa zu ihrer Schwiegermutter gesagt, als sie das Kind bei ihr ablieferte. Sie hat so wenig Appetit in letzter Zeit. Wenn wir zurück sind, muß ich mal wieder zum Arzt mit ihr, vielleicht hat sie was unter sich.
Aber Oma Meta weiß schon, was ihrem Herzchen schmeckt. Rindfleischsuppe mit selbstgemachten Nudeln, so was könnte Letta jeden Tag essen. Sie darf zusehen, wie Oma auf dem Küchentisch den Teig ausrollt, sie darf sogar ein bißchen mithelfen beim Rollen, und dann werden die dünnen Teiglappen zum Trocknen an die Herdstange gehängt wie Wäschestücke, komisch sieht das aus. Später schneidet Oma den Teig in schmale Streifen, das sind dann die Nudeln. Sie schmecken viel besser als die spillerigen Fadennudeln, die Mutter immer kauft. Und bei Tisch gibt es jedesmal ein Gelächter, wenn einem die dicken Streifen vom Löffel rutschen und – plitsch! – in die Suppe zurückfallen.

Zum Abendbrot essen sie Brühwürstchen. Sind die vom Schwein? fragt Letta und kuckt die roten Dinger mißtrauisch an. Aber wo denkst du hin, wir essen hier nichts, was vom Schwein kommt. Weißt du doch, Letta. Bei uns gibt's nur Fleisch vom Rind. Frert ma, frert ma, sagt die Oma, die manchmal in das westfälische Platt ihrer Kindheit verfällt, und Letta probiert ein Stück, findet es lecker und entwickelt eine Vorliebe für Brühwürstchen.
Nach dem Abendessen darf sie zusehen, wie Opa seine Fahrradlampe mit Karbid füllt, auch die Grubenlampe schraubt er auf, nimmt das kleine Gitter herunter und erklärt Letta, wozu es dient. Die Grubenlampe hängt an einem Fleischerhaken. Dann packt Opa sein Arbeitszeug in ein blaugewürfeltes Handtuch, läßt sich von Oma den gefüllten Henkelmann aushändigen und macht sich auf den Weg zur Nachtschicht. Von der kleinen Erbschaft damals hat er sich ein Fahrrad gekauft. Zu Fuß wäre der Weg nach Friemersheim von hier aus nicht zumutbar, Opa Gottlieb ist schließlich nicht mehr der Jüngste.
Kurz vor dem Schlafengehen zieht sich Oma mit Letta in das Türmchen zurück, wo ihre Kakteen stehen und die zwei Zimmerlinden, die bis zur Decke hinaufreichen. Hinter den Tüllgardinen blaut der Abend, durch das offene Fenster hört man fernes Kirchengeläut und vom nahen Bahnhof die schrillen Pfiffe einer Lokomotive, die gerade Dampf abläßt. Letta liegt in Omas mächtigem Schoß und lauscht ihren Märchen, so fasziniert wie entsetzt, denn die Märchen sind danach. Karl und Karlineken wurden enthauptet, und nun liegen ihre blutigen Köpfe in einer Truhe und schreien: Wir wollen unsere Körper wiederhaben. Gebt uns unsere Körper zurück.
Die Wollust, Kindern Angst und Schrecken einzujagen – woher kommt das, auch bei sonst eher gutmütigen Menschen? Was treibt sie dazu?
Tagsüber kann Letta den Spuk vergessen, sie lernt viel Neues und Interessantes. Onkel Willi hat einen Zauberka-

sten in seinem Zimmer, vor dem Letta sich stundenlang aufhalten könnte. Wenn man den Deckel hebt, sieht man eine Scheibe aus grünem Filz, darauf wird eine andere Scheibe gelegt, eine schwarze mit vielen Rillen. Eine feierliche Handlung vollzieht sich: Onkel Willi nimmt eine Nadel aus einer Schachtel, steckt sie in das Ende eines Hebels, bedient eine Kurbel an der Seite, bis die Scheibe sich ganz schnell dreht, und legt vorsichtig den Hebel so hin, daß die Nadel in die erste Rille paßt. Danach beginnt das Wunder, denn ein Mann fängt an zu singen. Richtig schön wird es erst, wenn man vorn am Kasten ein Türchen öffnet, dort strömt der Gesang voll heraus.
Onkel Willi nennt das Ding Grammophon und erläutert Letta umständlich, wie es funktioniert. Aber damit ist sie überfordert. In ihrer magischen Welt hat die Technik noch keinen Platz. Stell dir vor, Letta, die Leute wollten das Ding wegschmeißen, weil es kaputt war, da habe ich es mir geben lassen und so lange dran gebastelt, bis es wieder läuft. Nun darf ich es behalten. Der Mann, den du da singen hörst, ist vor ein paar Jahren gestorben.
Gestorben? – fragt Letta und schüttelt den Kopf. Wenn er tot ist, kann er auch nicht mehr singen.
Sie kuckt durch das geöffnete Türchen in den Kasten, ob sie den singenden Mann vielleicht entdeckt, denn wo eine Stimme ist, muß schließlich auch der dazugehörige Mensch zu finden sein. Ein kleiner Mensch, ein Däumling vermutlich.
Er ist nicht drin, Letta, sagt Onkel Willi und lacht. Der Mann hieß Caruso, er war der größte Sänger der Welt.
Glaub ich nicht, sagt Letta. Er singt, also lebt er noch. Und groß kann er auch nicht sein, sonst tät er ja nicht in den Kasten passen. Da gibt Onkel Willi es auf. Aber in jeder freien Stunde spielt er Letta seine drei Platten vor, und sie sitzt mit gefalteten Händen auf einem Hocker und lauscht mit offenem Mund. Der *Rigoletto* wird ihr erstes Kunsterlebnis.

Lettas geöffneter Mund ist nicht nur mit Andacht zu erklären. Die Oma hat ein Krankenpflegeexamen gemacht und beobachtet das Kind. Was sie durch Unwissenheit an ihren eigenen Kindern versäumt hat, soll ihr bei ihren Enkeln nicht passieren. In den ersten Tagen amüsierte sie sich noch über Lettas übermäßiges Schlafbedürfnis.
Wie der Olle, sagte sie. Die slöpt genausoviel wie der Olle. Das hat sie von ihm.
Über die Gründe für ihres Gottlieb Vielschlaferei macht sie sich keine Gedanken. Daß er ins Bett flüchtet, um ihrem banalen Redeschwall zu entgehen, kann sie nicht nachvollziehen. Bei ihm hält sie es für eine Schrulle, sie hat sich auch längst daran gewöhnt. Die Müdigkeit des Kindes aber gibt ihr mit der Zeit zu denken. Das ist ja nicht normal, befindet sie. Nachts schläft sie zehn Stunden, und mittags legt sie sich auch wieder hin. Irgendwohin in eine Ecke. Ein gesundes Kind tut so was nicht. Und dann das Schnarchen – die hat Polypen, da kann mir einer sagen, was er will. Nasenwucherungen hat sie, und die müssen raus.
Sie sagt es Lisa und Rudi, als die aus dem Urlaub zurückkommen, das Kind abzuholen. Lisa wirft ihrer Schwiegermutter einen strengen Blick zu: Ja, ja, schon recht, ich geh mit ihr zum Arzt. – Das Wort »herausschneiden« soll in Gegenwart des Kindes vermieden werden.
Letta geht gern mit nach Hause. Es war schön bei Oma Meta, aber zu Hause ist es am allerschönsten. Die Puppe Gerda ist bei Oma ziemlich schmutzig geworden, es wird Zeit, daß Letta sie endlich einmal badet. Kleid und Höschen ausziehen und dann ein paarmal untertauchen im vollen Wassereimer. Als Letta sich hinterher ihr geliebtes Kind ansieht, fängt sie laut an zu weinen. Es hat überhaupt kein Gesicht mehr, der ganze Puppenkopf ist eine formlose, matschige Masse.
Mutter kommt gelaufen, betrachtet den Schaden und schimpft. Wie konntest du das tun, ohne mich vorher zu fragen? Gerda kann man nicht baden, sie ist doch aus Papiermaché.

Die Puppe verschwindet, und in der folgenden Nacht hat Letta Fieber, sie phantasiert und schreit. Die blutigen Köpfe von Karl und Karlineken geistern durch ihre Träume. Gebt ihnen doch ihre Körper zurück, schreit Letta. Wo sind denn die Körper geblieben? Lisa knirscht mit den Zähnen. Na warte, Meta, mit dir werd ich ein Hühnchen rupfen. – Sie nimmt das Kind für den Rest der Nacht in ihr Bett, da wird es ruhiger und träumt nicht mehr so wild.
Es hilft nichts, die Polypen müssen raus. Hals- und Nasenwucherungen, sagt der Facharzt, zu dem sie überwiesen wurde. Es ist höchste Zeit, ich mache das hier in meiner Praxis.
Sie geben doch einen kleinen Rausch, Herr Doktor?
Grundsätzlich nicht, lautet die Antwort.
Da weiß Lisa Bescheid. Zu dem nicht, mein Kind, zu dem bring ich dich nicht hin. Sie hat sich im Freundeskreis erkundigt, wie eine solche ambulante Operation vor sich geht: das Kind wird festgeschnallt, eine Schwester ist dabei, die hält die Schale für das Blut. Die Gegenwart der Mutter ist unerwünscht.
In Meiderich – sagt Lisa zu Rudi –, im Krankenhaus in Meiderich ist ein Kinderarzt, der gibt Chloroform. Gerade bei kleinen Kindern, weil man denen noch nicht erklären kann, was mit ihnen geschieht. Damit sie keinen Schock kriegen. Das Kind muß vier Tage im Krankenhaus bleiben zur Kontrolle, ich fahr dann jeden Tag hin, sie besuchen.
Zahlt das unsere Kasse? fragt Rudi.
Lisa schweigt. Nein, sagt sie dann, und ihre Augen funkeln kampfbereit, nein, das zahlt die Kasse nicht. Wir haben ja keine freie Arztwahl. Das müßten wir dann eben aus eigener Tasche berappen. Sie rechnen aus, wieviel es ist, und Rudi erschrickt. Es ist ein voller Monatslohn, Lisa!
Ja, das ist es, schreit sie ihn an, obwohl sie auch vorher schon laut genug gesprochen hat, um sich bei ihm Gehör zu verschaffen. – Wir haben uns Geld für einen Urlaub genehmigt, und für das Kind soll keins übrig sein. Ich lasse Letta nicht in einem Stuhl festschnallen.

Ich auch nicht, gibt er leise zurück. Du hast ja recht, entschuldige bitte. – Er gehört zu den Schwerhörigen, die eher zu leise als zu laut sprechen.
Die beiden Großmütter wollen etwas zuschießen. Von Oma Meta nehmen sie es an, von Oma Hüsken nicht. Kommt nicht in Frage, sagt Rudi. Deine Mama mit ihrer kleinen Witwenrente. Aber Lisa läßt es zu, daß Bruder Karl ihr heimlich zwanzig Mark in die Handtasche stopft.
Die Oma Ruhrort kommt mit, als Lisa mit dem Kind ins Krankenhaus geht. Letta wurde auf das bevorstehende Ereignis vorbereitet, soweit dies bei einer Vierjährigen möglich ist. Mutter kommt dich jeden Tag besuchen. Und nach eins - zwei - drei - vier Tagen hole ich dich wieder nach Hause. Wenn du lieb bist und kein Theater machst, kriegst du eine Belohnung. Was ganz, ganz Schönes.
Eine Babypuppe? fragt Letta. In einem Steckkissen, wie Anita eine hat? Und sie darf nicht aus Papiermaché sein.
Mal sehen, sagt Mutter und macht verheißungsvolle Augen.
Letta hätte lieber Oma Meta dabeigehabt, als es ins Krankenhaus geht. Für die Qualitäten von Oma Hüsken hat sie noch kein Organ, das kommt später. Jetzt ist ihr diese Frau noch etwas zu forsch, zu ernst, zu mager. Und immer trägt sie diese langen schwarzen Kleider, die so unfroh aussehen.
Wie die Nonnen, die Letta gleich darauf kennenlernt. Die Stationsschwester ist überlastet und überhastet. Sie hält es für Eigensinn, als Letta auch am zweiten Tag noch nicht essen will.
Brühwürstchen, sagt Lisa zu der Schwester, wenn Sie ihr Brühwürstchen kleinschneiden und unter das Püree mischen, das ißt sie bestimmt.
Für Ihre Tochter wird hier keine Extra-Wurst gebraten, Frau Reichmann. Am liebsten würde ich Sie heute gar nicht zu dem Kind lassen. Wenn Sie weggehen, haben wir nachher das Geschrei.
Mutter! – ruft Letta von ihrem Bett her. Sie hat alles mit anhören können.

Jetzt kommt's der Lisa aber hoch. Dieser Deibel im Nonnenkleid! – Sie schiebt die Schwester einfach beiseite. Das wär ja wohl gelacht – ich nicht zu meinem Kind? Ich komme von Asberg, mit der Straßenbahn von Hochheide bis hierher, zweimal umsteigen, Schwester, und da soll ich mein Kind nicht zu sehen kriegen?
Sie sitzt schon an Lettas Bett und umarmt ihren Liebling. Die Stationsschwester rauscht vorbei, wirft einen Blick auf die beiden und ist von der Liebesszene nicht erbaut. Sieh mal an, Sie kommen jeden Tag extra von Asberg hierher. Kein Wunder, daß das Kind so verwöhnt ist.
Morgen, Letta, bring ich dir Kartoffelbrei und Brühwürstchen mit, sollst mal sehen, wie das schmeckt. Du mußt wenigstens ein bißchen essen, sonst wirst du nicht gesund. Grießpudding magst du doch sonst immer gern.
Auf dem Nachttisch steht das unberührte Mittagessen.
Mir tut das Schlucken weh, sagt Letta und greift nach ihrem Hals. Weiß ich, das wird noch ein paar Tage wehtun. Ist aber nicht weiter schlimm. Komm, ich werde dich füttern. Wie früher, als du noch ein Baby warst. Ein Löffel für Vati, ein Löffel für Oma Meta – ein Löffel für den Onkel Doktor, sagt Letta und schluckt alles gehorsam herunter. Den Arzt, der sie operierte, hat sie ins Herz geschlossen. Es war schon richtig, daß ich sie hierher gebracht habe, denkt Lisa. Das Geld werden wir verschmerzen.
Am anderen Morgen darf Letta aufstehen und nach dem Frühstück in den Spielsaal gehen. Dort sitzen viele Kinder um eine junge Nonne, die ihnen Lieder beibringt. Es ist Schwester Irmingard, sie ist lieb und lustig, bei ihr fällt das lange schwarze Kleid nicht ins Gewicht. Häslein in der Grube und Hänschen, piep mal. Der Morgen geht schnell herum.
Zu Mittag gibt es wieder Püree und eine Frikadelle. Ist die vom Schwein? fragt Letta die Pflegerin, die das Essen austeilt. – Ja, klar, denkst du vielleicht, vom Hund –?
Letta rührt das Fleisch nicht an. Die Stationsschwester wird

gerufen und schimpft wieder. So ein verzogenes Kind. Man sollte deine Mutter wirklich nicht hereinlassen, du verdienst es nicht.
Die Zeit schleicht dahin. Eigentlich müßte Mutter schon hier sein. Die Stationsschwester läßt sich auch nicht blikken, ob die am Ende draußen vor der Eingangstür steht, um die Mutter zurückzuschicken? Der Gedanke versetzt Letta in Panik.
Trotz ihrer Aufregung handelt sie klug. Später wundern sich alle, wie sie denn nur unbemerkt verschwinden konnte und daß sie in den Fluren und dem weitläufigen Treppenhaus von keinem aufgehalten wurde, ein Kind mit einem Halswickel! Sobald ihr jemand entgegenkommt, versteckt sie sich in der nächsten Türnische oder hinter einer Bahre. In diesem Haus haben die Leute es immer furchtbar eilig, das macht sie sich zunutze. Sie ist schon fast unten und kann die Pforte bereits sehen, da läuft sie einem in die Arme, der sie gut kennt. Es ist der liebe Onkel Doktor. Er ist so groß wie Vati, hat aber weizenblondes Haar und trägt eine Brille mit hellem Hornrand. Ja, wen hätten wir denn da? Willst du spazierengehen, Letta?
Sie haben eine ernste, sehr sachliche Unterredung miteinander. Wegschicken, deine Mutter? Gibt's gar nicht. Wenn Besuchszeit ist, hat jede Mutter das Recht, ihr Kind zu sehen. Keine Sorge, Letta, die kommt schon, es ist ja erst halb zwei. Morgen früh kuck ich noch mal in deinen Hals, dann kann deine Mutter dich am Nachmittag mit nach Hause nehmen.
Der Arzt hat viele kleine Patienten, aber den Namen dieses Kindes hat er sich gemerkt. Es passiert nicht alle Tage, daß einem eine Vierjährige in der Narkose ein Gedicht aufsagt und noch hinzufügt, es sei von Ernst Moritz Arndt.
Mutter kommt, freut sich, daß Letta schon herumlaufen darf, und packt einen Henkelmann aus. Sie hat ihn mit Sofakissen umwickelt in der großen Einkaufstasche mitgebracht, damit das Essen unterwegs nicht kalt wird, Kartof-

felbrei mit Brühwürstchen. Letta ißt mit gutem Appetit und läßt sich nicht füttern. Die wollten mir heut 'ne Frikadelle zu essen geben, vom Schwein. Hab ich natürlich nicht gegessen.

Natürlich nicht. – Das Brühwürstchen stammt auch vom Schwein, aber das braucht Letta nicht zu wissen.

Wie gern man sich in einem solchen Haus verabschiedet! Am nächsten Tag, als Letta sich mit Händchengeben und Knickschen davon überzeugen kann, daß sie hier nur eine Gastrolle abgegeben hat, erscheint ihr die Umgebung beinahe freundlich. Sogar die Stationsschwester sieht lächelnd zu dem höflichen Kind herunter und läßt durchblicken, daß auch sie mit ihrer Strenge nur eine unumgänglich notwendige Rolle gespielt habe. Irgendwann kommt für jeden der Zeitpunkt, wo er die frommen Lügen der Konvention akzeptiert und im Brustton absoluter Ehrlichkeit zu sagen lernt, was er nicht meint, und Letta sagt also *Aufwiedersehen.*

Nur beim Herrn Doktor ist es aufrichtig gemeint, und sie schickt ein paar Sätze hinterher: Wenn Sie mal Zeit haben, besuchen Sie uns doch. Wir wohnen in Asberg und haben es sehr gemütlich. Am besten kommen Sie sonntags, dann hat meine Mutter Rodongkuchen gebacken, der verbrennt manchmal ein bißchen, wenn das Rohr verstopft ist und der Herd keinen Zug hat, wir streuen dann Puderzucker drüber, daß man es nicht sieht. Mein Vater ist schwerhörig, mit dem müssen Sie laut –

Der Herr Doktor hat aber gar keine Zeit, sagt Lisa und muß ihre Tochter aus dem Sprechzimmer geradezu losreißen. Eine richtige Quasselstrippe, das hat sie von Oma Meta.

Nun ist dies ja ein besonderer Glückstag, so recht geeignet, daß man außer sich gerät und sich Luft schaffen muß. Manche Kinder fangen dann an zu zappeln und zu hopsen, und Letta, die kein Bewegungstyp ist, wird gesprächig. Auch unterwegs, auch auf dem Gang zur Straßenbahn. Sie kann Mutter nicht bei der Hand fassen wie sonst, denn sie trägt auf beiden Armen ihre neue Babypuppe, ein süßes kleines Ding in einem Steckkissen. Der Kopf ist aus Porzellan wie bei Anitas Puppe, da muß man vorsichtig sein, aber zugleich ist dies ein großer Vorteil, denn dieses Kind wird man waschen können, ohne daß sich sein Köpfchen in einen matschigen Brei verwandelt. Das alles erzählt Letta ihrer Mutter und noch mehr, und zwischendurch bleibt sie stehen und drückt ihrem Baby einen Kuß auf die kühle Stirn. Ich nenne sie Gerda, Mutter, was meinst du? Die andere Gerda war ja auch schon etwas älter, dies ist eben meine Gerda als Baby. Lisa ist ganz entnervt von dem ständigen Geplapper, jetzt halt aber mal den Mund, Letta, bei deinem wunden Hals solltest du noch nicht soviel reden.

Sie sind an der Haltestelle angekommen.

Der Schaffner hat es gut gemeint, ihn trifft keine Schuld. Eigentlich trifft überhaupt niemanden eine Schuld, so ist es ja meistens. Ein Versehen, eine kleine Unachtsamkeit. Mit schwerwiegenden Folgen. Er will dieser jungen Mutter helfen, das Kind über die steilen Trittbretter in die Straßenbahn hineinzubugsieren, greift dabei unter Lettas Arme, die das Steckkissen halten, das Baby rutscht heraus, sein Porzellankopf zerschellt auf dem Pflaster. Bedauern, wechselseitige Entschuldigungen, das kann passieren, was hilft's, schnell hinein, der Fahrplan muß eingehalten werden.

Letta erhebt kein Geschrei. Mutter erklärt ihr, daß hier niemand etwas Böses beabsichtigt habe, und das Kind nickt und sieht stumm zum Fenster hinaus. Dem Schaffner ist der Vorfall unangenehm, er tut sehr beschäftigt, im Vorbeigehen dreht er ihnen immer den Rücken zu. Lisa denkt nicht daran, eine Entschädigung zu fordern. Sie weiß ungefähr, was Schaffner verdienen, und wahrscheinlich hat der Mann eine Familie. Das leere Steckkissen stopft sie in ihre Tasche, sie wird es zu Hause verstecken, kann sein, daß Letta das Püppchen vergißt. Einen Ersatz können sie ihr nicht kaufen, sie müssen sehen, daß sie ihr Konto wieder auffüllen, sie müssen an die Zukunft denken.

Was Erwachsene oft nicht wahrhaben wollen: auch ein kleines Kind kann verschwiegen, verständig und rücksichtsvoll sein. Letta erwähnt die verlorene Babypuppe mit keinem Wort. Die Eltern könnten sich durchaus in der Illusion wiegen, sie habe das Püppchen vergessen, wären nicht die Träume gewesen. Die Träume verraten das Zurückgedrängte, über sie hat das Kind keine Macht. Diesmal ist es nicht der blutige Kopf des Karlineken, es ist die kleine Gerda, die in der Nacht zu schreien anfängt: Ich will meinen Körper wiederhaben!

Der Körper mitsamt dem Steckkissen wurde in einem Schrank bei Oma Meta deponiert, denn in der engen Asberger Wohnung hätte das Kind ihn leicht aufgestöbert.

Die hat doch die Puppe nicht vergessen, denk das bloß nicht, sagt Rudi, der sich manchmal in Letta besser einfühlen kann als seine Frau.

Das weiß Lisa nun auch selbst. Zu Weihnachten, Letta, bringt dir das Christkind eine neue Babypuppe. Es dauert noch lange, aber du darfst dich ruhig schon darauf freuen. Wir müssen auf das Christkind warten, denn selber haben wir kein Geld. Es wird dir die Puppe aber nur bringen, wenn du ganz, ganz artig bist.

Letta verspricht mit ernsten Augen, daß sie sich Mühe geben will. Wenn sie in Ruhrort bei der Oma sind, bei Onkel Karl, Tante Berta und Tante Erna, darf sie mit Anitas Babypuppe spielen. Dann stellt sie sich vor, daß es ihre eigene kleine Gerda sei und daß sie das Unglück mit dem Schaffner an der Haltestelle nur geträumt habe. In einer solchen Vorstellung traumhaft befangen, macht sie eine ungeschickte Bewegung, läßt die kleine Gerda fallen, geradewegs auf die Eisenstäbe eines Puppenbettchens, und da liegen die Scherben am Boden, zwei losgelöste himmelblaue Glasaugen starren an die Decke. Mutter ist bei den Frauen hinten in Omas Zimmer, Anita im Kindergarten.

Letta ist so entsetzt, daß sie davonläuft und sich im Klo einschließt. Es dauert lange, bis man sie dort findet. Lisa hat genügend Geld bei sich, sie bezahlt den Puppenkopf auf der Stelle, damit Anita gleich einen neuen bekommt, sie kennt das Spielwarengeschäft in Ruhrort, wo es diese Steckkissenbabys gibt. Berta wehrt erst ab, ist doch nicht nötig, Lisa, nimmt es dann aber doch.
Mit der Strafpredigt wartet Mutter bis zu Hause. Ich versteh nicht, wie das passieren konnte, und ausgerechnet wieder mit der Babypuppe. Glaubst du vielleicht, wir könnten dir zu Weihnachten eine kaufen? Das Geld hab ich jetzt Tante Berta geben müssen.
Letta ist sehr erstaunt. Kaufen – zu Weihnachten? Da bringt doch das Christkind alle Sachen, hast du doch nichts mit zu tun.
Lisa beißt sich auf die Lippen. Dieser verflixte Schmus mit dem Christkind, hätte man nur nie damit angefangen. – Für eine vollständige Aufklärung ist sie als Mutter dann doch zu sentimental. Klar, kommen die Sachen zu Weihnachten vom Christkind. Also das ist so: das Christkind gibt den Eltern das Geld für die Geschenke, weil es nicht alles selbst besorgen kann bei den vielen Kindern auf der ganzen Welt. Aber für ein so großes Geschenk wie eine Babypuppe gibt es das Geld nur, wenn das Kind besonders artig war. Kannst du wohl nicht behaupten, oder?
Nein, das behauptet Letta auch gar nicht.
Auf Weihnachten freut sie sich in diesem Jahr nicht, sie versucht es vergebens. Im November, bei Oma Meta, als wieder einmal die Rede auf Lettas dummes Mißgeschick kommt, sagt die Oma plötzlich: Keine Sorge, Schätzchen, die Babypuppe kriegst du von mir. Da streckt Letta ihr Kreuz durch und sagt mit Härte in der Stimme: Will ich nicht. Ich will überhaupt keine Puppe mehr haben. Ich wünsch mir was zum Anziehen für meinen Teddy, Strampelhose und Jäckchen, wenn das nicht zu teuer ist.
Das Christkind –

Das Christkind – fällt Letta ihrer Oma ins Wort – das Christkind bringt überhaupt nichts, oder vielleicht nur zu reichen Leuten. Die Armen müssen alles selber kaufen, hab ich schon gemerkt. Und ihr habt jetzt auch wenig Geld, der Opa hat so viele Feierschichten, hast du eben gesagt. Und darum will ich –

Letta!

Möchte ich, verbessert sich Letta, um diese pedantische Mutter zufriedenzustellen, möchte ich nur Kleider für den Teddy.

Die bekommt sie zu Weihnachten, viel mehr, als sie sich wünschte. Tante Erna hat ein bißchen mitgeholfen. Das Kind sieht zufrieden, beinahe glücklich aus.

Es scheint, daß sie sich abgefunden hat, sagt Lisa zu Rudi. Der Teddy ist ihre ganze Wonne. Das ist das Angenehme an Letta, daß sie sich mit jedem Fehlschlag so rasch abfindet.

Sie weiß nicht, wie oft ihre Tochter auf der Straße anderen Mädchen in die Puppenwagen kuckt. Wie eine Unfruchtbare in den Kinderwagen einer Frau, die im Gegensatz zu ihr das Glück der Mutterschaft genießen darf. Mit einem Teddy ist das nämlich nicht getan, auch wenn er Strampelhöschen trägt.

Das Jahr 1928 läßt die Zahl der Arbeitslosen wieder in die Höhe schnellen, die Feierschichten mehren sich, der Wohlstandsgipfel ist überschritten. Und doch wird es für Rudi und Lisa Reichmann durch einen unverhofften Glücksfall zu einem wirtschaftlich erfolgreichen Jahr.

4

Vorhin haben sie hier noch gegessen, nun wird aus dem Eßtisch ein Bügeltisch. Das Kind trägt Geschirr und Bestekke zur Spülschüssel auf der Topfbank, und Mutter breitet über den Küchentisch eine Wolldecke und ein Bettlaken. Die Herdplatte glüht und erhitzt die beiden kleinen Plätteisen. Ein umgestülpter Teller dient zum Abstellen des Eisens, auf einem Stuhl steht der Korb mit der Wäsche. Letta holt den Bildband, den Vati ihr aus der Werksbücherei mitgebracht und in Zeitungspapier eingeschlagen hat, setzt sich auf die Fußbank und fängt an zu »lesen«. Das Buch enthält Zeichnungen von Ludwig Richter, ein paar Verse darunter. Die Überschriften kann Letta bereits entziffern. Ein ganz gewöhnlicher Tag, so scheint es. Ende Januar 1928. Bis Lisa plötzlich den Kopf reckt, das Eisen auf den Teller stellt, zum Fenster sieht. Die Oma? Ich hab doch da gerade die Oma vorbeigehen sehen. Jetzt, mitten in der Woche – Oma Meta? fragt das Kind erfreut und blickt vom Buch auf. Nein, die Oma Ruhrort. Es wird doch nichts passiert sein? Keine Sorge. Frau Hüsken ist kaum zur Tür herein, da merken sie schon an ihrer glücklichen Miene, daß es sich nur um eine gute Nachricht handeln kann. Lisa nimmt Mama den Mantel ab, schüttelt ihn im Flur tüchtig aus, denn er ist ganz naß vom Schnee, und hängt ihn in Herdnähe über einen Stuhl. Setz dich aufs Sofa, Mama. Ich mach hier gleich Schluß, dann trinken wir Kaffee. Vom Rodonkuchen steht noch ein Rest im Schlafzimmer. Die Sache ist die: sie haben geerbt. Papas Eltern hatten doch da diesen Hof in Hiesfeld, bist du mal als kleines Kind gewesen, Lisetta, weißt du nicht mehr? Ja, und nun ist Papas Bruder kinderlos gestorben, und sie haben dort alles aufgelöst und verkauft, da steht den Neffen und Nichten ein Pflichtteil zu, macht für jeden von euch dreitausend Mark. Was sagst du nun?

Ich bin platt, sagt Lisa und muß das Bügeleisen absetzen. Dies war der Beginn von Rudolf Reichmanns Karriere als selbständiger Friseur. Wie lange hätten sie sparen müssen, um das Kapital zusammenzubringen? Nicht auszudenken. Wo jetzt auch die Phoenix mit den Feierschichten angefangen hat, immer gerade um Weihnachten herum und bei den Hilfsarbeitern zuerst.

Sie sitzen, Lisa und Rudi, noch bis Mitternacht mit Block und Bleistift am Küchentisch und addieren Zahlen. Was die Einrichtung eines «Herrensalons» kostet, wissen sie ungefähr, sie haben sich darüber laufend informiert, ohne einen Gedanken daran, daß sich die Pläne so bald verwirklichen ließen. Nun ist alles zum Greifen nah, nun muß sofort gehandelt werden.

In Homberg, gegenüber der Rheinpreußen-Tankstelle, gibt einer aus Gesundheitsgründen sein Friseurgeschäft auf, das Lokal ist zu vermieten, ein kleines Lokal mit einem Hinterstübchen. Leider will der Vorgänger die Einrichtungsgegenstände mitnehmen, und sie hätten doch gern eine gebrauchte Garnitur gekauft, eine neue kommt so teuer. Das ist der Hauptpunkt, alles andere vollzieht sich beinahe reibungslos. Die Innung erteilt die Zulassung, in dieser Gegend wird ein Herrenfriseur gebraucht, Rudi erhält sogar eine Konzession zum Verkauf von Schulheften und Bleistiften.

Am Ende reicht das Geld nicht aus. Gleich mit Schulden anfangen, meint Rudi, das gefällt mir gar nicht, wo das Geschäft erst anlaufen muß und ich noch keine Stammkundschaft habe. Gefällt mir auch nicht, sagt Lisa und fährt nach Ruhrort. Als sie am Abend heimkommt, bringt sie weitere tausend Mark in ihrer Handtasche mit. Hat Erna uns geschenkt, wir brauchen es ihr nicht zurückzugeben, sie weiß sowieso nicht, was sie mit dem ganzen Geld machen soll ohne Mann und ohne Kinder, und wir hätten es nötiger.

Dem Rudi geht soviel Selbstlosigkeit gegen den Strich. Wir

dürfen es nicht annehmen, Lisa. Eure Erna sollte sich endlich einmal etwas gönnen, weg von der Nähmaschine, vielleicht eine Reise machen, und zum Heiraten ist sie auch noch nicht zu alt.
Heiraten, die Erna? Die nimmt doch keiner.
So darfst du nicht reden. Du bist der Erna gegenüber immer etwas – sorglos. Sie hat dich sehr verwöhnt, gib's zu.
Hat sie. Ich bin ihre Lieblingsschwester. Also nimmst du nun das Geld oder nicht?
Muß ich wohl. Aber richte dich darauf ein, daß ich es ihr zurückzahlen werde, sobald das Geschäft richtig läuft. Eine solche Summe kann man sich nicht schenken lassen, schon gar nicht von einem armen Schlucker wie der Erna. Ihr seid überhaupt eine beachtliche Familie. Wie da einer für den anderen einsteht, das imponiert mir schon sehr. Das ist wahrer Sozialismus, ohne Phrasen und ohne Weltanschauung. Auch wenn ihr deutschnational wählt da in Ruhrort. Übrigens muß ich mit dir schimpfen: wie kannst du mit tausend Mark in der Handtasche im Dunkeln herumlaufen, von der Straßenbahn bis hierher, über lauter Feldwege! Wenn das einer gewußt hätte –
Es hat ja keiner gewußt. Und es kommt bestimmt nicht wieder vor. Leider, Rudi, leider.
Nun sind sie in der Lage, die gesamte Einrichtung zu bezahlen: den langen Waschtisch mit vier eingelassenen Porzellanbecken, oben die breiten Spiegel, unten die Schränkchen, dazu vier drehbare Armsessel, Regale, eine Theke mit Glasaufsatz, Stühle für die wartenden Kunden, Garderobe mit Schirmständer, die Dekoration für das kleine Schaufenster, zwei Kokosläufer, eine Menge Handtücher und Umhänge, auch neues verbessertes Arbeitsmaterial. Der Installateur kommt und schließt die Wasserhähne an. Zuletzt kauft Lisa noch einen Spucknapf und stellt ihn neben die Eingangstür. Werd nicht übermütig, brummt Rudi. Wozu soll der gut sein?
Ich kenne deine Kundschaft, sagt Lisa und behält recht.

Hinter der Straßenzeile beginnt die Zechenkolonie. Es ist eine Gegend, in der Lisa einmal zu Hause war, denn zu dieser Bergarbeitersiedlung gehört die Konsumanstalt, in der sie gearbeitet hat. Es sind durchweg hübsche Häuser aus nachgedunkelten Ziegelsteinen, auch die Wege durch die Vorgärten sind mit Klinkern gepflastert. An den Gardinen merkt man, ob hier eine ordentliche Familie wohnt oder Gesocks. Die meisten der selbstgenähten Gardinen sind sauber, sogar mit Rüschen oder Häkelspitze verziert. Eines der ungeschriebenen Gesetze in diesem Gemeinwesen lautete, daß man Gesocks nur duldete, wenn die Verkommenheit auf wirklicher Not beruhte. Dann trat die Nachbarschaftshilfe auf den Plan, dann bewährte sich eine früh eingeübte Solidarität. Den Liederlichen dagegen kehrte man den Rücken zu, ihnen war nicht zu helfen, man gießt nichts in ein Faß ohne Boden. Nur Trunksucht wurde bisweilen in einem erstaunlichen Ausmaß toleriert.
Im März können die jungen Reichmanns ihren Einstand feiern, es ist der Doppelgeburtstag von Mutter und Tochter. Opa hat zwei Flaschen Wein mitgebracht, alle stoßen miteinander an. Auf ein gutes Gelingen, magst du auch ein Schlückchen, Letta? – Rudi tritt seinen Vater energisch entgegen. Nicht einen einzigen Tropfen gibst du ihr, laß dich nicht erwischen. Alkohol macht Kinder dumm.
Es wird viel geredet an diesem festlichen Tag, und Letta sperrt die Ohren auf. Oma Meta drängt zum Aufbruch, als sie sieht, daß ihr Mann sich nun auch noch über den Schabau hermacht, erst Wein und dann Schnaps: Du kommst jetzt mit mir! – Er zockelt wiederwillig neben ihr her, trennt sich aber auf der dunklen Straße von ihr und verschwindet in der Eckwirtschaft, seiner früheren Stammkneipe. Dagegen kann sie nichts machen, mag er sehen, wie er nach Hause kommt.
Letta kann mitunter eine richtige Plaudertasche sein. Ein geselliges Kind, das seinen Überfluß an Gedanken gern im Gespräch mit anderen Leuten verarbeitet, und die hören

meist ebenso gern zu. Im Lebensmittelladen steht sie, ihr Körbchen am Arm, und teilt großzügig die aufregenden Neuigkeiten aus ihrer Familie mit. Wir sind jetzt Mittelstand, sagt sie und schiebt den Zettel über die Theke. Mein Vater hat nämlich ein Geschäft. Jetzt brauchen wir noch eine neue Wohnung. Aber nicht mit Plumpsklo und Pumpe auf dem Hof.

Aha, das ist für euch wohl nicht mehr standesgemäß? – höhnt einer, und Letta nickt.

Meine Mutter hat sich neue Unterwäsche gekauft – fährt sie fort und versteht nicht, warum Frau Kleinheisterkamp den Finger an den Mund legt und sie beschwörend ansieht –, ganz neue und moderne, da ist ein Schlüpfer dabei, der ist nicht weiß wie die alten, der ist rosa. Die Umstehenden hören es teils amüsiert, teils verärgert. Die Reichmanns haben einen Vogel. Wollten immer schon was Besseres sein. Hochdeutsch reden, und jetzt auch noch angeben.

Letta will weitererzählen, aber die Ladeninhaberin bringt sie zur Tür. Von der Macht des Neides weiß das Kind noch nichts, es gab bislang keinen Grund, ausgerechnet diese Familie zu beneiden. Tschüs, Letta, und paß auf, daß du nichts verlierst.

Frau Kleinheisterkamp hat ein Faible für die kleine Reichmann. Seit dem Martinsfest letzten Herbst, als sie hier alle zum Lachen brachte mit ihrer unfreiwilligen Schimpfkanonade. Die Fackel hochgereckt, eine Hand in Mutters Hand, hatte sie ihr Lied gesungen, Sankt Martin ritt durch Schnee und Wind, sämtliche Strophen. Das war aber fein, Letta! Zur Belohnung wurde ihr ein Weckmann über die Theke gereicht, so ein Männlein aus Hefeteig mit eingebackener Meerschaumpfeife und Rosinen als Augen. Letta nahm ihn selig entgegen und legte sofort los: Gizhals, Gizhals, Gizhals – Mutter war bestürzt. Was fällt dir ein, du kannst Frau Kleinheisterkamp doch nicht Geizhals schimpfen, wo sie dir den schönen Weckmann geschenkt hat. Gizhals rufen die Kinder nur, wenn sie gar nichts bekommen haben.

Das hatte Letta nicht gewußt, und ihre Augen füllten sich mit Tränen. Ich dachte immer, Gizhals, das heißt Dankeschön, sagte sie und genierte sich sehr.
Frau Kleinheisterkamp nahm es nicht übel. Ich weiß doch, daß du kein Platt kannst, Letta.
Nicht bei Kleinheisterkamp, sondern beim Metzger nebenan erfährt Mutter, daß sich ihr rosa Schlüpfer bereits in der Nachbarschaft herumgesprochen hat. Es kommt zu einer grundsätzlichen und entscheidenden Aussprache unter vier Augen über die Dinge, die man anderen Leuten erzählen, wie über jene, die man auf keinen Fall hinaustragen darf. Über Schlüpfer spricht man nicht, auch wenn sie eine schöne rosa Farbe haben. Überhaupt läßt man alles unerwähnt, was unterm Kleidchen ist. Wäschestücke oder Körperteile. Das versteht Letta zwar nicht, ist aber gutmütig genug, es zu akzeptieren.
Ende April ziehen sie um, die Mittelständler.
So feine Leute sind sie nun gerade nicht geworden, daß sie sich den Möbelwagen eines Transportunternehmens mieten könnten, sie müssen immer noch sparen. Ein Bauer aus dem Dorf macht es billiger, er kommt mit Pferd und Wagen, aufladen müssen die Reichmanns selber. Onkel Peter und Onkel Willi sind zum Helfen gekommen, auch Letta hilft mit, sie kann die leichten Sachen heranschaffen, Kissen und Decken, Besen und Kehrblech, Fußbank und Puppenwagen. Zwischendurch läuft sie mal rüber in die Wirtschaft und holt zwei Flaschen Bier für die Männer und zehn Salem, die mit dem goldenen Mundstück. In der Wirtschaft kann sie sich gleich verabschieden. Wir ziehen heute nach Scherpenberg, in ein ganz neues Haus.
Das Haus ist eben erst fertig geworden, die Wände sind noch etwas feucht. Aber es geht ja in den Sommer hinein. Parterre und ein Stockwerk, darüber der Dachboden mit viel Platz zum Abstellen und Wäscheaufhängen.
Die Reichmanns bewohnen die drei Räume der Etage: Wohnküche, Elternschlafzimmer und ein Zimmer für das

Kind. Letta kommt jetzt in das Alter, in dem die Kinder nicht mehr bei den Eltern schlafen sollten. Die Wohnküche hat fließendes Wasser über dem eingebauten Becken, und im Treppenhaus haben sie ihr eigenes Klosett mit Wasserspülung. Hinter dem Haus ein Stückchen Garten – Lisa wird Karl fragen müssen, was man da anbaut, sie hat keine Erfahrung darin, denn den großen Garten in Asberg hatten die Hausleute für sich selbst genutzt. Alles ist hell, blank, frisch gestrichen, mit der Familie Habicht im Erdgeschoß wird man sich gut vertragen, das ist schon abzusehen. Die Miete beträgt 35 Reichsmark monatlich.

Vati ist ganz aus dem Häuschen, so froh und unbeschwert hat Letta ihn selten erlebt. Immer vergnügt, manchmal singt er sogar, das sollte er lieber lassen, denn weil er sich selbst nicht hört, singt er furchtbar falsch. Letta hat ihm etwas anvertraut und um Abhilfe gebeten. Es handelt sich um den Propeller, die breite, mit Hoffmanns Stärke behandelte Taftschleife, die Mutter ihr dauernd ins Haar bindet und die so lästig ist beim Spielen und Rennen. Einigemale hatte Letta so ein Ding schon verloren und war mit einer Rüge losgeschickt worden, es zu suchen, – aber es finde mal einer etwas, was er durchaus nicht wiederhaben will, über dieses Phänomen muß man nicht erst die Psychologen befragen!

Es kommt zu einem Komplott zwischen Vater und Tochter: Ich schneide dir eine Frisur, wo überhaupt kein Propeller mehr Platz drin hat, und du hältst schön still.

Au ja, Vati, aber keine Glatze! – Nein, keine Glatze, einen Pagenkopf, der ist jetzt sehr modern.

Der künftige Sonntagsnachmittagsritus: Fußbank auf Stuhl, Kind auf Fußbank, Bettlaken um den Hals geknotet, Vati hantiert mit Kamm, Schere und Haarschneidemaschine, mit der Maschine wird der Nacken ausrasiert. Es ist für Letta jedesmal eine Geduldsprobe, denn Vati läßt sich Zeit. Sie weiß nicht, daß sie für ihn ein Versuchskaninchen abgibt, daß er alle neuen Kinderhaarschnitte an ihr auspro-

biert, sonst hätte sie vielleicht protestiert. Es wird schon beim erstenmal ein wunderschöner Pagenkopf mit glattem Pony tief in die Stirn, alle Haare von der Kopfmitte her nach den Seiten gekämmt. Mutter besieht sich die Pracht und sagt etwas ratlos: Ja, wo soll ich denn den Propeller hineinbinden? – Da müssen die beiden Verschwörer aber lachen. Was für herrliche Spiele dem Vati einfallen, wenn er gute Laune hat wie in diesen Tagen. Es ist Sonntagmorgen, und sie spielen »Umzug«. Das war ein herausragendes Ereignis, das man nicht so schnell vergißt. Letta hat von Tante Gerda zum Geburtstag eine kleine Puppenstube bekommen, mit winzigen niedlichen Möbeln, und nun sorgt Vati für einen passenden Möbelwagen. Er hebt den unter den Herd zu schiebenden Kohlenkasten von seinem Rädergestell herunter, setzt die umgekehrte Fußbank auf das Gestell, bindet eine Kordel vorn zwischen die Räder, und dann laden sie beide aus der Puppenstube die Möbel in die umgekippte Fußbank und tun sich sehr schwer dabei mit Ächzen und Stöhnen. Vati kriegt es sogar fertig, krebsrot im Gesicht zu werden, obwohl die Puppenmöbel federleicht sind. Nein, wie muß ich schleppen, jammert er, ich armer Mann mit meinem Rheumatismus! Das leere Haus haben sie von der Wohnküche in Lettas Zimmer getragen, und nun fassen sie die Kordel des Fuhrwerks, legen sich in die Riemen und ziehen durch die ganze Wohnung, auch über den Flur. Wir sind nämlich die Pferde, sagt Vati. Unterwegs fängt er an zu singen: Hab mein Wagen voll geladen – sehr leise und sehr falsch, weil er es selbst nicht hört. Letta kann nicht weiterziehen vor Lachen, ein singendes Pferd, das ist ja wohl die Höhe! Im Kinderzimmer laden sie die Sachen aus und möblieren das Puppenhaus aufs neue.
Den ganzen Flur habt ihr mir schmutzig gemacht, es war ja noch Kohlenstaub unter den Rädern, sagt Mutter und läuft mit einem Wischlappen hinterher.
Vati sagt bloß: So sind die Frauen. Wenn unsereiner mal einen Spaß hat.

Wochentags bekommt Letta den Vater kaum noch zu sehen. Daran ist sie gewöhnt, er hatte auch früher, als er bei der Phoenix war, nicht viel Zeit für sie. Schlimm ist nur, daß sie nun auch ihre Mutter entbehren muß.
Ich kann den Mann im Geschäft einfach nicht allein lassen, sagt Mutter zu Oma Ruhrort. Wo er so schlecht hört, und manche Leute benehmen sich geradezu ekelhaft, wenn sie mal einen Satz wiederholen sollen, brüllen gleich los, als läge der ganze Rhein dazwischen. Rudi ist darin empfindlich. Ich laß mir von den Kunden genau erklären, wie sie die Haare geschnitten haben wollen, und dolmetsche es ihm, mir liest er ja alles von den Lippen ab. Will einer rasiert werden, besorg ich das Einseifen. Mit einem Gehilfen ist es noch nichts, erst muß das Geschäft sich eingespielt haben, und einen Urlaub können wir für die nächsten Jahre in den Schornstein schreiben. Nach Ladenschluß geht Rudi zu den Geschäftsleuten in die Häuser, zum Drogisten, zum Metzger, zum Tankstellenmann auf der anderen Straßenseite, die haben ja tagsüber keine Zeit, zu uns zu kommen. Dann bin ich ungestört und putze in Ruhe das Lokal. Abends fallen wir todmüde in die Betten, kannst du dir denken, Mama.
Und das Kind?
Beschäftigt sich zu Hause. Frau Habicht kommt schon mal rauf und kuckt nach ihr. Willi besorgt ihr Bildbände, er arbeitet seit vorigen Monat bei Krupp in Rheinhausen, die haben eine umfangreiche Werksbücherei, auch für Kinder. In Bücher kann sie stundenlang reinkucken, da vergißt sie alles andere darüber. Das ist ja das Gute an Letta, daß sie sich mit allen Schwierigkeiten so rasch abfindet. Jetzt zeigt sich, wie richtig es war, daß ich sie streng erzogen habe.
Lisas Mama hüllt sich in Schweigen.
Aber Letta muß nicht zum Schlüsselkind werden, jetzt noch nicht. Die Gemeinde hat in der Nähe einen Kindergarten eröffnet, auch Habichts Annegret geht dorthin, da hat Letta gleich eine Spielgefährtin bei sich, die sie schon kennt.

Mutter nimmt die beiden Mädchen morgens mit, denn der Kindergarten liegt an ihrem Weg, und Frau Habicht holt sie nachmittags um fünf wieder ab. Wir schlagen zwei Fliegen mit einer Klappe, sagt Lisa. Ich weiß Letta gut aufgehoben, und sie kommt endlich mit anderen Kindern zusammen. Für ein Einzelkind ist das wichtig.
Letta geht gern in die »Verwahrschule«, wie die Institution unter den Leuten immer noch genannt wird, sie freut sich jeden Morgen darauf. Die Leiterin heißt Tante Lene, eine füllige Matrone um die Fünfzig, die ein wenig an Oma Meta erinnert. Letta mag dicke Frauen, sie sind so vertrauenerweckend.
Sie ist nicht scheu wie andere Einzelkinder, drängelt sich aber auch nicht vor. Gelegentlich wird sie von der Redesucht überwältigt, dann erzählt sie unaufgefordert ein Märchen, folgerichtig von Anfang bis Ende, mit ihrer klaren, wie geschult wirkenden Stimme. Die Kinder umringen sie, hängen an ihren Lippen. Auch Gedichte sagt sie auf, die lustigen aus ihrem Repertoire, die kommen besonders gut an. Oma Meta in Zweitausgabe, nur ist die Thematik – zum Glück – eine andere. Die begeisterte Tante Lene fragt sich im stillen, wie das Kind so früh zu dieser deutlichen, akzentfreien Aussprache gelangt sein mag. Daß ein schwerhöriger Vater die Ursache ist, erfährt sie erst später.
Jeden Sonntag geht Letta mit Annegret zum Kindergottesdienst in das Versammlungshaus der Freien Evangelischen Gemeinde, das ganz in ihrer Nähe liegt, nur ein paar Schritte über die Hauptstraße.
Herr Habicht versieht dort das Amt eines Laienpredigers, er erzählt den Kindern biblische Geschichten und geht während des Singens mit dem Klingelbeutel herum. Letta wirft jeden Sonntag ein Fünfpfennigstück hinein. Wieviel Annegret hineinwirft, weiß sie nicht, man kuckt da nicht hin, sagt Mutter, es gehört sich nicht. Letta beneidet Annegret ein bißchen um diesen Vater. Sonntagsschule abhalten, das ist doch etwas viel Schöneres als bloß Haareschneiden.

Unter der Woche ist Herr Habicht Kassierer beim Wasserwerk, aber das weiß Letta nicht.
Mutter besucht den Gottesdienst in der Hochheider Kirche, den Pfarrer dort kennt sie von Ruhrort her. Manchmal kommt es zu einem kleinen seelsorgerlichen Gespräch in der Sakristei, nach welchem Lisa jedesmal gestärkt den Heimweg antritt. Er kann so gut trösten, dieser Mann, er findet immer die richtigen Worte. Hinter der Kirche ist das große Pfarrhaus mit Garten, wo seine Kinder spielen. Es sind mittlerweile schon sieben, aber der Frau Pastor scheint es nichts auszumachen.
Lisa hat Trost sehr nötig in dieser Zeit. Das Geschäft geht schlecht. Sie rackern sich ab, sie tun, was sie können, und doch scheint kein Segen darauf zu liegen. Ihre Hauptkundschaft besteht nun einmal aus den Arbeiterfamilien der Zechenkolonie, und die müssen neuerdings wegen der vielen Feierschichten jeden Groschen umdrehen. Kein Wunder, daß manche dazu übergehen, ihren Kindern die Haare selber zu schneiden. Ein Haarschnitt ist nicht lebenswichtig, daran wird als erstes gespart. Rudi Reichmanns «Herrensalon» bekommt es zu spüren.
In der Adventszeit hat die Verwahrschule ihre Weihnachtsfeier, die Eltern sind eingeladen, ihre Kleinen spielen ihnen etwas vor. Letta hat den Prolog zu sprechen, ein langes Gedicht. Kuck am besten immer auf das Bild da hinten an der Wand, sagt Tante Lene bei den Proben und zeigt auf die Reproduktion von Leonardos Abendmahl.
Warum? fragt Letta.
Damit du nicht aufgeregt wirst. Die Leute werden dich alle anstarren, es könnte sein, daß du dann steckenbleibst.
Bestimmt nicht, versichert Letta. Das Gedicht kann ich gut. Ich möchte die Leute lieber ankucken, weil ich es denen doch erzähle. Na, denn –
Sie macht ihre Sache ordentlich: Die Nacht vor dem Heiligen Abend, da liegen die Kinder im Traum.
Mutter sitzt in der ersten Reihe, glühend vor Stolz. Sie hat

sich die Haare vorn ein bißchen mit der Brennschere onduliert, hinten trägt sie immer noch den schweren Knoten, sie duftet nach Creme Mouson, das graue Wollkleid mit den Biesen über der Brust umspielt ihre mollige Figur, ein Kleid aus der Werkstatt von Erna. Neben ihr sitzt der Pfarrer, der auch drei Kinder unter der Spielschar hat, und flüstert ihr zu: Kaum zu fassen, diese Unbefangenheit! Von meinen brächte das keines fertig.
Seine Worte tun Lisa so wohl, daß sie ihre verzehrende Angst für diesen einen Nachmittag vergißt. Ihre Tage sind ausgeblieben, sie muß befürchten, schwanger zu sein. Noch hat sie Rudi nichts erzählt, sie will ihn nicht unnötig beunruhigen, es kann sich ja auch um eine Verzögerung handeln. Aber die Hoffnung ist gering, sie ist bisher immer pünktlich auf den Tag unwohl geworden.
Weihnachten wird gefeiert wie jedes Jahr. Letta bekommt von Oma Ruhrort schöne Malbücher, von Oma Meta und Opa Gottlieb eine Puppe mit Hornkopf, von Tante Gerda eine Mokkatasse mit ihrem Namen drauf, LISETTA in Goldschrift, man muß es ihr nicht sagen, sie kann es schon lesen. Von den Eltern hat sie sich einen Puppenwagen gewünscht, einen tiefen mit Federung, wie Annegret einen hat, und er war ihr auch versprochen worden. Nun findet sie unter dem Weihnachtsbaum ihr altes Korbwägelchen, neu eingekleidet mit geblümtem Voile. Der stammt noch von deinem alten Stubenwagen, Letta, in dem du als Baby gelegen hast und der jetzt bei Onkel Peter steht, den Stoff hatte ich aufbewahrt, sieht doch hübsch aus, nich? Ja, sagt Letta, sehr schön. Jetzt hab ich eine neue Puppe und einen neuen Wagen. Ganz neu ist er ja nicht, aber doch beinahe – Lisa wirft ihrem Mann einen triumphierenden Blick zu. Als Letta unten bei den Habichts ist, um sich Annegrets Geschenke anzusehen, kann sie es aussprechen: Wie gut, daß wir kein Geld für einen neuen Puppenwagen ausgegeben haben. Das Kind ist ganz selig mit dem alten Wägelchen, so wie das jetzt aussieht. Hat Erna wieder fabelhaft hinge-

kriegt. Ich bin froh, daß mir das eingefallen ist, wo der Stoff doch bloß nutzlos in meiner Kommode herumgelegen hat. Noch immer weiß Rudi nichts von ihren eigentlichen Sorgen.

Der Winter, den sie jetzt erleben, ist der härteste seit Jahrzehnten. Nur die ganz alten Leute können sich an einen ähnlich strengen Frost erinnern. Im Januar beträgt die Zahl der Arbeitslosen in Deutschland 3,1 Millionen. Die Zeit der Blüte ist vorbei, in jeder Hinsicht.

Die Verwahrschule muß schließen, weil das Heizmaterial nicht ausreicht, und Lisa bringt das Kind zu Oma Meta. Man kann nicht verlangen, daß Frau Habicht auch noch den Herd in der Reichmannschen Wohnung versorgt. Wenn sie beide jetzt des Abends nach Hause kommen, sind die Zimmer eiskalt. Da können sie nur sofort ins Bett kriechen, beide in eines, damit sie schneller warm werden, und »aufpassen« muß der Rudi ja nun nicht mehr, weil es ohnehin passiert ist. Bloß daß er es noch nicht weiß.

Am letzten Sonntag im Januar wird Lisa von ihrem Pastor nach dem Gottesdienst aufgehalten und in die Sakristei gebeten. Sie haben doch was, Frau Reichmann, das seh' ich Ihnen doch an. Schon vorigen Sonntag hatten Sie verweinte Augen.

Ja, der merkt so etwas, der hat ein Gespür für die Nöte anderer Menschen. Lisa ist gerührt und erleichtert zugleich. Endlich einmal aussprechen dürfen, was sie bedrückt, auch weinen darf sie hier ruhig es braucht ihr nicht peinlich zu sein. Weinen Sie nur, sagt der Herr Pastor, das löst den Kummer von der Seele.

Ein feiner Mann, ein Menschenkenner.

Zum Schluß, als sie sich alle Befürchtungen vom Herzen geredet hat, wird sie getröstet, aber auch ermahnt. Nehmen Sie es aus Gottes Hand, sagt er, und Lisa muß an ihre Mama denken. Ein Kind ist etwas Wunderbares, ein Geschenk des Himmels. Und bedrängen Sie Ihren Mann in Zukunft nicht mehr, daß er aufpassen soll, wie Sie das nennen, liebe Frau

Reichmann. Es ist nicht gut für die Ehe, und es ist auch nicht im Sinne der Heiligen Schrift. Sie wissen doch, daß geschrieben steht: Seid fruchtbar und mehret euch! Sie müssen etwas mehr Vertrauen zum himmlischen Vater haben. Gibt Gott ein Häslein, so gibt er auch ein Gräslein.
Damit war sie entlassen. Es hatte wie ein Segen geklungen. Sie wischt noch einmal mit dem Taschentuch über ihr Gesicht, klemmt die Handtasche unter den Arm und geht nach Hause. Der hartgefrorene Schnee knirscht unter ihren Schuhen – wann liegt am Niederrhein mal soviel Schnee? –, und ein eisiger Wind pfeift durch die Lücken zwischen den Häusern. Nach dem Mittagessen, so nimmt sie sich vor, soll Rudi alles erfahren, sie kann es allein nicht mehr tragen. Nach dem Essen, damit es ihm nicht den Appetit verdirbt. Sie hat Rouladen vorbereitet, sein Lieblingsgericht.
Die Rouladen sind verzehrt, auch Kartoffeln mit Soße, auf den Tellern sind nur die Zwirnsfäden zurückgeblieben. Das Kind ist bei den Großeltern, Lisa braucht keine Rücksicht zu nehmen und kann so laut reden, wie es nötig ist. Sie erzählt alles, auch die Unterredung mit Herrn Pastor. Das hätte sie besser nicht getan, denn Rudi springt vom Stuhl auf und läuft in der Küche herum, auf und ab. Lisa kennt ihn gar nicht wieder.
Gibt Gott ein Häslein, so gibt er auch ein Gräslein! äfft er den geistlichen Herrn nach. Hat dieser weltkundige Mensch vielleicht mal was davon gehört, wie viele Kinder täglich verhungern? Nicht bloß in China oder Indien – nein, auch in Deutschland, auch bei uns. Wo waren denn da die Gräslein, warum sind die ausgeblieben? Aber vielleicht kamen diese Häslein nicht von Gott, vielleicht hatte die der Teufel in die Welt gesetzt, denn sonst hätten sie ja nicht Hungers sterben können –
Lisa bricht in Tränen aus.
Gleich ist er bei ihr, nimmt sie fest in die Arme, küßt und streichelt sie. Lisamädchen, was bin ich für ein Idiot! Nun

mach' ich dir das Herz noch zusätzlich schwer. Es ist einmal passiert, wir werden auch dieses Kind noch großkriegen, irgendwie. Und ich verspreche dir, daß ich von jetzt ab vorsichtig sein werde, vorsichtiger als bisher. Dafür mußt du mir versprechen, daß du nichts dran machen läßt, hörst du, auf keinen Fall. Ich will eine gesunde Frau behalten. Sie verleben einen traumhaft schönen, zärtlichen Sonntag miteinander. Sie sind jung, haben sich lieb, und vorläufig muß er noch nicht wieder aufpassen.
Letta ist an diesem Sonntag mit Oma, Opa und Onkel Willi an den Rhein gefahren. Am Bahnhof sind sie in die Straßenbahn gestiegen und haben Fahrscheine bis zum Brükkenkopf gelöst. Sie turnen die verschneite Böschung hinunter, die angeschwemmten Steine sind vom Frost glasiert und weiß überstäubt, man sieht überhaupt kein Ufer mehr, das doch sonst immer Wasser und Land streng voneinander schied. Jetzt ist alles eine Eiswüste, kaum überschaubar. Der Strom hat sich ins Bizarre verwandelt, hat seltsame, ineinander verschobene Blöcke hervorgebracht, unheimliche Gestalten. Manche Leute wagen sich weit hinaus, bis in die Mitte oder noch weiter. Tun wir nicht, sagt Opa, die sind wohl nicht recht bei Trost, könnten ganz schön abtrudeln da hinten.
Sie bleiben in der Nähe des Ufers. Aber immerhin: auf dem Rhein. Fotografen haben ihre Kameras aufgestellt, kriechen unter ihre schwarzen Tücher und machen gute Geschäfte, denn viele Zuschauer möchten das Jahrhundertereignis im Bild festgehalten wissen. Später werden sie ihren Enkeln erzählen: Das sind wir, Oma und Opa, mitten auf dem Rhein. Der war nämlich zugefroren, damals.
Auch die Reichmanns stellen sich einem Fotografen, machen eine Anzahlung, geben ihm ihre Adresse. Es wird eines der wenigen Fotos aus Lettas Kinderzeit. Sie steht zwischen den Großeltern, Gamaschen an den dünnen Beinen, Hände im Muff, Baskenmütze tief in die Stirn und über beide Ohren gezogen, der Hals versinkt in einem Kragen

aus Kaninchenfell. Ihr Gesicht ist verkniffen, wegen der Kälte und weil der Fotograf so albern daherredete, nun lach mal, Deern, gleich kommt hier ein Vögelchen raus, darüber hat sie sich geärgert. Und obwohl es kein Farbfoto ist, die es ja noch nicht gab, kann man deutlich erkennen, daß Lettas dicke Nase dunkel erglühte. So kalt war es.

Als Lisa den nächsten Sonntag bei ihren Schwiegereltern verbringt, kommt die Rede auch auf den zugefrorenen Strom. Stellt euch vor, sagt Lisa, da sind doch Hanne und Lutz letzten Mittwoch zu Fuß über den Rhein gekommen, um uns im Geschäft zu besuchen. Mir blieb die Spucke weg, als sie es mir gestanden, so ein bodenloser Leichtsinn, muß ich schon sagen. Um fünf Pfennig Brückengeld zu sparen, riskieren die ihr Leben.

Haben die das denn nötig? fragt Oma Meta. Ich dachte immer, die Trinkhalle ist eine Goldgrube. Direkt gegenüber der Badeanstalt. Im Augenblick geht das Geschäft nicht gut, hat Hanne gesagt. Aber der Spaziergang übern Rhein, das war wohl mehr ein Abenteuer. Wegen fünf Pfennig?

Hin und zurück für zwei Personen macht zwanzig Pfennige, hören sie den Opa sagen, der sich im allgemeinen überhaupt nicht zu Wort meldet. – Und sparen müssen wir alle.

Er auch wieder, neuerdings, und darum ist er so vergrämt. Da dachte man schon, man wäre raus aus dem Schlamassel, das vorige Jahr ließ sich so gut an, und nun geht das von vorne los. Die Linken geben den Unternehmern die Schuld, die Rechten schieben alles auf die Reparationen, soll sich einer auskennen. Rudi kann froh sein, daß er den Laden hat, die Phoenix hätte ihn sicher schon auf die Straße gesetzt. Schafft euch bloß keine Kinder mehr an, Lisa, denn dann kommt ihr überhaupt nicht auf'n grünen Zweig.

Lisa schweigt, und Oma Meta räuspert sich ärgerlich. Sie weiß bereits Bescheid.

Wenn Opa Feierschicht hat, setzt er sich zu Hause hin und besohlt Schuhe für fremde Leute. Das Handwerk hat er in seiner Jugend erlernt, es kam ihm in Zeiten wirtschaftlicher Flaute immer einmal zustatten. So auch jetzt. Bei Peter sind Zwillinge angekommen, zwei Jungen, die Schwiegertochter Minchen kränkelt, denen muß man ein bißchen beistehen. Sie haben manche Fehler gemacht, er und seine Meta, aber geizig sind sie nie gewesen.

Letta sieht gern zu, wenn Opa einen Schuh bearbeitet. In der Küche, die sehr groß ist, hat er sich einen Winkel als Werkstatt eingerichtet und sich die größte Petroleumlampe hingestellt, die mit der gläsernen Kugel. Dort steht der eiserne Leisten, über den man Schuhe von drei verschiedenen Größen ziehen kann, dort sitzt der Opa auf einem Schemel und schlägt die kleinen Holzstifte in die Sohle. Er nimmt die Stifte beim Besohlen in den Mund und holt sie von dort hervor, wie Tante Erna es beim Anprobieren mit ihren Stecknadeln macht. In der Ecke riecht es nach Leder und Schusterpech.

Als Gesprächspartner ist der Opa nicht ergiebig, aber er mag es, wenn Letta ihm was erzählt. Ein Mann mit einer Lebensgefährtin, die ihn früh zum passiven Zuhören abgerichtet hat. Am liebsten hört er Gedichte. Der Herr, der schickt den Jockel aus, er soll den Hafer schneiden. Oder etwas von Gerhard Tersteegen, dem genius loci. Nun sich der Tag geendet, mein Herz zu dir sich wendet. Das ist schön, Letta, kannst du noch mehr davon?

Am Samstag zu Anfang eines jeden Monats ist es ein anderer Opa, der dann nach Hause kommt. Das heißt, es ist schon derselbe, aber nicht der gleiche. Er wirkt auf Letta, als habe ihn eine Fee verwandelt. Nichts mehr von einem eisernen Schweiger, alles Mürrische ist von ihm abgefallen, er ist lebensfroh und sangesfreudig, heiter und gesprächig, wie er da den schmalen Korridor entlangtorkelt: Das ist die Liebe, die dumme Liebe, die macht den Menschen wie den Auerhahn so blind; erst in der Ehe, ganz in der Nähe – Singen kann er also auch, hätte man gar nicht gedacht. Leider ist die Oma nicht bereit, seinen Frohsinn zu teilen, und meistens sorgt sie dafür, daß er schnell im Bett verschwindet. So ein oller S-tinks-tirwel, schimpft sie. Letta braucht Jahre, bis ihr aufgeht, daß man dieses Wort ins Hochdeutsche übersetzen kann und daß es sich um einen Stinkstiefel handelt.

Im März holen die Eltern ihr Kind nach Hause zurück. Der Doppelgeburtstag wird gefeiert, Letta bekommt einen Tornister aus braunem Leder, drinnen stecken die Schiefertafel, ein Griffelkasten mit fünf gespitzten Griffeln, das Gummischwämmchen in einer bunten Dose, ein paar gehäkelte Tafellappen zum Auswechseln, auch Fibel und Rechenbuch. Tante Gerda schenkt ein ledernes Umhängetäschchen für das Frühstücksbrot. Das ist mein schönster Geburtstag, jubelt Letta, so viele Sachen auf einmal hab ich noch nie gekriegt! – Ihr kommt nicht in den Sinn, daß alle diese Gaben auch ohne ihren Geburtstag fällig gewesen wären, da sie in einem Monat eingeschult wird. Der Geburtstagstermin kommt den Eltern in diesem Jahr sehr gelegen.

Mutter wird mit Babywäsche beschenkt, und dadurch können sie dem Kind das bevorstehende Ereignis nicht mehr verheimlichen. Lettas Freude ist so überschäumend, so alles andere an den Rand drängend, daß sich Rudi und Lisa davon anstecken lassen und ihrerseits beginnen, sich auf ihr zweites Kind zu freuen, mit leiser Beschämung. Auch wird Letta nun erklärt, daß ein Baby im Bauch der Mutter heranwächst, »im Leib«, sagt Lisa, weil es vornehmer klingt. Wie es da hineingekommen ist und wo genau es herauskommen wird, will Mutter nicht sagen, obwohl Letta hartnäckig danach fragt. Sie erhält sonst auf alle Fragen eine Antwort und nimmt deshalb an, daß die Eltern darüber selbst nicht so recht im Bilde sind.

Sie wird den Onkel Doktor fragen, der es bestimmt weiß, denn die Geburt soll ja in einem Krankenhaus vor sich gehen.

Die Gelegenheit dazu ergibt sich kurz vor ihrem Schuleintritt, als sie dem Hausarzt von der Mutter noch einmal vorgestellt wird. Der legt das Hörrohr an Lettas mageren Körper, läßt sie husten, klopft mit seinen Fingerknöcheln Brust und Schulterblätter ab, drückt auf ihren Bauch, kuckt ihr in den Hals und sagt, es sei alles bestens. Im Winter hatte sie Scharlach gehabt, davon ist nichts zurückgeblieben.

Nachdem er ihr den obligaten Klaps auf den Po gegeben hat, dreht sie sich noch einmal zu ihm um und stellt ihre Frage. Wie hinein und wo heraus?

Da wird nicht nur die neben ihr stehende Mutter rot, da kuckt auch der Onkel Doktor ziemlich verlegen drein und empfindet es als einen Überfall, denn er war darauf nicht vorbereitet und sagt also jetzt, sich räuspernd und an seiner Brille herumfingernd: Mein liebes Kind, für diese Auskunft ist deine Mutter zuständig. Die wird dir alles ganz genau erklären. – Spricht's und greift zum Rezeptblock, um ihr die Emulsion zu verschreiben, den weißen Lebertran, den sie so gern einnimmt.

Nun weiß Letta, daß das Kinderkriegen etwas furchtbar Genierliches ist, und beschließt bei sich, die Erwachsenen künftig mit solchen Fragen zu verschonen.

Die nächsten Wochen sind gekennzeichnet durch eine anhaltende Hochstimmung. Selten ist ein Kind so freudig in die Schule gegangen wie Letta. Die Weimarer Republik hat ein paar Reformen eingebracht, es gibt einen Elternbeirat, in den Lisa prompt hineingewählt wird, und die Prügelstrafe ist laut Gesetz abgeschafft. Gewachsen ist das alles nicht, und von vielen werden die demokratischen Einrichtungen nur widerwillig hingenommen. Der Elternbeirat verkommt zur Attrappe, weil die Arbeiterfrauen sich gegen einen Lehrer nicht aufzulehnen wagen, und in Lettas erster Jahrgangsklasse liegt der gelbe Rohrstock auf dem Pult, den die Lehrmittelfirmen nach wie vor offiziell annoncieren.

Letta muß gleich zu Anfang erfahren, daß er nicht nur zur Abschreckung dort liegt. Sie findet es ganz in Ordnung, denn einige Kinder sind sehr unartig, zappeln herum und schwätzen unentwegt. Sie selbst ist ja brav und braucht den

Stock nicht zu fürchten. Und obwohl sie streng erzogen wurde und Schläge ihr nicht fremd sind, lernt sie doch nicht aus Angst. Sie ist mit Interesse bei der Sache, mit einer umfassenden, kaum zu stillenden Wißbegierde. Das Lob, das sie reichlich erhält, stärkt ihr Selbstgefühl, schenkt ihr Sicherheit.

Zu Hause hat sie eine Mutter, die nicht mehr ins Geschäft geht, die nun den ganzen Tag bei ihr ist. Das Leben wird für Letta wieder rund und übersichtlich, von einer stets einsehbaren Ordnung, die dem Alltag sein Fundament gibt. Sie ist der Liebe ihrer Mutter leiblich teilhaftig wie früher, und sie ist dieser Liebe auch wiederum ausgeliefert. Denn obwohl Lisa begonnen hat, sich auf ihr zweites Kind einzustellen, ist sie doch zutiefst davon überzeugt, daß es, ob Junge oder Mädchen, an Lettas »Genialität« nicht heranreichen wird. Mit Letta hat sie Pläne, die unverrückbar sind und sich immer stärker konkretisieren, je mehr sie die heimliche Überzeugung gewinnt, daß es mit Rudis Karriere auf die Dauer nichts wird. Dieses Kind, das ihr so früh schon gänzlich unerwartet ein paar ehrgeizige Träume erfüllte, soll die Lokomotive sein, die den schwerfälligen Familienzug voranbringt in ein besseres, menschenwürdiges Leben. Zieh, Letta, zieh!

Das Kind ahnt nichts von solchen Plänen und Beweggründen. Seine Haltung wird durch eine einfache Spielregel bedingt: es genießt die zärtliche Zuwendung der Eltern, und es dankt dafür mit Fügsamkeit.

Irgendwo hat Lisa gelesen, daß zu Allgemeinbildung auch die Beherrschung eines Musikinstruments gehört und daß man damit früh beginnen muß. Die noch vorhandene Summe auf dem Sparbuch sollte eigentlich für eine Nähmaschine verwendet werden, statt dessen kauft sie Letta eine Geige. Und weil der Unterricht bei einem ausgebildeten Musiklehrer zu teuer käme, schickt sie das Kind zweimal in der Woche zu einem in der Nähe wohnenden Bankangestellten. Der hatte als Lehrling früher in der Gastwirtschaft

gefiedelt, wo sie und Rudi mit den Freunden ihren Tanzkursus besuchten. Daß Lisa die musikalischen Fähigkeiten dieses Mannes weit überschätzte, läßt sich mit ihrer Unkenntnis entschuldigen.
Wäre der Herr Leopold indes ein besserer Pädagoge gewesen, so hätte das Kind auch von seinen mäßigen Künsten noch einiges profitiert. Daraus wird aber nichts. Er ist nicht nur ein schlechter Geiger, er ist ungeduldig und unbeherrscht, der erste Choleriker, dem Letta begegnet. Sie ist für ihre sechs Jahre kein kleines Kind, und sie hat eine Dreiviertelgeige, trotzdem bereitet es ihr Mühe, das linke Handgelenk im Abstand zum Geigenhals zu halten. Ehe sie es merkt, liegt es wieder auf und wird von ihrem Lehrer mit der Spitze seines Geigenbogens gewaltsam zurückgedrängt, was jedesmal weh tut. Dazu das Gebrüll: So paß doch auf, dumme Pute! – Sie darf keine Lieder spielen und nicht die einfachsten Melodien, sie muß unentwegt Bogenstriche üben, halbe Noten, ganze Noten, er wippt mit dem Fuß im Takt dazu, und wehe, sie reicht einmal beim Durchziehen einer ganzen Note mit dem Bogen nicht aus, dann kann er auch zuschlagen. Heul nicht, Pute, vom Heulen wird's nicht besser, los, noch mal von vorn!
Stumpfsinn als Einübung in die besondere Art von Disziplin, die von den Phantasielosen seit eh und je praktiziert und propagiert wird.
Die Mutter weiß nichts von Lettas Qualen, es wird ihr auch nichts davon erzählt. Paß doch auf! bekommt sie zu Hause gleichfalls vorgehalten. Sie ist verträumt, verklüngelt sich oft, bleibt irgendwo stehen und starrt Löcher in die Luft. Man betrachtet sich dann leicht als Versager und nimmt an, daß auch der Herr Leopold wohl recht habe mit seiner Unzufriedenheit. Jeder Weg in die Geigenstunde kommt einem Bußgang gleich.
In der Schule erholt sie sich, hier ist sie allen Anforderungen gewachsen. Und dann ist da immer noch die Freude auf das Geschwisterchen. Wie lange so etwas dauert!

Einer von Lisas Kernsprüchen lautet: Hätte ich's nur schon und wäre ein Stück damit weg. Sie sagte es, als Rudi ihr für Weihnachten die Nähmaschine in Aussicht stellte, und sie sagt es, als die Schwiegermutter ihr verrät, wo sie einen gebrauchten Kinderwagen zu angemessenem Preis bekommt. Diese aus dem Diebsmilieu stammende Lebensweisheit macht sich auch Letta zu eigen, als sie von der Oma gefragt wird, ob sie sich auf das Kindchen freue.
Ja, sicher, sagt Letta, hätten wir's nur schon und wären ein Stück damit weg. Mutter umfängt mit beiden Händen ihren Bauch, so sehr muß sie darüber lachen. Nächsten Monat, Letta, das sagte ich dir doch. Im August. Hoffentlich ist es dann nicht so heiß wie jetzt. Dieser Wunsch geht nicht in Erfüllung. Es herrscht eine kochende Hitze, als Lisa Reichmann am 10. August im Ruhrorter Krankenhaus von ihrer zweiten Tochter entbunden wird. Dafür ist es eine relativ leichte Geburt. Letta wird von Oma Hüsken versorgt, die für einige Zeit den Haushalt in Scherpenberg übernimmt. Vati hat jetzt einen Gehilfen und kann das Geschäft für ein paar Stunden verlassen, er ist schon einmal bei der Mutter gewesen und fährt am dritten Tag mit Letta nach Ruhrort, damit auch sie sich das Schwesterchen ansehen kann. Wie sieht es denn aus? fragt Letta unentwegt, und Vati antwortet: Ich verrate dir nichts.
Die zweite Reichmann-Tochter ist auch als Neugeborenes bereits ein schönes Kind. Zierlicher als Letta, helle Augen und tiefdunkles dichtes Haar. Die Hebamme hat ihr gleich nach der Geburt ein Schleifchen reingebunden, erzählt Lisa vergnügt, und so hat man sie mir in den Arm gelegt. – Letta steht ganz ehrfürchtig neben dem Körbchen und streichelt die winzigen Hände. Es ist das erstemal, daß sie ein Neugeborenes sieht. Meine Schwester, sagt sie, ich hab jetzt eine kleine Schwester. Und ich dachte schon, die kommt überhaupt nicht mehr aus dir heraus.
In der Wöchnerinnen-Station ist man nicht zimperlich. Man läßt das Baby bei der Mutter, auch während der Nacht

bleibt das Körbchen neben Lisas Bett, und zwischen Letta und ihrem Schwesterchen gibt es nicht die bei Besichtigungen übliche Trennscheibe, die den Erstkontakt so anonym macht. Alles vollzieht sich in natürlichen Formen. Altmodisch oder fortschrittlich, man suche sich's aus. Hygiene ist nicht immer der Weisheit letzter Schluß.

Die Taufe findet im Krankenhaus statt. Warum denn bloß? knurrt Friederike Hüsken, das Kind ist doch nicht sterbenskrank, und: sind wir etwa katholisch? Aber Lisa hat plausible Gründe. Lutz und Johanne wollen Paten sein, die können sonntags ihre Trinkhalle nicht im Stich lassen, da haben sie ja Hochbetrieb, und unter der Woche kann der Rudi sich nicht freimachen, jedenfalls nicht für eine Feier, die den ganzen Tag dauert. Und dann hätten wir auch kein Geld für ein richtiges Familienfest. Ich liege ja hier auf der Privatstation, Mama, rechne dir mal aus, was das kostet.

Frau Hüsken ist über die Eröffnung erschrocken. Was denn – ihr habt euch nicht versichern lassen? Wenn nun einer von euch ernstlich krank wird, wovon wollt ihr das bezahlen?

Ich vertraue auf Gott, daß nichts passiert, sagt Lisa pathetisch und meint, ihrer frommen Mutter damit den Wind aus den Segeln zu nehmen. Einer Handwerkerfrau, die acht Kinder aufgezogen hat! Und die dann auch sagt: Du spinnst, Lisetta. Alles dem lieben Gott überlassen, was fällt dir ein. Geht schleunigst in eine Krankenkasse, damit der alte Herr da oben entlastet wird, der hat genug zu tun.

Das Kind erhält den Namen Johanne und wird Hanni genannt. Ein gebrauchtes Bettchen mit Stäben und ein gebrauchter Kinderwagen vervollständigen das Mobiliar in Lettas Zimmer, das nun auch das Zimmer ihrer Schwester ist. Ich habe eine Schwester, erzählt sie jedem, der es hören will, und bald will es niemand mehr hören. Ihr Glück ist vollkommen – beinahe vollkommen. Denn noch gibt es die Geigenstunden bei Herrn Leopold.

Aber nicht mehr lange. Letta ist kein Choleriker, sie kann

sich gut beherrschen, nur: was zuviel ist, ist zuviel. Sie kommt eines Nachmittags vom Musikunterricht nach Hause, wirft den Geigenkasten in die Sofaecke, setzt sich auf den Fußboden, schlägt die Hände vors Gesicht und beginnt hemmungslos zu weinen. Lisa Reichmann ist klug genug, in diesem Ausbruch kein Zeichen von Eigensinn zu sehen. Steh auf, Letta, bittet sie. Das konnte ich nicht wissen, es tut mir leid. Ich will nicht, daß du dich quälst. Vielleicht bist du nicht musikalisch genug, so könnte es sein. Auch intelligente Menschen sind manchmal unmusikalisch.
Das Häufchen Elend auf dem Linoleum ist mit dieser Deutung sehr einverstanden. Ja, sicher, schluchzt Letta und blinzelt hoffnungsvoll durch ihre gespreizten Finger, ich bin ganz furchtbar ziemlich unmusikalisch. Muß ich jetzt nicht mehr in die Geigenstunde?
Nein, muß du nicht. Und nun steh vom Boden auf.
Lisa kann das Geld im Augenblick dringend gebrauchen, das Geld für den Violinenunterricht wie auch die Summe, die der Verkauf der Geige hereinbringt. Viel ist es nicht, es war kein kostbares Instrument. Man muß den Doktor bezahlen, denn Hanni, die sich anfangs so gut entwickelte, wurde durch einen Magen- und Darmkatarrh unter ihr Geburtsgewicht zurückgeworfen.
Eine ganze Nacht sitzen Mutter und Letta in der Küche, das Baby liegt in einem Kissen auf dem Tisch zwischen ihnen, und sie versuchen abwechselnd, ihm etwas einzuflößen, das es nicht wieder erbricht. Es muß doch etwas bei sich behalten, es geht uns ja zugrunde, sagt Mutter weinend, und Letta hebt das Köpfchen des Kindes mit einer Hand und führt mit der anderen einen Hornlöffel an seinen Mund, Fencheltee mit etwas Kochsalz. Es ist die Krisis, der Hausarzt hat sie darauf vorbereitet. – Nichts dem Vati sagen, er soll schlafen, er hat morgen wieder einen schweren Tag. Dich laß ich aus der Schule, Letta, für einmal schadet das nichts.
Sie bringen das Kind durch. Allmählich erholt es sich, sein

Stuhlgang wird fester, es leert sein Fläschchen und nimmt wieder zu. Der heiße Sommer war schuld, sagt der Doktor. Ich hatte viele solcher Fälle.

Der heiße Sommer wird von einem milden Herbst abgelöst, die Sonne ist behutsam geworden und scheint schleierdünn durch das gefärbte Laub. Doch ist in anderer Hinsicht gerade dieser Oktober des Jahres 1929 kein sanfter Monat. Am 3. Oktober stirbt Gustav Stresemann. Letta kann sich an einen Herrn Stresemann nicht erinnern, aber Vati scheint ihn gut gekannt zu haben, denn er trauert sehr um ihn. Am 24. Oktober kommt es an der New Yorker Börse zu einem Kurssturz, der die Wirtschaftsfachleute zu düsteren Prognosen veranlaßt. Es ist ja alles so schrecklich miteinander verflochten in dieser zivilisierten Welt. Vor hundert Jahren wäre es noch undenkbar gewesen, daß es einem Börsenkrach in der fernen Wallstreet gelingen könnte, im niederrheinischen Homberg einen kleinen Herrensalon zu ruinieren.

5

Im Dezember beträgt das Kassendefizit des Staates 1,7 Milliarden Reichsmark. Wenn schon die Regierung – »die da oben« sagt Lisa Reichmann immer – einen solchen Haufen Schulden macht, muß man sich nicht wundern, daß auch ein schlichter Privathaushalt in die roten Zahlen rutscht. Nicht aufgeben, Rudi, so schnell wirft man die Flinte nicht ins Korn! Das ist jetzt bloß eine kleine Krise, weil die in Amerika Murks gemacht haben. Das legt sich wieder. Wir haben so viel reingesteckt in unseren Laden, nun müssen wir auch darum kämpfen. Von einem Windstoß darf man sich nicht umpusten lassen. Ich brauch keine Maschine, ich näh die paar Plüdden mit der Hand. Kleider für die Kinder macht Erna.

Den Namen ihrer älteren Schwester hätte sie besser nicht erwähnt. Wenn Rudi an Erna denkt, umdüstert sich sein Gesicht, spürt er die Last auf seinem Gewissen. Tausend Mark sind kein Pappenstiel, und er ist sie ihr doch schuldig. Er begreift nicht, wie Lisa darüber so unbesonnen hinweggehen kann. Immer, wenn sie einen Sonntagnachmittag bei den Hüskens in Ruhrort verbringen, fühlt sich Rudi beim Anblick der Schwägerin als Ausbeuter. Es bekümmert ihn, zu sehen, wie dieses alte Mädchen dahinwelkt, wie es sich kaum noch von seiner Nähmaschine lösen kann und sein mühsam verdientes Geld gleich wieder in die Familienkasse steckt. Er selbst schenkt ja auch gern, wenn er es hat. Ernas Uneigennützigkeit indes trägt nach seinem Dafürhalten schon krankhafte Züge. Er hätte manchmal Lust, sie von ihrer Maschine wegzuziehen, hin zu dem Spiegel neben der Tür, da, kuck hinein, Erna, und erinnere dich, daß du eine Frau bist! Du könntest genauso hübsch aussehen wie deine Kundinnen, für die du alle diese schicken Fähnchen nähst. Laß dich nicht immer aus-

nutzen, denk einmal auch an dich, du hast nur dieses eine Leben.
Aber er hat tausend Mark von ihr genommen und kann sie nicht zurückzahlen, das verschließt ihm den Mund.
Das zweite Kind gedeiht einigermaßen, man darf nicht klagen. Das anfangs schwarze Haar erhält einen kastanienbraunen Schimmer und wächs noch dichter. Rudi ist ganz vernarrt in dieses schöne Haar und schneidet es regelmäßig in Form. Hat sie von dir geerbt, sagt er zu Lisa die immer noch ihren schweren Knoten trägt. Wenn sie abends auf dem Bettrand sitzt und ihre Zöpfe löst, ist sie wie in einen braunen Mantel gehüllt. Die Pracht macht auch Beschwernis, erfordert viel Zeit und Mühe, das aufwendige Waschen einmal in der Woche und das Flechten an jedem Morgen. Sie hätte gern einen Bubikopf gehabt, den ihr der Rudi ja schneiden könnte, aber damit darf sie ihm nicht kommen. Nun, sie besteht nicht darauf. Ihr gesunder Instinkt sagt ihr, daß es nicht ratsam sei, auf ein so probates Mittel seines Wohlgefallens zu verzichten, bei einem Mann, hinter dem die Weiber ganz schön her sind.
Und nun hat Hanni also dieses kostbare Haar geerbt, ist überhaupt das hübschere Kind mit seiner geraden Nase, denn Letta hat leider die Knollennase vom Opa Gottlieb als Familienausweis mitgekriegt. Dafür ist Letta eben intelligenter, zum Ausgleich gewissermaßen. Daß Hanni weniger intelligent sei, stand für Lisa bereits zu einem Zeitpunkt fest, als dies beim besten Willen noch niemand wissen konnte. So bekommen die Kinder ihre Rollen zugeteilt. Es muß eines schon eine wirkliche Persönlichkeit sein, um sich eines solchen Klischees in jahrelanger zäher Kleinarbeit zu entledigen.
Die neue Reichmann-Tochter, klein, zierlich, mit schönem Haar und kurzem Näschen, hat zunächst einmal zwei Mütter, von denen sie abwechselnd versorgt wird. Letta spielt kaum noch mit ihrer Puppe, ein Baby ist um vieles interessanter, und an einen Puppenwagen mit Federung, den sie

so lange schmerzlich vermißt hat, denkt sie überhaup nicht mehr. Der Kinderwagen, gebraucht gekauft und noch gut erhalten, erfüllt den gleichen Zweck. Jeden Nachmittag, wenn die Schulaufgaben zur Zufriedenheit der Mutter fertiggestellt sind, darf Letta bei gutem Wetter ihre lebendige Puppe ins Freie fahren.

Manchmal kann sie es kaum erwarten und schludert ein bißchen mit der Abschrift eines Diktats, das jetzt nicht mehr auf die Tafel, sondern mit spitzem Bleistift ins Heft geschrieben wird. Sofort ist Mutter zur Stelle, besieht sich den Schaden und befiehlt einen Neuanfang. Kein Buchstabe darf auch nur einen Millimeter unter die Linie rutschen, und ein falsch geschriebenes Wort gar wäre ein Verstoß gegen die Sittlichkeit. Man gewöhnt sich daran. Die so erworbene Disziplin wird Letta später von Nutzen sein, und auch im Rückblick muß sie sich eingestehen, daß es ihr nicht viel ausgemacht hat. Dieses nicht. Anderes schon. Bei jedem Gewitter ist Lisa einem Nervenzusammenbruch nahe, und der Sommer des Jahres 1930 ist dämpfig und schwül und bringt viele Gewitter mit sich. Dann muß das Besteck in aller Eile vom Tisch, weil es »den Blitz anzieht«, dann darf Letta nicht zu nahe beim Fenster stehen, aber auch nicht beim Herd, weil das Unheil durch den Schornstein kommen könnte, dann sitzen sie beide mitten in der Küche, jede auf einem Stuhl, und nehmen abwechselnd das Kind auf den Schoß, dann betet Lisa laut, schreit bei jedem Blitz »Huch« oder »Herrgott« und zieht bei jedem Donner den Kopf ein. Das Baby weint, und Letta ist ganz verstört und fest davon überzeugt, daß sie diesen Tag nicht überleben.

Unter den Gedichten, die Lisa ihr neuerdings wieder reichlich eingibt, befindet sich eines, das von einem Gewitter handelt. Urahne, Großmutter, Mutter und Kind in dumpfer Stube beisammen sind. Die ganze Familie hatte es erwischt, vier Generationen mausetot, und wie hatten die sich auf den kommenden Feiertag gefreut! Jede einzelne

Person malte sich aus, was sie da Schönes tun und erleben wollte. Morgen ist Feiertag, hieß es am Ende jeder Strophe verheißungsvoll, aber das Ende des Gedichts ist grausig, ein Blitz, ein Donner, da lagen sie alle und waren entseelt. So will Letta auf keinen Fall daliegen, lieber Gott, bitte!
Das Gedicht steht in Mutters altem Lesebuch und wurde in die neueren der Republik nicht mehr aufgenommen. Es gibt nämlich auch Pädagogen, die sich bei der Auswahl von Gedichten etwas denken.
Was sich die Lisa Reichmann gedacht hat, als sie daranging, ihrer siebenjährigen Tochter Schillers *Lied von der Glocke* einzutrichtern, kann man nur ahnen. Bis zu einem gewissen Grade ließ Letta sich ködern, konnte man ihren Ehrgeiz provozieren.
Das ist das längste Gedicht, das es gibt. Ich kenne keinen Menschen, der es auswendig kann, so von vorne bis hinten ohne Steckenbleiben. Wir haben im achten Schuljahr kurze Teile daraus gelernt. Meinst du, Letta, daß du das schaffst? Jeden Tag ein neues Stück, und immer das vom vorigen Tag wiederholen?
Letta meint, daß sie das schafft.
Und sie schafft es in der Tat. Es dauert ein halbes Jahr, und ein Krankenlager von sieben Wochen bietet zusätzliche Gelegenheit zum Memorieren und Resümieren. Dann könnte sie es im Schlaf hersagen, und gelegentlich tut sie das auch.
Zwischendurch passierte allerdings noch einiges in diesem schwülen Sommer 1930, zunächst das Pech von Tante Gerda und kurz darauf der Unfall von Letta.
Die Konsum-Filialleiterin mit dem weichen Herzen hatte einigen Familien, deren Männer arbeitslos geworden waren, ihre Schulden im großen »Anschreibebuch« nicht nur gestundet, sondern gänzlich gestrichen. Neider gibt es überall, sie wurde denunziert und ohne Vorwarnung von einer Revision heimgesucht. So konnte sie den fehlenden Betrag nicht mehr rechtzeitig aus eigener Tasche bestreiten. Wegen

ihrer bisherigen Verdienste zeigte man sie nicht an, doch wurde sie mit sofortiger Wirkung und ohne Zeugnis entlassen. Nicht degradiert, was ja auch denkbar gewesen wäre, nein, einfach davongejagt. Eine andere wartete schon lange auf diesen guten Posten, und die andere hatte »Beziehungen«.

Da Tante Gerda mit ihrer Stellung zugleich die schöne Dienstwohnung in ihrem Konsum verlor, mietete sie zwei kleine Mansardenzimmer in Scherpenberg und rückte damit ihrem Patenkind ein bißchen näher. Letta war arglos genug, sich darüber zu freuen, obwohl Vati ihr klarzumachen suchte, daß es für Tante Gerda kein Vorteil, sondern ein Unglück sei. Sie muß jetzt stempeln gehen, Letta, sie muß von Wohlfahrtsunterstützung leben, die reicht nicht hin und nicht her. Geschenke wird sie dir keine mehr machen können. Und dabei ist Tante Gerda keine Diebin, das darfst du nicht denken. Sie hat für andere gestohlen, nicht für sich selbst.

Ein Unrecht war es darum doch – wirft Lisa rasch ein. Sie ist zwar mit Rudis Ansicht im stillen einverstanden, aber ihr erzieherisches Gewissen duldet nicht, daß Lettas Moralvorstellungen aufgeweicht werden. Ein Kind kann so feine Unterscheidungen noch nicht treffen, seine Normen sind Gut und Böse und nichts dazwischen.

Letta darf zu Tante Gerda in die Karlstraße gehen und ihr ein bißchen beim Einrichten helfen. Was die für schöne Möbel hat, auch Wäsche, Geschirr und Vorhänge, bald kennt man die beiden düsteren Stuben gar nicht wieder. Tante Gerda sieht sogar in ihrem Arbeitskittel elegant aus, genau wie die gezeichneten und fotografierten Frauen in Vobachs Modeheften, von denen sie einen Packen in einem Gestell liegen hat. Kaum denkbar, daß sie jetzt nur noch vom Stempelgeld leben muß wie die Leute in Sing-Sing.

Verhungern brauchst du nicht, verspricht Letta ihrer Patentante. Wenn du nichts zu essen hast, kommst du zu uns. Wir sind ja Mittelstand, wir haben immer noch was übrig.

Über diesen Satz muß Tante Gerda lachen und weinen zugleich. Ach, Herzchen, sagt sie, nimmt die grüne Pakkung Eckstein vom Tisch und zündet sich eine Zigarette an. Sie ist in Lettas Umkreis die einzige Frau, die raucht. Von Mutter könnte man sich das überhaupt nicht vorstellen, zu Tante Gerda paßt es. – Du bist ein Goldschatz, Letta fährt sie fort und bläst den Rauch über den Tisch. Aber ich verhungere schon nicht. In meiner Kindheit, ja, da hab ich manchmal schrecklich hungern müssen, und immer wurde ich in die abgetragenen Fetzen meiner älteren Schwestern gesteckt. Wir waren zehn Kinder zu Hause, die Mutter andauernd krank, sie ist auch früh gestorben. Da hab ich es mir geschworen, Letta, einen richtigen Eid hab ich darauf abgelegt: daß ich nie, nie mehr in meinem Leben arm sein will, egal, was kommt. Armut, das ist das schlimmste, das ist schlimmer als irgendeine Krankheit, die ja auch reiche Leute kriegen, das ist das Letzte vom Letzten. Und ich werde auch jetzt nicht arm sein, verlaß dich drauf. Ist aber lieb von dir, daß du mir euren Mittagstisch anbietest. Wir müssen noch die Teppiche ausrollen – willst du mir helfen?
Wenn Tante Gerda fortan zu ihnen kommt, ist sie genauso fein angezogen wie immer, sie trägt sogar ein funkelnagelneues Sommerkleid und ein Goldarmband, das man früher nicht an ihr gesehen hat. Letta hatte gemeint, sie müßte alle ihre schönen Kleider nach und nach verkaufen, weil das Stempelgeld doch nicht hin und nicht her reicht, und nun kann sie sich sogar neue Sachen anschaffen. Ob es hilft, wenn man einen Eid gegen die Armut ablegt? Aber so einfach kann das nicht sein, denn dann brauchte es überhaupt keine armen Leute zu geben.
An einem Sonntag im Juli, als sie bei Oma und Onkel Karl in Ruhrort sind, macht Tante Wilma ihrer Schwester einen Vorschlag. Wie wär's mit einer kleinen Zerstreuung, Lisa? Könnte uns beiden nicht schaden. Die Persilwerke in Düsseldorf veranstalten Mittwoch einen Hausfrauennachmittag, mit Besichtigung und anschließender Kaffeetafel, alles

umsonst, die machen das zu Werbezwecken. Wir hätten nur das Fahrgeld zu bezahlen, mit der Straßenbahn von Duisburg nach Düsseldorf. Ich kann mich am Mittwoch freimachen, der Junge ist auf einem Schulausflug.
Ich nicht, sagt Lisa bedauernd, aber Oma Hüsken läßt sie gar nicht weiterreden. Klar, kannst du abkommen, Lisetta, ich hab ja Zeit, ich bleibe bei den Kindern.
Und Rudi, dem seine Frau es erst dolmetschen muß, ist gleich Feuer und Flamme für den Plan. Mach das mal mit, du hast schon lange kein Vergnügen mehr gehabt, Lisa, wo Mama dich bei den Kindern vertreten will. Letta kann mir mittags das Essen ins Geschäft bringen, wenn sie von der Schule wieder zu Hause ist, machst du doch, Letta?
Es wird alles ganz wunderschön geregelt für den besagten Mittwoch, der Plan hat nirgends Ecken und Kanten, und Lisa freut sich wie lange nicht mehr. Willst du nicht auch mitfahren, Erna? Aber Erna hat noch eine Näherei liegen, eine komplizierte Arbeit, die bis Mittwochabend unbedingt fertig werden muß. Rudi preßt die Lippen aufeinander, als er es erfährt.
Der Mittwoch ist ein heißer Tag und wieder etwas dunstig, weil es in der Nacht geregnet hat. Letta ist um zwölf Uhr zu Hause, wo Oma ihr einen Grießbrei mit Himbeersaft hinstellt, ihr Leibgericht. Auch Hanni wird damit gefüttert und schnappt mit aufgerissener Schnute nach jedem Löffel, ja, das schmeckt dir, du Leckermaul. Auf der Topfbank steht der zweiteilige Henkelmann mit dem Mittagessen für Vati, Möhreneintopf in dem einen, Grießbrei als Nachtisch in dem anderen Behälter. Daneben zwanzig Pfennig für die Straßenbahn. Nimm die Elektrische für den Hinweg, sagt Oma, der Vater wird hungrig sein. Zurück kannst du laufen, dann hast du ja Zeit. Was die für schönes Wetter haben, Tante Wilma und deine Mutter. Da können sie vielleicht noch das Gelände von der Gesolei besuchen und die Blumenausstellung. Ja, ja, wenn Engel reisen –
Vati macht gerade Mittagspause im Geschäft, der Rolladen

vor dem Schaufenster ist halb heruntergelassen, sonst könnte man es bei der Hitze kaum aushalten. Das Lokal sieht sehr aufgeräumt aus, man hat nicht den Eindruck, daß hier ein lebhafter Kundenverkehr herrscht. Den Gehilfen hat Vati nicht mehr, er versucht es allein. Eigentlich wollte Letta ihm ein bißchen über die Schule erzählen, aber er scheint für ein Gespräch nicht aufgelegt, löffelt langsam seinen Henkeltopf aus, blickt stumpf vor sich hin. Ich brauche noch ein Schreibheft, sagt Letta, mit Linien für die zweite Klasse, und Vati steht schwerfällig auf, geht zum Glaskasten und holt eins heraus. Tschüs, Kind, und grüß die Oma! Letta muß die breite, verkehrsreiche Hauptstraße, wo auch die Elektrische in zwei Spuren fährt, an irgendeiner Stelle überqueren. Sie tut es in Höhe der Zechenbahn, weil dort auf der anderen Seite die Bäume dichter stehen und mehr Schatten werfen. Mit ihrer trockenen Haut kann sie Hitze schlecht vertragen, sie schwitzt selten und schwillt dafür leicht an, dann ist sie rot wie ein Krebs. Also nichts wie rüber in den Schatten!
Sie kann hinterher nicht sagen, ob sie nach links und rechts gekuckt hat, wie man ihr immer einschärfte, vielleicht hat sie wirklich gedöst und es vergessen. Nur eins hat sich ihr unauslöschlich eingeprägt: die feuchtglänzende Teerspur mitten auf der Fahrbahn, wo sie die Straße reparierten, und vor Teer ekelt sich Letta jedesmal, sie weiß nicht, warum, schon der Anblick eines solchen schwarzklebrigen Flecks läßt sie zurückzucken, vom Geruch ganz zu schweigen. Darum verhält sie den Schritt, zögert mit dem Weitergehen und sieht im letzten Augenblick von links den Lieferwagen riesengroß auf sich zukommen. Ein geistesgegenwärtiger Sprung nach vorn hätte sie retten können, statt dessen tut sie etwas ganz Unsinniges, indem sie nach rechts abdreht und vor dem Auto herläuft. Sie wird von dem kubischen Kühler erfaßt, hört das Kreischen der Bremsen, ist vornüber gefallen und denkt: Jetzt bin ich tot.
Ein Schrecken, wie sie ihn bis dahin nicht erlebte.

Jemand zieht sie behutsam unter dem hochrädrigen Auto hervor und stellt sie auf die Füße, es ist der Fahrer des Wagens. Er bemüht sich um sie, auch andere Leute umringen jetzt die Unfallstelle – wo die so schnell alle hergekommen sind? –, und Letta hört jemanden sagen: Großer Gott! Das Kind ist schneeweiß im Gesicht. Tut dir was weh?

Mir tut überhaupt nichts weh, versichert sie wahrheitsgemäß, bitte lassen Sie mich in Ruh, ich möchte nach Hause gehen. Aber davon will der Fahrer nichts wissen, vielleicht hat er einen Verdacht. Er läßt sich Lettas Namen und Adresse geben, notiert sich auch die Personalien von zwei der umstehenden Zeugen, o ja, wir haben es gesehen, das Kind ist Ihnen direkt ins Auto gelaufen. Dann hebt er Letta hoch und setzt sie neben seinen Fahrersitz. Als er vor dem Haus in Scherpenberg hält, will sie hinausklettern, knickt aber sofort zusammen, weil sie mit dem linken Fuß nicht auftreten kann. Schmerzen hat sie immer noch keine. Ihr war vorhin sehr kalt, und einen Moment hatte sie keine Luft bekommen, aber nun geht es ihr wieder gut, nur daß sie nicht laufen kann. So erzählt sie es der Oma, die verstört herbeieilt, als der Fremde ihr das Kind ins Haus trägt.

Vielen, vielen Dank, sagt Oma und läßt sich eine Firmenkarte aushändigen, denn der Mann hat keine Zeit mehr. Es scheint, wir haben noch mal Glück gehabt.

Letta wird auf das Wachstuchsofa gebettet und entkleidet. Hautabschürfungen am Rücken, ganz beträchtliche sogar, das Hemdchen blutig – Kind, das muß dir doch weh tun? – Bestimmt nicht, Oma. – Der linke Knöchel ist dick angeschwollen, den wirst du dir verstaucht haben, denn wenn was gebrochen wäre, könntest du es vor Schmerzen nicht aushalten. – Friederike Hüsken hat acht Kinder aufgezogen, da weiß man Bescheid. Annegret Habicht ist heraufgekommen, steht neugierig dabei und ist sogleich bereit, in die Drogerie zu laufen, essigsaure Tonerde holen für Umschläge. Als sie weg ist, faltet Oma die Hände, sieht Letta ernst und auffordernd an und sagt: Laß uns mal eben dem

Herrn Jesus danken, Kind, daß er dich behütet hat, hättest ja tot sein können. – Sie sprechen beide ein Dankgebet.
Am Abend treffen die Eltern gleichzeitig ein. Friederike Hüsken steht schon in Hut und Mantel da und erzählt ihnen hastig, was passiert ist und daß sie noch mal Glück gehabt haben. Dann muß sie sich beeilen, daß sie die Straßenbahn kriegt. Kind, Kind, sagt Lisa Reichmann und drängt ihre Tränen zurück. Ich hatte so einen schönen Tag mit Tante Wilma – und nun dies.
Nicht schimpfen, Mutter, bittet Letta.
Ich schimpf ja nicht. Und du wirst nächstens besser aufpassen auf der Straße, das wird dir eine Lehre sein. Vati bekuckt sich Lettas Fuß, wiegt bedenklich den Kopf und packt seine Tasche. Er muß noch Haareschneiden gehen, er hat noch ein paar Kunden in der Nähe, die tagsüber nicht wegkönnen. Hanni liegt längst in ihrem Bettchen und schläft.
Mutter rückt den Küchentisch beiseite, nimmt einen Stuhl und setzt sich zu Letta ans Sofa. Keine Schmerzen, immer noch nicht? – Nein, Mutter. Oma hat mir Penatencreme auf die Schrammen getan und eine Windel von Hanni drum gewickelt. Den Fuß spür ich überhaupt nicht.
Es ist nämlich so, Letta – was Lisa jetzt sagen will, geht ihr besonders schwer über die Lippen – wir sind in keiner Krankenkasse, und wenn wir einen Arzt brauchten, müßten wir den voll bezahlen. Vati hat im letzten Monat –
Weiß ich doch, sagt Letta rasch. Weiß ich doch selbst, daß wir kein Geld für einen Arzt haben. Aber wir brauchen auch keinen. Ich bleib eben so lange liegen, bis die Verstauchung vorüber ist, das dauert eine Zeit, hat Oma gesagt. Schule muß ich auch nicht versäumen, weil jetzt die großen Ferien kommen. Und wenn Onkel Willi mir Bücher besorgt –
Das wird er gern tun, sagt Lisa, steht auf und gibt ihrer Tochter einen Kuß auf die Stirn.
In der Nacht kommen die Schmerzen. Die Schockwirkung

hat lange angehalten, aber nun sind die körpereigenen Betäubungsmittel erschöpft, nun tut es ganz schrecklich weh. Im linken Fuß brennt es und zieht und rumort und pocht, tief im Rücken verspürt sie ähnliche Schmerzen, die können nicht allein von den Abschürfungen herrühren. Als sie einmal kurz versucht, den Po anzuheben, muß sie sich die Faust in den Mund stecken, sonst hätte sie losgeschrien. Es wird ein Krankenlager von einigen Wochen. Bücher helfen über die Langeweile hinweg, gegen die Schmerzen helfen sie nicht. Die sind im Anfang oft unerträglich, und Letta muß alle Kraft zusammennehmen, um die Eltern zu täuschen. Wenn Mutter mal weg ist, zum Einkaufen oder zu Vati ins Geschäft, kann sie sich gehenlassen, kann wimmern und stöhnen. Dann fängt auch Hanni in ihrem Bettchen an zu weinen, so klein sie ist, so voller Mitleid schon. Aber das will Letta nicht. Sie sagt dann mit gepreßter Stimme Schillers *Lied von der Glocke* auf, denn wenn sie sich auf die Verse konzentriert, muß sie nicht immerfort an den Fuß denken. Der Inhalt des Gedichts wird ihr immer klarer und verständlicher, und sie hat Zeit genug, darüber nachzudenken. Auch bekommt sie öfter Besuch. Leiht mir Bücher, bittet sie jedesmal und weiß auch schon, welche. Den Märchenschatz von Grimm, Bechstein, Hauff, Andersen und die deutschen Sagen. Das sind nicht nur Bücher zum Einmal-Lesen, die müßte man eigentlich besitzen. Aber sie darf sie lange behalten und hat nun Muße genug, sich wieder und wieder damit zu beschäftigen.
Gegen Ende der Ferien macht sie die ersten Gehversuche, zunächst noch am Stock. Hast gar nichts von deinen Ferien gehabt, armes Kind, meint Oma Meta und überlegt, womit sie Letta entschädigen könnte.
Aber mit dem »nichts gehabt« ist das so eine Sache. Daß man eine Krankheit mit Gewinn überstehen kann, bleibt den anderen meist verborgen. Letta hat viel gelernt. Sie ist stolz darauf, daß sie es »ohne Arzt geschafft hat«, und weiß nicht, daß ihr dieser Stolz fast zum Verhängnis geworden

wäre. Jahre später wird sie während einer Generaluntersuchung erfahren, daß sie sich bei ihrem Unfall nicht nur den Knöchel, sondern auch das Steißbein gebrochen hatte. Es verheilte aber alles, irgendwie. Nur eins bleibt fürs Leben und muß hingenommen werden: die panische Angst beim Überqueren einer belebten Straße.

Als sie das Bett verlassen darf, macht es ihr Spaß, mit Hanni gemeinsam laufen zu lernen. Das Schwesterchen hat eben sein erstes Lebensjahr vollendet, richtet sich an allen Möbeln auf, greift zuversichtlich nach Lettas Stock und watschelt neben ihr her. Na, Hanni, sind wir nicht zwei schöne Humpelbeine? Und Hanni jauchzt und sagt: Ata, Ata – das ist die Anrede, die sie für Letta erfunden hat. Auch »Mama« kann sie sagen, aber »Papa« noch nicht, der ist ja meistens nicht zu Hause.

In dem Alter hast du schon 'ne Menge Wörter gekonnt, sagt Mutter zu Letta. Mama und Papa, Heia und Teita, Ham-Ham und Hma, damit hast du die Oma gemeint, und warst noch kaum ein Jahr. Aber man kann nicht erwarten, daß man lauter intelligente Kinder hat.

Letta hört so was nicht gern. Unsere Hanni ist nicht dumm, merkt man doch gleich, wenn die einen bloß ankuckt. Die kriegt alles mit. Sprechen lernt sie schon noch. – Und damit es mit dem Sprechen etwas schneller geht, beginnt sie mit Hanni systematisch zu üben. Mutter hat keine Zeit dazu, sie ist jetzt nachmittags immer im Geschäft.

Dann kommt der Tag, Anfang September, der in die Annalen der Scherpenberger Schule eingeht. In der zweiten Klasse hat ein Kind Geburtstag, ein anderes darf ihm – freiwillig – ein Gedicht aufsagen, ach ja, Letta, bitte, du hast ja immer was auf der Pfanne. Was wird es denn heute sein?

Schillers Lied von der Glocke, sagt Letta und steht schon vorne am Pult.

Die Lehrerin lacht herzlich, und die Kinder lachen natürlich mit, wenn sie auch nicht wissen, warum. Ein Stück daraus, Letta, meinst du wohl? Dann fang mal an.

Letta fängt an und hört nicht wieder auf. Die Lehrerin wird wacher und wacher, die Kinder schlafen fast ein. Zum Glück erlöst das Schellen zur Pause sie von der Tortur des Zuhörenmüssens. Die Lehrerin trommelt das Kollegium zusammen, ein Junglehrer muß auf dem Schulhof die Aufsicht führen. Noch mal von vorne, Letta, wenn du noch kannst. – Kann ich, sagt Letta. Bloß stehen kann ich nicht mehr mit meinem kranken Fuß. – Da bekommt sie einen Stuhl hingeschoben und legt los: Fest gemauert in der Erden – mit deutlicher, akzentfreier Aussprache und mit der würdevollen Betonung, die Lisa ihrerseits von ihrem Lehrer übernommen hatte. Im achten Schuljahr allerdings, nicht im zweiten. Die Lehrer und Lehrerinnen stehen wie gebannt und können es nicht fassen, durch die geschlossenen Fenster vernimmt man den gedämpften Lärm der auf dem Hof tobenden Schülerschar.
Mittendrin, etwa bei »Von dem Dome schwer und bang«, wird Letta der Mund trocken. Jemand bringt ihr ein Glas Wasser, danach geht es gleich weiter. Nach den Schlußworten »Friede sei ihr Erstgeläute« herrscht noch eine Weile andachtsvolle Stille. Letta sitzt müde auf ihrem Stuhl, fühlt sich wie ausgepumpt und fragt sich insgeheim, weshalb sie diese Sache eigentlich veranstaltet hat. Das Ganze kommt ihr nun ziemlich sinnlos vor.
Die Schule jedoch hat ihre Sensation.
Zu Hause erzählt Letta den Vorfall in dürren Worten. Die Mutter hört schweigend zu, läßt sich ihren Triumph nicht anmerken, will nur wissen, ob Letta steckengeblieben sei – nein, nicht? Um so besser.
Man muß der Lisa Reichmann Gerechtigkeit widerfahren lassen. Sie war keine dumme Gans, keine aufgeplusterte Henne. In der schillernden Luftblase ihres Ehrgeizes befand sich ein kompaktes Stück Notwendigkeit. Mit Rudis Geschäft ging es zu Ende, über kurz oder lang würden sie schließen müssen. Und was dann? Die höhere Schule könnte Letta nur besuchen, wenn sie eine Freistelle bekäme, und

die waren rar. Es kam alles darauf an, die Lehrer auf dieses Kind rechtzeitig aufmerksam zu machen. Gute Zeugnisse allein taten es nicht.

Zunächst einmal spricht sich Lettas Großtat herum, sogar an den Nachbarschulen hat man Wind davon bekommen. Das bringt ihr Ehre ein, aber auch Kummer. Neider lauern darauf, ihr das Leben schwerzumachen, es ihr heimzuzahlen, daß sie als die so viel älteren Schüler ständig zu hören bekommen: Was denn, über die paar Verse regt ihr euch auf? Die kleine Reichmann im zweiten Schuljahr –

Der kleinen Reichmann werden Prügel angedroht, sie macht weite Umwege, wenn sie von der Schule nach Hause geht, ihre Feinde verstecken sich in Torbögen und Hauseingängen. Warte, du Angeberin! Du kannst was erleben. Immer mit deinen Gedichten herumstrunzen.

Den Eltern will Letta nichts sagen, die haben genug Sorgen mit dem Geschäft, und schließlich braucht sie es auch nicht zu tun, weil sie einen Beschützer gefunden hat, einen großen starken Jungen aus der achten Klasse. An den wagen sich die anderen nicht heran, und er begleitet Letta bis kurz vor ihre Haustür. Sie ist hocherfreut über seine Dienstwilligkeit und möchte ihn gern entlohnen, denn sein Vater ist arbeitslos, nur weiß sie nicht, was sie ihm geben soll. Bis ihr etwas einfällt.

In einem unbewachten Augenblick klaut sie im Geschäft aus Vatis Glasschrank zwei Schulhefte und zwei Bleistifte und übergibt sie am nächsten Tag ihrem Freund. Danke, sagt er, kann ich gut gebrauchen. Es ist das erstemal, daß Letta etwas stiehlt, aber ihr Gewissen plagt sie deswegen nicht allzu hart, weil sie das Gestohlene ja nicht für sich selbst verwendet. Sollte Vati was merken, wird sie ihn an Tante Gerda erinnern. Dann wächst Gras über die Sache.

Letta braucht keine Begleitung mehr, Kinder vergessen schnell. Lehrer nicht, die behalten ein solches Geschehen etwas länger im Gedächtnis, zum Glück für Letta. Denn bald wird sie die Schule wechseln.

Vorher aber, an einem Sonntag im Oktober, findet der einmalige Ausflug nach Köln statt, mit Mutter und Oma Meta in einem Dampfer auf dem Rhein. Oma will alles bezahlen. Keine Widerrede, ich hab mir von meiner Krankenpflege was erspart. Wo doch das Kind nichts von seinen Sommerferien gehabt hat.

Hanni wird zu Tante Gerda gebracht, Mutter und Letta machen sich fein, oder anders: Mutter macht sich und Letta fein. Vati geht jetzt auch am Sonntag Haare schneiden, sie brauchen jeden Groschen. Letta hat ein bißchen Angst vor dem Rhein, es ist ihre erste Schiffsreise, und Vati zieht sie auf: Ach wo, gefährlich ist es nicht, du mußt bloß achtgeben, daß Mutter und Oma nicht an derselben Seite Platz nehmen, zusammen wiegen die 'ne Menge, davon könnte der Dampfer umkippen. Das leuchtet Letta ein. Nach Hannis Geburt ist Mutter noch rundlicher geworden, und Oma Meta war schon immer ein Faß.

Die beiden Frauen haben keine Ahnung, was der Mann da angerichtet hat, und können sich Lettas Gezeter nicht erklären, als sie in Duisburg das Schiff bestiegen haben und im Begriff sind, sich's an einem der Seitentische gemütlich zu machen. Warum soll ich denn da rüber gehen, fragt Oma ganz erstaunt, kannst du mich nicht mehr leiden, Schätzchen? – Letta gibt sich alle Mühe, Mutter und Oma in die Gesetze der Physik einzuweihen, und kann nicht begreifen, wieso die zwei sich so bockbeinig verhalten und das Allereinfachste nicht wahrhaben wollen.

Sei still jetzt und setz dich auf deine vier Buchstaben! zischt Mutter und scheint geneigt, Letta vor allen Leuten eine zu kleben, aber das weiß die Oma zu verhindern, indem sie rasch sagt: Kuck mal genau hin, Letta, da drüben sitzt auch so eine Dicke wie ich, das gleicht sich doch aus! – Letta plinkert mit den Augen und betrachtet durch ihren Tränenflor die Gesellschaft auf der anderen Seite, zählt kurz ab, überschlägt das Ergebnis und kommt zu dem Schluß, daß ein Gleichgewicht vorliegen könnte, über den Daumen gepeilt. Danach ist Ruhe. Nur Mutter fingert noch eine Zeitlang nervös an ihrer Handtasche herum, so ein Gedöns, einem hier vielleicht den ganzen Tag zu verderben, wo unsereins genug am Hals hat. Der Rudi kann sich auf was gefaßt machen.

Trotz dieses Mißklangs am Anfang wird es ein zauberhafter Tag. Auch das Wetter spielt mit. Nachdem der Nebel sich niedergeschlagen hat, strahlt eine gleichmäßig warme Herbstsonne auf das bleigraue Wasser und läßt es glitzern, der Wind bleibt maßvoll, nach einer Stunde können sie ihre Mäntel ablegen. Aus einem Grammophontrichter ertönt die rauchige Stimme einer Frau, die behauptet, sie sei von Kopf bis Fuß auf Liebe eingestellt. Das gönnt man ihr.

In Köln besichtigen sie den Dom, der Letta sehr beeindruckt, gehen anschließend in den Zoo, den sie auch interessant findet, nur tun ihr die gefangenen Tiere hinter den Gitterstäben leid. Wieso denn, Kind, die fühlen sich ganz wohl da drinnen, kriegen ja täglich genug zu fressen, das ist denen die Hauptsache. Glaub ich nicht, sagt Letta. Glaub ich einfach nicht. Bloß satt werden, das ist doch nicht alles. Danach suchen sie ein Café auf, denn bis zu Abfahrt des Dampfers haben sie noch über eine Stunde Zeit. Letta ist zum erstenmal in einem Café und sitzt etwas beklommen auf dem gepolsterten Stuhl, es ist so fein hier, überall roter Plüsch, die Tischplatte aus Marmor, an den Wänden lauter Spiegel in goldenen Rahmen. Ein Mädchen in schwarzem Kleid und weißer Spitzenschürze serviert ihr die gewünschte Sahnetorte. Iß nur schon, Kind, sagt Oma, wir kriegen unsere belegten Brötchen auch gleich. Aber Letta traut sich nicht anzufangen. Sie flüstert es Mutter ins Ohr: Die haben mir da aus Versehen 'ne Gabel hingelegt, kann ich doch nicht machen, Kuchen mit einer Gabel essen, oder?

Sie wird belehrt, wundert sich ein bißchen und läßt sich's dann schmecken. Kuchengabeln hat sie noch nirgends gesehen. Zu Hause essen sie Torte – wenn es mal welche gibt – immer mit dem kleinen Löffel mit dem sie auch den

Zucker im Kaffee umrühren. Nur Oma Ruhrort legt jedesmal zwei Zuckerlöffel aufs Gedeck, einen für den Kaffee und einen für den Kuchen, aber die ist eben pingelig, das weiß man ja.
Auf der Rückfahrt kommen sie in die Dunkelheit hinein. Die Räder an den Seiten schaufeln sich hörbar vorwärts, am Bug schäumen die Wellen, die Lichter des Dampfers spiegeln sich im Wasser, und die Bordkapelle spielt: O du wunderschöner deutscher Rhein. – Oma fordert Letta zum Tanz auf und wiegt sich mit ihr im Takt zwischen den anderen Paaren. Es fällt Letta überhaupt nicht schwer, obwohl sie doch ein unmusikalisches Kind ist. Scherzworte fliegen hin und her, die gesprächige Oma bleibt keinem etwas schuldig, und die Männer lachen besonders laut. Mutter hat das nicht gern. Sie ist am Tisch sitzen geblieben, sieht herüber, schüttelt einmal den Kopf. Oma Meta soll ein bißchen ordinär sein, hat Letta irgendwo vernommen. Sie weiß nicht, was das Wort bedeutet, und sie kümmert sich auch nicht darum. Sie lehnt ihre Wange gegen Omas Bauch und läßt sich von ihren Tanzschritten führen. Diese große schwere Frau hat viel Wärme abzugeben. Wenn Letta genau überlegt, ist das Beisammensein mit Oma Meta immer unkompliziert gewesen, nämlich heiter und leicht. Wie an diesem Abend zwischen all den strahlenden bunten Lampions.
Ein Tag wie dieser bleibt im Gedächtnis stehen und nimmt an Leuchtkraft sogar zu in einer Epoche, die nur noch von Trübsal und Bitterkeit gekennzeichnet ist. Mit diesem Ausflug hat Oma Meta ihrer Enkelin ein Depot hinterlassen, auf das ein Mensch zurückgreifen kann, um sich zu vergewissern, daß das Leben auch schöne Tage kennt. Von der Erinnerung her zu einer namenlosen Hoffnung hinüber spannt Letta den Regenbogen ihrer Sehnsucht und überwölbt ein Tal, in dem es nun für lange Zeit nicht mehr richtig hell werden will.
Im November gibt Rudi Reichmann sein Friseurgeschäft

auf. Eine andere Arbeit findet er nicht, die Wirtschaftskrise strebt ihrem Höhepunkt zu, die Massenentlassungen sind im vollen Gange. Er bezieht Krisenunterstützung und steht mit vielen anderen regelmäßig in der langen Schlange vor dem Arbeitsamt, sich sein Stempelgeld abzuholen.
Ein zweiter, noch härterer Schlag trifft die Familie. Wenige Tage vor Weihnachten nimmt sich Alfred Reichmann das Leben. Ein junger Bergmann, fleißig, pünktlich, ein guter Kumpel und Freund, immer zur Stelle, wenn man ihn brauchte, und nie auch nur einen Tropfen Alkohol. Seine Tüchtigkeit war sein Rückgrat. Kann man einen solchen Menschen einfach auf die Straße setzen? Man kann. Im Utforter Baggerloch hat er sich ertränkt, einen Stein in der Tasche. Kinder hinterläßt er keine, nur eine Frau, die sich bald trösten wird.
Meta Reichmann ist nicht zu trösten. Alfred war ihr Lieblingssohn. Nicht der älteste, wie es zu sein pflegt, ihr schöner und intelligenter Rudi, auch nicht Willi, der jüngste, nein, ausgerechnet der unauffällige, unscheinbare Alfred. Nach den Motiven dafür zu fragen, ist müßig. Alle haben es gewußt, keiner hat es ihr je verübelt, jetz schon gar nicht, jeder bemüht sich, ihren Schmerz tragen zu helfen. Willi tritt noch im gleichen Monat der Kommunistischen Partei Deutschlands bei, obwohl ihn sein Bruder Peter eindringlich davor warnte. Denn Peter Reichmann ist schon seit langem Mitglied der SPD.

6

Im Februar 1931 beträgt die Zahl der Arbeitslosen in Deutschland nahezu fünf Millionen.
Die blanke Neubauwohnung in Scherpenberg ist nicht mehr zu halten, weil die Miete innerhalb von zwei Monaten um zehn Reichsmark gesteigert wurde. Der Hausbesitzer gehört dem Mittelstand an, sein Weißwarenladen geht schlecht, und wie die kleinen Gewerbetreibenden neuerdings zu kämpfen haben, muß man den Reichmanns nicht erzählen. Sie hegen gegen niemanden einen Groll, sie beugen den Nacken und nehmen es hin. Es ist einmal der Welten Lauf, der Große frißt den Kleinen auf. (Lebensweisheit von Lisa.) Auch Habichts klagen über die Mieterhöhung, müssen aber nicht ausziehen.
Die neue Wohnung, für die sich Rudi und Lisa nach gründlicher Suche entscheiden, ist eine alte Wohnung, billig und entsprechend häßlich. Eine Mietskaserne in Hochheide, in einer Straße, bei deren Anblick Lisa versichert, sie werde hier niemals im Dunkeln allein herumlaufen. Sie tut es dann oft genug. Drei Räume im obersten Stockwerk, die beiden Schlafzimmer bekommen nur wenig Licht und Luft durch zwei schräge Dachfenster, verglaste Dachluken müßte man sie eigentlich nennen. Die Wohnküche liegt nach der Straße und hat ein herausgebautes Mansardenfenster. Bißchen duster, meint Opa, da wird man hell tapezieren müssen. Er wählt mit Lisa die Tapeten aus und bezahlt sie auch gleich, nee, Lisa, steck dein Pottmaneh mal wieder ein, die stifte ich euch zum Einstand. Es ist eine beigegrundige Tapete mit zarten Gräsern und Gänseblümchen, im Dutzend billiger, deshalb nehmen sie die Rollen für alle drei Zimmer. Tapezieren tun die beiden Männer selbst, Mutter streicht den Kleister auf, Letta schneidet die Ränder ab. Nirgends wirft sich eine Luftblase, alle Bahnen geraten

schön gerade und bleiben haften, der Opa hat Übung darin. Nur Rudi, der Ästhet, ist am Ende nicht ganz einverstanden. Ich weiß nicht, ob es nötig war, für die ganze Wohnung dasselbe Muster zu nehmen. Einen richtigen Ladenhüter habt ihr euch aufschwatzen lassen. Überall Wiese mit Blümchen, kommt man sich ja vor wie 'ne Kuh.

An das Finanzgenie Lisa Reichmann werden hohe Anforderungen gestellt. Das Budget ist unproblematisch und übersichtlich, eine Milchmädchenrechnung. Problematisch ist nur, damit auszukommen.

Rudi erhält für seine vierköpfige Familie pro Woche siebzehn Mark Krisenunterstützung und muß im Monat zwanzig Mark Miete aufbringen. Bleibt für den Lebensunterhalt achtundvierzig Mark monatlich, geteilt durch vier. Nach Adam Riese hat also jede Person dieses Haushalts in der Woche drei Reichsmark zur Verfügung.

Darüber verfüge mal einer! Auch wenn ein Graubrot geringer Qualität – ein »klätschiges«, sagt Lisa – nur fünfzig Pfennig kostet. Das Nur verliert seinen Sinn unter solchen Bedingungen. Zucker kostet vierzig Pfennig das Pfund und wird besonders sparsam gehandhabt, ein Liter Milch einundzwanzig Pfennig, daran darf der Kinder wegen nicht gespart werden, für einen Fünfer kriegt man zwei kleine Brötchen, aber auch den Fünfer muß man dreimal umdrehen, ehe man ihn ausgibt. Eier, frisches Gemüse oder gar Obst kann man sich kaum noch leisten, ebenso Butter, die nun »beste Butter« heißt, denn »gute Butter« nennt man die gehobene Margarine mit dem wohlklingenden Namen Sanella. Sehr feine Unterschiede bürgern sich ein.

Und womit, bitte, kleidet man sich? Womit bedeckt man, biblisch gesprochen, seine Blöße? Oder, um es mit Lettas Worten auszudrücken: Bloß satt werden, das ist doch nicht alles.

In Amerika, einem Land, wo die Statistiker auf den Bäumen wachsen, hatte einer ausgerechnet, daß man als Erwerbsloser nicht sofort verhungern wird, sondern erst in einem

Zeitraum von zehn Jahren. So lange braucht der Mensch dazu. Er ist schon ein zähes Wesen.
Jetzt heißt es lavieren, manövrieren, spekulieren, ganz auf die ehrliche Tour geht es nicht mehr. Das Wort »Schwarzarbeit« geistert herum, drückt aufs Gemüt, taucht mit einer Drohgebärde in nächtlichen Träumen auf. Schwarzarbeit ist einem Unterstützungsempfänger streng verboten, es werden eigens Leute angestellt, die Einhaltung des Verbots zu überwachen. Wer es übertritt, riskiert die Streichung des Stempelgeldes und muß sehen, wie er sich und die Seinen durchbringt. Dem bleibt dann nur noch Sing-Sing, die trostlose Barackensiedlung am Ortsrand, wo die Gestrandeten hausen, die keine Miete mehr bezahlen können.
Rudi Reichmann pflegt sein Fahrrad und hütet es wie seinen Augapfel. Es wird viel gestohlen jetzt. Er hat sich eine Sicherheitskette zugelegt, und wenn er mal ein Ersatzteil braucht, besorgt Willi es ihm und zeigt ihm, wie man es montiert. Es ist immer noch das alte Rad, das ihm der Opa im ersten Ehejahr überlassen hatte, aber es ist kaum ein Schräubchen daran dasselbe geblieben. Rudi braucht das Fahrrad täglich, es ist lebensnotwendig geworden.
In seiner nächsten Umgebung könnte er es nicht wagen, in eine Wohnung zu gehen und dort jemandem die Haare zu schneiden. Er wird manchmal darum gebeten, denn er nimmt für einen Haarschnitt nur zwanzig statt fünfzig Pfennige, und sparen müssen schließlich alle. Seine Ablehnung geschieht höflich und vorsichtig, er will sich keine Feinde schaffen: Sie wissen doch, daß ich es nicht darf. Es ist zu gefährlich, und ich habe Familie.
Er fährt über Land, strampelt weite Wege den linken Niederrhein hinunter, bis Baerl, bis fast nach Orsoy, in Gegenden, wo niemand ihn kennt und wo er nicht befürchten muß, einem Kollegen Konkurrenz zu machen. Zu den Bauern fährt er, läßt sich manchmal mit Geld bezahlen, manchmal mit Lebensmitteln, kommt spät abends erst nach Hause. Nachts wird er von wüsten Träumen geplagt, sieht sich

von einem Ordnungshüter angehalten, der seine Tasche inspiziert und alles beschlagnahmt: Scheren, Kämme, Haarschneidemaschine, Streichriemen, Rasiermesser und Pinsel, das Fahrrad zuletzt. Nein! ruft er und fuchtelt mit den Armen, nicht wegnehmen, bitte! Nicht anzeigen, bitte! Ich habe Familie.

Dann kriecht Lisa zu ihm unter die Bettdecke, schmiegt sich an ihn und streichelt sein Gesicht, damit er sich beruhige. In solchen Augenblicken ist es ihr völlig egal, ob sie schwanger wird oder nicht, obschon sie sich im allgemeinen sehr davor fürchtet. – Träume sind Schäume, sagt sie nahe bei seinem Ohr und weiß doch genau, daß es nicht stimmt. Die Alpträume ihres Rudi stehen immer dicht vor der Schwelle der Wirklichkeit.

Vieles hat sich geändert, das Leben ist mühsamer geworden. Kein »Spülstein« mehr in der Küche, sie müssen das Wasser ein Stockwerk tiefer holen und in Eimern heraufschleppen, das Baden am Samstag nimmt Stunden in Anspruch. Im Treppenhaus sind die Plumpsklos, die an Regentagen durch alle Ritzen bis in die Zimmer stinken. Es gibt keine Waschküche im Keller, Lisa muß die Wäsche im Zinnkessel auf ihrem Herd kochen und die stark verschmutzten Sachen anschließend auf einem Wellblech sauberrubeln. Im Hof unten sind Pfähle zum Leinenziehen, aber auch wenn es mal nicht regnet, ist das Trocknen dort unersprießlich, weil alles durch die herumwirbelnden Rußflocken der nahen Industrie im Handumdrehen verunreinigt wird.

Der fehlende Trockenboden schmerzt Lisa besonders, denn nun ist sie gezwungen, in der Wohnküche eine Leine zu spannen und das nasse Zeug aufzuhängen, da geht jede Gemütlichkeit zum Teufel. Die beiden Schlafzimmer können nicht geheizt werden, dort ist kein Kaminloch, sonst hätte man sich von irgendwoher ein Kanonenöfchen besorgt. Die einzige Feuerstelle in der Wohnung ist und bleibt der Küchenherd, der auch an heißen Sommertagen nicht

ausgehen darf, weil man ihn immerzu braucht: zum Kochen, zum Waschen, zum Bügeln. Da kommt sogar Letta ins Schwitzen, so dicht unterm Dach.
Bei ihr liegt der Schwerpunkt der Unzuträglichkeiten zunächst an anderer Stelle, denn sie hat mit der Wohnung zugleich die Schule wechseln müssen. Die in Scherpenberg war noch beinahe ein Neubau, hell, luftig, modern, mit Duschen und Lernküchen im Souterrain, die Klinker der unverputzten Außenwände schimmerten rötlich, von keinem Industrierauch verdunkelt. Bei soviel Freundlichkeit fällt der Stil weniger ins Gewicht, der freilich derselbe war wie bei allen öffentlichen Gebäuden der wilhelminischen Ära: Was man auch baut, es werden stets Kasernen. – Die Kaserne in Hochheide hat nicht mal den Vorzug der Neuheit, sie ist ein ausgedienter, rußgeschwärzter, finsterer Kasten. Eigentlich abbruchreif – aber woher hätte die Behörde das Geld für einen Neubau nehmen sollen, in dieser Zeit?
Der Lehrer, der die dritte Jahrgangsklasse unterrichtet, ist ein bißchen nervös. Er brüllt leicht los und prügelt oft, hält aber große Stücke auf Letta. Ihr Name hat sich bei Lehrerkonferenzen herumgesprochen, die kleine Reichmann, die mit der Glocke von Schiller. Sie jedenfalls wird nicht geschlagen und braucht auch nicht damit zu rechnen, sie ist sehr brav und sehr fleißig. Angst hat sie dennoch, das ist neu, sie hat sich in der Schule bisher nicht fürchten müssen. Aber es gibt eben zu viele Möglichkeiten, etwas falsch zu machen, ehe man es merkt. Ganz sicher ist man da nie.
Kleiner Lichtblick: eine Freundin im Haus. Sie ist ein Jahr jünger als Letta, wird Majanne genannt und wohnt auch unterm Dach, gleich nebenan. Sie haben zwei Zimmer, der Vater ist Arbeiter bei Krupp und kennt Onkel Willi. Majanne weiß schöne Spiele, bei denen sogar Hanni mitmachen kann, »Es war einmal ein kleiner Mann« und »Wir fahren heut nach Holland, ditzi datzi, dum«. Bei schönem Wetter spielen sie auf dem Hof mit Majannes dickem, buntem Ball an der Hauswand »Zehnerlei«, zehn Köpfchen, neun Brüst-

chen, acht Kniechen. Zehn Köpfchen sieht Mutter nicht gern. Mußt du nicht machen, Kind, wirst ja ganz rammdösig davon und kannst nachher nicht mehr lernen. Letta macht es dann auch nicht, wenn Aussicht besteht, daß Mutter vom Flurfenster aus zukuckt. Sie geht mit Majanne um die nächste Straßenecke, dort bleiben sie unbehelligt. Ihr Gehorsam hat Grenzen. Wenn sie erwischt wird, setzt es Schläge, das muß sie in Kauf nehmen. Wo die Fähigkeit zur List nicht reifen kann, verkümmert die Lebenstüchtigkeit, das gilt für ein Arbeiterkind in besonderem Maße.
Leider ziehen Majannes Eltern bald weg in eine größere Wohnung, und Letta ist wieder auf Annegret Habicht angewiesen, die sie nur noch in der Sonntagsschule trifft. Mit den Kindern unten im Haus kann sie nicht spielen, denn die sind Gesocks. Sie hauen und spucken, bohren in der Nase und sagen fiese Wörter. Kann man gar nicht wiederholen, was die alles sagen!
In die beiden frei gewordenen Räume nebenan zieht ein Fräulein Jettchen. Die hat rotgemalte Lippen und hellblonde Haare, gelb wie ein Kanarienvogel, sagt Mutter, und außerdem kriegt sie ständig Besuch. Mutter schließt jetzt sogar tagsüber die Tür ab. Wenn Letta richtig verstanden hat, ist Fräulein Jettchen so eine, die sich von Männern ernährt. Wie das zugeht, ist ihr nicht recht klar, und Mutter weicht allen Fragen darüber aus. Im übrigen ist die neue Mieterin verträglich und hilfsbereit.
Lisa geht seit einiger Zeit nicht mehr in ihre gewohnte Kirche, obwohl die nun ganz in der Nähe liegt. Sie scheut die Begegnung mit dem Pfarrer, dem sie einmal anvertraut hat, daß sie und ihr Rudi sich vor weiteren Kindern hüten. Sie hat überdies bemerkt, daß Frau Pastor schon wieder schwanger ist. Daß der das nicht lästig wird, so viele Schwangerschaften, so viele Geburten! Aber die haben eben Gottvertrauen, die legen alles in des Herren Hand. Mit einem solchen Glauben kann sie, Lisa, nicht Schritt halten. Und darum nimmt sie lieber den weiten Weg auf sich und

geht jeden Sonntag in die Freie Evangelische Gemeinde nach Scherpenberg, wo nur Laienprediger sind, einfache Leute wie Herr Habicht und dennoch bibelfest, soll ihn nur einer abfragen! In der Freien Evangelischen kuckt ihr keiner auf den Bauch, seid fruchtbar und mehret euch, dafür überlegen sie mit ihr gemeinsam, wie man helfen kann.
Einer der Prediger hat in der Nähe des Gemeindehauses ein kleine Metzgerei und braucht eine Aushilfe für ein paar Stunden am Nachmittag, wenn sich seine Frau um Kinder und Haushalt kümmert. Ein Angestellter käme zu teuer, für den müßte ja auch die Versicherung bezahlt werden, das wirft der Laden nicht ab. Lisa nickt, sie kennt das Problem. Ob sie nicht aushelfen möchte, als gelernte Verkäuferin? Sie soll als Entlohnung täglich ein bißchen Fleisch und Wurst mit nach Hause nehmen, dagegen kann niemand etwas einwenden, es ist ein Freundschaftsdienst und keine Schwarzarbeit.
Lisa greift sofort zu. Nicht für lange, nur für ein halbes Jahr, leider. Dann wird der Metzger seine ledige Schwester zu sich ins Geschäft holen. Bis dahin aber haben die Reichmanns keine Nahrungssorgen. Höchste Zeit, sagt Lisa zu Gerda, daß der Rudi mal wieder ein ordentliches Stück Fleisch zwischen die Rippen kriegt.
Letta und Hanni werden zu Schlüsselkindern im wahrsten Sinn des Wortes. Wenn Letta aus der Schule kommt, steht das Essen auf dem Tisch, steht Mutter im Mantel an der Tür und zeigt auf das Schlüsselloch. Abschließen, Letta, hörst du, nicht vergessen. Du gehst nicht aufs Klo, ich hab dir ins Schlafzimmer einen Eimer hingestellt. Laß keinen rein, keinen Fremden und keinen aus dem Haus. Ich denk mir schon was dabei.
Sie macht die Tür hinter sich zu, wartet im Flur noch einen Augenblick, bis sie das Geräusch des sich drehenden Schlüssels vernimmt, dann entfernen sich ihre Schritte.
Man kann auch mit einer zweijährigen Schwester sehr schön spielen, wenn keine Gleichaltrigen da sind. Wie

Mutter auf den Gedanken kommt, Hanni sei nicht besonders intelligent, bleibt Letta ein Rätsel. Was die alles kapiert! Und zwar auf Anhieb, man muß sich bloß mal ein bißchen Zeit für sie nehmen. Sprechen hat sie spät gelernt, aber gründlich. Mit Heia und Teita hielt sie sich gar nicht erst auf. Wenn sie jetzt den Mund öffnet, kommt gleich ein vollständiger Satz heraus, nur öffnet sie ihn zu diesem Zweck sehr selten. Vielleicht wird sie deshalb für dumm gehalten? Was natürlich Unsinn ist, denn Vati redet auch nicht viel, vom Opa ganz zu schweigen.
Hat Hanni sich müde getobt, hält sie ihr Mittagsschläfchen in der Sofaecke. Dann kann Letta in Ruhe ihre Schulaufgaben machen oder lesen, irgendwelche Geschichten, die in schönen Landschaften spielen. *Heidi* und *Gritlis Kinder* und *Waldbauernbub* von Peter Rosegger, die waren auch sehr arme Leute, aber wie herrlich hatten sie es da oben in ihrer Hütte, ringsum die hohen Berge, und manchmal Alpenglühen. Berge sähe Letta für ihr Leben gern. Das kommt später, hat Mutter gesagt. Wenn du fleißig lernst und die höhere Schule schaffst, dann wirst du so viel Geld verdienen, daß du dahin reisen kannst, wo Berge sind, nach Bayern, Österreich oder in die Schweiz.
Es ist immer noch Onkel Willi, der ihr die Bücher von Krupp mitbringt. Nicht mehr lange, Letta, ich zieh nämlich weg von hier. – Weit weg? – Ja, sehr weit sogar, nach Rußland, in die Sowjetunion. Ich warte nicht ab, bis mich die Firma Krupp auf die Straße setzt. Ich bin nicht so 'n geduldiges Schaf wie dein Vater oder Onkel Alfred eins war.
Wo krieg ich dann Bücher zum Lesen her? jammert Letta. Aber Vati sagt, es wird sich finden, und noch ist es ja nicht soweit. Noch gebe ich die Hoffnung nicht auf, Onkel Willi von seinem Auswanderungsplan abzubringen. Sowjetunion, so eine Schnapsidee. Der wird sich noch umkucken.
Manchmal denkt Letta, daß Mutter ein bißchen spinnt, immer sich einschließen müssen in der Wohnung, sie und

Hanni, am hellichten Tag. Auch Vati hält es für übertrieben, man merkt es ihm an. Aber Vati würde nicht leicht einem Kind gegen Mutter recht geben, es ist also zwecklos, sich an ihn zu wenden. Und von einem bestimmten Tag an weiß Letta wieder, wie sinnvoll es ist, sich auf Mutters Instinkt zu verlassen.

Sie kommt aus der Schule, Tornister auf dem Rücken, Frühstückstäschchen am Riemen in der Hand schwenkend, sie ist müde und verschwitzt, auch hungrig, sie möchte schnell hinauf, Mittag essen, aber sie kann nicht ins Haus. In der weit geöffneten Haustür stehen sich zwei Männer gegenüber, der eine halb im Flur, der andere draußen auf den Stufen. Letta kennt sie beide, sie wohnen im ersten Stock. Der im Flur hat einen schweren Waschmaschinenschwengel in den Händen, der Draußenstehende hat ein Messer gezückt, eine Art Dolch, und sie starren sich an mit ganz irren Augen und haben schneeweiße Gesichter vor Wut. Sie reden auch miteinander, leise und heiser, es ist mehr ein Knurren zwischen den Zähnen hindurch, Letta versteht kein Wort. Sie rührt sich nicht vom Fleck, ist unfähig, einen Vorsatz zu fassen, etwa schnell weglaufen und Hilfe holen, wie es angebracht wäre. Die Angst lähmt ihr die Glieder und trocknet ihr die Mundhöhle aus.

Ein Polizist kommt zufällig vorbei, Herr Fünderich, der in der Nachbarschaft wohnt, »der Polizei-Fünderich« nennen ihn die Leute. Dieser vielgeprüfte Mann steigt vom Rad, lehnt es umständlich gegen die Hauswand, geht langsam auf die Kampfhähne zu. Seine Stimme ist dunkel, sonor, väterlich. Männer, überlegt mal, was ihr da tut. Wollt ihr euch für euer ganzes Leben unglücklich machen? Euch und eure Angehörigen? Das ist die Sache bestimmt nicht wert. Glaubt mir, ich bin doch 'n alter, erfahrener Putz, ihr kennt mich, das läßt sich doch alles schlichten, wenn man das in aller Ruhe ausklamüsert, da läßt sich das ganz sicher in Ordnung bringen –

Er spricht unentwegt, der Herr Fünderich, er steht beinahe

gemütlich da, ganz entspannt, und die Sätze kommen bedächtig, wohlüberlegt, in einem Ton, mit dem man die Kinder in den Schlaf wiegt. Die beiden Streitenden lockern sich, scheinen sich zu besinnen, senken die Köpfe und schließlich die Waffen. Der Draußenstehende steckt sein Messer weg und geht quer über die Straße davon, der Mann im Flur dreht sich ebenfalls um und kehrt mit seinem Schwengel ins Treppenhaus zurück. Kannst jetzt nach oben gehen, Kind, sagt Herr Fünderich, brauchst keine Angst mehr zu haben, die Luft ist rein. Er greift nach seinem Tschako, um ihn sich geradezurücken, und schwingt sich mit einem Seufzer auf sein Fahrrad.
Letta erzählt den Eltern nichts davon. Von nun an aber dreht sie den Schlüssel in der Wohnungstür zweimal herum, sobald Mutter gegangen ist.
An heißen Sonntagen fährt Vati mit Letta ans Schwafheimer Baggerloch zum Baden. Er nimmt sie vorne auf die Radstange, die er mit einem Stuhlkissen umwickelt hat, weil ihr der Po noch oft weh tut. Für eine öffentliche Badeanstalt haben sie kein Geld, am Baggerloch kostet es nichts, und Letta soll gut schwimmen können, wünscht Vati. Er hat früh angefangen, es ihr beizubringen, vor zwei Jahren schon. Damals hatte Mutter ihr aus Nessel zwei kleine Kissenbezüge genäht mit einem Querband dazwischen. Die nahm man mit ins Wasser, feuchtete sie an und blies sie auf, was viel Atem und Anstrengung kostete, sich aber lohnte. Denn wenn sie sich blähten, prall und voll, legte Letta sich mit der Brust über das Band und machte ihre Schwimmübungen, an einer Stelle, wo sie zur Not noch stehen konnte. Nach wenigen Metern war die Luft heraus, dann mußte sie wieder den nassen Stoff an die Lippen führen und pusten, abwechselnd mit Vati, der immer daneben stand und auch ihre Schwimmbewegungen überwachte. Er selbst ist ein guter Schwimmer, der das ganze Baggerloch überqueren kann, hin und zurück.
Im Sommer 1931 nimmt er Letta erstmalig ein weites Stück

mit sich, dorthin, wo es sehr tief ist. Sie schwimmen Seite an Seite, und als sie umkehren, hat Letta das Gefühl, noch stundenlang weiterschwimmen zu können. Heute hat sie es gepackt, sagt Rudi am Abend zu Lisa. Wenn ich Bademeister wäre, würde ich ihr das Freischwimmerzeugnis ausstellen. Ich meine, du kannst sie jetzt allein ans Baggerloch lassen, es sind immer 'ne Menge Leute da, die nach den Kindern kucken. Ich hab ja nicht die Zeit, und sie soll die paar warmen Tage ausnutzen, damit sie nicht aus der Übung kommt.
Schon recht, sagte Lisa, aber ihre Miene drückt aus, daß es ihr überhaupt nicht recht ist. Am Baggerloch, wo es keine Abteilung für Nichtschwimmer gibt und keine Aufsicht!
Ende August, es ist die letzte Ferienwoche, haben sie wieder schönes Badewetter, und Letta packt ihre Tasche. Wir sind fünf, sagt sie, um Mutter zu beruhigen. Zwei ältere Mädchen und zwei aus meiner Klasse, die wohnen alle hier in der Nähe. Brauchst wirklich keine Angst zu haben.
Ich erwarte, daß du um sechs Uhr zurück bist. Spätestens um sechs, hörst du! Irgend jemand von den Badegästen wird ja wohl eine Uhr haben, du erkundigst dich rechtzeitig danach. Für den Weg brauchst du eine knappe Stunde, denk daran.
Klar denk ich dran. Mach ich schon. Tschü-hüs.
Dieser sonnige Tag, diese herrliche Planscherei! Mit zwei Freundinnen schwimmt sie weit hinaus und um die Wette wieder zurück. Sie messen ihre Kräfte, fühlen sich stark. Am Ufer sitzt auf einer Decke ein Ehepaar mit zwei Kindern, die haben kleine Gummireifen mitgebracht, die man sich im Wasser zuwerfen kann. In einer Gruppe zu sieben ist es noch lustiger, da erhöht sich die Möglichkeit für Spiele aller Art. Der Vater der Kinder hat eine Armbanduhr und sagt Letta Bescheid, als es soweit ist, daß sie sich fertigmachen muß. Schade, daß du schon gehst. – Sie trocknet sich ab, zieht sich hinter einem Strauch ihre Sa-

chen an, packt in Ruhe das nasse, ausgewrungene Zeug in die Einkaufstasche. Die anderen dürfen noch ein bißchen bleiben.
Vielleicht dauert der Weg diesmal etwas länger, weil sie vom Schwimmen ermüdet ist, vielleicht hat der Mann auch keine richtiggehende Uhr gehabt. Als Letta arglos und fröhlich nach Hause kommt, wird sie von ihrer Mutter mit einer Tracht Prügel empfangen, wie sie noch nie eine bekommen hat. Lisa schlägt und schlägt, sieht in ihrem blinden Zorn überhaupt nicht mehr, wohin sie trifft. Letta liegt gekrümmt am Boden und schützt ihren Kopf mit beiden Armen. Sie winselt nur und fleht – es ist Hanni, die laut und jämmerlich weint. Der Familienwecker auf dem Küchenschrank zeigt eine Viertelstunde über sechs.
Das war nicht nötig gewesen, so nicht, so heftig und unerwartet und alles wegen dieser läppischen Viertelstunde. Hätte nicht sein müssen. Ein Klaps vielleicht, einer von den Schlägen, wie sie ihr manchmal um die Ohren fliegen, wenn sie gedöst oder sich verklüngelt hat, damit wäre sie einverstanden gewesen. Nicht aber Senge von der Art, daß man am Boden liegt und hinterher im Bett nicht einschlafen kann, weil's einem überall weh tut.
Letta spricht zwei Tage mit ihrer Mutter kein Wort, vermeidet jeden Blick, geht ihr aus dem Weg. Ihr Gesicht ist von Trotz versteinert. Sie ist in einer Verfassung, in der ihr beinahe alles egal ist. Hau mich doch, sagte sie, als Lisa sie wegen ihrer Bockigkeit zur Rede stellen will, hau nur drauf, du kannst das doch so gut. In dieser Weise hat sie noch nie zu ihrer Mutter gesprochen. Aber Mutter hebt nicht einmal mehr die Hand.
Am Abend des zweiten Tages kommt sie an Lettas Bett, setzt sich auf den Rand, faltet die Hände im Schoß. Ein paar Minuten ist es ganz still. Es tut mir leid, Kind, sagt sie schließlich leise. Du hast ja recht, die Strafe war zu hart. Ich hatte solche Angst, es könnte dir was passiert sein. Und dann bin ich in letzter Zeit auch sehr nervös. In der Metzge-

rei brauchen sie mich nicht mehr, und Vati muß andauernd damit rechnen, daß ihn einer verpfeift wegen Schwarzarbeit. Ich weiß manchmal nicht ein noch aus. Da kann man schon mal die Nerven verlieren, verstehst du das?
Ja, Letta versteht das. Ich will mal nicht so sein, sagt sie und reicht Mutter die Hand zur Versöhnung. Du hast einfach zuviel am Hals. Aber so doll verhauen – das mußt du dir nächstens doch besser überlegen. Ich hab ja überall blaue Flecke. Willst du mal sehen?
Mutter ist sehr beeindruckt und gelobt Besserung. Es ist schon ein Elend, wenn man selbst jene Kraft, die von Rechts wegen der Liebe gehörte, für die häuslichen Sorgen verbrauchen muß.
Ein bißchen Trost bietet die Freie Evangelische Gemeinde, Trost für Mutter und Tochter. Lisa bügelt, Letta faltet die Wäsche zusammen, und beide singen sie mit Inbrunst ihre pietistischen Lieder: »Harre, meine Seele« und »Stern, auf den ich schaue«, aber auch: »Mir ist Erbarmung widerfahren, Erbarmung, deren ich nicht wert; das zähl ich zu dem Wunderbaren, mein stolzes Herz hat's nie begehrt. Nun weiß ich das und bin erfreut und rühme die Barmherzigkeit.«

7

Im Dezember überschreitet die Arbeitslosenzahl die Sechsmillionengrenze. Die Parteienlandschaft radikalisiert sich weiter, die Mitte kämpft verzweifelt um die Erhaltung der Republik. Als Antwort auf die »Harzburger Front« sammeln sich die demokratischen Parteien und bilden die »Eiserne Front«. In jenen Arbeiterfamilien, die dem öffentlichen Geschehen schon immer Aufmerksamkeit schenkten, reißen die politischen Gespräche nicht mehr ab. Die Männer haben ja genügend Zeit.

Letta schnappt das eine oder andere auf und versucht, sich ein Bild zu machen. Die Enge der Wohnung läßt nicht zu, daß man die Kinder von den Gesprächen der Erwachsenen abschirmt, was immer das Thema sei. Man ist schon gewissenhaft und möchte erzieherische Verantwortung wahrnehmen, aber man muß schließlich auch mal miteinander reden, wo soviel auf dem Spiel steht, man erstickt sonst daran. Bei den Reichmanns ist es Rudis Schwerhörigkeit, die eine Diskretion zusätzlich erschwert.

Mit Onkel Peter geht Vati einigermaßen einig, und beide stehen sie gegen Onkel Willi, soviel kann Letta entnehmen. Aber auch Onkel Peter, der für seine SPD wirbt, muß sich Einwände gefallen lassen. Der sanfte Rudi gerät vorübergehend in Harnisch.

Warum hattet ihr Stresemann weggeschickt im Herbst dreiundzwanzig? Einen besseren Kanzler gab's doch nicht. Statt dessen habt ihr eure Parteiquerelen über alles gestellt, und die Deutschnationalen lachten sich ins Fäustchen. Kleinkrämerei, Schrebergartenpolitik. Damals hättet ihr manches Schlimme verhüten können.

Onkel Peter gibt es zu. Ja, wir haben Fehler gemacht. Aber wer macht keine Fehler?

Dann kriegt Onkel Willi sein Fett. – Du sei ganz still, deine

Zustimmung brauch ich nicht. Aus welcher Ecke die kommt, ist mir bekannt. Hättet ihr für Wilhelm Marx gestimmt statt für euren Thälmann, wäre Hindenburg nicht Reichspräsident geworden. Den Rechtsruck habt ihr verschuldet, vielleicht habt ihr ihn sogar gewollt. Denn was liegt euch schon an der Republik?
Onkel Willi ist nicht so nachgiebig wie Onkel Peter. – An dieser Republik liegt uns allerdings gar nichts, sagt er und zieht das Wörtchen »dieser« verächtlich in die Länge. Für die einzige vernünftige Partei bist du Mittelständler ja zu fein. Hier könnten längst bessere Zustände herrschen, wenn die Arbeiter nicht solche Speichellecker wären.
Was das sei, will Letta wissen, denn sie hat das Wort noch nie gehört.
Onkel Willi zeigt große Neigung, es ihr zu erklären, aber Vati duldet es nicht. Geh in den Flur spielen, Letta. Das sind keine Gespräche für Kinder.
Im Flur ist es kalt, brummt Letta, nimmt aber doch ihren Ball und geht hinaus. Sie ist sehr unzufrieden mit Vati, denn sie hätte zu gern erfahren, was ein Speichellecker ist, und etwas Unanständiges schien es nicht zu sein, sonst hätte Onkel Willi nicht zu einer Erklärung angesetzt. Übrigens hat sie »Speichenlecker« verstanden und dabei an die Speichen von Vatis Fahrrad gedacht.
Es ist so vieles, was man sich auf eigene Rechnung erobern und zusammenreimen muß, die Welt wird von Tag zu Tag verworrener. Die Wahlplakate an Bretterwänden und Litfaßsäulen, die Parteiparolen, manchmal mit weißer Farbe quer übers Straßenpflaster geschrieben, das geht dann gar nicht mehr ab und verschwindet erst nach Wochen. Was die Erwachsenen Politik nennen: ein undurchschaubares Dickicht. Die Sache zwischen Mann und Frau: ähnlich konfus. Wie die kleinen Kinder entstehen, hat Mutter ihr endlich erzählt, sie will nicht, daß sie es von fremden Leuten erfährt. So weit, so gut. Aber was ist zum Beispiel mit Fräulein Jettchen von nebenan, wieso ernährt die sich

von Männern? Anfangs hat Letta – durch Märchen und Sagen angeregt – sich etwas Kannibalisches darunter vorgestellt, aber so dumm ist sie längst nicht mehr. Die Männer, die das Fräulein Jettchen besuchen, kommen immer heil und gesund aus ihrer Wohnung wieder heraus und sehen mitunter sogar recht vergnügt aus. Allmählich spürt Letta den Hintergrund der Sache auf, doch ein Rest von Geheimnis bleibt.

Einmal macht sie ohne Voranmeldung einen Besuch bei Tante Gerda, weil sie gerade in der Gegend eine Besorgung hat. Die freut sich sonst jedesmal sehr, aber diesmal ist sie über die Maßen verlegen und fahrig und sieht öfter nach der Tür zu ihrem Schlafzimmer. Aus dieser Tür tritt dann ein fremder Herr in Hausschuhen und Hosenträgern, seine Haare sind noch ein bißchen verstrubbelt. Es ist ein richtiger Herr und nicht bloß ein Mann, denn er trägt einen dicken Ring am Finger, und seine Zigarre holt er sich aus einem silbernen Etui. Tante Gerda trägt einen bunten Hausmantel und darunter fast nichts, das sieht man deutlich.

Letta sitzt bedrückt auf der Chaise und wäre gern sofort wieder gegangen, muß aber erst das Stück Streuselkuchen aufessen, das Tante Gerda ihr angeboten hat. Sie ißt für ihr Leben gern Kuchen, zumal sie selten welchen kriegt, aber diesmal schmeckt er ihr nicht, er ist sehr trocken, und sie hat das Gefühl, daß er in ihrem Mund immer mehr statt weniger wird. Du bist die kleine Letta, sagt der Fremde und sieht wohlwollend zu ihr herüber, von dir hab ich schon viel Gutes gehört. In welche Klasse gehst du denn jetzt? – In die dritte, mampft Letta kaum hörbar und geniert sich, weil ihr ein Krümel dabei aus dem Mund fällt. Endlich hat sie alles hinuntergeschluckt und erhebt sich. Tschüs, Kind, sagt Tante Gerda, und der Herr mit der Zigarre steckt ihr zum Abschied ein Geldstück in ihre Manteltasche.

Für zwei Mark kann man eine Menge kaufen, und Letta kennt den Wert des Geldes genau. Dennoch beschließt sie feierlich, es der Mutter nicht abzuliefern, denn es ist Sündengeld. Wieso es das ist, könnte sie nicht definieren, sie ist aber ganz sicher darin. Deshalb läßt sie das Geldstück in ihrer Manteltasche, und am nächsten Tag, einem Sonntag, wirft sie es beim Kindergottesdienst in den Klingelbeutel. Herr Habicht blickt ganz erstaunt auf, als die Münze in seinen Beutel plumpst, die anderen haben nur leichtes Kupfergeld hineingeworfen. Er sieht Letta prüfend an, und sie wendet den Kopf von ihm weg. Beim Nachhauseweg hat sie ein Gewissen, wie es die katholischen Kinder nach der Beichte haben, ganz frei und engelrein. Das Sündengeld ist sie los, das hat sie den Armen gespendet.

Mit dem Gewissen ist es aber eine vertrackte Sache, und Letta muß wieder einmal auf einschneidende Weise erfahren, wie weit auch in der Sittlichkeit Theorie und Praxis auseinanderliegen. Mutter sitzt abends am Tisch, hat die Deckenlampe mit den Perlenschnüren tief heruntergezogen und rechnet in dem kleinen blauen Heft die Summe aus, die sie im Kolonialwarenladen schuldig ist. Zwei Mark fehlen, murmelt sie und seufzt. Nur zwei Mark, und ich könnte einmal die Schulden ganz bezahlen. Man kommt ja nie richtig raus.

Es war Sündengeld, denkt Letta mit Inbrunst, um sich ihr blütenreines Gewissen zu erhalten. Böses, schmutziges Sündengeld. Ich durfte es ihr nicht geben. Ich mußte es Jesus weihen, der macht es wieder sauber. – Jedoch: die praktische Seite ihrer Handlungsweise ist ihr fragwürdig geworden.

Ein paar Tage später gerät auch ihre Theorie ins Wanken. Da belauscht sie spät abends ein Gespräch der Eltern, als sie schon alle in den Betten liegen. Die Tür zum Elternschlafzimmer ist einen Spalt offen, weil Hanni stark erkältet ist, und da Mutter immer mit erhobener Stimme zu Vati sprechen muß, kriegt Letta den Dialog zur Hälfte mit. Es handelt sich um Tante Gerda, ohne Zweifel. Letta setzt sich aufrecht in ihrem Bett hin und spitzt die Ohren.

Du hast doch auch mal was mit ihr gehabt, gib's ruhig zu!
Es folgt eine Stille, wie sie einzutreten pflegt, wenn es jemandem die Sprache verschlägt. – Das hast du gemerkt, Lisamädchen, sagt Vati dann weich und gerührt. Und hast nichts gesagt.
War nicht schwer, das zu merken. Ich hab mir gedacht, das verläuft sich schon wieder. So war es doch auch, oder?
Ja, so war es. Ich bin mal einem ihrer Kavaliere auf der Treppe begegnet, als ich zu ihr wollte, da hab ich auf dem Absatz kehrtgemacht. Die vielen fürs Geld und den einen fürs Vergnügen, nein danke, darauf kann ich verzichten. Ich bin doch nicht der Gerda ihr Lustknabe.
Nein, bist du nicht. Hast du ja bestimmt nicht nötig. Aber wir wollen auch nicht hart sein und sie nicht verurteilen, Rudi. Gerda hat ein gutes Herz und 'ne offene Hand. Ohne ihre Großzügigkeit wüßte ich manchmal nicht, wohin. Und wenn man bedenkt, was sie für eine schwere Kindheit hatte –
Das habe ich nicht vergessen, sagt Rudi. Das entschuldigt auch einiges. Aber du bist eben doch die Beste, Lisamädchen.
Letta sitzt in ihrem Bett und ist geradezu perplex. Sie hat vom Gespräch ihrer Eltern nicht alles mitbekommen, aber daß die nichts gegen Tante Gerdas Lebenswandel hatten, war unüberhörbar. – Und ich hab die zwei Mark in den Klingelbeutel geworfen, denkt sie bekümmert. Die zwei Mark, die Mutter so dringend gebraucht hätte! Daß man auch eine sogenannte edle Tat bereuen kann, ist ihr neu. Die Traktätchen im »Kinderfreund«, ihrem Sonntagsschulblatt, schildern das Leben in einem ganz anderen Licht. In Zukunft wird sie genauer unterscheiden.
Im Februar 1932 wird Rudi Reichmann Mitglied beim REICHSBANNER SCHWARZ-ROT-GOLD, dem auch sein Bruder Peter angehört. Ihr seid nicht mehr bei Trost, sagt Onkel Willi und betreibt verstärkt seine Ausreise in die Sowjetunion. Aber auch Lisa ist mit ihres Mannes politischem Engagement nicht einverstanden.

Mußte das sein, daß du in eine Partei gehst? Man weiß doch nie, wie herum das mal kommt.
Das Reichsbanner ist keine Partei, klärt Rudi sie freundlich auf. Es ist ein Zusammenschluß der demokratischen Parteien und Gewerkschaften zur Verteidigung der Republik.
Gefällt mir nicht, sagt Lisa. Ich möcht ja auch, daß die Republik erhalten bleibt. Aber daß du sie verteidigen willst, gefällt mir nicht. Ausgerechnet du, wo du nie gedient hast. Und wenn doch mal die Nazis ans Ruder kommen –
Der eine fragt, was kommt danach, der andere, was ist recht. Und darin unterscheidet sich der Freie von dem Knecht.
Bis dahin ist das Zitieren von Gedichten oder Sinnsprüchen immer Lisas Sache gewesen. Wenn nun sogar der Rudi damit anfängt, liegt was in der Luft. Dann ist es höchste Eisenbahn.
Die Straßenkämpfe nehmen zu. Parolen allein reichen zur Abfuhr von Aggressionen nicht mehr aus, es wird rücksichtslos geprügelt und sogar geschossen. Wenn du Schüsse hörst, Letta, sofort in den nächsten Hauseingang laufen. Nicht auf der Straße stehenbleiben! Laß den Kinderwagen, wo er gerade ist, und nimm Hanni auf den Arm.
Die Straße, in der sie wohnen, wird zum Kriegsschauplatz. Aus verschiedenen Fenstern hängen verschiedene Fahnen heraus, denen nur die blutrote Farbe gemeinsam ist. Auf das Emblem muß man achten, das Emblem macht sie zu geschworenen Feinden: Hammer und Sichel oder Scheibe mit Hakenkreuz. Ein Grund, sich gegenseitig an die Gurgel zu springen. Und willst du nicht mein Bruder sein, so schlag ich dir den Schädel ein.
Letta hat zur Zeit andere Sorgen. Noch ist es ihr jedesmal gelungen, den Straßenschlachten auszuweichen, noch hat sie keinen Toten auf dem Pflaster liegen sehen und das Schießen nur von weitem gehört. Ein anderes Erlebnis beschäftigt sie und nagt an ihr. Sie möchte es Mutter gern

erzählen und weiß lange nicht, ob sie sich trauen soll. Dann nimmt sie allen ihren Mut zusammen und schleicht mitten in der Nacht an Mutters Bett. Vati merkt nichts, der schläft fest. Dann mal los, sagt Lisa schlaftrunken, auf irgendeinen schulischen Kummer gefaßt. Und ist mit einem Schlage hellwach und hört aufmerksam zu.
An der Friedhofsmauer war es, vor ein paar Tagen, als Letta allein von einem Einkauf zurückkam. Weit und breit kein Mensch, nur eben der Mann an der Mauer, der sich vorn ganz entblößt hatte. Da war sie schon sehr erschrocken. Und hat doch einen Moment genau hingekuckt, das ist es, was sie Mutter sagen will. Ob das nun sehr unanständig war, daß sie da hingesehen hat, bevor sie weglief?
Die Mutter scheint zu überlegen. Nein, sagt sie dann, so schlimm ist das nicht, schäm dich nicht unnötig deswegen. Sicher wolltest du mal wissen, wie ein Mann aussieht. Nun weißt du es ja. Guck aber nächstens nicht mehr hin, wenn du so einem noch einmal begegnest, der könnte das falsch auffassen und sich an dich heranmachen. Lauf gleich weg, versprich mir das!
Letta verspricht es und kriecht erleichtert in ihr Bett zurück. Durch die angelehnte Tür zur Küche hört sie am nächsten Nachmittag, wie Mutter den Vorfall mit Tante Gerda bespricht. Letta sitzt im Schlafzimmer am runden Korbtisch und macht ihre Schulaufgaben.
Hast du wirklich vorgehabt, die Sache zu verfolgen? fragte Tante Gerda. Bei uns wird immer viel zu schnell angezeigt. Es ist doch gar nicht gesagt, daß der das gewohnheitsmäßig macht, aus Veranlagung, meine ich. Vielleicht ist er ein armer Teufel, den die Frau zu Hause nicht an sich heranläßt aus Angst vor Schwangerschaft, dann kriegt so ein Mann den Rappel und kommt auf dumme Gedanken. Übrigens muß doch Letta nicht am Friedhof vorbei, wo es so einsam ist. Sie kann doch über die Straße gehen.
Ja, schon, sagt Lisa. Aber auf unserer Straße wird jetzt öfter geschossen.

Es ist die Zeit, in der sich Letta ein bißchen mit Fräulein Jettchen anfreundet. Sie pflegen um dieselbe Zeit einzukaufen, treffen sich manchmal im Laden und gehen dann gemeinsam nach Hause. Letta ist froh, Fräulein Jettchen an ihrer Seite zu haben, sie fühlt sich von ihr beschützt, wo jetzt überall soviel passiert. Bei solcher Gelegenheit drückt Fräulein Jettchen ihr einmal ein Zweimarkstück in die Hand. Letta will es erst nicht nehmen. So viel Geld!
Nimm nur, nimm, ich weiß doch, was bei euch los ist. Seit Monaten schon Krisenunterstützung, mir muß keiner erzählen, was das heißt. Sag deiner Mutter aber nicht, daß das Geld von mir kommt. Ihr singt immer so fromme Lieder, es könnte sein, daß sie es von mir nicht haben will.
Das könnte sein, meint auch Letta. Was soll ich ihr aber sagen, woher ich es hab?
Denk dir was aus. Du hast doch Phantasie, da erfindest du einfach eine Geschichte.
Fräulein Jettchen muß noch zum Schuster, und Letta geht den Rest des Weges allein. Der reicht aus zum Erfinden einer einigermaßen glaubwürdigen Geschichte. Vielleicht würde Mutter das Geld auch nehmen, wenn sie die Wahrheit wüßte, aber sie hätte bestimmt ein unangenehmes Gefühl dabei, und Letta wünscht nun einmal, daß Mutter sich freut. Es gab so wenig Grund zum Freuen in letzter Zeit.
Von einer Dame, sagt Letta und legt die zwei Mark zu Hause auf den Tisch.
Von welcher Dame? fragt Mutter und runzelt die Stirn.
Von einer älteren Dame, der hab ich geholfen, ihre schwere Tasche zu tragen. Die hatte 'nen kranken Fuß oder so was.
Und dafür gibt die dir gleich zwei Mark! – Mutters Mißtrauen wird immer hörbarer.
Siehst du ja. Sie war fein angezogen, sie war wohl was Besseres.
Fein angezogen und kauft in unserer Straße ein? Das kommt mir aber spanisch vor.

Da platzt Letta der Kragen. – Wenn dir das spanisch vorkommt, kann ich das Geld ja der Dame zurückbringen. Ich weiß nicht hunderprozentig, wo sie wohnt, aber ich werde sie schon finden.
Nein, nein, sagt Mutter und nimmt das Geldstück vom Tisch. Ich freu mich ja, Kind, ich kann's doch wirklich gebrauchen.
Na also.
Ostern 1932 kommt Letta ins vierte Schuljahr und hat nun wieder eine Lehrerin, eine sehr liebe mit dem schlichten Namen Fräulein Meier. Die Schule könnte ein ungetrübtes Glück sein, aber so was scheint es nicht zu geben. Keine Rose ohne Dornen, sagt Lisa Reichmann, und der neue Stachel für Letta heißt Fräulein Angenfoort und ist Lehrerin für Handarbeit und Turnen. Jung, frisch vom Examen weg und dampfend vor Ehrgeiz. Für Letta wird sie zum Quälgeist, der ihr die Schule verleidet.
Einen Tag vor Schuljahrsbeginn haben sie bei Oma und Opa den Abschied von Onkel Willi gefeiert. Kein rauschendes Fest, eher ein trauriges, wenn man von dem Auswanderer absieht, der allerdings vor Lebenslust und Zukunftsfreude strotzt. Ins Arbeiterparadies zieht er, nach Nowosibirsk, wo alle Ausbeutung ein Ende hat, wo sich die Proletarier vereint haben und eine neue Welt aufbauen. Erkälte dich bloß nicht, hat Vati zu ihm gesagt. In Sibirien sollen die Winter sehr hart sein. Wo du immer so leicht einen Schnupfen kriegst. – Oma Meta weint: Nun muß ich schon den zweiten Sohn hergeben. – Sie sieht schlecht aus, ist nicht mehr so dick wie früher, dafür ziemlich faltig. Seit Onkel Alfreds Freitod kommt sie gar nicht mehr richtig auf die Beine, sagt Mutter. Onkel Peters Zwillinge toben durch die große Wohnung und werfen einmal sogar Omas Zimmerlinde um. Letta spielt hier längst nicht mehr die erste Geige und hat sich damit abgefunden.
Womit sie sich nicht abfinden kann, ist der Verlust des von Onkel Willi bisher besorgten Lesefutters. Ohne die reich-

haltige Bibliothek des Krupp-Werkes in Rheinhausen weiß sie nicht, wie sie an Bücher herankommen soll. Denn was bei Verwandten, Bekannten oder Schulfreundinnen herumliegt, ist nicht der Rede wert. Ein paar Mädchenromane der Jahrhundertwende hat sie verschlungen, Emmy von Rhoden, Else Ury, ein bißchen Marlitt, leicht konsumierbar und darum rasch absolviert. Mutters Lesebuchgedichte und die von Onkel Willi geschickt ausgewählte klassische Kinderlektüre haben Maßstäbe gesetzt.

Ich melde dich bei der Friedrich-Wilhelm-Bücherei an, sagt Vati. Diese in der Mitte des vorigen Jahrhunderts gegründete Volksbibliothek, zu deren Stiftern der Preußenkönig Friedrich Wilhelm IV. gehörte, ist eine segensreiche Einrichtung. Seit einem Jahr brauchen Erwerbslose nur die Hälfte der Lesegebühr zu bezahlen, nämlich fünf Pfennig für jedes ausgeliehene Buch. Das läppert sich allerdings ganz schön zusammen, wenn man Lettas Lesehunger bedenkt, und darum muß sie sorgfältig auswählen. Jeden Mittwoch macht sie sich auf den Weg in die Kreisstadt, die ausgelesenen Bücher im Einkaufsnetz. Es ist eine Wanderung von zwei Stunden, immer auf dem Bürgersteig neben den Schienen der Straßenbahn entlang. Für den Heimweg hat Mutter ihr fünfundzwanzig Pfennig extra mitgegeben, soviel kostet ein Kinderfahrschein für die ganze Strecke.

Versuchungen treten auf, plötzlich und unerwartet. Sie hat durchaus das Bewußtsein von Unrecht dabei, nicht nur eine vage Empfindung, aber das andere ist stärker. An der Haltestelle, wo sie auf die Straßenbahn nach Homberg wartet, ist eine Konditorei, ein Café. Ein sehr besuchtes, denn es gibt trotz der Krise viele Leute, die sich das ohne weiteres leisten können, selbst mitten in der Woche. Die verglaste Tür geht auf und zu, auf und zu, die einen gehen hinein und bleiben drinnen sitzen, die anderen kommen mit einem vollen Kuchenpaket heraus. Und bei jedem Öffnen der Tür tragen sie einen unwiderstehlichen Backduft nach draußen. In der Auslage sind Tortenstücke auf

Spitzendecken aufgereiht und mit einem Preisschild versehen, ein Stück Sahnetorte, mit einer Haselnuß verziert, kostet fünfundzwanzig Pfennig. Genau die Summe, die Letta in ihrer Faust hält und die nun anfängt, unter ihren Fingern zu jucken. Alle ihre Sinne vereinigen sich zu einem Brennpunkt der Verführbarkeit.
Sie kauft das Stück, geht damit in einen fremden Hausflur, wo es schattig ist, und verzehrt es im Stehen, gierig, hastig und heimlich, als habe sie es gestohlen. Die Lust ist kurz, der Heimweg lang.
Am Königlichen Hof wirft sie einen Blick auf die Normaluhr und meint, daß sie es schon schafft. Vor dem Dunkelwerden muß sie unbedingt zu Hause sein. Sie wird unterwegs genug Zeit haben, sich eine rundum glaubwürdige Geschichte auszudenken – Phantasie hat sie ja –, um der Mutter die Verspätung plausibel zu machen. Das ist unumgänglich, denn wenn ihr Lettas Ausrede auch diesmal wieder spanisch vorkommt, setzt es was.
Für den Rückweg braucht sie mehr als die üblichen zwei Stunden. Sie hat ihre Müdigkeit nicht einkalkuliert und nicht das Gewicht der Bücher. Ein besonders dickes ist darunter, das sie für Vati mitbringen sollte, *Die Ahnen* von Gustav Freytag, das beult im Netz und zieht es nach unten. Die Füße brennen. Bei der Wirtschaft Grünewald setzt sie sich auf die Eingangsstufen, weil sie nicht mehr weiter kann. Da ist sie noch lange nicht zu Hause, und es wird schon dämmrig. Eine Ausrede ist ihr nicht eingefallen, die feine alte Dame aus besseren Kreisen läßt sich für diese Situation nicht verwerten. Drüben liegt die Scherpenberger Schule, der rote Backsteinbau schimmert durch die Büsche, sie sieht die Fenster ihrer ersten Klasse. Was war das für eine schöne Zeit damals! Da machte einem das Leben mitunter noch richtig Spaß.
Dann marschiert sie wieder los, mechanisch, wie eine aufgedrehte Puppe. Es ist die Angst, die sie vorwärts treibt. Sie weiß nun schon, daß sie verhauen wird, und ebenso, daß

sie es diesmal verdient hat. Ihr Gesicht glüht, und über den Rücken läuft ihr kalter Schweiß. Letta liebt ihre Mutter über alles, aber sie tut es mit Furcht und Zittern. Und das ist nicht gut.

Sie kommt nach Hause, bewältigt keuchend die letzte Treppe, fällt beinahe durch die Wohnungstür. Und berichtet mit mühsam gesammeltem Atem sofort die ganze Wahrheit. Nun soll Mutter zuschlagen, hätte man es nur schon hinter sich. Aber Mutter schlägt nicht zu.

Nein, Mutter schlägt nicht zu. Sie sinkt auf einen Stuhl und bricht in Tränen aus. Sitzt da, heftig weinend, die Schürze vorm Gesicht, und das ist im Grunde viel ärger als alles, was Letta befürchtet hat. Jetzt wäre sie beinahe lieber verhauen worden.

Der Düsseldorfer Mörder, schluchzt Lisa. Solche gibt's doch öfter, die im Dunkeln ihr Unwesen treiben, solche Subjekte, die den Kindern auflauern. Wieder und wieder hab ich dich ermahnt.

Daran hatte Letta überhaupt nicht gedacht.

Vati braucht nichts davon zu wissen, sagt Mutter, nachdem sie sich beruhigt hat. Der muß jetzt besonders vorsichtig sein, wenn er zu seiner Kundschaft fährt. Er hat gestern 'ne Verwarnung gekriegt. Wenn uns die paar Kröten auch noch fehlen, weiß ich nicht mehr, wovon ich uns was kochen soll. Ich kann es mir schließlich nicht vom Buckel runterschneiden.

Abends im Bett bittet Letta Gott um Verzeihung wegen ihrer Willensschwäche. Führe mich nicht wieder in Versuchung, o Herr! spricht sie laut vor sich hin. Alles wegen dem kleinen Stück Sahnetorte. Hat sich wahrhaftig nicht gelohnt.

Der Düsseldorfer Mörder hieß Kürten, war vor einem Jahr geschnappt und gleich darauf zum Tode verurteilt worden. Eigentlich ein kranker Mann, hatte Vati gesagt, aber deshalb wird er doch einen Kopf kürzer gemacht.

Wenn Vati jetzt aus dem Haus geht, nimmt er manchmal

ein Buch mit, zum Beispiel das dicke von Gustav Freytag. Vielleicht liest er das irgendwo draußen, denn dieses Frühjahr hat schon sehr warme Tage gebracht. In der Wohnküche kann es sehr ungemütlich sein, wenn da die nasse Wäsche herumhängt, und noch unbehaglicher ist es dem Rudi Reichmann, sich mit einem Buch in die Sofaecke zu setzen, während Lisa arbeitet. Er kommt sich dann immer wie ein Müßiggänger vor, obwohl sie seine Mithilfe strikt ablehnt. Frauensache. Nützlich kann er sich machen, indem er Hanni in das Körbchen seines Fahrrads setzt und sie an die »frische Luft« fährt. Besonders frisch ist die Luft in dieser Gegend zwar nicht, aber Hanni soll viel ins Freie, hat der Stadtarzt geraten, sie hat nämlich die Englische Krankheit.

Der Vater hängt an Hanni, die sehr niedlich aussieht mit ihrem braunen Pagenkopf. Ein stilles Kind, keine Quasselstrippe wie Letta, die immer reden möchte, wo ihm doch das Zuhören so schwerfällt. Mein Stüppken, nennt Rudi seine zweite Tochter, oder auch: mein Lepamuck. Wie dieser Name zustande kam und was er bedeutet, wüßte keiner mehr zu sagen.

Das Stüppken wird im Sommer drei Jahre alt und soll nach Möglichkeit wenig laufen. Wenn Letta einkaufen geht, holt sie den alten klapprigen Sportwagen aus dem Keller und setzt Hanni hinein. Den Wagen bekam Oma Meta von einer Familie geschenkt, in der sie mal Kranke gepflegt hat. Abends stellt Mutter das nackte Kind auf den Tisch: Du lieber Gott, die X-Beine werden ja immer schlimmer! – Dann guckt auch Hanni hinunter auf ihre Beine und sagt gedankenvoll: Ja, ich hab Icksbeine, aber ßöne.

Ihr solltet was dran machen lassen, meinte Tante Gerda. Das kann doch so nicht bleiben. Wenn man es jetzt nicht korrigiert, solange die Knochen biegsam sind, bleibt das fürs Leben. Ein kleiner Bruder von mir war auch rachitisch, der ist seine O-Beine nie mehr losgeworden. Bloß daß man es bei Männern nicht so sieht, in den langen Hosen.

Ich hab auch schon dran gedacht, sagt Lisa.
Jeden Monat einmal kommt Tante Gerda mitten in der Woche, bringt Kuchen und Kaffeebohnen mit und setzt sich aufs Sofa. Dann packt Mutter sofort ihre Arbeit weg und legt eine schöne Tischdecke auf, und Letta klemmt sich die alte Kaffeemühle zwischen die Knie und dreht die Bohnen durch. Tante Gerda kommt nie samstags oder sonntags, da kann sie nicht, sagt sie. Die ganze Küche duftet nach dem guten Kaffee. Letta liebt diesen Duft, der Gemütlichkeit signalisiert, obwohl sie selber von dem starken Zeug natürlich nichts trinken darf. Tante Gerda, die sehr kinderlieb ist, nimmt Hanni auf ihren Schoß, und Mutter holt Vatis Aschenbecher aus dem Schrank, den er kaum noch benutzt, und stellt ihn neben Tante Gerdas Kaffeetasse. An solchen Tagen ist es beinahe wieder wie früher, da kann man alles Trübe vergessen, sogar das Fräulein Angenfoort.
Manchmal bringt Gerda Tante Gusti mit, auch eine von Mutters Konsumfreundinnen, dann schwelgen sie in Erinnerungen und klatschen drauflos, angeregt vom Kaffee und beflügelt von der Kostbarkeit solcher Stunden.
Wie sie ihre Männer kennengelernt haben –
Die Verkäuferinnen wurden streng bewacht in der Konsumanstalt, immer unter der Obhut einer älteren Aufsichtführenden, der alte Wilhelmi kannte da nichts. Mußte auch sein bei so vielen mannstollen Backfischen. Jeden Freitagabend aber, da hatten sie Jungfrauenverein bei Pastor Klümpgen, da war was los. Das verbreitete sich wie ein Lauffeuer unter den jungen Männern: Rheinpreußen ist von der Kett'! Dann standen sie draußen am Tor vor dem Vereinshaus, wo die Jungfrauen versammelt waren, hatten sich gestriegelt und geputzt, trugen Spazierstöcke in den Händen, Strunzläppchen im Jackett und warteten.
Dein Rudi war der schönste, sagt Tante Gusti versonnen. Wie dem die Mädchen nachgelaufen sind.
Tante Gerda sagt nichts, hat aber glänzende Augen.

Auch in Lisa Reichmanns Augen beginnt es zu schimmern. Mein Rudi, ja sicher. Den ganzen Jungfrauenverein hat der abpoussiert. Er hätte jede haben können, auch die Allerschönste. Und für mich hat er sich dann entschieden.
Das kommt mit einem Stolz heraus, daß die anderen betreten in ihre Kaffeetassen kucken. Man sieht ihnen an, was sie denken. Denn einen Prinzen hat sie wahrlich nicht bekommen, die Lisa. Erst Hilfsarbeiter, dann bankrotter Friseur und nun seit über einem Jahr arbeitslos.
Ne schöne Mann, 'ne nedde Mann –
Solche Tage werfen Lichtpünktchen auf Lettas Weg, gerade weil sie so rar geworden sind. Der Alltag sieht anders aus.
Ich brauche zwei Meter Leinen oder Nessel, neunzig breit. Wir sollen bei Fräulein Angenfoort einen Kissenbezug nähen.
Mutter seufzt und denkt nach. Komm mal mit ins Schlafzimmer.
In einer Schublade unten im Kleiderschrank hat sie ein altes Bettlaken, das schon ziemlich mürbe ist. Sie schneidet den gewünschten Umfang heraus, und Letta stopft den zusammengefalteten Stoff in ihren Handarbeitskorb. Es ist ja nur, damit du es lernst, Kind. Für diesen Zweck tut es auch ein alter Lappen.
Fräulein Angenfoort ist da ganz anderer Meinung. Sie stellt sich mit Lettas Stoff ans Fenster, hebt ihn gegen das Licht und ermuntert die anderen Schülerinnen hindurchzukukken. Schön dünn, was? Kann man die ganze Straße durch sehen. Soll das dein Brautschleier werden, Letta?
Die Mädchen quietschen vor Vergnügen, Letta steht daneben mit hochrotem Gesicht und hängenden Armen. Sie hat nicht nur Freundinnen unter ihren Mitschülerinnen, es sind auch Neider dabei. Die Reichmann mit ihren guten Zensuren, wieso muß die lauter Sehrguts haben? Man gönnt ihr die Schande, und ihr tut es weh. Aber es ist menschlich, und sie erfährt es nicht zum erstenmal. Es gibt Mädchen in ihrer Klasse, die haben überhaupt keinen Stoff

mitgebracht. Die wohnen in Sing-Sing und zählen nicht. Sie kriegen ihr »Mangelhaft«, und damit hat sich's.
Letta hingegen wurde in Fräulein Angenfoorts Ehrgeiz einbezogen, und das ist für beide ein Pech. Dieses Kind mit dem gepflegten Haarschnitt, dazu in Kübler-Kleidung mit frisch gestärktem Voileschürzchen, diese hochdeutsch sprechende Schülerin mit den guten Zeugnissen soll ausgerechnet in ihrem Fach, in Handarbeit, versagen? Fräulein Angenfoort scheint dies als eine persönliche Beleidigung aufzufassen. Zwar hat die Meier ihr anvertraut, daß Lettas Vater Unterstützungsempfänger ist, aber da dieses Wissen nicht durch den Augenschein bestätigt wird, gerät es bei Fräulein Angenfoort immer wieder in Vergessenheit. Sie hat sich fest vorgenommen, die praktischen Seiten in Letta zu entwickeln, damit dieses intelligente Mädchen nicht zum Blaustrumpf verkommt. Auf dem Seminar hat sie gelernt, daß jede Einseitigkeit von Übel ist. Und nun ist sie auf Letta fixiert bis in Geringfügigkeiten hinein.
Die Schuhe könntest du dir schon selber putzen, sagt sie etwa. Deine Mutter hat bestimmt anderes zu tun. In deinem Alter kommt man nicht mehr mit ungeputzten Schuhen zur Schule.
Armut treibt mancherlei Blüten, unter Umständen einen spezifischen Stolz. Letta hätte sich eher die Zunge abgebissen als zu gestehen, daß schon seit zwei Tagen keine braune Schuhcreme mehr im Haushalt ist und daß die zwanzig Pfennig dafür fehlen. Ihre Schuhe putzt sie seit langem selbst, auch die von Hanni. Fräulein Angenfoort ist kein Krösus, ihr fehlen vielleicht einmal zwei Mark, aber zwanzig Pfennig für Schuhcreme hat sie noch allezeit bei der Hand gehabt. Wie soll man es ihr erklären? Besser, man versucht es erst gar nicht. Auf Lettas Gemüt senkt sich früh eine Art Mehltau aus Resignation.
Jedoch: schuldig fühlt sie sich nicht. Keine dumpfe Demut, kein Sichducken, diese Vorläufer eines faustdicken Minderwertigkeitskomplexes. Allenfalls Ärger, den sie hinun-

terschluckt, und Zorn. Die Handarbeitslehrerin ist im Unrecht, sie weiß von sehr wichtigen Dingen des Lebens rein gar nichts, es ist einfach Dummheit bei ihr. Diese Einstellung Lettas kommt nicht von ungefähr, die hat sie ihrem sozialdemokratischen Vater zu verdanken, der nicht müde wird, ihr einzuschärfen, daß ihre Armut unverschuldet ist. Kein Grund, sich zu schämen, Letta. Schämen müssen sich diejenigen, die für einen gesunden und arbeitswilligen Mann jahrelang keine Stellung haben. – Wer das allerdings ist, kann er ihr so genau auch nicht sagen.

Als am nächsten Tag immer noch keine Schuhcreme da ist – Vati kriegt erst morgen wieder Stempelgeld! – und die Schuhe auch nach stärkstem Abbürsten und Draufspucken grau und staubig aussehen, findet Letta nach einigem Herumkramen im Vorratsregal eine alte Bohnerwachsdose Marke Dompfaff, in deren Rillen sich hartgewordene Reste verkrümelt haben. Sie kratzt sie mit einem Messer heraus, weicht sie in den Händen auf, verteilt sie sparsam auf das Leder ihrer Schuhe. Die sehen danach ein bißchen besser aus.

Daß der Alltag aus lauter Kleinigkeiten besteht, ist eine banale Erkenntnis. Nur erhalten die Kleinigkeiten in der Armut ein beinahe unanständiges Gewicht.

Letta könnte zu Tante Gerda gehen und sie um Schuhcreme bitten, sie brauchte nur nebenan bei Fräulein Jettchen anzuklopfen, wenn Mutter gerade mal außer Haus ist – sofort würde die Sache geregelt werden. Das aber kommt nicht in Betracht. Diese Möglichkeit wird so weit verdrängt, daß sie gar nicht erwogen wird. Man bettelt nicht, ein eisernes Prinzip. Gibt man dies erst einmal auf, ist man verloren.

Fräulein Angenfoort kämpft weiterhin ihren falschen Kampf um Letta, und Letta läßt sich eine Menge einfallen, um die Anforderungen zu unterlaufen. Auf die Dauer geht das nicht gut, es ist zu aufreibend.

Oma Ruhrort kommt zu Besuch und ist zufällig dabei, wie

Hanni gebadet wird. Nein! ruft sie entsetzt, als sie die krummen Beinchen sieht. Lisetta, Kind, da muß sofort etwas geschehen.
Du hast gut reden, Mama, verteidigt sich Lisa. Denkst du, ich lasse das einfach hingehen? Ich bin jede Woche mit Hanni beim Gesundheitsamt, sie kriegt regelmäßig Höhensonne, und der Stadtarzt verschreibt ihr Kalzium. Das zahlt die Krankenfürsorge. Aber orthopädisches Schuhwerk müßten wir selber anfertigen lassen und bezahlen, haben sie gesagt. X-Beine sind bloß ein Schönheitsfehler, da stirbt man nicht dran.
Friederike Hüsken ist sehr aufgebracht. Bloß ein Schönheitsfehler, wiederholt sie, wenn ich das schon höre! Krumme Beine bei einem Mädchen, wo sie heutzutage die kurzen Kleider tragen. Man muß doch an später denken. Männer kucken bei einer Frau immer zuerst auf die Beine.
Über den letzten Satz ihrer Mama ist Lisa aufs äußerste erstaunt. Auch Rudi muß lachen, als sie ihm davon erzählt. Deine fromme Mama mit ihren langen Kleidern? Daß die überhaupt Beine hat, hab ich nie was von gemerkt.
Oma Hüsken handelt, indem sie für Hanni eine Familiensammlung veranstaltet. Alle geben sie etwas, am meisten Hanne und Lutz, weil sie ja Paten sind. Mutter und Oma fahren mit Hanni nach Süchteln in die »Krüppelheilanstalt«, die auch Werkstätten für Spezialschuhe hat, und in solchen Schuhen mit erhöhtem Innenrand muß Hanni nun herumlaufen. Die bringen ihre Beinchen auf die Dauer wieder in die gottgegebene Stellung, hofft Oma.
Gesundheit ist alles, fügt sie hinzu. Man kann den himmlischen Vater nicht genug darum bitten. Hast du dir die gelähmten Menschen in Süchteln angesehen? Was nützt denen denn ihr Geld? Lieber arm und gesund als reich und krank.
Nee, Mama, sagt Lisa, die jetzt öfter von sozialkritischen Anwandlungen heimgesucht wird. Das sind so Sprüch', womit sie die Armen in Schach halten, daß sie ruhig

bleiben. Ich denk da heute anders drüber. Lieber reich und gesund als krank und arm, so muß es heißen.
Versündige dich nicht, Kind, sagte Oma Hüsken streng.
Wenn Letta jetzt morgens zur Schule geht, nimmt sie außer dem obligaten Tornister und dem Handarbeitskorb auch noch ein Kochgeschirr mit, den alten eintopfigen Henkelmann von Vati. Die Regierung hat eine Schulspeisung eingeführt, seit die Gesundheitsschäden bei den Kindern der Arbeitslosen ins Unverantwortliche gestiegen sind. Es gibt genug Leute im Land, die sich täglich sattessen können, mögen sie also spenden.
Die tun das durchaus nicht so gern, wie man annehmen sollte. In Dokumenten ist nachzulesen, welch heftigen Protest die Beamtenschaft erhob, als ihnen im Zuge Brüningscher Notverordnungen sechs Prozent ihres Gehalts gestrichen wurden. – Ich kann nicht beurteilen, ob der Mann 'ne gute Politik macht oder nicht, sagt Rudi und meint den Kanzler Brüning. Aber von irgendwas muß das Millionenheer der Erwerbslosen doch ernährt werden, was soll das Geschrei?
Beamte! sagt Lisa mit Betonung. Können die nicht mal was opfern für die Allgemeinheit, wo sie jeden Monat ihr sicheres Gehalt beziehen? Mit Pensionsberechtigung. Aber die sind alle vom Stamme Nimm. Feiern Geburtstag bei Grünewald und geben fürs Mittagessen so viel aus, wie unsereiner den ganzen Monat zur Verfügung hat, und dann noch meckern. Ich weiß, von wem ich rede. Aber sonntags in die Kirche rennen und Gott weiß wie fromm tun. Wählen natürlich Hugenberg.
Rudi nimmt seine Frau in den Arm. Nicht bitter werden, Lisa. Für uns kommen auch wieder bessere Tage.
Am 30. Mai muß Brüning zurücktreten. Bessere Tage gibt es dadurch nicht.
Manchmal schwimmen in der Schulspeisung Speckstücke, dann läßt Letta ihren Henkelmann unter der Bank liegen und verzichtet darauf, sich in die Schlange vor dem Sup-

pentopf einzureihen. Speck stammt vom Schwein, und diese Hürde kann sie nicht nehmen, auch bei größtem Hunger nicht. Aber sie hat nur selten normalen Hunger, sie stochert auch zu Hause in jedem Essen herum. Zuweilen verspürt sie einen quälenden Appetit, der sich auf zwei Sachen reduziert: Sahnetorte oder Brühwürstchen. Wenn sie daran nur denkt, läuft ihr das Wasser im Mund zusammen, und das Dumme ist, daß sie jetzt immer zwanghaft daran denken muß. Dann hilft nur Lesen, um sich abzulenken.
Neulich, bei einem Schulausflug in den Baerler Busch, ist ihr etwas Albernes passiert, zum Glück hat es keiner bemerkt. Da hat sie vor sich auf dem dunklen Waldweg plötzlich ein Brühwürstchen am Boden gesehen, das wohl jemand verloren hatte, ein blankes, brührotes, wie frisch aus dem Topf genommen. Als sie es rasch und verstohlen aufhebt, läßt sie es auf der Stelle wieder fallen und schüttelt sich. Es war eine schleimig-feuchte Schnecke gewesen.
Fräulein Angenfoort scheint der Meinung zu sein, daß arme Leute kein Recht hätten, sich vor irgendwas zu ekeln. Daß die froh sein müßten, wenn man ihnen überhaupt zu essen gibt, und Erbsen mit Speck ist ja wohl eine nahrhafte, gutschmeckende Mahlzeit. Wo Letta ihren Topf habe, will sie wissen.
Zu Hause vergessen, lügt Letta.
Sie kann inzwischen ganz überzeugend lügen, das lernt man aus Notwehr. Im »Kinderfreund« schreiben sie, daß Jesus das Lügen verabscheut, aber diese Leute wissen auch nicht alles. In den zehn Geboten steht nichts davon, da heißt es nur, man dürfe kein falsches Zeugnis reden wider seinen Nächsten, und so was würde Letta auch niemals tun. Ihre einzige Sorge besteht im Augenblick darin, es könnte jemand ihren Henkelmann unter der Bank gesehen haben und sie verpetzen.
Neben ihr steht Käthchen Scholten von Sing-Sing und löffelt unter Schlürfen heißhungrig ihre Suppe, ja, sie kratzt noch die letzten Erbsen und Speckstücke zusammen. Fräu-

lein Angenfoort nimmt ihr den leeren Blechnapf weg, schöpft mit der großen Kelle und reicht Letta den vollen Topf. Auch Kätchens Löffel muß sie nehmen, ohne daß sie ihn vorher abwaschen darf. Das ißt du jetzt auf! befiehlt Fräulein Angenfoort. Dein Vater ist arbeitslos, so was Gutes kriegst du nicht alle Tage. Du wirst ja immer magerer. Käthchen Scholten von Sing-Sing ist nicht nur ein Schmierlapp, sie hat auch einen »Krintenbart«, beide Mundwinkel bis zum Kinn voller Grind. Letta kuckt in den Topf und führt unter Fäulein Angenfoorts Aufsicht den Löffel zum Mund.

Aber Speckstücke und Krintenbart, das ist einfach zuviel. Sie drückt Käthchen den Topf in die Hand und läuft in Windeseile zum Schulzaun, wo sie sich übergibt. Von dem Tag an besteht offene Feindschaft zwischen Letta und Fräulein Angenfoort.

An diese üble Erfahrung lehnt sich zur gleichen Zeit eine freundliche, die Lettas Menschenkenntnis in Harmonie beläßt. Der Lehrer Simon Albrecht hat auf die kleine Reichmann ein wachsames Auge geworfen. Ein Sozialist, der es von Haus aus nicht nötig hätte, da er aus vermögender Familie stammt; ein junger Lehrer, der mit einem Minimum an Ideologie auszukommen trachtet und seinen Sozialismus immer vor der Haustür praktiziert, hic et nunc, das Arbeiterparadies kann warten, ein hungerndes Kind kann das nicht. Und der demnächst, Simon Albrecht, von den Nazis als erster von der Schule gefeuert werden wird, aus politischen Gründen sowohl als auch sogenannten rassischen. Das steht schon vor der Tür.

Er unterrichtet den sechsten Jahrgang und hat mit Letta eigentlich nichts zu tun, auch in Nebenfächern nicht. Er kennt sie vom Hörensagen, weiß von ihrer Memorierkunst (über die er heimlich den Kopf schüttelt), hält auf dem Schulhof Ausschau nach ihr. Er sieht, was den miteinander disputierenden oder auch einfach tratschenden Kollegen in der Pause entgeht: eine dünne, aufgeschossene Neunjährige, die in einer Ecke aus klebrigem Zeitungspapier ein mit Rübensirup bestrichenes Brot auspackt und es langsam, lustlos, gleichsam als Pflichtübung hinunterwürgt. Niederrheinisches »Rübenkraut«, billig und widerlich süß, als Delikatesse allenfalls von Leuten geschätzt, die nicht darauf angewiesen sind. Als tagtäglicher Brotaufstrich kann es einem schon über werden. Neben Letta eine Schülerin, die sich eine Apfelsine schält. Auch dies beobachtet Herr Albrecht, wie da ein rascher Blick auf die saftige Frucht geworfen wird und wie sich danach das kleistrige Brot nur noch mühsamer verzehren läßt.

Letta ist sehr erstaunt, als sie eines Morgens während der Zehn-Uhr-Pause in ihrem Frühstückstäschchen ein Brötchen vorfindet, ein knackfrisches, mit Butter und Kalbsleberwurst bestrichen und in Pergamentpapier eingewickelt. Die rübenkrautgetränkte Zeitung mitsamt Inhalt ist verschwunden, einfach weg. Lettas Täschchen hängt immer am Garderobenhaken im Flur, wo jedes Kind seinen eigenen numerierten Platz hat, und im ersten Moment glaubt sie an eine Verwechslung. Aber nein, es steht ja ihr Name drin.

Sie ißt das Brötchen mit einem Behagen, wie sie lange nichts mehr gegessen hat, in ganz kleinen Bissen. Die Zauberei wiederholt sich Morgen für Morgen. Manchmal ist Schnittkäse auf dem Brötchen, echter Holländer – wann hat sie den das letztemal gegessen? –, einmal eine Erdbeermarmelade mit ganzen Früchten, ein anderes Mal wurde eine kleine Apfelsine beigepackt. Letta will ihren Wohltäter kennenlernen. Sie legt sich auf die Lauer, sieht ein Mädchen aus Herrn Albrechts Klasse sich an ihr Täschchen heranmachen, bittet um Aufklärung. Ja, es kommt von Herrn Albrecht. Du darfst dich aber nicht bei ihm bedanken, er will das nicht, er soll auch nicht merken, daß du mich erwischt hast. Kannst es ruhig nehmen, Letta, du bist nicht die einzige. Der macht das bei vielen so.

Schon gut, das begreift sie.

Warum aber erzählt sie den Eltern nichts davon, denen sie doch sonst das meiste anvertraut? Das Wichtigste jedenfalls. Und ist ein frisches belegtes Brötchen pro Tag etwa keine Wichtigkeit?
Aber da sind Mutters Reden, wenn Besuch kommt oder wenn sie selbst zu Besuch sind, bei Tante Gerda, Tante Gusti, Oma Meta, Onkel Karl: Bis jetzt habe ich meine Kinder immer noch satt gekriegt, gottlob. Kann mir keiner was nachsagen. Klar müssen wir uns nach der Decke strekken mit dem bißchen Stempelgeld. Aber daß die Kinder nichts entbehren müssen, dafür sorgen wir schon, der Rudi und ich, da sind wir auf dem Kiwief. Letta ist in letzter Zeit stark gewachsen, darum ist sie so mager. Die füllt sich wieder auf.
Letta hofft selbst, daß sie sich jetzt bald auffüllen wird, wo sie täglich das gute Brötchen kriegt und an der Schulspeisung teilnimmt, wenn keine Speckstücke drin herumschwimmen. Sie wird bestimmt bald zunehmen, und dann kann Mutter es allen erzählen: Seht ihr, was ich gesagt habe. Ich werd ja wohl meine eigenen Kinder noch ernähren können.
Was Lisa Reichmann geflissentlich übersieht, was sie nicht wahrhaben will, ist die Tatsache, daß sie nur jeweils eines ihrer beiden Kinder mit dem Nötigsten versorgen kann, und daß sich der Schwerpunkt letzthin auf Hanni verlagern mußte, denn Hanni hat die Englische Krankheit. Es ist wie mit dem Anschreibenlassen in den Geschäften: man stopft das eine Loch zu und reißt ein anderes auf. Letta kauft seit längerem in zwei Lebensmittelgeschäften, die räumlich weit auseinanderliegen, in Hochheide und in Homberg. Auch die Geschäftsleute müssen ja sehen, daß sie zu dem Ihrigen kommen, und über zwanzig Mark hinaus geben sie keinen Kredit. So wird denn mal hier, mal dort bezahlt, und die ständige Schuldenmacherei zerrt an den Nerven.
Im Juni kommt Letta aus der Schule nach Hause und berichtet mit einer etwas forcierten Fröhlichkeit, daß sie

höchstwahrscheinlich in den Sommerferien eine größere Reise antreten wird, auf die sie sich schon jetzt unbändig freut. Sie kann gar nicht sagen, wie sehr. Wie 'n Drilldopp.
Was ist los? will Lisa wissen, und auch Rudi faltet seine Zeitung zusammen und bittet um Wiederholung des Satzes, denn er hat nicht alles verstanden.
Ein Lungenspitzenkatarrh ist noch keine Tuberkulose, hat der Schularzt gesagt. Man kann das noch ganz gut ausheilen, durch eine Luftveränderung. Morgen soll ich ins Gesundheitsamt zum Röntgen, nachmittags, wenn die anderen Handarbeit haben. Bin ich froh, daß ich die doofe Angenfoort mal nicht sehe.
Mutter steht auf, geht ins Schlafzimmer und schließt die Tür ganz fest hinter sich zu.
Komm mal her, Letta, sagt Vati und zieht seine Älteste dicht an sich heran, wie er es sonst immer mit dem kleinen Lepamuck macht. Erzähl mir mal ganz genau, was der Schularzt gesagt hat – Letta berichtet laut und akzentuiert, was sie weiß, und vergißt zum Schluß nicht, hinzuzufügen, wie sehr sie sich auf eine Reise freut. Wollt ich doch schon immer mal machen, Vati, ich bin doch noch nie in 'ner anderen Gegend gewesen. Bloß mal in Köln. Bei dem Schularzt war eine Frau, die hat gesagt, sie kennt dich vom Reichsbanner. Sie hat mich in eine Liste eingetragen und will dafür sorgen, daß ich von der Arbeiterwohlfahrt verschickt werde. Kannst du da nicht mal hingehen und denen sagen, daß ich so schrecklich gern in einer Landschaft mit Bergen wäre? Auf Berge bin ich richtig scharf. Bloß nicht nach Schleswig-Holstein, das nehmen wir gerade in Erdkunde durch, da ist es ja genauso platt wie hier.
Aber die Luft ist besser, meint Vati und verspricht, er wolle sein möglichstes tun. Deutschland hat viele gebirgige Gegenden.
Nun ist es also heraus, weshalb Letta in den letzten Monaten so mager, so blaß und so hinfällig war. Immerhin: Ein Lungenspitzenkatarrh ist noch keine Tuberkulose.

8

Sie fahren die ganze Nacht. Mit Letta sind es fünf Mädchen, sie ist die Jüngste. Die anderen sind zwölf und vierzehn Jahre alt, nicht eben wohlgenährt, aber bei weitem nicht so mager wie Letta. Die Reisebegleiterin heißt Frau Meerkamp. Sie hat für sich und ihre Ferienkinder ein Abteil reservieren lassen, und da sitzen sie nun auf den Holzbänken der Dritten Klasse und dösen vor sich hin. Letta kennt die Reiseroute aus ihrem kleinen Diercke: Dortmund, Kassel, Bebra, Meiningen. Sie will die anderen darauf aufmerksam machen, aber die winken ab. Von Erdkunde wollen sie nichts hören, es sind schließlich Ferien.
Weil kein Gespräch zustande kommt, wird sie müde, sie hat schon in der vorigen Nacht vor Aufregung kaum geschlafen. Es ist ihr peinlich, daß sie immer wieder zur Seite kippt und die anderen Mädchen stört. Als sie ganz von der Bank heruntergleitet und am Boden liegt, wird sie von Frau Meerkamp aufgehoben und ins Gepäcknetz verfrachtet. Dort kann sie schlafen, ohne daß sie den anderen zur Last fällt. Die haben jetzt mehr Platz, sind aber trotzdem unzufrieden und meckern: Ja, die Reichmann. Die kriegt natürlich 'ne Extrawurst gebraten, ist ja schließlich was Besseres als wir.
Sie ist die Kleinste, sagt Frau Meerkamp und verbittet sich weitere Nörgeleien.
Im Morgengrauen trotten sie schlafrunken mit ihren Pappköfferchen durch die Sperre des Meininger Bahnhofs. Frau Meerkamp hat sich den Weg zur Bushaltestelle beschreiben lassen, er führt durch einen Park mit gepflegten Beeten, alle Blumen sind noch feucht vom Tau. Durch die Bäume sieht Letta ein helles Gebäude mit hohen Säulen. Sie war noch nie in einem Theater, aber aus Bildbänden kennt sie einige und weiß deshalb sofort, daß dies eines ist. Den anderen

die Entdeckung mitzuteilen, sieht sie als zwecklos an. Die interessieren sich nicht dafür und werden dann gleich wieder über sie herfallen. Sie gilt als hochmütig, weil sie Schriftdeutsch spricht, und mit diesem ewigen Mißverständnis muß sie sich abfinden.
Mit dem Postbus fahren sie durch die Rhöndörfer. Das ist Helmershausen, sagt Frau Meerkamp. Die nächste Station ist Wohlmuthausen, dort erwarten euch eure Pflegeeltern. Vielleicht macht ihr mal freundliche Gesichter, ja?
In Wohlmuthausen, wo sie vor dem Gasthaus Zur Goldenen Aue den Bus verlassen, werden sie überhaupt nicht erwartet, von Pflegeeltern ist weit und breit nichts zu sehen. Frau Meerkamp ist sehr aufgeregt, will den Bürgermeister sprechen, telefoniert in der Poststube des Gasthauses herum. Der Bus ist längst weitergefahren, die Kinder stehen auf der Dorfstraße neben ihren Koffern, zu freundlichen Gesichtern können sie sich unter diesen Umständen nicht mehr aufraffen.
Eine Panne, ein bürokratisches Versehen. Den nominierten Pflegeeltern wurde vor einer Woche je ein Kind aus Kaiserslautern ins Haus geschickt, und es läßt sich nicht mehr aufklären, wie es dazu kam. Nun müssen die fünf Mädchen vom Niederrhein irgendwo untergebracht werden. Das spricht sich in einem so kleinen Dorf schnell herum, sie brauchen dazu nicht einmal den Ausrufer mit der Glocke. Es ist die Zeit der Grummeternte, jede Hilfskraft ist hoch willkommen.
Wie auf einem Viehmarkt! stößt Frau Meerkamp zwischen den zusammengepreßten Zähnen hervor. Ihr Kopf ist rot vor Ärger, als sie mitansehen muß, daß die zögernd sich nähernden Bauersfrauen die Kinder von oben bis unten mustern und sich dann jeweils dasjenige heraussuchen, das ihnen am kräftigsten erscheint. Nicht schwer zu erraten, wer da am Ende übrigbleibt. Lettas Augen füllen sich mit Tränen.
Später wird sie erfahren, daß ihre Magerkeit nicht der

einzige Grund für die Ablehnung war. Lisa hatte ihre Tochter mal wieder piekfein ausstaffiert. Sie sticht so sehr von den anderen Mädchen ab, daß man sie auf Anhieb für ein verzärteltes Stadtpflänzchen halten muß. Ein Kinderhaarschnitt wie aus einem Frisurenkatalog, ein schwarzer Samtmantel mit Spitzenkragen und Perlmuttknöpfen, wie nur Tante Erna ihn aus Resten zusammenzaubern kann, neue Lackschuhe, von Tante Gerda eigens für die Reise gekauft. Alles gemäß Lisas Wahlspruch: Wie du kommst gegangen, so wirst du empfangen. Eine Weisheit, die in Wohlmuthausen versagt. Was die Dörfler über dieses Kind denken, steht ihnen im Gesicht geschrieben: Mit einer solchen Prinzessin fährt man nicht ins Heu.
Drüben am Tor steht einer, der sieht sich das Schauspiel mit wachsendem Mißvergnügen an. Ein hagerer Mann mittleren Alters mit rötlichem Bart, den Rücken unter seinem blauen Arbeitskittel leicht gekrümmt von zuviel Lebensbürde. Nun kommt er in seinen Wasserstiefeln über die Straße geschlurft, faßt Letta bei der Hand und sagt: *Den Spatzen füttere ich aus!* – Frau Meerkamp kann es erst gar nicht fassen.
Wenn Lisa Reichmann von zwei Menschen versichern will, daß sie sich besonders gut verstehen, pflegt sie zu sagen: Da haben sich zwei gesucht und gefunden. – Nun wird niemand behaupten können, daß sich Letta und der Bauer Christian Walter irgendwann gesucht hätten. Aber wie sehr sich die beiden gefunden haben, stellt sich schon bald heraus.
Der Hof ist klein. Hühner und Gänse, ein paar Schweine, fünf Kühe, die auch als Zugtiere benutzt werden. Für ein Pferd reicht es nicht mehr, das haben sie zu Beginn der Krise verkaufen müssen. Hinter der Scheune ist ein Obstgarten, dort steht auch das Bienenhaus. Als Imker hat sich Christian einen Namen gemacht, sein Honig ist berühmt und bringt ihm einiges ein. Gelegentlich wird er in Fachzeitschriften erwähnt.

Das einstöckige Wohnhaus steht an der Straße. Christian und seine Frau Amande schlafen unten neben dem großen Wohnraum, und eine Treppe höher bekommt Letta eine eigene Kammer zugewiesen, gleich neben dem Schlafzimmer der Tochter. Die einzige Tochter ist fünfundzwanzig Jahre alt und damit in Lettas Augen schon eine richtige Frau und kein Mädchen mehr, obwohl der Christian immer »Mädel« zu ihr sagt. Sie ist groß und grobknochig, hat hellblondes Haar und wird von ihrer Mutter »Gudel« gerufen. Eigentlich heißt sie Gudula.
In ihrer Kammer weiß Letta sich nicht zu lassen vor Freude. Wie schön! ruft sie und wirft die Arme in die Luft. Das ist ja wie bei Ludwig Richter.
Gudel scheint angenehm überrascht. So, sagt sie, da bin ich aber froh, daß es dir hier gefällt. Es war die Kammer meines Bruders. Alles ein bißl einfach, er hats nicht anders haben wollen. Mir wär das alte G'lump nicht recht. Wenn ich einmal heirat, richt ich mich mit modernen Möbeln ein. Wo wohnt denn der Ludwig Richter, bei dem du zu Besuch warst?
Letta stottert an einer Antwort herum, doch zum Glück hört Gudel nicht mehr hin. Daß Ludwig Richter ein Maler der Romantik war, kann sie ihr jetzt nicht mehr sagen, man bringt andere Leute nicht in Verlegenheit. Letta weiß aus Erfahrung, wie unangenehm es ist, wenn man sich schämen muß. Gudel erzählt dann noch, daß ihr Bruder vor etwas über einem Jahr gestorben ist, und ob es ihr etwas ausmache, in der Kammer eines Toten zu schlafen? Überhaupt nicht, sagt Letta, wieso denn? Die Toten sind bei Gott, die tun einem nichts Böses. Fürchten muß man sich höchsten vor den Lebendigen, manchmal. Dazu nickt Gudel, und dann läßt sie Letta allein, damit sie in Ruhe ihren Koffer auspacken kann.
Zunächst einmal sieht Letta sich in der neuen Umgebung gründlich um, nimmt jedes einzelne Ding in Augenschein. Ein wurmstichiges Bett mit rot-weiß karierten Bezügen,

eine Kommode aus hellem glänzendem Holz, obendrauf eine Petroleumlampe mit grünem Glasschirm neben einem Leuchter aus Zinn, in dem eine dicke, gelbe Kerze steckt, die halb heruntergebrannt ist. In der Ecke steht das eiserne Waschgestell mit Schüssel und Kanne, ein solches gibt es zu Hause auch und in jeder Schulklasse, es ist nicht weiter erwähnenswert. Der Kleiderschrank hat die gleichen geschweiften Beine wie der runde Tisch drüben am Fenster. Sein Spiegel ist fleckig, und wo früher der Schlüssel steckte, ist nur noch ein Loch. Man muß den Finger hineinbohren, um die Schranktür öffnen zu können. Am Fenster hängen getupfte Mullgardinen bis fast zum Boden, die werden an den Seiten von roten Schleifchen zusammengehalten. Die Stühle haben ovale Lehnen, und ihr geblümtes Polster ist ein bißchen verschlissen. Daß sie es hier mit Biedermeier zu tun hat, weiß Letta nicht. Sie ist in einem Alter, in dem Ahnung und Stimmung die Kenntnis ersetzen müssen, was in diesem Fall mit besonderer Intensität geschieht. Da macht es nichts, daß sie noch nicht alles benennen kann.
Sie hängt ihre Kleider in den Schrank, stapelt die Leibwäsche im Seitenfach. Den leeren Koffer schiebt sie unters Bett. Durch das Fenster spielt die Sonne des frühen Mittags herein und malt Kringel auf den Fußboden. Der ist gescheuert und mit gehäkelten Läufern bedeckt. – Fiele der Angenfoort ja im Traum nicht ein, uns mal solche Läufer aus Stoffresten häckeln zu lassen! Dabei wäre das billig, selbst für die Mädchen von Sing-Sing, und gebrauchen könnte man es auch. Statt dessen müssen wir Ocki-Spitze fabrizieren, mit der kein Mensch was anfangen kann. Rund um den Kissenbezug, und beim Schlafen kratzt man sich das Gesicht wund. Aber wie kommt ihr die Angenfoort in den Sinn, ausgerechnet jetzt? Weg mit der.
Über ihrem Bett hängt ein Bild, das hat sie sich noch nicht richtig angesehen. Sie muß sich auf die Zehen stellen, um den darunterstehenden Text entziffern zu können. Es ist die Königin Luise, die eine Treppe herunterschreitet, der

Schleier um ihren Hals weht leicht hinter ihr her. Sie war damals wohl schon krank, ist jung gestorben und mußte ihre Kinder zurücklassen, das weiß Letta von Fräulein Meier. Was nützt es einem schon, aus einem Königshaus zu stammen, wenn einem die Mutter stirbt? – Der Vers unter dem Bild lautet:
»Wer nie sein Brod mit Thränen aß, wer nie die kummervollen Nächte auf seinem Bette weinend saß, der kennt euch nicht, ihr himmlischen Mächte.« Johann W. v. Goethe. Von Goethe hat sie *Die wandelnde Glocke* und *Johanna Sebus* auswendig gelernt. Ein berühmter Dichter, ein kluger Mann. Aber Brot schrieb er mit einem D und Tränen mit Th. In Rechtschreibung waren die Leute früher nicht so pingelig, hat Vati gesagt, es gab auch noch keine festen Regeln.
In der Tür steht Christian und bittet Letta zum Mittagessen herunter. Er hat ein dickes Buch in der Hand, das legt er auf die Kommode und lächelt dabei. Ein Bildband von Ludwig Richter, sagt er, den magst du doch so gern. Ich übrigens auch. Letta bedankt sich und ist ein bißchen verlegen, weil die liebe Gudel sich jetzt bei ihrem Vater blamiert hat. Es scheint ihr aber nichts auszumachen, sie sieht bei Tisch ganz gleichmütig drein.
Schweinefleisch, sagt Letta, damit dieser leidige Umstand rasch erledigt wird, also Schweinefleisch bring ich nicht runter. Da wird mir jedesmal schlecht von. Sonst bin ich im Essen nicht mäklig.
Es stellt sich heraus, daß auch Amande kein Schweinefleisch ißt. Sie könnte es schon essen, aber sie hat ein Gelübde getan. Darüber wundert sich Letta, denn die Walters sind evangelisch, und Gelübde, so hat sie bisher gemeint, legen nur die Katholiken ab.
Nach Hause schreibt sie: Ich bin in ein Märchen geraten. Ich bin Goldmarie, die in einen Brunnen gefallen ist und unten auf einer sonnigen Wiese wieder rauskommt. Ob Ihr es glaubt oder nicht, aber ich lebe mitten in einem Bilder-

buch. Ich trage eine Halbschürze, habe ein Kopftuch umgebunden und einen Rechen in der Hand. Der Ludwig Richter hat mich gemalt.
Mutter findet den Brief albern und reagiert ärgerlich. Wie alt ihre Bauersleute sind, will sie wissen, womit man der Tochter eine Freude machen kann und was es zu essen gibt, aber bitte genau, vom Frühstück bis zum Abendbrot. Nur Vati zeigt sich von Lettas Überschwang bewegt und antwortet ihr mit acht vollbeschriebenen Seiten. Da sieht man einmal, was dieser schweigsame Mann alles zu sagen hätte, wenn er sich öfter überwinden könnte, den Mund aufzutun. Was dem alles im Kopf herumgeht! Letta liest den Brief wieder und wieder, auch den Walters liest sie ihn vor.
Dein Vater hat dich wohl sehr lieb? meint Christian, und Letta antwortet: O ja, natürlich. Und Mutter liebt mich genauso. Mich und die Hanni, unseren kleinen Lepamuck.
Sie hat ein bißchen Heimweh, in den ersten Tagen jedenfalls. Mit der Zeit verflüchtigt es sich. Nach zwei Wochen denkt sie bereits, daß sie hier leben möchte, für immer.
Die Heuernte ist in vollem Gang, Letta zieht mit aufs Feld und hilft beim Umwenden. Beim Aufladen mit der Gabel darf sie nicht helfen, das hat Christian verboten, weil ihr einmal dabei schwindling wurde. Zuweilen wird ihr die Arbeit sauer, dann kuckt sie verstohlen nach dem Leiterwagen, wie hoch der beladen ist und ob sie nicht bald Schluß machen. Wenn sie den Heubaum hinaufgehievt haben und die Ladung festzurren, darf Letta obenauf sitzen. Sie nimmt Rechen und Gabeln entgegen, um sie zu verstauen, schwerfällig setzen sich die Kühe in Bewegung, der Wagen schaukelt vorwärts, es ist gemütlich in der warmen Heugrube, nur muß man sich vorsehen, daß man auf der Landstraße von den Ästen der Apfelbäume nicht gestreift wird.
Letta weiß, daß ihre Hilfe gefragt ist, daß jede Hand gebraucht wird. Dennoch drückt sie sich mitunter vor der Arbeit, schleicht hinten zum Garten hinaus, wenn auf dem Hof die Kühe eingespannt werden, spaziert durch die Fel-

der oder legt sich ins Gras, um zu träumen. Die Rhönberge, kegelförmig und nicht überall bewaldet, verschwimmen im Sonnenglast, sind in der Nähe grün, am Horizont dagegen von einem dunstigen Blaugrau, unwirklich und wie hingehaucht. Insekten summen am Boden und in der Luft, der Geruch von mancherlei Kräutern steigt einem in die Nase. Liegen, träumen, sich auftun für all das Schöne. Mit einem ganz elenden Gewissen, das ist der Preis.

Es ist die immer wiederkehrende Erfahrung in dieser Kindheit, daß man das Beste nur jeweils um den Preis eines schlechten Gewissens haben kann. So abgebrüht ist Letta nicht, daß sie sich daran gewöhnen könnte, doch ist sie zu schüchtern, um sich zu entschuldigen. Daß ihr niemand einen Vorwurf macht, mildert die Sache nicht im geringsten. Gudel blickt mürrisch, wenn Letta von ihren Streifzügen heimkehrt – oder bildet sie sich das nur ein?

An Regentagen ruht die Feldarbeit, dann wird aufgeholt, was in Haus, Stall und Scheune versäumt wurde: Fußboden scheuern, Staub wischen, Häcksel schneiden, dreschen. Sie haben keine Dreschmaschine, die müssen sie sich gegen Geld ausleihen. Die Leihgebühr ist hoch, deshalb wird mit Dreschflegeln ein bißchen vorgearbeitet. Zu viert stehen sie auf der Tenne um den Ährenhaufen, schwingen ihre Knüppel um die Lederriemen und lassen sie auf das Korn niedersausen, in einem vorgeschriebenen Rhythmus, damit sie sich nicht gegenseitig behindern. Christian zählt den Takt. Aber das ist eine Arbeit, bei der Letta auf die Dauer nicht mithalten kann. Sie darf anderes tun, Hühner füttern, Kuhstall ausmisten, löchrige Säcke flicken und stopfen. Amande muß lachen, als sie sieht, wie sorgfältig Letta das Loch in dem alten Kartoffelsack gestopft hat – solche Mühe brauchte sie sich mit dem Fetzen nicht zu machen. In Handarbeit hast du gewiß eine Eins?

In Handarbeit – antwortet Letta, und ihre Augen funkeln vor Zorn – hab ich bloß ein Ziemlichgut. Die Angenfoort würde mir ja glatt ein Genügend geben, wenn sie nicht mit

Fräulein Meier befreundet wäre. Die Meier ist prima, die hält zu mir. Stopfen hab ich bei meiner Mutter gelernt, tun wir meistens am Sonntagnachmittag und singen dabei. Nicht bloß Strümpfe, auch Unterwäsche, meine Hemden sind nämlich schon getragen, die kriege ich von meiner älteren Kusine. Die kleinen Löcher stopfe ich mit ganz dünnem Garn, daß man hinterher kaum was sieht. Mutter sagt, ich bin eine richtige Kunststopferin. Und dann Ziemlichgut in Handarbeit. Diese dusselige Angenfoort –

Letta befindet sich wieder mal auf einer ihrer Quasseltouren und läßt sich gehen. Sie öffnet ihr Herz, wie andere einen Rucksack öffnen, und packt so lange aus, bis ihre gesamten Familienverhältnisse im Kreis herumstehen, jedermann zur Besichtigung freigegeben. Oma Metas Enkelin. Bei der kleinwüchsigen Bäuerin, die immer noch Schwarz trägt um ihren Sohn, obwohl das Trauerjahr vorbei ist, bei dieser leidgeprüften Frau ist Letta mit ihrem Redefluß an der richtigen Adresse. Amande könnte, bliebe ihr Zeit dazu, das Zuhören berufsmäßig betreiben.

Ein Sonntag, und immer noch regnet es. Amande hat einen Karton mit gewaschenen Stricksachen vom Boden geholt und stellt ihn in die Wohnstube: Jacken, Handschuhe, Mützen und Socken in allen Farben und Größen. Stopfgarn ist reichlich vorhanden. Letta begrüßt dieses Betätigungsfeld, denn nun kann sie einiges gutmachen.

Auch ist sie gerissen genug, sich einen Vorschuß zu erkaufen für weitere Streifzüge durch Wiesen und Felder. Denn das Wetter wird sich wieder bessern, hat der Christian gesagt, als er vorhin sein Barometer abklopfte.

Singen mag ich nicht, sagt Amande, aber ich könnte dir etwas vorlesen. Kennst du den *Werther* von Goethe?

Letta zählt auf, was sie von Goethe kennt, der Werther ist nicht darunter. Den möchte sie aber gern kennenlernen, bitte.

Zunächst versucht Amande, ihr den Inhalt nahezubringen, denn es ist ein ganzer Roman, aus dem sie nur einzelne

Stellen auswählen kann. Letta lauscht mit wachsender Hingabe, denn Sockenstopfen ist eine Routinearbeit, die dabei nicht zu ruhen braucht.
»Werther, sagte sie, mit einem Lächeln, das mir durch die Seele ging, Werther, Sie sind sehr krank, Ihre Lieblingsgerichte widerstehen Ihnen. Gehen Sie! Ich bitte Sie, beruhigen Sie sich. – Ich riß mich von ihr weg, und – Gott! du siehst mein Elend und wirst es enden.«
»Du bist nicht zu retten, Unglücklicher! ich sehe wohl, daß wir nicht zu retten sind.«
»Gegen eilfe fragte Werther seinen Bedienten, ob wohl Albert zurückgekommen sei? Der Bediente sagte: ja, er habe dessen Pferd dahinführen sehn. Drauf gibt ihm der Herr ein offnes Zettelchen des Inhalts: Wollten Sie mir wohl zu einer vorhabenden Reise Ihre Pistolen leihen? Leben Sie recht wohl!«
»Um zwölfe mittags starb er. – Man fürchtete für Lottens Leben. Handwerker trugen ihn. Kein Geistlicher hat ihn begleitet.«
Über eine Stunde ging das so, und am Ende kann Letta vor Weinen nichts mehr sehen und muß das Stopfzeug beiseite legen. Sie schluchzen beide, die Bäuerin und das Kind. Einmal kommt Gudula aus dem Stall herein und geht gleich kopfschüttelnd wieder hinaus. Es ist ein aufwühlendes Erlebnis. Letta bittet sich das Buch aus und nimmt es mit hinauf in ihre Kammer. Mit Goethe wird sie sich näher beschäftigen müssen, es ist ja unglaublich, wie ergreifend der Mann eine Liebesgeschichte schildern kann. *Die wandelnde Glocke* ist überhaupt nichts dagegen.
Gudula Walter ist nicht so gut auf Goethe zu sprechen. Ja, der Werther, sagt sie. Den läßt er Selbstmord begehen wegen einem Mädel. Selber hat er sich nicht umgebracht, der Johann Wolfgang. Der hat sich immer rasch mit einer anderen getröstet, und unglücklich sind am Ende nur die Weiberleut geworden. Und so einer wird alt und grau darüber, fügt sie grimmig hinzu. Mein Bruder dagegen –

Sie sind allein, Gudel und Letta, sie sammeln das Fallobst im Garten auf. Letta erfährt zu ihrer Bestürzung, daß der Sohn des Hauses ebenfalls Selbstmord begangen hat, und auch aus unglücklicher Liebe, wie Werther. Drüben in der Scheune hat er sich erhängt, sagt Gudel, dort hat ihn der Vater gefunden. Sein Mädel hat ihn recht gern gehabt und eigentlich keinen anderen wollen, nur Bäuerin mochte sie halt nicht werden und nicht auf den Hof ziehen, denn hier schuftet man sich ja tot. Das ist arg für ihn gewesen – aber mußte er deshalb gleich Hand an sich legen und die ganze Familie unglücklich machen? Verstehst du, wie einer so etwas tun kann, sich selber töten?
Zu Gudels grenzenlosem Erstaunen sagt Letta, daß sie das ganz gut versteht. – Ein Kind, neun Jahre alt, das muß sie ihr näher erklären, was sie sich dabei denkt.
Letta setzt sich auf den Rand der Schubkarre, um besser nachdenken zu können. Vielleicht war er einfach alles leid, meint sie nach einer kurzen Pause. Vielleicht war das nicht bloß wegen dem Mädchen. Das gibt es doch, daß einem alles bis obenhin steht. Bei dem einen wegen zuviel Arbeit, beim anderen wegen zuwenig. Mein Onkel Alfred ist ins Wasser gegangen, weil sie ihm die Arbeit weggenommen haben. Ich stelle mir vor, daß solche Menschen einfach zum Umfallen müde sind. Onkel Alfred war lebensmüde, hat Opa gesagt.
Gudel fährt mit der Hand durch die Luft, als wollte sie Lettas Worte wegwischen. Wenn ich müde bin, geh ich ins Bett und schlaf mich aus, sagt sie unwirsch, scheucht Letta von der gefüllten Schubkarre und schiebt mit ihrem Fallobst davon.
Abends in ihrem Bett, in ihren rotkarierten Kissen, in die sie ganz vernarrt ist, liest Letta beim Schein der Petroleumlampe im Werther. Das meiste findet sie ziemlich langweilig, die Ossiankapitel zum Beispiel, mit denen kann sie gar nichts anfangen. Sie überschlägt die Seiten und hält sich an alles, was mit der Liebesgeschichte zu tun hat. Sie selbst

hätte an Lottes Stelle wohl doch den munteren, verspielten Werther genommen und nicht den steifen Albert. Bedenkt man allerdings, daß dieser Albert schon eine aussichtsreiche berufliche Laufbahn eingeschlagen hatte, wogegen der Werther eigentlich gar nichts Rechtes tat und den anderen bloß einen Kaschper vormachte, kann man Lotte auch wieder verstehen. Von irgendwas muß der Schornstein rauchen, wie Mutter immer sagt, und einen noch so schönen und netten Mann kann man nicht wie eine Mahlzeit auf den Tisch setzen und davon satt werden. So. – Dann klappt sie den Werther zu und schlägt Ludwig Richter auf, um noch ein paar fröhliche Eindrücke mit in den Schlaf zu nehmen.

Der nächste Brief an die Eltern enthält in der Hauptsache eine Aufzählung handfester Tatsachen und Begebenheiten, damit Mutter nicht wieder ungehalten wird: Zum Frühstück kriege ich Weißbrot mit Butter und Honig und trinke dazu kuhwarme Milch. Melken kann ich schon ein bißchen. Man muß die Finger am Euter entlanggleiten lassen, zu Hause zeige ich Euch mal, wie man das macht. Mittags gibt es Gemüse und Kartoffeln, manchmal Fleisch, aber nicht vom Schwein. Der Gudel braucht ihr nichts zu schenken, die ist schon eine Frau. Wenn Ihr unbedingt was schenken wollt, dann solche Sachen, die sie selbst im Laden kaufen müßten, Bohnenkaffee, Kakao, Reis, Zimt oder ähnliche Gewürze. Legt bitte im nächsten Brief so viele Marken bei, daß ich Euch ein Paket mit Obst und Honig schicken kann. Packen muß ich es allein, dazu haben sie hier keine Zeit. Abends esse ich Landbrot mit Rhönmilch- Kochkäse und trinke Lindenblütentee mit Honig. Butter kann ich so dick schmieren, wie ich will. Ich habe schon so viele Äpfel, Birnen und Pflaumen gegessen, daß mir der Bauch weh tat. Im Flur steht eine Dezimalwaage, auf die stellt mich der Christian alle drei Tage, um zu sehen, wieviel ich zugenommen habe. Ich darf nicht verraten, wieviel Pfund es bis jetzt sind. Küßt mir unsere kleine Hanni. Schade, daß sie

nicht bei mir sein kann. Mit soviel Milch und Obst und Honig hätte die bald wieder ganz stabile Knochen. –
Bis dahin findet der Brief Lisas Beifall. Den Schluß würde sie der Familie am liebsten unterschlagen.
Bevor ich abends schlafen gehe, schreibt Letta weiter, stell ich mich ans Fenster und kucke in die Nacht. Der Geba-Berg ist ganz schwarz, da drüber hängt ein Mond, den haben sie in Silberpapier gewickelt. Gleich unter mir rauscht der Brunnen, und die ganze schräge Dorfstraße runter fließt ein Bach, der ist mit Steinen eingefaßt, daß er nicht überläuft. Am liebsten würde ich meinen Koffer nehmen und alles einpacken, den Berg, den Mond, den Bach und den Brunnen, und alles mitnehmen, wenn ich bald nach Hause fahre. –
Mama und Erna, Karl und Berta nicken und sind geradezu gerührt, aber Lisa kann solchen Überspanntheiten nichts abgewinnen. Spinnerei! sagt sie laut genug, damit auch Rudi es versteht … Ich wüßte wirklich gern, von wem sie das hat.
Vielleicht von Ernst Moritz Arndt, gibt Rudi zu bedenken, und das bringt sie erst recht auf die Palme, weil die anderen nun lauthals lachen. Sie faltet Lettas Brief zusammen und stopft ihn in ihre Handtasche. Den Mond, sagt sie, den braucht sie nicht in ihren Koffer zu packen, der scheint bei uns auch. Bloß, daß ihn ihr jemand in Silberpapier wickelt, das kann sie nicht erwarten.
Rudi weiß, was in seiner Frau vorgeht. Es ist Eifersucht auf Lettas zweite Heimat, eine nagende Sorge, dieses Kind mit seinen romantischen Neigungen könnte dort allzufest Wurzeln schlagen.
Bevor sie weggehen, nimmt Friederike Hüsken die Tochter beiseite und steckt ihr ein Päckchen mit Kaffeebohnen zu. Für Lettas Bauersleute in Thüringen, flüstert sie. Ich hab sie selbst geschenkt gekriegt, aber mir hat der Arzt starken Kaffee verboten.
Ein Päckchen geht nach Wohlmuthausen ab, ein großes

Paket kommt in Hochheide an, so miserabel verschnürt, daß es gerade noch zusammenhält. Das sieht ihr ähnlich, sagt Lisa, kuck dir das an! Diese Schludrigkeit. Unser zerstreuter Professor. Flausen im Kopf, und zwei linke Hände. Hanni wird mal praktischer als Letta, sie ist jetzt schon ein kleines Hausmütterchen.
Ach was, du verlangst einfach zuviel, entgegnet Rudi. Sie ist doch ein Kind von neun Jahren.
Daß sie das ist, muß auch der Christian in Wohlmuthausen erfahren. Es passiert Letta öfter, daß sie überschätzt wird. Zum Teil liegt es an ihrer altklugen Redeweise mit den angelesenen Zitaten, zum Teil aber auch daran, daß sie zuweilen ernsthaft über Dinge nachdenkt, mit denen Kinder ihres Alters sich normalerweise nicht beschäftigen. Politik zum Beispiel. Christian hat ihr verraten, daß er bei der letzten Wahl seine Stimme der KPD gegeben hat.
Sie stehen am Bienenhaus. Letta trägt einen breitrandigen Hut mit tief herabhängendem Schleier, und Christian, ohne Hut, pafft unentwegt aus seiner Pfeife, was er eigentlich nicht darf. Er hat Asthma und wird hinterher husten müssen.
Find ich komisch, sagt Letta und sieht mit Schaudern, wie Christian eine Menge Bienen einfach mit einer Hühnerfeder ins Loch fegt. – Find ich wirklich komisch, daß du als Bauer für die Kommunisten stimmst. Mein Onkel Willi hat gesagt, ehe unsere Bauern in Deutschland kommunistisch wählen, geht ja wohl die Welt unter.
Wir Rhönbauern sind arm, erklärt Christian, ohne die Pfeife aus dem Mund zu nehmen. Der Boden ist steinig und gibt nicht viel her. Wenn wir alle Höfe und alles Land hier gemeinsam bewirtschafteten, dann, und nur dann könnten wir menschenwürdig leben. Dann könnten wir die neuesten landwirtschaftlichen Maschinen kaufen und den Achtstundentag einführen. Nach acht Stunden steige ich von meiner Maschine herunter und sage: Feierabend. Was noch zu tun ist, besorgen die Leute von der nächsten Schicht. Wär' mir schon recht.

Aber die anderen machen da nicht mit, wie? meint Letta. Daraufhin nimmt Christian die Pfeife aus dem Mund und sieht Letta aus großen Augen an. Du hast den Nagel auf den Kopf getroffen, Kind. Genau daran liegt es. Das sagt auch der Bodo Uhse, der hier in der Gegend für die KPD seine Trommel rührt. Wie dein Onkel Willi prophezeit hat: der Bauer klebt an der Scholle. Mein Hof, mein Acker, mein Vieh. Mein, mein, mein. Und richten sich zugrunde an ihrem Eigentum, als könnten sie es mit ins Grab nehmen. Aber das letzte Hemd hat keine Taschen. – Hier, nimm die Wabe, die ist für dich.
Letta nimmt die Bienenwabe unter ihren Schleier und lutscht den Honig heraus. Ab und zu spuckt sie ein Stück Wachs auf den Boden. Christian ist mit seinem Zuckerwasser beim hinteren Stock angelangt. Ob ihr Onkel Willi auch arbeitslos ist, möchte er wissen.
Das hat der gar nicht erst abgewartet, erzählt Letta. Er ist nach Sibirien ausgewandert. Dort sollen die Arbeiter es leichter haben. Mein Vater glaubt das nicht.
Nun, auch der Christian glaubt das nicht. – Nach Sibirien, gleich so weit weg. Hat er denn gar nicht ein bißl an seiner Heimat gehangen?
Letta zögert mit der Antwort. Nein, wahrscheinlich nicht, sagt sie dann. Bei uns ist es nicht so schön wie hier. Keine Berge, bloß die Schlackenhügel von den Zechen, und überall Schornsteine und Fördertürme und Hochöfen. Städte und Dörfer sind ein einziger Klumpatsch, man kann sie gar nicht unterscheiden. Hier kuckst du auf den Kirchturm und weißt: aha, das ist Wohlmuthausen, dort Helmershausen, dort Geerthausen. Dazwischen Wiesen und Felder. Bei uns fährst du mit der Straßenbahn und meinst, du bist noch in Scherpenberg, aber eigentlich ist es schon Hochheide. Und dann dieser ewige Rauch und Qualm. Auch die neuen Häuser werden davon so schnell schwarz, daß keiner Lust hat, sie wieder anzustreichen. Die Bäume im Sommer und die Hecken – denk bloß nicht, daß die vielleicht so grün

sind wie bei euch. Die sind staubig und grau wie alles andere.
Wie viele Einwohner hat eigentlich deine Heimatstadt? fragt Christian rasch, um sie von ihrer düsteren Schilderung abzubringen.
So um fünfhundert, schätzt Letta und meint, es ungefähr getroffen zu haben, denn in ihrer Vorstellung ist dies eine beachtliche Zahl. Christian muß lachen und kommt schwer ins Husten. Es ist Letta sehr peinlich, als er sie darüber aufklärt, daß allein im kleinen Wohlmuthausen schon über fünfhundert Menschen leben. Nun ist sie wieder neun Jahre alt und wird danach behandelt. Über Politik sprechen sie nicht mehr.
Es wurmt sie aber doch, daß sie eine so dumme Antwort gegeben hat, und sie zieht für sich eine Lehre daraus: Lieber zugeben, daß man etwas nicht weiß, wenn man es wirklich nicht weiß. Weil das am Ende die kleinere Blamage ist. Sie bittet Vati im nächsten Brief – in ihrem letzten, der nach Hause abgeht – um die genaue Einwohnerzahl und gibt sie an Christian weiter, weil sie ihm das schuldig zu sein glaubt. Es sind dreißigtausend.
Die sechs Wochen sind um, der Tag des Abschieds kommt, kaum zu glauben, daß es volle sechs Wochen waren! Frau Meerkamp ist wieder da, die Reisebegleiterin, sie wohnt nebenan im Gasthof Zur Goldenen Aue. Letta ist das erste ihrer Ferienkinder, das ihr in die Arme läuft. Bist du das wirklich, Letta? Dich kennt man ja gar nicht wieder. Da werden deine Eltern aber eine Freude haben.
Christian Walter hat seinen Spatzen ausgefüttert.
Die Rückreise geschieht bei Tage, diesmal von Mellrichstadt aus. Ein Pferdefuhrwerk wird sie an die Bahnstation bringen. Man hat sich umarmt und geküßt und liebe Worte gesagt, Amande und Gudel sind wieder ins Haus gegangen, nur Christian ist am Tor stehengeblieben und winkt seiner Letta nach, bis der Wagen um die Ecke biegt. Von weitem sieht er aus wie ein alter Mann, denkt sie. Das liegt

an seinem krummen Rücken. Wenn man vor ihm steht, merkt man davon nichts, denn er hat ganz junge Augen.
Sie fahren auf Weimarschmieden zu. Dieses Nachbardorf gehört nicht mehr zu Thüringen, sondern schon zu Bayern. Es ist früh am Morgen, noch nicht sieben Uhr, über den Wiesen lagern feuchtkalte Nebelschleier. Am Wäldchen drüben, beim Kriegerdenkmal, hat sie an einem Regentag mit Amande Himbeeren gepflückt. Ein letzter Blick auf Wohlmuthausen, auf den basaltenen Kirchturm, auf die roten Ziegeldächer, die zwischen den Obstbäumen gerade noch sichtbar sind, bemoost und verwittert. Zur Rechten erscheint ein Stück des Hutbergs, taucht auf und verschwindet gleich wieder hinter dem Wald.
Die Mädchen im Wagen singen: «Hohe Tannen weisen die Sterne», auch Frau Meerkamp stimmt ein. Sing doch mit, Letta! – Sie tut so und macht den Mund auf, in Wahrheit bringt sie keinen Ton heraus. Dabei freut sie sich auf zu Hause, wie denn anders? Nicht auf Hochheide, nicht auf die scheußliche Straße, in der sie wohnen, schon gar nicht auf das finstere, stinkende Haus. Aber auf Mutter und Vati und Hanni und die ganze übrige Familie, ohne die sie nicht leben möchte. So ist sie hin- und hergerissen und sich zugleich dieses Zustands bewußt, in einer Hellsichtigkeit, die sie wie ein Rausch überkommt. Freude und Traurigkeit in einem Pott, wie Schlatenbrei durcheinander gerührt, merkwürdig ist es schon. »Gemischte Gefühle« hat das mal jemand in einem Buch genannt, darunter konnte sie sich seinerzeit nichts vorstellen. Nun kennt sie es.
Am heimatlichen Bahnhof wird sie von Eltern und Schwesterchen abgeholt. Die stehen an der Sperre, wie es ausgemacht war, damit man in der Dunkelheit nicht aneinander vorbeiläuft, und doch muß Letta sie zweimal antippen, ehe sie von ihnen erkannt wird. Kind, wie siehst du bloß aus! ruft Mutter, und das bezieht sich zunächst einmal auf die zotteligen Haare, die ihr beinahe bis auf die Schulter fallen, denn einen Friseur hat Letta in Wohlmuthausen nicht auf-

gesucht. Danach wird gleich das Gesicht beurteilt. Sie ist rund wie ein Mops, sagt Vati, wieviel hast du denn zugenommen? – Sieben Kilo, schreit Letta ihm ins Ohr, das sind vierzehn Pfund. – Ja, danke, soweit kann ich noch rechnen. Mutter schließt sie heftig in die Arme. Wie können wir den Leuten das nur gutmachen?

Lettas dicke Nase glüht, wie immer, wenn sie aufgeregt ist. Als die Nasen im Himmel verteilt wurden, habe Letta zweimal »hier!« gerufen, hat der Opa mal behauptet. Diese spezielle Form von Habgier möge er ruhig auf sich selbst beziehen, hat Vati ihm damals entgegengehalten. Den Lötkolben hat sie ja wohl von dir. – Nun ist Lettas Gesicht so gut gepolstert, daß Opa Gottliebs Nase darin kaum noch auffällt.

Bevor sie sich in Marsch setzen, wird der kleine Lepamuck abgeknutscht. Für dich hab ich süßen Mohnkuchen mitgebracht, den hat die Amande gebacken. So was Leckeres hast du noch nicht gegessen.

Und Hanni tut den Mund auf und leistet sich einen vollständigen Satz: Ich bin schon ein paar Tage bei Tante Lene in 'n Tinderdarten.

Kommt jetzt, sagt Mutter, sonst fährt uns die Straßenbahn davon. Vati geht voraus, in einer Hand den Koffer, in der anderen den Karton mit den Äpfeln. An der Haltestelle erfährt Letta, daß sie nächsten Sonntag bei Oma und Opa eingeladen sind. Oma will Rindfleischsuppe kochen, mit selbstgemachten Nudeln.

Alles ist vertraut und zugleich auf erregende Weise neu. Zu Hause ist es nicht schön, nein, aber gut. Diese Liebe von allen Seiten!

9

Was man so Alltag nennt.
Wenn das dünne Licht des Septembermorgens durch das Dachfenster auf Lettas Bett fällt, möchte sie am liebsten unter die Decke kriechen und nie mehr aufstehen. Liegenbleiben und träumen. Da hat sie aber die Rechnung ohne den Wirt gemacht. Der Wirt kommt hereingefegt, reißt ihr das warme Oberbett weg, gibt ihr einen Klaps auf den Po und sagt: Tu bloß nicht, als hättest du den Wecker nicht gehört. Von dem wird ein Toter wach.
In dem Mädchenbuch, das Letta gerade liest, beklagt sich jemand über das Einerlei des Alltags. Über die Eintönigkeit, die Gleichförmigkeit. Das kann sie nicht nachempfinden. Sie hätte die vor ihr liegenden Tage gern regelmäßiger, überschaubarer. Ihre Angst vor dem Alltag besteht gerade darin, daß sie nie weiß, was auf sie zukommt. Was die Angenfoort heute an ihr auszusetzen hat. Ob die Nazis und die Kommunisten an der Straßenecke wieder Krawall machen, in den man so leicht hineingerät. Ob Vati bei seiner Schwarzarbeit erwischt wird. Ob der Kaufmann in Homberg neuerdings auf Barzahlung besteht, wie er angedroht hat. Und: ist die Mutter wieder so nervös wie gestern?
Manchmal hat sie schon Grund dazu, weil Letta sich in letzter Zeit sehr oft verklüngelt. Dann setzt es Backpfeifen. Das Kind kann die Gedanken einfach nicht zusammenhalten, klagt sie.
Tante Wilma ist zu Besuch gekommen und kühlt mit der breiten Klinge des Brotmessers die Beule an Lettas Stirn.
Ich bitte dich, Wilma: muß ein Mädchen von fast zehn Jahren noch gegen Briefkästen und Hausecken anrennen? Wozu hat sie Augen im Kopf?
Ich würde sie aber nicht noch schlagen, wenn sie sich verletzt hat, meint Tante Wilma. Durch die Beule ist sie

genug gestraft. Sie hat es ja nicht aus böser Absicht getan. Meinen Heinz hab ich nur verhauen, wenn er frech war.
Ja, mit der weichen Seite vom Handfeger, höhnt Lisa. Laß mich nur machen, ich weiß, warum ich so streng bin. Ich hab mit Letta meine Pläne. Wenn ich mir ein Prinzeßchen heranziehe, kommen wir überhaupt nicht aus dem Schlamassel heraus.
Ach, Quatsch, Prinzeßchen, sagt Tante Wilma und küßt Letta einmal rasch auf die Stirn. Ein Glück, daß du wenigstens mit Hanni nicht so ehrgeizig bist. Oder kommt das am Ende noch?
Lisa schüttelt den Kopf. Unsere Hanni ist ein Dummchen. Seit drei Wochen im Kindergarten – denkst du, sie kann ein einziges Lied? Wenn ich sie danach frage, lächelt sie mich bloß an. Dabei geht sie gern dorthin, ich würde sie auch nicht zwingen. Eine zweite Letta ist sie nicht, hat Schwester Lene mir gestern noch gesagt. Spielt alle Spiele mit, macht aber den Mund nicht auf.
Letta überlegt, ob sie verraten soll, was sie weiß. Daß nämlich Hanni, die morgens sehr früh aufwacht, in ihrem Bettchen leise alle Lieder vor sich hinsingt, die sie bei Tante Lene gelernt hat, mit sämtlichen Strophen und in einwandfreier Melodie. Nein, sie wird das nicht preisgeben. Wenn es drauf ankommt, kann auch Letta einmal schweigen, obgleich sie gern ihr Herz auf der Zunge trägt. Tante Wilma hat recht: es ist ein Glück, daß Mutter mit Hanni keinen Ehrgeiz hat. Ein Glück für Hanni.
Im Anschluß an ihre Hausaufgaben, die sie sehr sorgfältig anfertigt, legt Letta sich ein loses Blatt ins Heft und schreibt einen Brief nach Wohlmuthausen, in Sütterlinbuchstaben mit spitzer Redisfeder. Jeder Satz klingt wie ein Seufzer. Sehnsucht, Erinnerung, Heimweh und Reue. Wenn ich irgendwann noch mal zu Euch kommen darf, gehe ich jedesmal mit aufs Feld. Dann werde ich mich nicht mehr vor der Arbeit drücken.
Jetzt, aus der Ferne, findet sie den Mut, sich für ihre

Faulheit zu entschuldigen. Diesen Brief schickt sie sogar ab. Nicht alle erreichen den Adressaten, denn meistens fehlt ihr die Zwölfpfennigmarke.
Vor jedem Einkauf schreibt sie einen Zettel. Mutter hat nichts dagegen, aber einmal, als es sich nur um drei Teile handelt, erhebt sie Einspruch. Bist du eigentlich eine Hilfsschülerin?
Besser ist besser, zitiert Letta ihre spruchfreudige Mutter und faltet den Zettel zusammen. Der Weg nach Homberg ist weit, nun kann sie ihren Gedanken nachhängen und muß nicht immerzu memorieren: Ein Pfund Pannhas, ein Päckchen Kathreiners Malzkaffee, drei Stücke Sunlichtseife. Neuerdings geht sie den Weg gern, obwohl er größtenteils an einer dreckigen Fabrikmauer entlangführt, die mit Wahlparolen vollgeschmiert ist. Über dieser Gegend hängt meist eine rötliche Wolke, die sich in der Nähe der Zechenbahn verdichtet und einem das Atmen schwermacht. Sie denkt an das Abendrot über der Geba, und wenn hinter der Mauer die Güterwagen mit ihren Puffern aneinanderklirren, füllt sich ihr Ohr mit den Klängen, die Christian beim Dengeln seiner Sensen hervorbringt. Die Kluft zwischen Realität und Traum ist so groß, daß sie nur mit äußerster Anstrengung überwunden werden kann. Es sind seltene, lichtvolle Augenblicke, in denen ihr dies restlos gelingt, ohne daß ihr ein Laternenpfahl oder Telegraphenmast entgegensteht. Für den Rückweg hat sich ihr Schönheitssinn einen Raum erobert, von dessen Existenz sie erst unlängst erfuhr. Sie hat inmitten dieser qualmverseuchten Steinwüste ein Paradies entdeckt.
Die katholische Kirche in Hochheide ist noch neu. Sie wurde erst nach dem Krieg gebaut, als sich die Zahl der Katholiken in der Umgebung durch den Zuzug von Bergarbeitern aus Oberschlesien erhöhte. Letta kam einmal dort vorbei, sah die Tür einladend offenstehen und trat kurzerhand ein. In einer Nische links vom Eingang brannten Kerzen vor einem Heiligenbild, mindestens zehn Stück, es

war wunderbar feierlich. Sie bekam nun doch Bedenken wegen ihres Eindringens und fragte deshalb den Mann in dem langen schwarzen Talar, ob sie sich her ein bißchen aufhalten dürfe.
Der Mann breitete gerade auf einem Tisch ein paar Hefte aus und lächelte über ihre Frage. Du bist protestantisch, nicht wahr?
Sie nickte. Ja, ich bin evangelisch. Da hab ich hier wohl nichts zu suchen, oder?
Dies ist Gottes Haus, mein Kind. Und Gottes Haus steht allen offen, die ihn suchen.
Seit dem Tag kehrt sie regelmäßig hier ein, nach jedem Einkauf. Mutter dürfte es nicht wissen, und erst Oma Ruhrort, wie die sich immer anstellt wegen der Katholiken! Ob sie wohl jemals in einer katholischen Kirche war und weiß, mit wieviel Liebe diese Leute ihr Gotteshaus schmücken? Es ist nicht anzunehmen. Warum, so fragt sich Letta, indem sie andächtig auf den Altar mit seinen goldglänzenden Geräten blickt, warum kommt bei uns keiner auf die Idee, die Kirchen auszuschmücken? Die meisten Leute hier sind Arbeiter und haben zu Hause bloß eine muffige Wohnung, so klein, daß man sie nicht immer in Ordnung halten kann – die hätten dann wenigstens am Sonntag mal was Schönes vor Augen. Und warum sind die evangelischen Kirchen nicht auch den ganzen Tag für jedermann geöffnet? Daß man einfach eintreten und in aller Stille beten kann, wenn einem danach ist? Die Katholiken scheinen nicht zu befürchten, daß jemand etwas von ihren Kostbarkeiten stiehlt, und bei uns sind sie so kleinlich. Eine Stunde Gottesdienst – rumms! hat der Küster die Tür wieder abgeschlossen. Dabei haben sie als einzigen Schmuck nur die Schilder mit den auswechselbaren Nummern der Gesangbuchverse an den Wänden hängen, und wer klaut schon ein Nummernschild?
Möchte sie katholisch sein? Eigentlich nicht. Mit den vielen Heiligen könnte sie sich nicht anfreunden. Herr Habicht

hat es ihnen im Kindergottesdienst eingeschärft, daß sie als Evangelische nur den Herrn Jesus zum Fürsprecher haben, Ihn, der da gesagt hat: Niemand kommt zum Vater denn durch Mich. – Das hat sie begriffen. Deshalb brauchten aber die Kirchen nicht so kahl und kalt zu sein.
Sie sitzt in der ersten Bank, das Einkaufsnetz zwischen den Füßen, die Hände im Schoß gefaltet. Bitte, lieber Gott, richte es ein, daß ich bald wieder nach Wohlmuthausen fahren kann. Daß mir irgend jemand das Fahrgeld schenkt, ein guter Geist, eine gütige Fee. Im Winter, hat Amande gesagt, wenn unsere Tannen dicke Schneepelze tragen und dann die Sonne drauf scheint, da müßtest du hiersein, Letta. Aber Winter oder Sommer – nur wieder einmal hinkommen möchte ich.
Der Pater, der sich öfter an dem Tisch neben der Tür zu schaffen macht, drückt ihr heute ein Heftchen in die Hand, als sie die Kirche verläßt. Sie murmelt einen Dank und stopft es in die Jackentasche. In den Anlagen am Hochheider Markt steht ein Abfallkorb, dort wirft sie es ungelesen hinein. Der wollte mich bekehren, aber so dumm bin ich nicht. Alle wollen sie einen zu irgendwas bekehren, besonders die politischen Parteien, von denen es so viele gibt, an jeder Straßenecke verteilen sie ihre gedruckten Parolen. Fall nicht drauf rein, hat Vati gewarnt.
Wo bist du bloß so lange gewesen? schimpft Mutter.
Letta setzt das Netz auf den Tisch. Der Laden war gerappelt voll, lügt sie.
Erzähl mir nichts. Am Samstag ja, aber nicht mitten in der Woche. Du wirst unterwegs getrödelt haben, wie immer.
Im Ausgleich dazu gibt Letta ihr kurz darauf wieder Grund zu Lob und Freude. Fräulein Meier hat Mutter zu sich in die Schule bestellt und ihr eröffnet, daß sie Letta nächstes Jahr unbedingt aufs Gymnasium schicken müssen. Es ist gar keine Frage, daß sie eine Freistelle bekommen wird. Letta hat den obligaten Aufsatz »Mein schönstes Ferienerlebnis« in Verse gefaßt, ist mit der Deutschstunde nicht

ausgekommen und hat sich noch die anschließende Rechenstunde erbeten, und das Ergebnis kann sich hören und sehen lassen. Fräulein Meier gibt Lisa das Aufsatzheft mit nach Hause, denn sie möchte es ihrem Mann zeigen.

Ich weiß, wie schwer Sie es haben, Frau Reichmann, mit dem bißchen Krisenunterstützung. Aber das Blatt wird sich bald wenden, dann kommt Ihr Mann auch wieder in Arbeit und Brot. Haben Sie den Völkischen Beobachter am Montag gelesen? Die letzte Rede von Doktor Goebbels übertrifft alles bisher Dagewesene, meine Partei steht dicht vor dem Ziel. Alle, die jetzt noch zweifeln und abseits stehen, werden sich bald davon überzeugen, wie gut der Führer es mit uns meint.

Ja, sicher, sagt Lisa und steckt das Heft in ihre alte, verschlissene Handtasche. Sie ist eine Nazisse, die Meier – wer hätte das gedacht? Kann man dem Rudi gar nicht erzählen. Der ist dann gleich voreingenommen gegen diese Frau, die sich so nett um Lettas Zukunft kümmert. Daß sie das Kind aufs Gymnasium schicken, ist bei Lisa längst beschlossene Sache, wenn ihr auch noch unklar bleibt, wie sie es wirtschaftlich durchstehen sollen. Man müßte eben mehr Gottvertrauen haben.

Lettas Gedicht nötigt auch ihrem kritischen Vater Achtung ab, und Lisa platzt beinahe vor Stolz. Wie sich am Ende immer alles reimt, nich? Klingt fast wie bei Schiller.

Na, Schiller, sagt Vati. Hast du's nicht ein bißchen kleiner?

»Wohlmuthausen in der Rhön,
lieblich bist du, sanft und schön.
Blaue Berge, grüne Auen,
immer möcht ich auf euch schauen.«

So geht es sechs Seiten lang, es ist schon eine Leistung. Und weil sie diese Begabung nun an den Tag gelegt hat – ein Gottesgeschenk, sagt Lisa –, wird Letta in der Folgezeit zum Dichten verdonnert, Woche für Woche. Das hat sie sich eingebrockt. Kaum sind die Schulaufgaben fertig, legt Mutter ihr eine neugekaufte Kladde hin, für die Reinschrift.

Denn zunächst einmal wird alles auf eine lose Heftseite entworfen und manches noch durchgestrichen und korrigiert. Auch einem genialen Menschen gelingen ja nicht alle Reime auf Anhieb. Mutter weiß, was sie tut. Talent haben genügt nicht, Letta, man muß sich ständig darin üben, sonst verkümmert es.
Mir fällt nichts mehr ein – heult Letta und legt das Gesicht auf die verschränkten Arme. Worüber soll ich denn noch schreiben?
Lisa überlegt. Worüber schreiben die Dichter? Über die Jahreszeiten zum Beispiel, die geben immer was her. Wie sich die Natur da verändert. Frühling, Sommer, Herbst und Winter. Fang mit dem Frühling an!
Draußen wallt Nebel hinter den Fenstern, es ist ein niederrheinischer Novembertag mit Nieselregen, und Letta schreibt über den Frühling.

»Alles, alles ist erwachet,
auch das Jagdhorn wieder schallt.
Und des Jägers Büchse krachet
durch den frischen, grünen Wald.«

Lisa ist entzückt. Der belesene Rudi überfliegt den Unsinn, sagt aber nichts. Das Kind hat nie eine Jagd erlebt und kann nicht wissen, daß sie im Herbst stattfindet, und Lisa ist eine Asphaltpflanze aus Ruhrort. Wenn er den Irrtum aufklärt, wird Letta das Gedicht neu abfassen müssen, und das will er ihr nicht antun. Sie hat ja kaum noch Zeit zum Spielen.
Aber Letta ist inzwischen darauf gekommen, wie sie sich die neuen Aufgaben erleichtert. Mutter ist immer leicht zufrieden mit allem, findet auch das Mißlungene gut, merkt gar nicht, wie oft sich Reimpaare wiederholen. Wenn es Letta zuviel wird, schludert sie einfach. Doch hat sie dabei ein schlechtes Gewissen, denn genau genommen ist es Betrug. Das lange Gedicht über Wohlmuthausen hatte sie in der Schule mit Begeisterung hingeschrieben, sie hätte am liebsten noch eine dritte Stunde zur Verfügung gehabt

und auch bekommen, wäre da nicht Turnen bei der Angenfoort gewesen. Nun ist der Spaß dahin, nun ist es nur noch Pflicht.
Am 6. November sind wieder Reichstagswahlen, vor Opas Radioapparat hören sie sich am Abend die Resultate an. Onkel Peter und Vati atmen auf. Die Nazis sind zwar die stärkste Partei, mußten aber Verluste hinnehmen, das erstemal nach langer Zeit. Bei der Vielzahl von Parteien besteht immer noch die Möglichkeit für eine demokratische Koalition, sagt Rudi Reichmann, und sein Bruder setzt hinzu: Wenn die Vernunft die Oberhand behält. Wenn sich der Alte nicht beschwatzen läßt. Er ist ja nicht gerade ein Kirchenlicht, aber den Schicklgruber kann er nicht leiden, darin hat er doch den richtigen Instinkt.
Mit dem Alten meinen sie den Reichspräsidenten Hindenburg und mit Schicklgruber den Adolf Hitler, so haben sie es Letta erklärt. Lisa findet solche Reden respektlos. Hindenburg, sagt sie versonnen, mit einem verklärenden Blick in ihre Kindheit. Der Sieger von Tannenberg.
Oma Meta legt einen Brief mit fremdem Poststempel auf den Tisch. Von Willi, aus Nowosibirsk. Er hat geheiratet, eine Deutsche. Sie heißt Trudi und stammt aus Dortmund. Daß der Junge überhaupt nichts darüber schreibt, ob es ihm in Sibirien gefällt oder nicht, das wüßte man doch gern. Kein Wort.
Vielleicht hat er sich noch nicht ganz eingelebt, vermutet Lisa. Die anderen schweigen und lassen den Brief die Runde machen, auch Letta darf ihn lesen.
Weil Mutter mit Lettas Gedichten überall strunzt, spricht sich ihr Talent im Bekanntenkreis herum. Zu Weihnachten kommt es zu einem regelrechten Auftrag. Der Invalidenverein veranstaltet eine Adventfeier im Saal bei Grünewald – ob Letta nicht ein Begrüßungsgedicht machen und es dann selbst vortragen möchte? Fünf Mark aus der Vereinskasse will man ihr dafür geben.
Soviel Geld kann man nicht ausschlagen. Letta schustert

das Gedicht zusammen, bringt es dem Vereinsvorstand, darf es am zweiten Advent auf der Bühne der Gastwirtschaft Grünewald deklamieren. Sie erhält großen Beifall und übergibt Mutter ihr Honorar. Mein erstes selbstverdientes Geld, sagt sie stolz. Und Lisa entgegnet mit unüberhörbarer Mahnung: Sei dankbar, Kind! Für dieses Geld müßte Vati viele Stunden Haare schneiden, und dir fällt das einfach so zu, ohne jede Mühe. Werd jetzt bloß nicht übermütig. Die beiden letzten Zeilen in Lettas Gedicht lauteten:
«Von unserem Ruf soll das Haus erbeben, hoch sollen die Invaliden leben!»
Nachträglich fällt ihr ein, daß sie vergessen hat, Vati zu fragen, was Invaliden sind. Sie hatte das Wort für die Bezeichnung einer Berufsgruppe gehalten. Rudi erklärt es ihr unter Lachen und Kopfschütteln. Hast du es wirklich nicht gewußt, Letta?
Wenn sie in Zukunft bei der Wirtschaft Grünewald vorbeikommen, bricht Vati jedesmal in den Jubelruf aus: Hoch sollen die Invaliden leben! – Er ist der einzige, der Lettas Gedichte nicht ernst nimmt, und im tiefsten empfindet sie selbst, wie recht er damit hat.
Beim Städtischen Gesundheitsamt, wo sie sich zu einer Nachuntersuchung einfinden muß, ist man mit dem Zustand ihrer Lunge zufrieden. Keine Geräusche mehr. Endlich hat sie das Normalgewicht ihrer Altersgruppe erreicht, das soll sie jetzt auch halten, verlangt der Amtsarzt. Letta verspricht, sich Mühe zu geben.
Sie ißt mit gutem Appetit, sogar »Klätschbrot« mit Rübenkraut, am liebsten natürlich das knusprige Brötchen von Herrn Albrecht. Manchmal gibt es bei der Schulspeisung Puddingsuppe mit Rosinen, dann läßt sie sich den Henkelmann bis zum Rand füllen und trägt ihn vorsichtig nach Hause, weil Hanni diese Suppe so gern mag.
Kurz vor Weihnachten trennt sich Letta von der Hornpuppe, die sie mal von Oma Meta bekommen hatte, auch von

dem alten Puppenwagen mit dem Voilebehang. Ich spiele ja kaum noch damit, und Hanni hat ihr eigenes Püppchen. – Die Sachen werden gut verpackt und als Bahnfracht nach Wohlmuthausen geschickt. Gudel hatte in einem Brief durchblicken lassen, daß sie bald heiraten wird und sich für ihre Kinder später keine teuren Spielsachen leisten kann. Nun sind die Reichmanns in der Lage, sich erkenntlich zu zeigen für die guten Gaben aus der Rhön, für Obst, Butter, Kochkäse und Honig.

Schenkt was Nützliches! hat Lisa ihre Verwandtschaft gebeten, als Heiligabend herankam. Es fehlt bei uns ja an allen Ecken und Enden. So liegen denn unterm Weihnachtsbaum neben den Papptellern mit Plätzchen und Nüssen hauptsächlich Strümpfe, Hemdhöschen, Leibchen, Handschuhe und Taschentücher. Kurz vorher war Lisa noch einmal mit Hanni in Süchteln gewesen, wo ihr neues orthopädisches Schuhwerk angepaßt wurde. Die Kosten trugen auch diesmal Hanne und Lutz als Weihnachtsgeschenk für ihr Patenkind.

Nur Rudi fällt aus der Rolle, dieser Verschwender! Er hat montelang von seinem schwarz verdienten Geld etwas zurückbehalten, um seiner Lisa eine Überraschung zu bereiten, und die gelingt ihm in der Tat. Eine Handtasche, eine ziemlich große, mit glänzender Messingschnalle. Das Dessin ist Krokodilleder, auf Wachstuch nachgeahmt, aber was macht das schon? Lisa hängt sich das Prachtstück an den Arm, spaziert damit vor den Kleiderschrankspiegel, nickt ihrem Bild wohlgefällig zu und sagt in gebotener Lautstärke: So etwas Schickes hab ich noch nie gehabt. Wie einen das gleich hebt, nich? Sieht wie echt aus. Es kommt eben immer drauf an, wer's trägt.

Der letzte Satz ist einer von den Sprüchen, die Rudi an seiner Frau besonders liebt. Mitte Januar muß Letta am Mädchengymnasium ihre Aufnahmeprüfung machen. Tante Erna hat ihr für diesen wichtigen Tag ein Kleid genäht, Schottenkaro, den Rock in lauter Quetschfalten gelegt. Setz dich nicht drauf,

sagt Mutter, nimm beim Hinsetzen das Kleid hinten etwas hoch. Man bügelt sich ja lahm.
Von Vati wurde ihr eine neue Frisur verpaßt, das Haar im Nacken nicht mehr ausrasiert wie vorher, sondern stufenförmig geschnitten, damit es am Hinterkopf mehr Fülle bekommt. Daß die Schülerin, die da zur Prüfung antritt, auf ein Stipendium angewiesen ist, braucht niemand zu merken.
Sie ist sehr aufgeregt, und es tröstet sie nicht, daß die anderen es auch sind. Bevor es losgeht, tritt die Direktorin ins Klassenzimmer und hält eine kurze Ansprache. Eine große, korpulente Frau, strenger Mittelscheitel und Knoten, hinter dicken Brillengläsern wirken ihre Augen wie die einer Eule. Daß sie sich nicht fürchten müßten, sagt sie. Besteht überhaupt kein Grund dazu. – Was hier von euch verlangt wird, können alle Kinder eures Alters mit gesundem Menschenverstand leisten.
Von dieser energischen Frau geht etwas Vertrauenerweckendes aus, und Letta fühlt, wie sie sich entspannt, weil ihre Angst verschwindet. Sie bezweifelt keinen Moment, daß sie über einen gesunden Menschenverstand verfügt, und es ist dies ja das mindeste, was die hier von einer Schülerin verlangen können. Mit Rechnen fangen sie an, das tut sie nicht so gern, aber sie erkennt mit einem Blick, daß ihr die Aufgabenstellung geläufig ist. Fräulein Meier hat gut vorgearbeitet. Das Diktat ist nicht der Rede wert. Beim Aufsatz überlegt sie kurz, ob sie ihn in Verse fassen soll, und steht dann davon ab. Es könnte ihr als Angeberei ausgelegt werden.
Fünf von den zweiundzwanzig Mädchen werden am Ende vom Mündlichen befreit und dürfen nach Hause gehen, darunter auch Letta. Hinter dem Eisengitter, das den Schulhof umzäunt, steht jemand und wartet auf sie. Kaum zu glauben, daß es nicht Mutter, sondern Vati ist, im alten schwarzen Paletot mit dem abgewetzten Samtkragen. Er sieht schon an Lettas leuchtenden Augen, daß kein Grund zur

Sorge besteht, und nimmt sie bei der Hand. Das ist ein großer Tag, Kind, der muß gefeiert werden. Ich lade dich ein ins Café.
Hast du in der Lotterie gewonnen? fragt Letta und ist wie betäubt vor Freude.
Nein, Letta, ich nicht. Du bist es, die heute gewonnen hat, in der Lotterie des Lebens.
Eine kleine Konditorei, das Schaufenster bis zur Hälfte mit einer Spitzengardine verdeckt, die an Ringen über eine Messingstange läuft. Durch die obere Hälfte kann man auf die Straße sehen. Nasser Schnee fällt in dicken Flocken und zerschmilzt auf dem Pflaster, nur auf den Schirmen der vorbeihastenden Leute bleibt er ein bißchen liegen.
Die beiden sitzen an einem runden Tischchen auf wackligen Stühlen, und Letta faßt einmal kurz nach hinten, ob sie den Rock auch angehoben hat, wegen der Quetschfalten. Eine Frau stellt ein Tablett ab, Kaffee für Vati, Kakao und ein Stück Sahnetorte für Letta. Sie ißt es schweigend, weil es nicht möglich ist, mit Vati ein Gespräch in der Öffentlichkeit zu führen. Es ist ihm immer so genierlich, wenn man ihn anbrüllt. Eine Elektrische fährt vorbei mit einer Sarotti-Reklame so eine steht auch hier im Laden auf der Theke: der kleine Mohr mit Turban und Ohrringen, eine Pralinenschachtel in den Händen.
Drüben an der Ecke, sagt Vati leise und bewegt den Kopf in die gemeinte Richtung, da haben wir früher unser Geschäft gehabt, erinnerst du dich? Noch keine drei Jahre ist das her. Obwohl es mir wie eine Ewigkeit vorkommt.
Letta hätte ihm gern geantwortet, daß sie ihm später ein neues Geschäft einrichten wird, wenn sie die höhere Schule hinter sich hat und dann soviel Geld verdient, daß sie sich nicht mehr krummlegen müssen. Aber um ihm diesen Sachverhalt darzulegen, brauchte sie mehrere Sätze, die könnte er ihr nicht von den Lippen ablesen, und fremde Leute geht das nichts an.
Für die Straßenbahn haben sie kein Geld mehr, sie gehen zu Fuß nach Hause.

Am 30. Januar geschieht, was man später als »Machtergreifung« bezeichnen wird. Hindenburg hat Hitler zum Reichskanzler ernannt. Der heißt gar nicht Schicklgruber, sagt Letta und trägt eine Anstecknadel mit einem Hakenkreuz, die Fräulein Meier an die Kinder ihrer Klasse verteilt hat.

Im Februar brennt der Reichstag, und der greise Präsident verabschiedet die Notverordnung »Zum Schutze von Volk und Staat«. Im März folgen »Der Tag von Potsdam« und das »Ermächtigungsgesetz«. Das deutsche Volk legt vertrauensvoll sein Geschick in die Hände des Schicklgruber, der gar nicht so heißt. Letta läßt sich von ihrer Lehrerin für Adolf Hitler begeistern und macht aus freien Stücken ein Gedicht auf ihn. In der Klasse, vor dem Pult, darf sie es vortragen.

»Drum schwören wir immer aufs neue
Dir, Führer, die ewige Treue.
Wir wollen fest zusammenstehn,
Das Deutsche Reich darf nicht untergehn.«

In dieser Art. Bei Fräulein Meier hat sie daraufhin einen weiteren Stein im Brett, aber sie hat es nicht deshalb getan. Sie ist ehrlich ergriffen von der nationalen Wende, soweit sie sich überhaupt etwas darunter vorstellen kann.

Kein Wort mehr über Politik! verlangt Lisa von Mann, Schwager und Schwiegervater. Ihr habt den Hitler nicht verhindern können mit eurer SPD und eurem Reichsbanner, jetzt bringt wenigstens eure Familien nicht ins Unglück. Wir alle müssen nun kleinere Brötchen backen. Maul aufreißen und den dicken Wilhelm markieren hilft da nichts mehr. Drei Männer aus unserer Nachbarschaft haben sie abgeholt und vorher natürlich zusammengeschlagen, diese Rowdies von der SA. Die kämen ins Konzertlager, hat mir einer von den Braunen erzählt. Konzertlager, nicht Konzentrationslager! Ich hab mich rasch verdünnisiert, daß ich nicht was Verbotenes darauf sag. Denn wenn ich zum Kochen komm, verlier ich gleich die Beherrschung – fragt Letta, die kann ein Lied davon singen. Dabei waren die

Männer, die man weggeschleppt hat, nich mal Kommunisten, ganz Unpolitische waren das. Der eine soll bloß die Hand zum Hitlergruß erhoben und dabei gesagt haben: So hoch liegt der Mist! Das hat genügt. Euer Humor ist nicht mehr gefragt, wie ihr seht.

Vor der Anhäufung weltgeschichtlicher Fehler, die er freilich nicht verhindern kann, ergreift Rudi Reichmann die Flucht und wirft sich aufs Schachspielen. Chacun à son goût. Peter Reichmann verteilt Flugblätter seiner verbotenen Partei, die in Holland gedruckt werden, und wird es später büßen müssen.

In der Kreisstadt ist Rudi einem Schachclub beigetreten, der sein Stammlokal in der Gastwirtschaft des katholischen Bahnhofs hat. Dieser kleine Bahnhof wird so genannt, weil dort in regelmäßigen Abständen die Wallfahrerzüge nach Kevelaer abfahren. Dann versammelt sich immer viel gläubiges Volk auf dem einzigen Bahnsteig und schwenkt die Papierfähnchen mit dem Gnadenbild: Meerstern, ich dich grüße!

Und im Vereinszimmer nebenan sitzt Rudi mit seinen neuen Clubfreunden und brütet über einer schwierigen Partie. Lisa ist sehr einverstanden mit seinem Steckenpferd und gönnt ihm die fünfzig Pfennig Monatsbeitrag, die er als Arbeitsloser zu zahlen hat. Ein Mann braucht doch auch mal 'ne Abwechslung. Wenn Letta in Opas Zeitung eine Notiz darüber findet, daß Vati letzten Sonntag seine Schachpartie gewonnen hat, schneidet sie die Nachricht aus. Mit vollem Namen steht er da: Rudolf Reichmann.

Sie geht jetzt ins Gymnasium und hat mit Erleichterung festgestellt, daß sie den Anforderungen gewachsen ist. Selbst Französisch ist nicht so schwer, wie sie gemeint hat. Ärgerlich ist nur, daß sie so lange braucht, bis sie an alle Bücher herankommt. Gleich zu Anfang wurde ihr gesagt, daß für die Kinder der »Minderbemittelten« eine Schülerbücherei vorhanden ist, die ein älterer Studienrat verwaltet. Der hat leider die Angewohnheit, die von ihm selbst festge-

legten Ausleihzeiten nicht einzuhalten, und so gerät Letta einigemale ins Hintertreffen. Wer zuerst kommt, mahlt zuerst, erhält sie zur Antwort, als sie sich beklagt und auf die Angaben draußen über der Tür verweist. Die Mitschülerin, die ihr das Französischbuch vor der Nase wegschnappte, hätte es gar nicht nötig gehabt, denn ihr Vater hat in Hochheide eine Bäckerei. Schließlich findet sich auch für Letta noch ein Lehrbuch, das arg zerfleddert ist und fast zur Hälfte aus losen Blättern besteht. Vati hat Klebstoff besorgt und hilft ihr beim Numerieren und Festkleben der Seiten. Zwei fehlen gänzlich, hoffentlich kriegt sie aus diesem Kapitel nicht mal eine Aufgabe gestellt.
Seit fünf Wochen besucht sie nun die Sexta der Mädchenschule, hat sich eingelebt, hat die ersten Klassenarbeiten mit »Gut« geschrieben und auch eine Freundin gewonnen. Die sitzt neben ihr in der Bank, heißt Felicitas und wird Fee gerufen. Ihr Vater ist ein höherer Zechenbeamter. In Französisch sagt Letta ihr manchmal vor.
Eines Morgens wird sie zur Direktorin beordert, mitten aus der Stunde heraus. Nanu, Reichmann, hast du was ausgefressen? fragt die Deutschlehrerin ungläubig und belustigt, und Letta schüttelt den Kopf. Nicht, daß ich wüßte. Aber genau weiß man so was nie.
Frau Direktor ist nervös, zerstreut und in Eile. Machen wir es kurz, sagt sie und trommelt mit den Fingern auf einem gelben Briefumschlag. Deine Freistelle wird dir erst zugesichert, wenn du dich ein halbes Jahr in unserer Schule bewährt hast. Tut mir leid, mein Kind, aber so sind die Gesetze. Du hast einen guten Anfang gemacht, wie mir gesagt wurde, du wirst es schaffen. Es ist ja nur für ein halbes Jahr, daß deine Eltern das Schulgeld bezahlen müssen. Sag es ihnen mit einem schönen Gruß von mir.
Ein Kopfnicken vom Schreibtisch her, und Letta kann gehen.
Sie wartet das Ende des Unterrichts an diesem Vormittag nicht ab, sie nimmt ihre Sachen und verläßt das Schulge-

bäude in der nächsten Pause. Als erstes sucht sie den Friedhof auf, den sie sonst meidet, weil sich an den einsamen Plätzen öfter unanständige Männer herumtreiben, Subjekte, wie Mutter sie nennt. Die sind ihr heute egal. Sie braucht die Stille und Einsamkeit, um mit dem Fehlschlag fertig zu werden. Ein halbes Jahr lang Schulgeld bezahlen – wie sich die Direktorin das denkt! Im Monat zwanzig Mark. Daß man die nicht hat, einfach nicht zur Verfügung hat, kann sich die Frau eben nicht vorstellen.

Letta sitzt auf einer Bank, die Hände um ihre Schultasche verkrampft, und starrt auf die Gräber. Was der Bescheid für ihre Zukunft bedeutet, ahnt sie allenfalls, aber das bedenkt sie in dieser Stunde nicht, dazu ist sie noch zu sehr ein Kind. Im Vordergrund steht die Schande. In die Volksschule zurück, nicht zu Fräulein Meier, sondern ins fünfte Schuljahr. Wie die anderen feixen werden: Ätsch, hast es also doch nicht geschafft. War dir wohl zu schwer, das Französische. Aber immer herumstrunzen mit deinen Gedichten.

Die Toten haben es gut. Am liebsten wäre ich tot, denkt sie und spricht es sogar halblaut vor sich hin. Die spüren nichts, die da unten in ihren Gräbern, denen kann gar nichts mehr passieren.

Es ist Ende Mai, und neben der Bank blüht eine Magnolie. Letta sieht zu dem Baum mit den pastellzarten Blütenkelchen hinauf und sagt: Schön. Du bist wunderschön. Nur nützt mir das nichts. Von dir kann ich mir kein Schulgeld herunterpflücken. Mutter wird in Tränen ausbrechen, wenn sie erfährt, was los ist.

Aber Lisa Reichmann bricht keineswegs in Tränen aus. Sie reicht Letta ihr Taschentuch und sagt: Hör auf mit Heulen. Noch ist nicht aller Tage Abend. Rühr den Grießbrei um und paß auf, daß er nicht klumpt. Ich hole Hanni auf dem Rückweg von der Verwahrschule ab. Erst geh ich zu Fräulein Meier – wenn es sein muß, in die Privatwohnung.

Fräulein Meier teilt Lisas Empörung. Das werden wir ja sehen, Frau Reichmann, ob dieses begabte Kind vom Gym-

nasium verwiesen wird. Ich steck mir mein Parteiabzeichen an und werde denen mal was erzählen. Das sind die alten Gesetze, wissen Sie, die Reste der bürgerlichen Klassengesellschaft, aber die hat jetzt ausgespielt, die Reaktion.
Die Reaktion? »Kam'raden, die Rotfront und Reaktion erschossen.« Letta wird Jahre brauchen, um diesen Satz aus der neuen Nationalhymne zu kapieren. Wer da wen erschossen hat, und um welche Reaktion es sich handelt. Fräulein Meier hatte mit dem Deutsch eines Horst Wessel keine Schwierigkeiten, ihr war das von Anfang an klar. Und um den Reaktionären eine Lektion zu erteilen, marschiert sie, das runde Abzeichen am Revers, noch am selben Tag in die Direktion des Mädchengymnasiums.
Es kommt zu einem Kompromiß, zu einer staatlichen Ausnahmegenehmigung für Letta. An der Bewährungsfrist von einem halben Jahr wird festgehalten, doch braucht in dieser Zeit kein Schulgeld bezahlt zu werden. Nur für den Fall, daß die Schülerin den Anforderungen der höheren Lehranstalt am Ende doch nicht genügen sollte – für diesen besonderen Fall würde ihnen die Summe nicht erlassen, da müßten die Eltern sie zurückerstatten. Einhundertzwanzig Mark. Der Staat kann sein Geld schließlich nicht zum Fenster hinauswerfen, so dicke hat er es auch nicht.
Lisa ist zufrieden, Rudi ist es nicht. Er sieht ganz erschrokken aus. Ich weiß nicht, Lisa, ob wir uns darauf einlassen dürfen. Wir können das Kind doch nicht mit dieser Hypothek belasten.
Was eine Hypothek ist, will Letta wissen.
Vati erklärt es ihr. Und da sieht man gleich wieder, was der für ein guter Lehrer geworden wäre, hätte das Schicksal es ihm vergönnt. Letta resümiert: Ich bin also jetzt euer Haus oder was Ähnliches, und auf mich habt ihr Schulden gemacht. Wenn ich gute Arbeiten in der Schule schreibe, sind die Schulden gelöscht.
Wenn aber nicht – sagt Rudi, und Letta fällt ihm ins Wort: Ich krieg das schon hin. Da werde ich schon für sorgen, daß

ihr die Hypothek nicht abzahlen müßt. Bloß Gedichte kann ich dann keine mehr machen, das wäre mir einfach zuviel. Den Wink hat Mutter verstanden. Von Gedichten wird Letta hinfort dispensiert. So haben schlimme Dinge unter Umständen auch ein bißchen was Gutes.
Es hat nicht den Anschein, daß Letta an der Hypothek, die man ihr aufgebürdet hat, besonders schwer trägt. Im großen und ganzen ist sie sich ihrer Fähigkeiten sicher. Ihre Lehrer sind nett zu ihr, sogar die Handarbeitslehrerin. Die hat nicht die entfernteste Ähnlichkeit mit Fräulein Angenfoort.
Zu Pfingsten findet auf dem Platz hinter dem Gemeindehaus der Freien Evangelischen wieder einmal die Scherpenberger Kirmes statt. Letta hat von Tante Gerda eine Mark bekommen und geht mit Hanni dorthin. Amüsiert euch gut, sagt Mutter, und das tun sie dann auch.
Zuerst besuchen sie das Panoptikum, für das Kinder unter sechs Jahren noch nicht bezahlen müssen. Durch kreisrunde Fensterchen sieht man jeweils ein grellbuntes, magisch erleuchtetes Bild, auf dem ein interessantes Ereignis dargestellt ist. Meist handelt es sich um ein grausiges Geschehen, das einem eine Gänsehaut verursacht. Untergang der Titanic, Brand des Wiener Opernhauses, Erdbeben von San Francisco, die stigmatisierte Therese von Konnersreuth. Aber auch eine Fahrt des Luftschiffes Zeppelin und die Landung des ersten Ozeanfliegers Charles Lindbergh in Paris. An die Wundmale der Konnersreuther Therese glaubt Letta nicht, Vati hat gesagt, es steckt bestimmt ein Schwindel dahinter. Auch Hanni kuckt kurz in eines der erleuchteten Bullaugen, findet es aber langweilig.
Wir gehen ins Kasperletheater, schlägt Letta vor.
Dort ist es zwar nicht langweilig, dafür bekommt Hanni es mit der Angst. Sie fürchtet sich vor dem Krokodil, das seinen weiten roten Rachen aufsperrt, um den Kasper zu verschlingen. Ich will raus, ruft sie und fängt an zu weinen. Letta nimmt sie auf den Schoß und flüstert ihr ins Ohr:

Keine Sorge, Hanni, der Kasper wird nie gefressen. Der kommt immer durch, egal, was passiert. – Aber Hanni ist nicht so fest davon überzeugt, deshalb verlassen sie das Zelt und warten das Ende der Vorstellung nicht ab.
Karussellfahren tut Hanni mit Wonne. Sie wird in eines der kleinen Autos gesetzt, und jedesmal, wenn sie nach einer Umdrehung die Stelle erreicht, wo sie Letta stehen sieht, drückt sie kräftig auf die Gummihupe. Nur wer Hanni genau kennt, merkt etwas von ihrem Wohlbefinden. Denn ihre Augen unter dem braunen Pony blicken ernst und gesammelt, und ihr Mund verzieht sich kein einziges Mal zu einem Lächeln. Ein Pokergesicht wie Buster Keaton, sagt Vati immer.
Aus dem Lautsprecher plärrt eine Stimme: Schlaf, mein Liebling, träum von lauter Rosen!
Dicht hinter Hanni sitzt Annegret Habicht auf einem Schwan und winkt herunter, als sie Letta entdeckt. Fahr doch mit! ruft sie, weil das Karussell gerade langsam ausläuft.
Ich bin pleite, sagt Letta. Ich hab von meinen letzten zwei Groschen den Luftballon gekauft.
Dann lade ich dich ein.
Kommt nicht in Frage.
Sei doch nicht komisch. Los, steig schon auf!
Letta steigt nicht auf, lieber ist sie komisch. Aber sie hat nichts dagegen, daß die Freundin für Hanni eine weitere Fahrt bezahlt. Annegret klettert auf ein Schaukelpferd, setzt das Kind vor sich auf den Sattel und hält es mit einem Arm umschlungen.
Schlaf, mein Liebling, Englein dich umkosen –
Hanni sieht wieder drein wie Buster Keaton, und das bedeutet, daß sie einverstanden ist, denn sonst hätte sie sich gewehrt.
Auf dem Heimweg trägt sie stolz den Luftballon, den Letta ihr ans Handgelenk gebunden hat. Es ist ein blutroter mit einem Hakenkreuz. Das Dritte Reich steckt noch in den

Anfängen, wenig später wird man solches Spielzeug als »nationalen Kitsch« verbieten.
Na, wie war's? fragt Mutter.
Ich hab mich prima ammesiert, versichert Hanni, und jetzt lächelt sie sogar.
In der Nacht hat Letta wilde Träume und schreit einmal laut auf. Mutter kommt an ihr Bett und spricht beruhigend auf sie ein. Alles ist gut, Kind, niemand will dir was tun. Ich laß die Tür zu unserem Schlafzimmer offen.
Hanni ist zum Glück nicht wach geworden.
Was Letta geträumt hat, will Mutter den nächsten Tag wissen. Auch Vati ist seltsamerweise an Lettas Traum interessiert. Ob sie sich daran noch erinnert?
O ja, ganz genau. Von dem Krokodil aus dem Kasperletheater hat sie geträumt. Das sei auf einmal riesengroß gewesen und habe sie verschlingen wollen.
Ach so. Bloß vom Kasperletheater. Nicht von der Schule?
Wieso von der Schule? fragt Letta. Von der Schule träume ich nie.
Im September steht fest, daß sie ihre Freistelle behalten kann. Du hast dich angestrengt, Kind, du darfst dir was wünschen.
Letta möchte eine Belohnung, die kein Geld kostet. In die Kükengruppe möchte sie eintreten, wie der Jungmädelbund der Hitlerjugend damals noch hieß. Beitrag braucht sie keinen zu zahlen, solange der Vater stempeln geht. Was denkt ihr, wer unsere Führerin ist? Das ratet ihr nicht: Fräulein Meier. Da seid ihr platt, was? Rudi will aufbegehren, aber Lisa erstickt seinen Protest im Keim. Das Kind hat es schwer genug in seinem Fortkommen, fehlte gerade noch, daß wir als Eltern ihm Knüppel zwischen die Beine werfen. Das ist nun einmal die neue Zeit, der Aufbruch der Nation. Tante Erna näht Letta ein braunes Kleid mit weißem Bubikragen, wie auch Anita eines hat. Die Mädel-Uniformen: blauer Rock, weiße Bluse, schwarzes Schaltuch mit Lederknoten sind noch nicht überall eingeführt, nur die

braunen Kletterwesten werden bereits über den Kleidern getragen. Jeden zweiten Sonntag führt Fräulein Meier ihre evangelischen Küken in die Kirche, denn sie ist eine Pfarrerstocher und hält auf gute Sitte. Daß die Parteileitung ausgerechnet ihr bald darauf diese Gepflogenheit als »bürgerlich und reaktionär« ankreidet, wird sie nur schwer verkraften.
Da ist mancher, dem die Augen um einiges zu spät aufgehen.
In Ruhrort sind sie der Glaubensbewegung »Deutsche Christen« beigetreten. Oma, Tante Erna, Onkel Karl, Tante Berta, Onkel Lutz und Tante Johanne. Sie sind deutsch, genauer gesagt: deutschnational, und Christen waren sie von jeher. – Nur Tante Wilma ist skeptisch und hält sich zurück.
Am 14. Oktober verläßt Deutschland die Abrüstungskonferenz und tritt aus dem Völkerbund aus. Dem Rudi wurde an diesem Tag ein Backenzahn gezogen, darum ist er doppelt unglücklich. Lisa hat ihm Kamillentee gekocht, damit er sich den Mund ausspülen kann, denn die Wunde im Unterkiefer blutet und schmerzt.
Stresemann! stöhnt er und spuckt in den Eimer. Was hat der Mann sich für eine Mühe gegeben, um Deutschland wieder mit den anderen Völkern zu versöhnen. Alles für die Katz. Ein Glück, daß er es wenigstens nicht mehr erleben muß.

10

Das Dritte Reich macht seine Ankündigung wahr und läßt die Arbeitsbeschaffung auf vollen Touren laufen. Im Zuge dieser Aktionen bekommt auch Rudolf Reichmann die grüne Karte ausgehändigt für eine vorübergehende Anstellung beim Deichbau in Orsoy. Sobald Frost auftritt, wird Schluß gemacht. Aber die niederrheinischen Winter sind mild, es ist mit vorzeitigem Frost kaum zu rechnen. Ein Fahrrad haben Sie? Ja, ein Fahrrad hat er. Zuerst sind sie voller Freude, er und seine Lisa. Sie überschlagen den Tarif: der Akkordlohn wird so viel betragen, daß er das Doppelte der bisherigen Unterstützung ausmacht. Das ist schon was.
In der Praxis allerdings erweist sich die Arbeitszuteilung als ein Danaergeschenk. Der Deichbau ruht nicht nur bei Frost, der vorläufig ausbleibt, er ruht auch bei Regenwetter, und der diesjährige November ist besonders regenreich. Ein halbwegs trockener Tag ist ein Glücksfall. Dann schwingt sich Rudi um fünf Uhr morgens aufs Rad, strampelt zwei Stunden über die Uferwege bis Orsoy, schippt acht Stunden den schweren Rheinkies in die Loren – dazwischen liegt nur eine kurze Essenspause – und ist gegen Abend wieder daheim, so abgekämpft, daß er sich am Treppengeländer hochziehen muß. Aber das sind, wie gesagt, die glücklichen Tage.
Wenn es regnet, braucht er gar nicht erst hinzufahren. Manchmal tut er es doch, in der Hoffnung, daß der Himmel aufklart, und dann kann er gleich wieder umkehren. Für den Ausfall gibt es keine Entschädigung. Keine Arbeit – kein Geld. Nach vierzehn Tagen hat er so wenig verdient, daß er mit seinem Lohn nicht einmal die Krisenunterstützung erreicht.
Mutter kommt jeden Abend an Lettas Bett und betet mit ihr um trockenes Wetter. Um vier Uhr früh, es ist noch stock-

finstere Nacht, hört Letta sie bereits in der Küche rumoren, hört sie ein paarmal das Fenster öffnen und schließen, da kuckt sie dann hinaus, ob es wieder regnet. Diesmal können sie nicht einmal die Kohlen für den Winter kaufen, der Opa gibt ihnen von seinem Deputat etwas ab. Letta fährt mittags nach der Schule hin, hilft ihm, den Handwagen vollzuschaufeln, und weil Opa gerade Urlaub hat, ziehen sie beide den vollen Wagen nach Hochheide. Sie ist inzwischen kräftig genug, daß sie es sich zumuten kann.
Kurz vor Weihnachten muß Vati sich operieren lassen. Es ist nur eine kleine Operation, sagt Mutter, nichts Ernsthaftes. Vati hat sich einen Bruch gehoben. Er liegt im Homberger Krankenhaus, gleich um die Ecke ist Lettas Gymnasium, da kann sie ihn im Anschluß an den Unterricht jeden Tag besuchen. In dem langgestreckten Saal auf der Männerstation stehen viele Betten, sie muß sich erst umsehen, bis sie ihn entdeckt. Ein bißchen blaß ist er noch, aber schon wieder ganz fröhlich. Hoch sollen die Invaliden leben! scherzt er, als Letta sich den Stuhl an sein Bett rückt.
Im Januar herrscht starker Frost, die Sandhügel des Rheindeichs sind hartgefroren, es gibt wieder Krisenunterstützung. Rudi ist Rekonvaleszent und hätte ohnehin noch nicht arbeiten dürfen. Wenn ich könnte, wie ich wollte, hat der Vertrauensarzt zu ihm gesagt, würde ich Ihnen eine Kur verschreiben. Leider darf ich das nicht. Darf ich nur bei Leuten mit festem Arbeitsplatz. Aber Sie haben eine gute Konstitution, Herr Reichmann, Sie werden schon hochkommen.
Ende Februar wird er gesund geschrieben, und weil gerade Tauwetter eingesetzt hat, muß er seine Arbeit in Orsoy wiederaufnehmen.
Der März ist regnerisch. Lisa rennt um vier Uhr früh durch die Wohnung, reißt das Küchenfenster auf, knallt es zu, reißt es erneut auf. Letta wälzt sich in ihrem Bett und schläft nicht mehr ein, ihre Zähne schlagen aufeinander, obwohl es eigentlich nicht kalt ist. In diesen grauen Morgenstun-

den kommt ihr zuweilen der Gedanke, ob es nicht besser wäre, überhaupt nicht auf der Welt zu sein. Nicht, daß sie sterben möchte, auf keinen Fall, sie fürchtet sich vor dem Tod. Sie hat in letzter Zeit wieder gelogen wie gedruckt, bei ihrem Sündenregister stünden ihr Hölle und Teufel bevor. Aber gar nicht erst geboren zu sein – das wäre einem Leben wie diesem bei weitem vorzuziehen. Sie denkt dies ohne Erbitterung oder Wehleidigkeit, ganz ruhig und sachlich, in derselben vernunftbetonten Verfassung, mit der sie an ihre Schulaufgaben herangeht. Tagsüber vergißt sie es.
Am Sonntag, in Ruhrort, macht Lisa ihrem Herzen Luft und bringt ihre Misere zur Sprache. Sie will andere ja nicht gern mit ihrem Kram behelligen, und Mama ist auch nicht gerade nobel dran mit ihrer kleinen Witwenrente, aber die muß damit wenigstens keine Familie durchbringen. Friederike Hüsken kann es erst nicht glauben. Sag bloß, ihr habt jetzt noch weniger als früher?
Ja, Mama. Diesen Monat liegen wir unter dem Wohlfahrtssatz.
Und dafür gibt es keine Entschädigung?
Nee, gibt es nicht. Und ablehnen darf er die Arbeit auch nicht, sonst streichen sie ihm die Unterstützung.
Da ist doch 'ne Lücke im Gesetz, vermutet Karl. Und Erna, von ihrer Nähmaschine aufsehend, erkundigt sich einmal kurz, ob die Gewerkschaft denn nicht dagegen einschreiten könnte? Rudi hat doch jahrelang die Beiträge treu gezahlt.
Gewerkschaft, äfft Lisa ihre Schwester nach. Mir scheint, du lebst auf dem Mond, Erna. Die Gewerkschaften sind seit dem Sommer verboten und aufgelöst. Was sie an die Stelle gesetzt haben, nennt sich Arbeitsfront, und das ist 'ne Versammlung von lauter Ja-Sagern. Beschweren dürfen sich höchstens die Bonzen, und die haben keinen Grund dazu.
Am Abend besteht Karl darauf, Schwester und Nichten zur Straßenbahn zu begleiten. Er trägt Hanni auf dem Arm und redet unentwegt auf Lisa ein. Letta trottet hinterher, stellt

sich unbeteiligt und kriegt doch alles mit. Wenn von Politik die Rede ist, spitzt sie die Ohren. Es muß ihr doch irgendwann gelingen, in diesem Dickicht aus Widersprüchen eine klare Linie aufzuspüren, an die man sich halten, auf die man Pläne und Hoffnungen lenken kann.
Mit den Deutschen Christen war es nichts, hört sie Onkel Karl sagen. Wir sind wieder ausgetreten. Die wollten uns einen Jesus einreden, wie es ihn nie gegeben hat. Er soll ein nordischer Mensch gewesen sein, kein Jude. Ein richtiger ordinierter Pfarrer war es, der diesen Blödsinn verzapfte. Na, wir kennen schließlich unsere Bibel. Mama war sehr aufgebracht. Sie kann nicht verstehen, daß Hindenburg dies zuläßt, als gläubiger evangelischer Christ. Aber der Mann ist schon sehr alt und soll krank sein, wie man hört. Ich hätte nicht deutsch-national wählen dürfen, seit damals nicht mehr, als sie mit den Nazis in Harzburg gemeinsame Front machten. So hab ich mir das neue Deutschland nicht vorgestellt.
Hat wohl keiner – sagt Lisa und nimmt ihm Hanni ab.
Ein feuchter Wind streicht vom Hafen herauf, der Rauch über der Phoenix verdunkelt die Sterne. In Wohlmuthausen, denkt Letta, könnte man sie jetzt sehen. Wann werde ich wieder dorthin fahren können? Oma Meta spielt in der Lotterie. Wenn sie das Große Los gewinnt, wird sie Letta das Fahrgeld nach Thüringen schenken, aber wer gewinnt das schon? Daß sie die Aufnahmeprüfung fürs Gymnasium bestanden hat und dann die Freistelle zugesichert bekam, das sei für sie das Große Los gewesen, hat Vati gesagt. Ein Wechsel auf die Zukunft.
Vom Friedrichsplatz kommt die Straßenbahn angesaust, quietscht in der Kurve und hält am Brückenkopf, wo sie stehen. Onkel Karl hat Mutter einen Geldschein in die Manteltasche gestopft. Nimm's nur, Lisetta, ich kann es entbehren. Und verlier nicht das Vertrauen auf den Herrn!
Im Innern der erleuchteten Bahn, als sie die Fahrscheine gelöst hat, holt Mutter das Geld aus der Manteltasche,

streicht es glatt und legt es sorgfältig in ihr Portemonnaie. Sie gibt Letta ihre Handtasche zum Festhalten, zieht Hanni auf ihrem Schoß dicht an sich heran und starrt mit feuchten Augen durch das Fenster in die Dunkelheit. Zwanzig Mark, murmelt sie, der Karl ist verrückt. Wenn man das einmal nicht mehr nötig hätte: immer nehmen und nehmen.
Jetzt kannst du dir Schuhe kaufen, sagt Letta. In deinen ausgetretenen Latschen wirst du noch Plattfüße kriegen.
Immer langsam mit den jungen Pferden, ich bin noch nicht dran. Erst kriegt Vati eine Strickjacke, sonst holt er sich den Tod bei dem Wind. Aber zehn Mark kann ich abzweigen und in die Spardose tun, dann könnte es nächsten Monat für ein Paar Schuhe reichen. –
Es reicht nicht, und daran ist Lettas Geographie-Lehrer schuld.
Was denn, du hast immer noch den Kleinen Diercke von der Volksschule? Mit dem lächerlichen Ding willst du in meinem Unterricht weiterkommen? – Er hebt den schmalen Band mit spitzen Fingern hoch und läßt ihn verächtlich auf Lettas Bank zurückfallen.
Mein Vater ist arbeitslos, erinnert sie ihn leise. – Eigentlich müßte er das wissen, denn seit Schuljahrsbeginn ist er ihr Ordinarius und hat die Eintragungen im Klassenbuch eigenhändig vorgenommen. Wo ein Wille ist, ist auch ein Weg, erklärt er kategorisch. Sieh zu, daß du zu einem großen Atlas kommst. Irgend jemand in der Verwandtschaft wird dir doch einen borgen können. Bei der nächsten Erdkundearbeit will ich dieses Spielzeug hier nicht mehr sehen.
Einen so dicken Atlas hat niemand in der Verwandtschaft oder im Freundeskreis, für Bergleute ist das ein Luxusgegenstand. Onkel Karl natürlich, der besitzt einen, aber den braucht Anita selber in der Quarta ihres Lyzeums. Tante Gerda verweist Letta an einen Bekannten, der in Essenberg wohnt, und zu zweit wandern sie zu ihm hin und tragen ihre Bitte vor. – Mit meinem Diercke wirst du kaum was anfangen können, sagt der Mann und breitet die

umfangreiche Schwarte vor ihnen aus. Das ist inzwischen ein historischer Atlas worden, total veraltet. Überzeug dich selbst! – Letta blättert darin und verweilt bei den Grenzen: Den Korridor gibt es noch nicht; Posen, wo ihre Urgroßeltern einen Hof hatten und wo Vati geboren wurde, ist auf dieser Karte ein Teil von Preußen, ebenso ganz Oberschlesien; Deutschland besteht aus mehreren Fürstentümern und Königreichen, und Österreich ist ein riesengroßer Staat und heißt Donaumonarchie.
Sie schüttelt den Kopf, bedankt sich und geht mit Tante Gerda nach Hause.
Wann schreibt ihr die Klassenarbeit? fragt Mutter, als sie Lettas rotgeweinte Augen nicht mehr mitansehen kann.
Kommenden Mittwoch.
Und wie teuer ist der Große Diercke?
Acht Mark.
Lisa langt nach der Spardose auf dem Bord des Handtuchhalters und drückt Letta das Geld in die Hand. – Du wirst ja immer nervöser. Sich die Hacken abrennen nach so einem Ding, das bin ich jetzt leid.
Deine Schuhe –
Laß das meine Sorge sein. Noch laufe ich nicht auf der Brandsohle. Ich geb sie dem Opa zur Reparatur, dann halten sie wieder 'ne Weile.
In der Geographiestunde am Mittwoch gilt die Aufmerksamkeit des Lehrers als erstes dem neuen Atlas von Letta, noch bevor er die Aufgaben stellt. Er hat ein gutes Gedächtnis. Na also, meint er tief befriedigt und klopft einmal kurz mit seinem Handrücken auf den Deckel mit der Goldschirft. Was hab ich gesagt? Es kommt nur auf den guten Willen an. Letta wagt nicht, zu ihm aufzusehen. Sie hält den Blick eisern auf das Schreibpult ihrer Bank geheftet. Wenn sie ihn jetzt ansähe, könnte sie den Haß nicht verbergen, von dem sie ganz erfüllt ist, zum erstenmal in ihrem Leben und mit tiefem Erschrecken über sich selbst. Es ist schlimmer als damals bei der Angenfoort.

Die Arbeit gelingt ihr über Erwarten gut. Wenn sie wütend ist, richtig wütend, gelingt ihr fast alles. Für das Thema, eine Beschreibung der Kölner Bucht, hätte der Kleine Diercke ohne weiteres ausgereicht. Es ist die beste Arbeit der Klasse, und benotet wird sie mit Zwei plus. Eine Eins gibt der Klassenlehrer nicht gern, auch in Französisch nicht, das er ebenfalls unterrichtet. Die Kinder werden dann leicht üppig, wie er das nennt. Für ein Sehrgut müßten sie bei ihm schon ihre letzten Reserven ausschöpfen.
Mit Erdkunde, das wäre geritzt, erzählt Letta ihrer Mutter. Die gute Note ist mir fürs nächste Zeugnis sicher. Jetzt will ich mal meine Reserven ausschöpfen und zusehen, daß ich in Französisch auf eine Eins komme. Ganz ausgeschlossen ist das nicht. Immer an die Zukunft denken, an später. Manchmal stelle ich mir vor, es gibt einen Knall, und dann sitze ich plötzlich in einem Büro, hab eine gutbezahlte Stellung und schon das Fahrgeld für Wohlmuthausen zusammengespart. Ihr fahrt natürlich alle mit, ihr müßt es ja auch mal kennenlernen. Daß die Gudel überhaupt nicht schreibt, find ich seltsam, sonst hat sie doch wenigstens Zeit für eine Postkarte gehabt. Man wüßte doch gern, ob es Christian wieder besser geht. Dein lieber Christian ist gestorben – sagt Lisa, weil es endlich gesagt werden muß.
Letta lehnt sich zurück. Sie reißt die Augen auf, sprechen kann sie nicht.
Wir hätten es dir längst sagen sollen, aber es hat sich keiner von uns getraut, Kind. Das ist nämlich noch nicht alles. Ich geb dir Gudels Brief, dann kannst du ihn dir selbst durchlesen. Einmal mußt du es ja erfahren.
Letta nimmt den Brief mit ins Schlafzimmer und kommt auch am Abend von dort nicht mehr heraus. Das Essen, das Lisa ihr hinstellt, rührt sie nicht an.
Nach Christians Tod, der sieben Wochen zurückliegt, hat Gudel den Hof in Wohlmuthausen verkauft und ist zu ihrem Verlobten nach Meiningen gezogen. Dort haben sie in aller Stille geheiratet und das Geld in das Elektrogeschäft

ihres Mannes gesteckt. Amande lebt bei ihnen, sie ist nicht mehr richtig im Kopf. Hoffentlich können wir sie behalten, schreibt Gudel zum Schluß, sie ist arg wunderlich und tut allerlei verkehrtes Zeug. Erst der Tod meines Bruders, dann der des Vaters, das ist für die Mutter halt zuviel gewesen. In eine Anstalt gäben wir sie nicht gern –

Der Sommer kommt mit hellen und heißen Tagen, aber Lettas Welt bleibt finster. Die Zerstörung ihres Thüringer Idylls markiert einen tiefen Einschnitt in ihre Kindheit, verursacht ein Trauma, das sie nur scheinbar überwindet. Die Eltern ahnen es und sind doch außerstande, den ganzen Umfang ihres Schmerzes zu erfassen. Sie haben mit anderen Sorgen zu kämpfen und vor allem: sie haben Wohlmuthausen nicht gekannt.

Im Mai ist die Arbeit am Orsoyer Deich beendet, und Rudi kann wieder stempeln gehen. Gerade jetzt, wo wir trockenes Wetter haben, seufzt Lisa, wo es sich endlich mal lohnen würde. So ist das ja immer.

Er sitzt zu Hause und spielt Schach. Oft ist es ihm dort zu unbehaglich, dann fährt er zum katholischen Bahnhof und setzt sich in den Clubraum hinter der Schankstube. Die Wirtin kennt ihn und hat nichts dagegen, obwohl er nichts verzehrt. Opa Gottlieb hat ihm zu Weihnachten ein kleines Schachspiel geschenkt, das führt er nun immer bei sich.

Ende Juni will Fräulein Meier mit ihrer Kükengruppe nach Lintfort fahren, dort soll die neue Jugendherberge eingeweiht werden. Der Führer selbst wird hinkommen, sagt sie, dann können wir ihn einmal sehen, von Angesicht zu Angesicht. Er weilt gerade in Essen bei seinem getreuen Paladin, dem Gauleiter Terboven, der seine Hochzeit feiert. Die Fahrt nach Lintfort wird in letzter Minute abgeblasen, und Fräulein Meier schickt ihre Küken nach Hause. Der hochgestellte Trauzeuge ist nämlich plötzlich nach München geflogen, um seinen Stabschef zur Rechenschaft zu ziehen. Der muß über die Klinge spingen, und viele andere

mit ihm, die längst auf Hitlers Todesliste standen. Daß nun auch SA-Leute zu zittern anfangen, versetzt Letta in Erstaunen, bisher haben immer nur die Kommunisten vor der SA gezittert. Dieser Röhm soll überhaupt ein sehr unanständiger Mann gewesen sein, sagt Fräulein Meier. Aber den Führer kann man auf die Dauer nicht täuschen.
Die Reichmanns in Hochheide kommen nicht dazu, sich über die Röhm-Affäre entsprechend zu erregen, weil in ihrer unmittelbaren Nähe ein Verbrechen geschicht, das mit Politik rein gar nichts zu tun hat. Das Fräulein Jettchen nebenan ist von einem ihrer Besucher ermordet worden. Der Täter wird unmittelbar darauf gefaßt und abgeführt, er hat auch gleich ein Geständnis abgelegt.
Lisa ist außer sich. Ich halte es in diesem Haus nicht mehr aus, ich ertrage es nicht länger. Da liegen wir friedlich in unseren Betten und keine zehn Meter von uns geschieht ein Mord. Ein Mord! Wo sind wir denn? Womit haben wir das verdient, daß wir hier leben müssen?
Ich besorge uns eine andere Wohnung, verspricht Rudi. Laß mich nur machen, Lisa, ich finde schon was. Du hast recht: das kann man uns wirklich nicht zumuten.

11

In der Nähe des katholischen Bahnhofs liegt die Ulmenstraße. Vor dem Krieg war sie ein Feldweg, zu beiden Seiten verlotterte Wiesen mit Kamille und Klatschmohn, die Ginsterbüsche kletterten den Bahndamm hinauf. Schon damals war die Gegend als Baugelände ausgewiesen, doch hatte der Krieg die Pläne verhindert. Dann kam die belgische Besatzungsmacht und realisierte das Bauvorhaben auf ihre Weise, denn sie brauchte Wohnungen für ihre Offiziere. Zehn gleichartige Doppelhäuser, auf jeder Seite fünf: Parterre, erster Stock und eine Mansardenwohnung für das Dienstpersonal. Kleine Vorgärten zierten die Hauseingänge, die Straße wurde gepflastert und mit Ulmen bepflanzt. Zur Besatzungszeit hieß sie Rue de la Marne, im Gedenken an die entscheidende Schlacht, die den deutschen Vormarsch auf Paris zum Stehen brachte. Die Deutschen dachten weniger gern an jenes Ereignis zurück und tauften die Marnestraße um, sobald die Belgier abgezogen waren. Die Häuser wurden vom Staat erworben, die Wohnungen für Beamte reserviert. Die waren in der Mehrzahl bei Bahn und Post beschäftigt, einige im Finanzwesen oder im Lehrberuf. Es waren »kleine« Beamte, die sich allenfalls ein Tagesmädchen leisten konnten, nicht aber Personal, das im Hause schlief. So wurde zu Beginn der Wirtschaftskrise auch die jeweilige Mansarde als selbständige Wohnung ausgebaut und vermietet, und der Mansardenbewohner brauchte kein Beamter zu sein.

Reizvoll war die Gegend durchaus nicht, zu nahe lagen Bahndamm, Schlachthof, Gasometer und Fahrradfabrik. Aber die Straße war sauber und gepflegt. Kein Vergleich mit dem finsteren, verkommenen Viertel in Hochheide.

Nun hat er sich also aufgerafft, der Rudi Reichmann, und etwas an den Tag gelegt, was zu entwickeln ihm seine

Natur sonst nicht gestattet: Initiative. Da muß schon was passieren, bis es dazu kommt, und es ist ja auch Schlimmes passiert. Der Mord an der freundlichen kleinen Nutte hat ihn zutiefst verstört. Auch müssen sie an die Zukunft und an Letta denken. Wo doch das Kind die höhere Schule besucht und sicher mal eine Klassenfreundin einladen möchte; das wäre in Hochheide unmöglich gewesen. Daß er dabei ebenso an sich selbst denkt, gesteht er sich nicht ein. Am Ende der Ulmenstraße liegt der katholische Bahnhof, sein Stammlokal, in das er sich flüchten kann, wenn es bei Lisa gar zu ungemütlich wird.
Er schildert seiner Frau die Wohnung und gerät in Eifer, weil er bei ihr auf Unglauben stößt.
Drei Zimmer, abgeschlossene Etage mit eigener Korridortür? Das Wasserklosett innerhalb der Wohnung? In der Küche ein Spülstein mit fließendem Wasser? Und diese ganze Pracht soll zwanzig Mark Miete im Monat kosten, Waschküchenbenutzung miteingeschlossen? Zwanzig Mark und keinen Pfennig mehr, dieselbe Summe, die wir für dieses Loch bezahlen? Das kannst du deiner Großmama erzählen.
Wenn ich es dir sage, beharrt er.
Da wird man wohl eine Besichtigung vornehmen müssen.
Als sie sich zu diesem Unternehmen rüsten, sind sie alle vier froh erregt, auch Hanni, die schon mitbekommt, daß sie demnächst in eine neue, schöne Wohnung ziehen. Inzwischen ist Lisa überzeugt, daß Rudis Angaben stimmen, denn Übertreibungen liegen ihm nicht. Und warum sollen nicht auch sie einmal Glück haben nach soviel Pech in den letzten Jahren?
Es ist Sommer; im Vorgarten, den eine niedrige Mauer umgrenzt, blühen Nelken und Tränendes Herz, sogar ein kleiner Rosenstrauch. Das Treppenhaus ist sauber, das Geländer frisch gestrichen. Oben holt Rudi feierlich die Schlüssel aus der Hosentasche und schließt die Korridortür auf.

Lisa kann nur mit Mühe ihre Betroffenheit verbergen, als sie mit wenigen Schritten diese Puppenstube durchquert. Daß ein Haken bei der Sache ist, hat ihr ja bereits geschwant. Sie haben nicht viele Möbel, und doch ist es fraglich, ob sie in diesen winzigen Zimmern alles unterbringen können. Vom größeren Küchenschrank werden sie das Oberteil herunternehmen und auf den Fußboden stellen müssen wegen der schrägen Wände. Wenn hier alles steht, kann man sich gerade um die eigene Achse drehen. Nein, das wird sie ihrem strahlenden Rudi nicht antun, jetzt herumknöttern und ihm die Freude verderben. Außerdem ist sie heilfroh, von Hochheide wegzukommen. Sie nickt einigemale und setzt ein zufriedenes Gesicht auf. Bißchen klein, sagt sie laut, aber das soll mich nicht jucken. Da mach ich ein Schmuckkästchen draus, ihr werdet staunen. Erna hat mir neue Gardinen versprochen.
Zum Tapezieren nehmen wir aber keine Blümchen mehr, bittet Rudi. Das war eine richtige Schnapsidee damals vom Opa, in allen drei Zimmern das gleiche Blumenmuster. Hier gehören Streifen hin, die strecken den Raum, das ist wichtig bei der niedrigen Decke. Und verschiedene Farben diesmal: rosa für die Küche, für die beiden Schlafzimmer grün. Oder hättest du fürs Kinderzimmer gern eine andere Farbe, Letta?
Ja, rot, sagt Hanni an Lettas Stelle. Rot ist ihre Lieblingsfarbe. Hanni wird im August ihren fünften Geburtstag feiern und fühlt sich berechtigt, auch einmal eigene Wünsche anzumelden.
Wieder hilft der Opa beim Tapezieren. Rudi hat die Tapeten ausgesucht; ein Schachfreund, der bei den Farbwerken in Uerdingen arbeitet, stiftet eine Büchse graue Ölfarbe für die Fußleisten. Letta vergißt, daß sie zwei linke Hände hat, und schwingt sich zum Anstreicher auf. Der Wohnungswechsel mit seinen Turbulenzen kommt ihr gelegen, nun muß sie nicht immerfort an Wohlmuthausen denken.
Wenn Opa, Vati und Hanni sich in einem Zimmer befin-

den, hört man von außen keinen Laut. Auch nach einer geschlagenen Stunde nicht. Als ob da drei Taubstumme beisammen sind, sagt Mutter zu Letta. Ein Glück, daß man mit dir wenigstens reden kann.

Verwandte und Freunde sorgen dafür, daß der Umzug keine besonderen Kosten verursacht. Erna hat für die herausgebauten Mansardenfenster Mullgardinen genäht, Oma Meta bringt zum Einstand zwei guterhaltene Tischdecken aus ihrer Truhe mit, von Lisas Bruder Gustav kommt aus Berlin ein umfangreiches Paket mit gebrauchter, guterhaltener Bettwäsche. Eine alte Tante seiner Frau ist gestorben und hat sie hinterlassen. Ihr habt sie nötiger als wir, schreibt er an seine Schwester. Ob er ahnt, wie wirkungsvoll diese Hilfe ist und daß sie gerade zum rechten Zeitpunkt eintrifft? Nach zwölf Jahren Ehe ist der Bestand aus Lisas Schrappkiste nahezu aufgebraucht, denn es konnte zwischendurch kaum etwas ersetzt werden.

Als Lisa die Bezüge und Laken im Wäscheschrank stapelt, wischt sie sich die Tränen ab. Auch Rudi ist gerührt.

Familie! sagt er nachdenklich, mit einem Anflug von Reue. Früher hatte das Wort keinen guten Klang in meinen Ohren. Es schwang immer was mit von Mief und Klatsch und unerträglicher Nähe. Weil da einer den anderen zu gut kennt. Als junger Mann hatte ich mir fest vorgenommen, in eine ganz fremde Gegend zu ziehen, möglichst weit weg von der Familie. Heute muß ich froh sein, daß ich sie in der Nähe habe.

Lisa denkt an Meta Reichmanns Frivolitäten und nicht verständnisvoll. Laut sagt sie: Du solltest dich mehr um deine Mutter kümmern. Daß sie endlich zum Arzt geht. Dieser Gewichtsverlust kann doch nicht normal sein, bei einer so großen stattlichen Frau, wie die einmal war. Sie ist ja nur noch ein Schatten ihrer selbst.

Rudi weiß es längst, aber er kann da gar nichts machen. Sie ist ein mündiger Mensch, Lisa, wir können sie schließlich nicht zum Doktor hinschleifen.

Daß die neue Wohnung so klein ist, hat auch ein Gutes, die plausible Ausrede nämlich, in Zukunft nicht mehr die ganze Verwandtschaft gleichzeitig einladen zu können. So hält man Menschen, die nicht recht zusammenpassen, auf eine artige Weise auseinander, die beiden Schwiegermütter etwa, die immer noch Sie zueinander sagen.
Nach dem Einweihungsbesuch der Reichmanns kommt erst zum darauffolgenden Wochenende die ganze Familie Hüsken aus Ruhrort daher, mit Kaffee und Kuchen und diversen Geschenken. Selbst Erna hat sich von ihrer Nähmaschine freigemacht. Es ist das erste Wochenende im August, ein strahlender Sonnentag. In der Wohnung riecht es nach Bohnerwachs und echtem Kaffee, Mutter hat sich die Haare an der Stirn mit der Brennschere gelockt und duftet nach der Mousoncreme, die Tante Gerda ihr immer mitbringt, und Vati trägt ein Strunzläppchen im Jackett. Er ist heute besonders gut aufgelegt, denn Onkel Lutz hat ihm einen alten Radioapparat geschenkt, weil er sich einen größeren gekauft hat. Während die Männer an dem Gerät herumdrehen, um den Sender Langenberg klar herauszubringen, flüchten die Frauen vor den jaulenden Geräuschen in den übrigen Teil der Wohnung und besichtigen die Diele und die beiden Schlafzimmer. Wir haben Streifen genommen, erklärt Lisa, damit die Zimmer nicht so niedrig wirken. Das Schweigen der Besucher scheint auszudrücken, daß nach ihrer Meinung diese Räume auch durch Streifentapeten nicht an Höhe gewinnen. Das Wort »Schmuckkästchen«, von Lisa nun schon zum drittenmal benutzt, geht Frau Friederike auf die Nerven. Na ja, sagt sie abschließend, schmuck ist es schon, Lisetta, aber doch mehr Kästchen als schmuck. In dieser Enge wirst du es schwer haben, Ordnung zu halten.
Lisa ist beleidigt. Mama kann ziemlich taktlos sein, findet sie. Eine Bemerkung wie diese hätte Oma Meta zum Beispiel nicht gemacht. Kommt mal her! rufen die Männer aus der Küche, wo das gräßliche Quietschen endlich aufgehört hat. Hört euch das mal an!

Ein Nachrichtensprecher gibt bekannt, daß der Reichspräsident heute von seinem langen Krankenlager erlöst wurde. Sie setzen sich um den gedeckten Tisch, Lisa und Letta schenken den Kaffee ein, alle langen zu, nur Oma und Onkel Karl will der Kuchen nicht schmecken. Der Held von Tannenberg wird zu seinen Vätern versammelt, sagt Onkel Karl, und Friederike Hüsken faltet auffordernd die Hände: Laßt uns für Paul von Hindenburg ein kurzes Gebet sprechen.
Mit diesem Mann wird eine Epoche zu Grabe getragen, behauptet Onkel Lutz, und darin sind sich alle einig, auch Rudi. Der hat keinen Grund, von der neuen Zeit erbaut zu sein, aber im Gegensatz zu den anderen auch keinen, die hinter ihnen liegende Epoche für eine gute zu halten. Mit dem Namen Hindenburg verbindet der politisch geschulte Rudolf Reichmann weder Glanz noch Gloria, sondern lediglich die unerträgliche Anmaßung der Einfalt.
Als sie aufbrechen, sind sie gezwungen, wie eine Reihe Gänse hintereinander die Küche zu verlassen, denn alle haben sie nicht Platz auf dem freien Stück zwischen Ausziehtisch und Herd. Dabei hatten Letta, Hanni, Anita und Tante Erna ihren Kaffee im Kinderschlafzimmer am kleinen runden Korbtisch eingenommen, sonst wäre es überhaupt nicht gegangen. Es fallen beim Abschied aber keine Witze mehr über Lisas Schmuckkästchen; sie ist so glücklich, und man will ihr nicht weh tun.
Eine schwierige Frage, die der Wohnungswechsel mit sich bringt, wird von Opa Gottlieb geregelt: das Fahrgeld für Letta, die nun täglich mit der Straßenbahn vom Königlichen Hof nach Homberg zu ihrer Schule fahren muß, die Monatskarte kriegst du von mir, Letta. Die kaufe ich dir, du bist schließlich unser Patenkind.
Sie leben sich rasch ein in der Ulmenstraße. Hanni findet Spielfreunde in der Nachbarschaft, die sie in Hochheide nicht gefunden hätte, und zur Genugtuung der Eltern sprechen die Kinder dieser Straße nicht den greulichen Kumpeljargon, der vom Dialekt ebenso weit entfernt ist wie vom

Schriftdeutschen. Die Kleine macht einen auffallenden Schub in ihrer Entwicklung durch. Die Rachitis scheint überstanden, die Beinchen sind fast gerade, vor allem aber bahnt sich ein Selbstbewußtsein an, mit dem man bei Hanni am wenigsten gerechnet hätte. Als Letta einmal vom Einkauf kommt, sieht sie ihre stille kleine Schwester in eine Prügelei mit einer Gleichaltrigen verwickelt. Aber Hanni! ruft sie vorwurfsvoll, indem sie die beiden Kampfhähne voneinander trennt. So haut man doch nicht drauf!
Die hat angefangen, heult Hanni. Die hat mir das Gesicht zerkratzt, kuck hier! Und das laß ich mir nicht gefallen.
Letta berichtet es oben, und zu ihrer Verblüffung hört sie Mutter sagen: Recht hat sie. Soll sie sich wehren. Das war ein großer Fehler von mir, daß ich dir immer verboten habe zurückzuschlagen. Heute weiß ich es besser. Sieht man doch an deinem Vater, wohin der Mensch kommt, wenn er nicht gelernt hat, sich zu wehren.
An deinem Vater. Nicht wie sonst: an Vati. Ob Lisa sich klarmacht, daß in solcher Distanzierung eine Kritik an Rudi enthalten ist, vielleicht sogar eine kleine Verachtung? Wahrscheinlich nicht, sie hätte sich sonst zurückgehalten. Denn gerade Letta hat für solche Töne ein geschärftes Ohr.
Lisa vergißt alle ihre bisherigen Vorbehalte gegen den Beamtenstand und verfällt ins andere Extrem. Die Arbeiter aus Rudis Bekanntenkreis, die manchmal zum Haareschneiden kommen, werden von ihr mit dem bloßen Familiennamen bezeichnet: der Kasulke, der Schmitz, der Brinkmann. Handelt es sich jedoch um einen Beamten aus der Ulmenstraße, so heißt es: Herr Wiedemann war heute wieder hier. Herr Paschke läßt fragen, ob –
Rudi erhebt Einspruch gegen die unterschiedliche Behandlung und plädiert für Gerechtigkeit. Durchsetzen kann er sich damit nicht. Lisa vermeidet eine Erörterung darüber und tut des weiteren, was sie für richtig hält. Dieser Mann, der ohnehin nie den Patriarchen gespielt hat, muß nun erleben, daß ihm auch noch die letzte Autorität zerbröselt.

Paschkes im Parterre haben zwei Kinder, einen Jungen von vierzehn und ein Mädchen von zwölf. Herr Paschke ist Lehrer an der nächstgelegenen Volksschule, wo er auch seine eigenen Kinder unterrichtet. Die Familie kann einem leid tun, sagt Lisa. Da haben sie nun diese zwei netten Kinder, und keines hat die Aufnahmeprüfung für die höhere Schule geschafft. Der Junge soll es sogar zweimal versucht haben. Wenn der jetzt von der Volksschule abgeht, muß er ein Handwerk lernen. Und der Vater ist Beamter. Das ist doch ein Jammer für solche Leute.
Finde ich nicht, meint Rudi. Ein Jammer wäre es höchstens für den Jungen, wenn sie ihn mit Gewalt durchs Gymnasium schleppten, daran ist schon mancher zerbrochen. Sicher ist er mehr praktisch veranlagt und wird sich als Handwerker ganz gut durchschlagen. Ja, als Friseur vielleicht, sagt Lisa, und Rudi verläßt ohne ein weiteres Wort das Zimmer. Ihr tut es sofort leid, sie möchte am liebsten hinter ihm her gehen und ihn um Verzeihung bitten. Aber ihre Verbitterung erlaubt es nicht. Sie weiß wieder einmal nicht, wovon sie nächste Woche die Schulden im Kaufladen bezahlen soll. Für ihr Elend fühlt sie sich ein bißchen entschädigt durch die Anerkennung, die ihr von den Beamtenfrauen in der Umgebung zuteil wird. Die behandeln mich wie ihresgleichen, sagt sie zu Letta, und hätten es doch eigentlich nicht nötig. Sei immer höflich, vergiß nicht zu grüßen, hörst du! Ich weiß ja, daß du nicht unhöflich sein willst, aber du bist oft so zerstreut und in Gedanken. – Und Letta verspricht, daß sie sich zusammennehmen will. In der Ulmenstraße wird sie von ihrer Mutter zu einem Gefälligkeitskind herangebildet, und das ist auf die Dauer sehr zeitraubend und lästig. Daß sie für die eigene Familie alle Besorgungen erledigt, auch wenn damit weite Wege verbunden sind, versteht sich von selbst. Es dauert aber gar nicht lange, da wird sie von den Nachbarinnen zum Einkaufen geschickt, von denen, die keine eigenen Kinder haben und eigentlich Zeit hätten. Diese Letta ist so ein

freundliches Mädchen und sagt niemals nein – warum sollten sie sich selbst bemühen?
Letta beklagt sich: Da steht man sich im Laden die Beine in'n Bauch und rackert sich mit der vollen Tasche ab – könnten die einem nich mal was dafür geben? Mit fünf Pfennig wäre ich schon zufrieden.
Ich kann das nicht leiden, sagt Lisa, immer dieses: Was kriege ich dafür? Gefälligkeiten tut man um Gottes Lohn. Bis jetzt höre ich nur Gutes über dich in der Nachbarschaft, und ich möchte, daß es dabei bleibt. Man weiß nie, wie man die Leute einmal nötig hat.
Aus Hanni ist kein Gefälligkeitskind zu machen, das zeigt sich gleich beim ersten Versuch. Sie wird ein einziges Mal zum Einkaufen geschickt und dann nicht wieder. Dabei hatte sie in der Bäckerei gegenüber nur für einen Groschen Hefe holen sollen. Frau Wiedemann wartet vergeblich auf ihre Wiederkehr und wendet sich schließlich an Lisa. Die kuckt aus dem Fenster und sieht Hanni unten auf der Straße im Hinkelkästchen herumhopsen.
Die Hefe für Frau Wiedemann, Hanni?
Hanni setzt ihr Pokergesicht auf und schweigt.
Hast du sie nun gekauft oder nicht? Wenn nicht, mußt du doch den Groschen noch haben.
Hanni lächelt verschämt und schweigt weiterhin.
Das Kind ist ein Dummchen, sagt Lisa entschuldigend zu Frau Wiedemann. Schicken Sie nächstens Letta, wenn Sie was brauchen. Die zehn Pfennig gebe ich Ihnen zurück.
Ach, lassen Sie nur, erwidert Frau Wiedemann und geht in ihre Wohnung.
Letta erfährt von der Sache und winkt ihre kleine Schwester aus dem Hinkelkästchen heraus. Ich verklappe dich nicht, flüstert sie ihr zu. Ich weiß, daß du kein Dummchen bist, du hattest einfach keine Lust, die Hefe nach oben zu bringen, nicht? Brauchst du auch nicht. Es ist schon genug, wenn sie mich dauernd herumscheuchen. Aber jetzt zeig mir, wo du sie hingetan hast.

Hanni nimmt Lettas Hand und geht mit ihr in den kleinen Vorgarten. Dort liegt unter einem Strauch die in Pergamentpapier gewickelte Hefe. Kannst wieder hinkeln, sagt Letta und trägt das Päckchen in den ersten Stock. Hanni ist so verspielt, Frau Wiedemann, sie vergißt sich noch gern. Entschuldigen Sie vielmals. – Aber das macht doch nichts, sagt Frau Wiedemann und lacht.
Wenn Rudi jetzt zum Arbeitsamt fährt, um sich sein Stempelgeld abzuholen, stellt er mit wachsender Beklemmung fest, wie sich die Zahl der Arbeitsuchenden von Mal zu Mal verringert. Nur bei ihm heißt es jedesmal: Tut uns leid, Herr Reichmann, wir hättten da was, aber das kommt für Sie nicht in Frage. Bei Ihrer Schwerhörigkeit wäre das zu gefährlich, wir könnten es nicht verantworten. – Und die grüne Karte verschwindet im Stapel.
In Hochheide hatte das neidische Gesindel unten im Haus der Polizei Spitzeldienste geleistet und dem Rudi die Schwarzarbeit in seiner eigenen Wohnung unmöglich gemacht. Ähnliches braucht er in der Ulmenstraße nicht zu befürchten, und deshalb kommen sie anfangs auch zum Haareschneiden: der Brinkmann, der Kasulke, der Schmitz, Herr Wiedemann und Herr Paschke. Sie zahlen weniger als im Friseurgeschäft, und beide Seiten sind zufrieden. Nicht zufrieden ist der benachbarte Friseur, der bald heraushat, wer ihm die Kunden wegschnappt, und der sich zu wehren weiß. Lisa klagt Gerda ihr Leid. Erst ließ es sich so gut an, aber nun kann Rudi es auch hier nicht mehr riskieren. Die Kontrolleure werden immer frecher. Früher hielten sie sich noch an die Gesetze und blieben vor der Schwelle stehen, denn mit Hausfriedensbruch nahm die Republik es sehr genau. Danach kräht heute kein Hahn mehr. Die setzen mir doch glatt den Fuß zwischen die Tür. Und beschwer dich mal, wenn du einen Bonzen vor dir hast.
Im Herbst sammelt Rudi Brombeeren und Pilze, jeweils zwei Eimer voll. Er kennt eine Stelle im Baerler Busch, wo die Brombeersträucher ganz dicht stehen, und eine Wiese

in der Nähe des Rheins, in der nach jedem Regen die Spitzmorcheln und Champignons aus der Erde schießen. Andere nimmt er nicht, weil er nur diese beiden Sorten mit absoluter Sicherheit kennt. Oma Meta borgt Lisa einen Teil ihrer Gläser für die Brombeeren und auch den Einkochkessel. Ich komm sowieso nicht zum Einmachen, Lisa, ich fühl mich oft so schlapp.
Geh doch endlich mal zum Arzt, Mutter!
Was soll ich da? Der kann mir auch nicht helfen. Man kommt eben in die Jahre. Wer auf die Sechzig zugeht, ist nun mal kein Springinsfeld mehr. Kuck dir den Ollen an – der slöpt jetzt schon im Sitzen ein.
Lisa läßt sich nicht irremachen. Sie weiß, daß ihrem Schwiegervater nichts fehlt. Wenn der auf dem Sofa einnickt, denn deshalb, weil die neben ihm sitzende Meta wieder einmal unter Redezwang steht. Es kommt über sie wie eine Naturgewalt, auch jetzt noch, trotz ihrer körperlichen Schwäche. Von ihrer Jugend erzählt sie, von den Männern, die ihr alle nachgelaufen sind, an jedem Finger zehn hätte sie haben können. Oder: wie die Kinder noch klein waren. Wie Alfred immer seinen Rotz am Ärmel abgewischt hat, richtig süß sah er dabei aus, da hätte man ihn doch nicht schlagen können.
Pausenlos geht das, ohne Punkt und Komma. Sie assoziiert in einem fort, findet geradezu absurde Gedankenverknüpfungen. Von 't Hölzken op 't Stöcksken, wie die Niederrheiner sagen: die Psychologen sprechen von Ideenflucht. Früher wollte es dem Opa nie gelingen, sich durch Einschlafen diesem Schwall zu entziehen, da hielt ihn Metas Lautstärke wach und der Ärger darüber. Nun ärgert er sich nicht mehr. Nun hat er sich diese milde Resignation zugelegt, die ihn in Schlaf sinken läßt, ehe seine Nerven noch Zeit fänden zu rebellieren. Sein Schnarchen stört Meta zwar, hindert sie aber nicht daran, ihren Monolog fortzusetzen. Im Notfall hört sie sich selber zu.
Der November bringt Nässe, Kälte, Nebel. Es sind die Tage,

an denen Letta das Aufstehen frühmorgens zur Qual wird, so sehr sie auch dagegen angeht. Gib dir einen Tritt ins Kreuz, sagt Mutter. Ich kenne das. Als ich noch Lehrling war bei dem Konditor in Meiderich, da wär ich am liebsten immer im Bett geblieben. Nichts mehr hören und sehen. Hilft aber alles nicht. –

Nein, bitte nicht wieder Brombeeren aufs Brot! fleht Letta, als sie sieht, wie Mutter ihr die Schulbrote schmiert. Ich krieg das Zeug nicht mehr runter. Kratz Margarine drauf, das genügt.

Lisa wirft das Messer auf den Tisch. Auch noch Ansprüche stellen, so ist es recht. Und unsereiner weiß nicht, wo er es herholen soll.

Letta klemmt sich die Schultasche unter den Arm und rennt zum Königlichen Hof. Sie erwischt die Straßenbahn in letzter Minute. Heute schreiben sie eine Mathematikarbeit, sie hat sich präpariert, aber nicht alles verstanden. Ihre Noten sind allgemein etwas abgesunken, die müssen schleunigst besser werden. Bis jetzt besteht keine Gefahr. aber zu einem blauen Brief darf es nicht erst kommen, sonst könnten sie ihr die Freistelle nehmen.

Felicitas hat schon zweimal einen blauen Brief gekriegt, ihre Eltern lassen ihr dann jedesmal Nachhilfestunden geben. Was soll's, wenn ich sitzenbleibe, hat sie zu Letta gesagt, man kann einen Jahrgang schließlich wiederholen. Deshalb reiße ich mir kein Bein aus. Wär nur schade, weil wir beide dann nicht mehr in dieselbe Klasse gingen. Letta hätte ihr gern darauf geantwortet, daß sich für sie selbst eine derartige Sorglosigkeit verbietet, daß es sich bei ihr um eine Existenzfrage handelt. Fee könnte dies eigentlich wissen, sie bedenkt es aber nicht.

Einmal ein freies, ganz leichtes Gewissen haben! Alles hinter sich werfen, sich sagen dürfen: Na, wenn schon. Etwas Schönes vor Augen sehen und tief durchatmen – vor Wonne, wie damals in Wohlmuthausen, als sie im Gras lag und sich an der Landschaft berauschte, an den blauen

Rhönbergen, die am Horizont verdämmerten. Aber selbst damals war es keine unbefleckte Freude gewesen, weil sie den anderen ihre Hilfe vorenthielt.
Sie ist ein Drückeberger, immer wieder. Vielleicht könnte sie sich ihr Leben um einiges erleichtern, wenn es ihr gelänge, ein besserer Mensch zu werden. Sich selbst besiegen ist der schönste Sieg, sagt Schiller. Sie hat Fee den Spruch ins Album geschrieben, ihn im Grunde aber an die eigene Adresse gerichtet.
Mutter hat große Wäsche, die Waschküche ist so voller Dampf, daß man einander kaum sehen kann. – Wie war die Mathearbeit? fragt Lisa und drückt mit dem Knüppel das kochende Zeug im Kessel nieder.
Ziemlich schwer, berichtet Letta. Wir haben hinterher die Resultate verglichen, ich weiß jetzt schon, daß zwei Fehler drin sind. Schlechter als Genügend krieg ich aber auf keinen Fall.
Hast du heute nachmittag ein bißchen Zeit, daß du mir beim Drehen helfen kannst?
Leider nein. Tut mir wirklich leid, Mutter. Aber wir haben so 'ne Menge Hausaufgaben auf –
Schon gut, sagt Lisa, brauchst dich nicht zu entschuldigen. Die Schule geht vor.
Letta steigt mit einem hundsmiserablen Gefühl die Treppen hinauf in die Wohnung. Sie fände schon die Zeit, mit Mutter zusammen die Wäsche durch die Maschine zu schleudern. Aber eine Mithilfe in der Waschküche ist justament die Arbeit im Haushalt, die sie von allen am meisten verabscheut. Das hat nicht nur damit zu tun, daß sie in der Feuchtigkeit leicht ins Husten kommt, das hat zuvörderst einen ganz anderen Grund.
Denn Lisa Reichmann, die so gut ihr bißchen Geld einzuteilen versteht, ist darüber hinaus nicht eben ein Organisationstalent. Auch Rudi drückt sich vor der Waschküche. Und gerade er hat ihr einmal den passablen Vorschlag gemacht, ihn oder Letta in den gesamten Waschvorgang

einzubeziehen. Kommt nicht in Frage, hat Lisa erklärt. Die Waschküche ist mein Reich, davon versteht ihr nichts, ihr könntet mir höchstens was verderben. Wartet gefälligst, bis die Maschine wieder voll ist, dann dürft ihr mit anpacken. Ja, und die übrige Zeit steht man herum wie Pik Sieben. Warten und warten. Bin ich eigentlich bloß noch für Handlangerdienste gut? Dann engagier dir doch gleich einen Schlattenschammes.
Mit Hinweisen wie diesen ist Lisa überfordert. Abgesehen davon, daß ihr der aus dem Jiddischen stammende Begriff Schlattenschammes fremd ist, hat sie auch kein Gespür für das aufgezeigte Problem. Sie hätte es ohne weiteres lösen können und sich viel Kraft erspart, wäre nicht ihr törichtes Hausfrauen-Prestige gewesen. So rettet sie sich in die Rolle einer schnöde im Stich Gelassenen und bezichtigt Mann und Tochter der Faulheit. Denn auch Letta mag nicht gern herumstehen wie Pik Sieben und ihre Zeit verplempern. Aber Letta findet immerhin eine glaubhafte Ausrede, die ihrem Vater nach Lage der Dinge nicht zu Gebote steht.
Er sitzt, der Rudi, unterdessen im katholischen Bahnhof, und Lisa weiß es. Die Wirtin hat im Stübchen schon geheizt, und auf dem Tisch liegt eine frische, blauweiß gewürfelte Decke. Manchmal wird ihm ein Bier hingestellt. Können Sie ruhig annehmen, Herr Reichmann, auf eins mehr oder weniger kommt es bei uns nicht an. Dann bedankt er sich höflich und trinkt in kleinen, genießerischen Schlucken.
Er probiert eine Schachpartie für den nächsten Clubabend oder liest in einem Buch aus der Friedrich-Wilhelm-Bücherei. Es ist nicht mehr Gustav Freytag, und schon gar nicht Zola, Barbusse, Jack London oder Hans Fallada. Alles, was in direkter Weise sozialkritisch daherkommt, wird von ihm als aufdringlich empfunden. Er hat Theodor Fontane entdeckt, den »Stechlin«, in den er sich nun versenkt. Eine entlegene Welt, dabei keineswegs fremdartig wie die von Jack London oder Joseph Conrad, sondern anheimelnd und

bewohnbar, seinem eigenen besinnlichen Wesen zutiefst vertraut.
An diesem See damals hätte er gern gelebt.

12

Es ist an der Zeit, auf eine Institution zu verweisen, ohne welche die dreißiger Jahre gar nicht denkbar sind, ja, vielleicht einen ganz anderen Verlauf genommen hätten. Gemeint ist das Kino, der Musentempel der kleinen Leute: Oper, Theater, Konzertsaal und Varieté in einem. Die Puritaner unter den Sozilogen schieben es noch heute auf die Traumfabrik Film, daß sich Millionen einfacher Menschen die jahrelange Massenarbeitslosigkeit gefallen ließen. Daß sie die billige Ablenkung in den Dunkelkammern wahrnahmen, um für ein paar Stunden ihr Elend zu vergessen, anstatt sich dagegen aufzulehnen.

Letta kam relativ spät mit dem Medium Film in Berührung. Die Eltern erzählten gelegentlich von den Stummfilmen früherer Zeiten, von Buster Keaton oder Charlie Chaplin, die zu Rudis Lieblingsdarstellern gehörten, während Lisa eine Zeitlang für Henny Porten schwärmte. Mittlerweile hatte längst der Tonfilm seinen Siegeszug angetreten, fast gleichzeitig mit dem Beginn der Weltwirtschaftskrise, als die Reichmanns ihre Groschen für wichtigere Dinge brauchten. Lisa machte sich aus der flimmernden Leinwand längst nichts mehr, und Rudi hielt sich an Bücher. Deshalb ging auch Letta bei ihren Einkäufen in der Stadt achtlos an den Aushängen der Lichtspieltheater vorüber.

Am Beginn des Dritten Reiches, der ja mit ihrem Eintritt ins Gymnasium zusammenfiel, waren die Schülerinnen nachmittags von einer Lehrerin ins Kino geführt worden, zu Filmen wie »Hitlerjunge Quex« oder »SA-Mann Brand«. Letta hätte die dreißig Pfennige nicht bezahlen können und entzog sich der jeweiligen Pflichtübung mit einer Ausrede, damit nicht jemand auf die Idee käme, sie freizuhalten. Hast nichts versäumt, sagten die Mitschülerinnen am nächsten Tag. Schrecklich war das, immer diese Straßenkämpfe

und Schießereien, das hat man ja hier zur Genüge erlebt in der Systemzeit, da möchte man gar nicht mehr dran erinnert werden.
Ein Kino war für Letta so uninteressant wie eine Anwaltspraxis oder ein Steuerbüro. Bis zu jenem Sonntag Ende November 1934, dem letzten Sonntag vor dem Advent.
Sie ist elfeinhalb Jahre alt und steht wieder einmal unter dem Druck eines familiären Unheils. Opa Gottlieb ist gekommen, hat rotgeweinte Augen und erzählt, daß Onkel Peter von den Nazis verhaftet und weggebracht worden sei, wohin, das wolle man ihnen nicht sagen. Er hat verbotene Flugblätter verteilt, die von der sozialdemokratischen Partei in Holland für die deutschen Genossen gedruckt und über die Grenze geschmuggelt wurden.
Wir haben Minchen und die Kinder für ein paar Tage zu uns genommen, sagt Opa. Die Familie muß jetzt zusammenrücken, sich im Leid gegenseitig beistehen. Die Oma hat es besonders schwer getroffen: erst Alfred und nun Peter. Ob sie nicht morgen, Sonntag, zum Kaffee bei ihnen sein wollten, um Minchen aufzurichten und mal über alles zu sprechen?
Wir kommen, verspricht Lisa. Ist doch klar, Opa, daß wir kommen.
Tante Gusti ist gerade zu Besuch und sieht in Lettas Augen etwas wie Verzweiflung. Gusti hat auch kein leichtes Schicksal, obwohl ihr Hermann längst nicht mehr arbeitslos ist, und auf die Augensprache eines unglücklichen Kindes versteht sie sich.
Kannst du mir Letta nicht morgen zum Mittagessen schikken, Lisa? Hermann fährt nach Hamborn zu einem Fußballspiel, ich bin den ganzen Sonntag allein. Die Stimmung bei deinen Schwiegereltern momentan ist doch nichts für ein Kind. Hanni schadet es nichts, die kriegt das noch nicht mit.
Meinetwegen, sagt Lisa. Und: Vielleicht hast du recht.
Letta wird nicht gefragt. Sie könnte nicht sagen, ob sie gern

zu Tante Gusti geht oder nicht. Da aber Onkel Hermann abwesend ist, wird es am Ende ganz gemütlich, und zu essen gibt es sicher etwas Gutes. Dieses mit ihren Eltern befreundete Ehepaar versteht sich schon seit Jahren nicht mehr. Onkel Hermann geht fremd, hat Mutter gesagt, und die arme Gusti muß es schlucken. Scheiden lassen kann sie sich nicht, denn wovon sollte sie dann leben?
Es sind trübe Gedanken, die in Letta Platz greifen, als sie sich nach dem Kirchgang auf den Weg in die Arbeiterkolonie macht. Ob die Menschen sich nicht oft ihr Leben unnötig erschweren, fragt sie sich. Daß Vati von Unterstützung leben muß, ist ein Verhängnis, dagegen kann man nichts tun. Aber mußte Onkel Peter diese Flugblätter verteilen, daß er nun im Gefängnis sitzt? Mutter hat auch gemeint, es hätte nicht sein müssen, und ist heute früh sehr böse geworden, als Vati seinen Bruder verteidigte. Und weshalb sich Onkel Hermann mit fremden Weibern herumtreibt, wo er doch eine ziemlich hübsche Frau hat, ist ihr vollends unverständlich.
Drüben hinter den Bahngeleisen, beginnt die Zechenkolonie. Links ist der Konsum, rechts eine Metzgerei. Alle Häuser aus nachgedunkeltem Backstein, holzverkleidet, die Fensterrahmen weiß gestrichen. Die Straße ist mit Linden bepflanzt, die jetzt fast entlaubt sind, ein paar bereifte Blätter liegen auf dem matschigen Bürgersteig. Möchte sie hier wohnen? Eigentlich nicht. Gegen die Koloniehäuser mit ihren Vorgärten hat sie nichts, aber der Himmel ist hier auch an helleren Tagen immerzu vom Zechenqualm verdunkelt. In Wohlmuthausen liegt um diese Zeit vermutlich Schnee. Hoppla – nun hat sie sich verlaufen, sie ist um eine Seitenstraße zu weit gegangen. Wenn die Häuser aber auch alle gleich aussehen! Tante Gusti sorgt dafür, daß Letta ihre Traurigkeit abstreifen kann. In ihrem Wohnzimmer ist es warm und aufgeräumt, überall liegen Filetdeckchen, von der Tante gehäkelt in verschiedenen Mustern. Der Dauerbrenner in der Ecke wird mit frischen Briketts gefüllt und

bullert verstärkt vor sich hin; man sieht die Flamme hinter der Tür aus Marienglas.
Das Mittagessen ist ein Menü: Nudelsuppe vorweg, als Hauptgericht Kartoffelsalat mit Brühwürstchen, anschließend Schokoladenpudding mit Vanillesoße. Jetzt kann ich wirklich nicht mehr, vielen Dank, sagt Letta und wischt sich den Mund ab. So gut hat es mir lange nicht geschmeckt.
Während Tante Gusti den Tisch abräumt, darf Letta sich ein Album ansehen. Bleib nur sitzen, Kind, du brauchst mir nicht zu helfen. Das Geschirr wasche ich heute abend ab.
Das Album enthält Fotos von Filmstars, die hat Tante Gusti alle aus Onkel Hermanns Zigarettenschachteln gesammelt, denn sie ist eine leidenschaftliche Kinobesucherin. Letta kann nichts damit anfangen, ist aber höflich genug, Interesse wenigstens zu heucheln. – Willy Fritsch und Lilian Harvey stehen im Augenblick bei mir obenan, sagt die Tante, früher war das mal Camilla Horn. Und Marta Eggerth natürlich, das ist eine begabte Frau, wie die singen und tanzen kann! Schön wie ein Engel, eine Ungarin, aber hellblond. Die spielt in dem Film mit, den wir uns heute ansehen.
Wir gehen ins Kino?
Ja, das ist meine Überraschung für dich. Der Film heißt- »Leise flehen meine Lieder«, er ist jugendfrei.
Tante Gusti packt Bienenstich in ihre Tasche, kuckt noch mal nach dem Ofen, ob der auch richtig verschlossen ist, dann ziehen sie sich die Mäntel an und zockeln los. Nach Meerbeck, in Tante Gustis Stammkino. Der Nebel ist stärker geworden, und die Kälte auch. – Es hat ja schon angefangen, sagt Letta enttäuscht, als die Platzanweiserin ihnen mit der Taschenlampe voranleuchtet.
Dies ist aber nicht der Film, den sie meinen, der kommt etwas später. Es werden immer zwei Filme gezeigt, dazwischen die Wochenschau. Im Non-Stop-Verfahren. Wenn einem ein Film besonders gut gefällt und man hat genug

Zeit, kann man ihn sich zweimal ansehen, ohne noch einmal dafür bezahlen zu müssen. Man muß dann allerdings den ganzen übrigen Quatsch auch ein zweitesmal über sich ergehen lassen.
Letta denkt bei sich, daß ihr so was ja im Traum nicht einfiele und daß die Tante wohl ein bißchen spinnt.
Auf der Leinwand rollt ein Wildwestfilm ab, wo ständig einer den anderen niederschießt, ganz lässig aus der Hüfte heraus, es ist eine ekelhafte Knallerei, und man weiß überhaupt nicht, zu wem man halten soll, wer eigentlich im Recht oder im Unrecht ist, weil man ja den Anfang verpaßt hat. Es ist gleich zu Ende, sagt Tante Gusti, dann werden wir es wissen. Wer am Leben bleibt, ist auch im Recht gewesen, denn in diesen Filmen siegt immer die Gerechtigkeit.
Fox Tönende Wochenschau.
Endlich etwas Interessantes, wenn auch nicht durchweg Erfreuliches. Streiks in England, die Leute werden von Polizisten weggetragen, in Stockholm findet ein Frauen-Boxkampf statt, auch nicht gerade erhebend, und in den Slums von Chikago laufen zerlumpte Kinder herum und wühlen in Mülltonnen nach eßbaren Resten. Schließlich Deutschland, Marschmusik, Fahnen, Bürgerbräukeller. Der Führer spricht zum Gedenken an die Toten vor der Feldherrnhalle. Feierlichkeit herrscht und eine nicht zu übersehende Ordnung. Wenn man da an das Ausland denkt! Aber in Deutschland war es ja ähnlich vor nicht allzu langer Zeit. Der Reporter, der die Wochenschau kommentiert, brauchte nicht so zu brüllen, findet Letta. Man merkt auch so, daß bei uns alles besser ist.
Jetzt kommt der Hauptfilm, sagt Tante Gusti und drückt Letta ein Stück Bienenstich in die Hand. Der mit Marta Eggerth.
Dazu läßt man den Vorhang vor die Leinwand gleiten und zieht ihn gleich wieder zurück wie auf einer richtigen Bühne. Eine Musik rauscht auf, von der Letta sich bis ins

Mark getroffen fühlt. Sie beginnt eigentlich leise und steigert sich dann, und irgendwo, meint Letta, hab ich das doch schon gehört, vielleicht in einem früheren Leben? – Sie hat keine Ahnung, daß es der erste Satz aus Schuberts h-Moll-Sinfonie ist, sie spürt nur, daß sich etwas Ungewöhnliches begibt, daß da ein Tor aufgestoßen wird zu einer zauberischen, bisher verborgenen Welt. Die dann im Folgenden nicht nur aus Tönen besteht.
Der Film beginnt mit einem Gag. Wien kommt ins Bild, das Wien der Biedermeierzeit, mittendrin der sich von unten her allmählich verschlankende Turm der Stephanskirche. Kaum hat das Auge begonnen, das Bild mit Wohlgefallen zu betrachten, als es einem auch schon langsam entzogen wird. Es entpuppt sich als ein Gemälde, das ein Mann sich auf den Rücken geschnallt hat, um es ins Pfandleihhaus zu tragen. Mann und Bild entfernen sich, man darf ihnen noch eine Weile nachschauen, wie sie kleiner und kleiner werden.
Letta ist entzückt.
Franz Schubert steht erst am Anfang seiner Karriere, er ist noch Hilfslehrer an der einklassigen Schule in der Wiener Vorstadt Lichtenthal. An einer so niedlichen Schule möchte Letta auch einmal Lehrerin sein, – hätte sie doch bloß das Geigespielen nicht so früh aufgegeben damals bei dem Herrn Leopold! Schubert geht durch die Bankreihe und geigt seinen Schülern ein Lied vor, das er soeben komponiert hat. Den Text kennt Letta, es ist Goethes Heideröslein. Sie kennt auch eine Melodie dazu, die volkstümliche, aber die von Schubert klingt bei weitem schöner. Und wie diese ärmlich gekleideten Kinder das singen, mit welchen Stimmen – unglaublich!
Es sind die Wiener Sängerknaben, sagt Tante Gusti und gibt ihr einen kleinen Schubs. Vergiß deinen Bienenstich nicht, ich hab noch mehr davon.
Er hatte kein leichtes Leben, dieser Schubert. Heute spielt man seine Musik in der ganzen Welt, aber damals erkann-

ten nur wenige Freunde sein Genie, und er war gezwungen, sich mit Klavierstunden seinen Unterhalt zu verdienen. Einmal ist er bei einer vornehmen Frau auf ein Schloß eingeladen, um den anderen Gästen seine neueste Komposition vorzuspielen – es ist wiederum die zauberhafte Melodie vom Anfang des Films –, da fängt eine der eingeladenen jungen Damen plötzlich an zu lachen, ohne jeden Grund. Die Gastgeberin ist verärgert, und Letta ist geradezu empört. Sie findet es ganz in Ordnung, daß Franz Schubert sein Spiel abbricht, einfach aufsteht und den Saal verläßt. Die Gastgeberin nimmt dies leider übel auf, weil er doch bloß ein armer Musikus ist und kein Graf. Arme Leute müssen sich eben alles gefallen lassen, denkt sie.
Schubert ist so gekränkt, daß er die Sinfonie nicht zu Ende komponiert. Sie hat nur zwei Sätze gehabt, und beim Vorspielen des ersten Satzes hat ihn das junge Mädchen ausgelacht. Darum legt er die Komposition in die Schublade, und später wird sie »Die Unvollendete« genannt. So kommt das zustande. Letta hat eine Stinkwut auf diese dumme Person, die übrigens eine Komteß Esterhàzy ist. Von einer Grafentochter hätte sie mehr Bildung erwartet.
Das ist Marta Eggerth, flüsterte Tante Gusti ihr zu. Quetsch deinen Bienenstich nicht so zusammen, du hast dir schon den Mantel bekleckert.
Ist ihr doch völlig egal.
Eigentlich kaum zufassen, daß sich Franz Schubert dann ausgerechnet in diese Komteß Esterhàzy verliebt. Der Graf hat ihn als Klavierlehrer angestellt auf seinem Schloß in Ungarn, damit er seiner Tochter Unterricht gibt, und dabei verlieben sie sich ineinander. Eine Landschaft wird vorgeführt, gegen die selbst Wohlmuthausen verblaßt. Erst Wien, der Wienerwald, und nun die Pußta mit Ziehbrunnen, Hirten, Zigeunerweisen. Franz Schubert hat ein Lied komponiert, das dem Film seinen Titel gab, und Karoline Esterhàzy trägt es vor: »Leise flehen meine Lieder durch die Nacht zu dir.« Sie singt es zart, glockenrein und so innig,

daß Letta bereit ist, ihr das anstößige Lachen beim Konzert am Beginn des Films zu verzeihen.
Verstehst du, warum ich für Marta Eggerth schwärme? fragt Tante Gusti. Aber Letta hat mit Marta Eggerth nichts im Sinn, nur mit Komteß Esterhàzy.
Der alte Graf ist natürlich gegen die Verbindung. Was sich die beiden eigentlich denken, wettert er, wo Schubert doch bloß ein Musikus ist und nicht ebenbürtig. Nicht ebenbürtig! – denkt Letta und verzieht das Gesicht. Der soll erst mal versuchen, solche Musik zu machen, dieser eingebildete Knilch.
Aber Franz Schubert hat sich schon gedacht, daß aus der Sache nichts wird, und darum entsagt er seiner großen Liebe, nimmt Abschied und wartet nicht erst, bis man ihn hinauswirft. Er packt sein Bündel und geht langsam und traurig mitten durch die Kornfelder zu dem Gasthaus, wo immer die Postkutsche hält, die nach Wien fährt. Unterwegs sieht er am Feldrain ein Bildnis der Muttergottes, vor dem bleibt er stehen und betet ein Ave Maria. Weil ihm aber zu jedem Text immer gleich Melodien einfallen, er kann nämlich nicht anders, rauscht auch augenblicklich ein Gesang auf, der irgendwo in den Wolken zu schweben scheint und also wohl in Schuberts Geist: »Ave Maria, Jungfrau mild.«
Das sind wieder die Wiener Sängerknaben, sagt Tante Gusti, und Letta denkt, wie schön es wäre, den Film einmal ohne die Tante sehen zu können.
Ihr Gesicht ist tränenüberströmt – wann ist ihr das zuletzt passiert, daß sie derartig geweint hat? Und sie braucht sich gar nicht zu genieren, als es jetzt hell im Kino wird, denn die anderen Leute wischen sich auch die Augen und putzen sich die Nasen.
Es ist schon dunkel, als sie auf die Straße treten, und der Nebel so dicht, daß sie keine zwei Meter weit sehen können. Sie halten sich an die Staketenzäune der Vorgärten, um nirgends anzustoßen. Es stinkt nach Fabrikrauch und

an einer Stelle ganz penetrant nach Kloake, da hat jemand in seinem Garten geodelt. Tante Gusti ist schweigsam geworden, und das ist Letta sehr lieb. Nur einmal bleibt sie kurz stehen und fragt, ob es Letta auch so gehe, daß sie sich nach dem Kino ganz leer fühle, wie ausgehöhlt. Ihr gehe es leider so. Nach jedem Kinobesuch habe sie dieses Gefühl von Leere und Sinnlosigkeit.
Da kommt Letta nicht mit. Von Leere keine Spur. Im Gegenteil: sie ist angefüllt mit Bildern und Tönen.
Sie möchte nicht, daß Tante Gusti sie nach Hause begleitet, das sei viel zu weit. Kannst ja bis zum Bahnübergang mitgehen. Wo die Geschäftsstraßen anfangen, ist alles erleuchtet, da quatscht mich schon keiner an. – Und daß es ein schöner Tag gewesen sei, fügt sie hinzu, ein ganz besonderer Tag, für den sie Tante Gusti ewig dankbar bleibe.
Auch in der Stadt ist der Nebel so kompakt, daß die Lichter der Schaufenster ihn nicht durchdringen können. Letta fürchtet sich nicht im Dunkeln. Sie fürchtet sich auch längst nicht mehr vor Gewittern und schüttelt nur den Kopf, wenn Mutter bei Donner und Blitz die Wohnung verläßt und sich im Treppenhaus auf die unterste Stufe setzt. Dennoch ist sie ein ängstliches und nervöses Kind. Ihre Angst ist diffus und ohne festen Bezugspunkt, sieht man einmal von ihren Schwierigkeiten im Straßenverkehr ab und von ihrer Abneigung gegen Teer, bei dessen Geruch ihr schon schlecht wird. Die Verkehrsangst führt sie auf ihren Autounfall zurück, für ihren Widerwillen gegen alles Geteerte hat sie keine Erklärung. Sie weiß nicht, was eine Phobie ist, sie sieht nur, daß auch anderen Leuten manches widersteht: Felicitas zum Beispiel schüttelt sich, wenn sie gebratene Zwiebeln riecht, und Oma Meta schreit auf, wenn jemand mit dem Fingernagel über eine Tapete kratzt. Das kann man respektieren. Schlimm ist die Angst, die keinen Namen hat und kein Gesicht. Die einen morgens früh im Bett überfällt und dazu verführt, sich die Decke über den Kopf zu ziehen,

um die Welt zu vergessen. Und weil man nur bannen kann, was sich benennen läßt, hat Letta dieser Angst inzwischen einen Namen gegeben. Das ist wieder meine Morgengrauen-Angst, sagt sie sich, wenn ihr bei Tagesanbruch der Lebensüberdruß zusetzt. Die muß ich überwinden.
Nein, jetzt im Dunkeln und eingehüllt von dieser dicken Nebelsuppe fürchtet sie sich nicht. Wer sollte ihr etwas tun wollen? Wem sollte sie etwas bedeuten, da sie sich selbst nicht einmal wichtig ist? Wichtig allein ist, was sie heute erlebte.
Sie sitzt zu Hause am Küchentisch, hat die Ellbogen aufgestützt, die Fäuste in die Backen gestemmt und erzählt den Inhalt des Films. Mit lauter Stimme, damit auch Vati alles mitkriegt. Sie merkt nicht, daß die Eltern ihr längst nicht mehr folgen mögen, daß sie wieder einmal, egozentrisch und umweltvergessen, in einer Redeflut steckt und sich von ihr treiben läßt. Einzig Hanni hört fasziniert zu, mit weit aufgerissenen Augen. Kein Pokergesicht diesmal.
Laß es genug sein, Kind, sagt Mutter, vom Zuhören erschöpft. Wir freuen uns, daß du einen schönen Tag hattest. Was hast du eigentlich mit deinem Mantel gemacht, der schöne Sonntagsmantel, wie sieht der denn aus?
Sie nimmt ihn vom Stuhl, über den Letta ihn gehängt hat, und kuckt sich den Fleck an. Wie soll ich den bloß wieder rauskriegen? Es ist Buttercreme, sagt Letta. Von Tante Gustis Bienenstich. Entschuldige, daß ich nicht aufgepaßt hab.
So was würde Hanni nicht passieren, so klein die ist, behauptet Mutter. Die denkt praktisch und hält ihre Sachen in Ordnung.
Letta ist ernüchtert und fühlt sich mit einem Male sehr müde. Jetzt ist sie beinahe so leer wie Tante Gusti vorhin.
Als sie im Bett liegt, kommt Mutter noch einmal herein, um gute Nacht zu sagen. Hanni schläft schon.
In Wien möchte ich wohnen, sagt Letta, und Mutter antwortet: Wer möchte das nicht? Wien, Wien, nur du allein. Sei fleißig in der Schule, dann kanst du später hinfahren.

In der Tür, bevor sie das Deckenlicht ausknipst, dreht sie sich noch einmal um und sagt: Wir machen uns große Sorgen um Onkel Peter. Für das, was er getan hat, verhängen sie heutzutage die Todesstrafe. Und nun schlaf schön. Schlaf schön!

Noch vor Weihnachten erfahren sie, daß Onkel Peter mit einer Gefängnisstrafe davonkommt. Sie konnten ihm nichts nachweisen, erzählt Vati, weil die Genossen geschwiegen haben. Selbst unter der Folter haben sie keinen Namen preisgegeben. Onkel Peter ist nur als Mitwisser eingestuft worden und kommt im Frühjahr wieder frei. Ein Freund von ihm sollte zum Tode verurteilt werden, aber das Gericht hat auf eine lebenslängliche Zuchthausstrafe erkannt. Es gibt noch Richter in Deutschland. Kein Wort darüber, Letta, hörst du, zu keinem Menschen!
Das weiß Letta schon, daß man darüber nur innerhalb der eigenen vier Wände spricht.
Sie hat die Scharte in Mathematik ausgewetzt, ihre zweite Arbeit wurde mit Gut benotet. In Deutsch wird sie eine Eins bekommen. Sie strengt sich an, hat wieder ein Ziel. Kein festumrissenes, und es liegt auch noch in ferner Zukunft, aber es läßt sich bereits in Worte fassen: Wien, Wienerwald, Ungarn.
Nicht mehr Thüringen? fragt Lisa.
Nein, nicht mehr Thüringen. Was soll ich in der Rhön, wo es Wohlmuthausen für mich nicht mehr gibt?
Im Winter muß sie die Schularbeiten in der Küche anfertigen, weil die beiden Schlafzimmer nicht zu heizen sind. Seit ihr am Küchentisch einmal Mutters Kartoffelwasser über ihr Aufsatzheft spritzte, daß sie alles noch einmal schreiben mußte, hat sie sich den kleinen Korbtisch aus ihrem Zimmer in die Küche geholt und in die Fensternische gestellt, um dort unbehelligt arbeiten zu können. Auch Mutter hat jetzt beim Zubereiten des Essens mehr Platz und braucht nicht immer Rücksicht zu nehmen. Man kommt

sich eben leicht ins Gehege bei solcher Enge, und immer kann man sich nicht vor Gereiztheit hüten, auch bei gutmütiger Veranlagung nicht. Der Mensch hat Nerven.
Für den schwerhörigen Rudi ist das Radio die Verbindung zu einer Welt, die ihm bis dahin verschlossen war. Man sieht es ein und nimmt es hin, daß der Kasten manchmal in voller Lautstärke dröhnt. Wenn Letta allerdings ihre Hefte ausbreitet, stellt Vati das Gerät ab. Denn das ist ihm klar, daß sie bei Lärm ihre Vokabeln nicht lernen kann.
Die Nachbarinnen scheinen dies nicht zu erkennen, und darüber ärgert er sich. Lisa hat sich früher nie etwas aus Tratsch gemacht, erst in der Ulmenstraße fing sie damit an. Es schmeichelt ihr, daß diese Beamtenfrauen so gern mit ihr reden, ihren Rat hören wollen, sich um ihre Freundschaft bemühen. Wo sie es doch eigentlich nicht nötig hätten. Nur als Frau Wiedemann einmal sagte: Ich bin als Beamtentochter geboren und konnte darum nicht unter meinem Stand heiraten – da fand Lisa dies doch ein bißchen dumm. Aber hinauswerfen kann ich die Frauen schließlich nicht, sagt sie zu Rudi. Man hat sie auch mal nötig, sie borgen einem dieses und jenes. Das machst du dir nämlich nicht klar, daß ich in meiner Lage auf so was angewiesen bin. Bei jeder Wäsche leiht Frau Paschke mir ihren Wringer.
Rudi hört die Kritik heraus und hüllt sich in Schweigen. Wenn er sieht, wie Letta sich Watte in die Ohren stopft, weil sie sich bei dem Weibergetratsche in der Wohnküche anders nicht auf ihre Arbeit konzentrieren kann, nimmt er seine Mütze vom Haken und geht mit kurzem Gruß davon. In sein Refugium, zum katholischen Bahnhof.
Auch Letta hat nach einem bestimmten Erlebnis etwas gegen Beamte.
Tante Gerda kommt wieder einmal zu Besuch, das letztemal mitten in der Woche, sagt sie, nächstens kann ich nur noch sonntags. Die haben mir beim Arbeitsamt eine Stelle zugeschanzt, als Verkäuferin in einem Eier-Butter-Käse-Laden in Scherpenberg. Ausschlagen darf man das ja nicht.

Es fällt Letta auf, daß Tante Gerda über die Arbeitszuweisung gar nicht glücklich ist, und darüber macht sie sich ihre Gedanken. Vati würde an die Decke springen vor Freude, wenn er endlich eine Stelle bekäme. So verschieden sind die Menschen.
Tante Gerda drückt ihr ein Geldstück in die Hand: Hol ein Viertel Bohnenkaffee und Gebäck. Such das aus, was ihr am liebsten eßt!
Letta nimmt die Tasche und macht sich beschwingt auf den Weg in die Bäckerei. Sie hat seit Weihnachten kein Stück Kuchen mehr gegessen, schon bei dem Gedanken an Nußecken läuft ihr das Wasser im Mund zusammen. Im Laden ist sie die erste, hinter ihr treten noch zwei Nachbarinnen ein, aus der Ulmenstraße, ihr vom Ansehen bekannt.
Das Kuchenpaket erregt Anstoß. Euch Erwerbslosen scheint es ja noch ganz gut zu gehen. Teilchen mitten in der Woche, und alles von unseren Steuergroschen.
Auf der Straße muß Letta erst einmal tief durchatmen, um ihren Ärger loszuwerden. Das mit den Steuergroschen hat sie verstanden, darüber wurde sie von Vati aufgeklärt. Damit meinen sie die Brüningsche Notverordnung, die ihnen sechs Prozent vom Gehalt abzieht, damit der Staat die vielen Arbeitslosen ernähren kann. Erstaunlich findet Letta es nur, daß der Führer die Notverordnung nicht längst aufgehoben hat, das hatte er den Beamten vor der Machtergreifung doch fest versprochen. Damals gab es einen Schlager: Das ist die Liebe der Matrosen, auf die Dauer, lieber Schatz, ist mein Herz kein Ankerplatz. – Und nach dieser Melodie sangen die SA-Leute in Hochheide immer: Auf dem Brüning seiner Glatz' hat die Notverordnung Platz. – Nun gibt es diesen Brüning längst nicht mehr, und die Arbeitslosen sind weniger geworden, aber auf die sechs Prozent will der Führer nicht verzichten. Der ist eben auch hinterm Geld her wie alle anderen und denkt vielleicht, die Beamten hätten sich inzwischen an den Abzug gewöhnt. Haben die aber nicht.

Wenn Letta nach dem Mittagessen das Geschirr abwäscht, stellt sie dazu das Radio ein. Musik ist längst keine Geräuschkulisse mehr. Zweimal hat sie Glück gehabt, da spielten sie Schubert, die Wanderer-Fantasie und ein anderes Mal sein Impromptu in c-Moll. Dann wirft Letta das Geschirrtuch beiseite und kriecht beinahe in den Apparat hinein, und die Eltern sind mucksmäuschenstill, bis der letzte Ton verklingt.
Ein Radio ist eine herrliche Erfindung! schwärmt Letta. Bloß schade, daß man nie vorher weiß, was sie spielen, dann könnte man sich darauf einstellen.
Oh, das weiß man schon, sagt Vati. Es gibt ja ein festgelegtes Programm für jede Woche. Ich besorge es dir.
Opa bezieht den »Duisburger Generalanzeiger«, und in der Samstagausgabe ist das Rundfunkprogramm für die ganze nächste Woche abgedruckt. Er hat nichts dagegen, daß Rudi es herausschneidet und mit nach Hause nimmt. Wir hören ja kaum Radio, sagt er. Höchstens die Nachrichten, und die sind immer um dieselbe Zeit.
Jetzt wird der Samstag ein Tag, auf den man gespannt sein darf. Jedes angekündigte Konzert wird mit einem Rotstift unterstrichen, und mitunter ist sogar der Komponist verzeichnet. Bach, Händel, Haydn, Mozart – das alles überfliegt sie, es fehlt noch der Zugang, der sich erst langsam durchs Hören heranbilden muß. Vorerst bleibt sie mit fanatischer Ausschließlichkeit auf Franz Schubert fixiert. Da steht es: Forellenquintett. Oder: Schwanengesang. Es singt Willi Domgraf-Fassbaender.
Wenn es doch einmal die Unvollendete wäre! Wenn sie die einmal irgendwo zu hören bekäme! Zu wissen, daß solche Melodien in der Welt existieren, kann die Sehnsucht und die Ungeduld ganz schön in die Höhe treiben.
Der Januar ist gegen Ende hin grimmig kalt, sogar am sonst milden Niederrhein frieren Bäche und Baggerlöcher zu. Es dauert lange, bis man vor dem Einschlafen richtig warm wird, die Federbetten sind mit der Zeit dünn und klumpig

geworden. Mutter schiebt abends Ziegelsteine in die Backröhre, läßt sie heiß werden, wickelt Handtücher herum und legt sie in die klammen Betten ans jeweilige Fußende. Hauptsache, die Füße sind warm, sagt sie. Dann folgt der übrige Körper schon nach. – Das stimmt jedoch nicht immer. Wenn sie beide gar nicht aufhören können, mit den Zähnen zu klappern, kriecht Hanni zu Letta ins Bett. Es ist schmal, sie haben nur wenig Platz und können sich nur seitlich in die gleiche Richtung legen, ineinander gewölbt wie die Löffelchen im Besteckfach. Löffelkes-Liegen nennen sie es darum auch. Am Morgen sind sie unausgeschlafen und etwas steif, haben aber wenigstens nicht gefroren.
Mutter hat eine Aufforderung von der NS-Volkswohlfahrt bekommen, sie soll zwei Wolldecken in Empfang nehmen, die vom Winterhilfswerk verteilt werden. Als sie sich pünktlich bei der NSV einfindet, sogar ein bißchen früher als zur angegebenen Zeit, stehen vor ihr schon eine Menge Leute in einer Schlange, und ihr bleibt nur, sich hinten anzustellen. Es geht sehr langsam vorwärts, und erst nach mehr als einer Stunde ist sie endlich vorn an der Ausgabe angelangt. Da sind alle Decken verteilt, die letzten Leute in der Schlange müssen unbeschenkt nach Hause gehen. Tut uns leid, vielleicht das nächstemal. Was nützt das Schimpfen, sagt die Frau, die vor Lisa in der Reihe stand. Man hat ja keinen Anspruch drauf.
An der Haltestelle, wo Letta jeden Mittag nach dem Schulunterricht auf ihre Straßenbahn wartet, steht eine Litfaßsäule. Normalerweise wirft sie kaum einen Blick dorthin, weil sie sich für Reklame nicht interessiert, nun aber werden ihre Augen magisch angezogen von einem Namen, der sie wie kein anderer zu elektrisieren vermag: Franz Schubert. Es spielen die Wiener Symphoniker. Sie geben in Duisburg ein Konzert, und auf ihrem Programm stehen zwei Sinfonien, die »Tragische« und die »Unvollendete«. Da steht es schwarz auf weiß, oder vielmehr schwarz auf grün, denn es ist ein grünes Plakat.

Die Eintrittspreise – wieviel kostet so was? sie sind ziemlich klein gedruckt unter dem schwarzen Strich, die billigste Karte beträgt vier Mark. Da kann Letta nur resignieren, denn es käme ja noch das Fahrgeld hinzu.
Das Klingeln der Straßenbahn schreckt sie auf, sie reißt sich von dem Plakat los und springt rasch auf das Trittbrett des anfahrenden Wagens.
Eine Laune hast du heute, sagt Mutter, was ist das eigentlich für eine Laus, die dir über die Leber gekrochen ist? Hast in Französisch eine Zwei geschrieben und in Deutsch wieder eine Eins, da kann man doch froh und dankbar sein. Anderen Kindern fällt das nicht so zu wie dir.
Mir fällt überhaupt nichts zu, antwortet Letta mürrisch.
Aber der Himmel ist ihr gnädig. Das Konzert in Duisburg hängt noch zu hoch, das muß vorerst Zukunftsmusik bleiben, im wahrsten Sinne des Wortes. Zur Entschädigung gibt es das Kino. Und das Homberger Kino, an dessen Aushang sie durchaus nicht mehr unbeteiligt vorübergeht, kündigt für Freitag einen Film an, bei dessen Titel ihr das Herz zu klopfen beginnt: »Leise flehen meine Lieder.«
Daß die den hier auch spielen! Bis dahin hat Letta gemeint, jedes Kino bekäme seine eigenen Filme zugeteilt, und nun erfährt sie, daß sie von Stadt zu Stadt weitergereicht werden. Da wird sie aber aufpassen müssen.
Sie entwirft einen Plan, der einem Generalstäbler Ehre gemacht hätte. Sie erkundigt sich an der Kasse nach dem Preis des billigsten Platzes, sie erkundigt sich ferner danach, wann der Hauptfilm gezeigt wird, aha, direkt nach der Wochenschau läuft er als erster. Das ist gut. Dann kann sie drinnen sitzen bleiben und ihn bis zum Abend zweimal sehen.
Sie muß lügen und betrügen, anders geht es nicht. Sie ist daran gewöhnt, gesteht sich jedoch ein, daß sie den Ihrigen eine so faustdicke Lüge wie diese bislang noch nicht aufgetischt hat. Es gibt ihr einen Stich, als sie feststellt, wie arglos Mutter ihr auf den Leim geht. Der hat sie nämlich weisge-

macht, daß sie den ganzen Freitagnachmittag bei Felicitas verbringen möchte, ihr in Französisch helfen, wogegen Fee ihr im Austausch die letzten Matheaufgaben erklären will. Das macht mal schön, sagt Mutter, das ist eine gute Methode, sich gegenseitig in den Schwächen zu unterstützen. Wie es in der Bibel steht: Einer trage des anderen Last. Ausgerechnet die Bibel muß sie zitieren.

Um an die fünfzig Pfennig für den Kinoplatz zu kommen, ist Letta gezwungen, eine kleine Transaktion vorzunehmen. Sie erhält jeden Morgen von Mutter einen Groschen, damit sie sich in der Pause eine Flasche Milch kaufen kann. Die Halbliterflaschen werden von der Molkerei in die Schulen getragen, und in den Volksschulen bekommen die Kinder der Arbeitslosen diese Milch sogar umsonst. Am Gymnasium sind solche Kinder nicht vorgesehen, dort muß bezahlt werden. Die sechzig Pfennig pro Woche sind für Lettas Eltern ein Opfer, aber sie bringen es nicht ohne Grund: das Kind hat eine schwache Lunge.

Kannst du mir bis nächste Woche fünfzig Pfennig borgen? fragt sie am Donnerstag ihre Freundin.

Na klar! sagt Felicitas und kramt die Münze aus ihrem Federmäppchen.

Fünf Tage lang wird Letta auf ihre Milch verzichten, dann kann sie Fee am Mittwoch das Geld zurückgeben. Eigentlich ein hundsgemeiner Betrug an den Eltern, die es so gut mit mir meinen, denkt sie, und sicher werde ich deswegen mal in die Hölle kommen. Aber dafür habe ich vorher noch die »Unvollendete« gehört, sogar zweimal hintereinander.

Das Kino ist um diese frühe Stunde nur schwach besucht, sonst hätte sie sich womöglich in die allererste Reihe setzen müssen und vom Hochkucken ein steifes Genick gekriegt. Auch in der dritten Reihe ist sie der Leinwand so nahe, daß sie ihr Gesicht erheben muß, um den Bildern zu folgen. Ihre Freude wird dadurch nicht im mindesten geschmälert. Tante Gusti löst immer eine Karte für den Ersten Platz, der sich in der Mitte des Kinos befindet, und wenn gar ein Film mit Willy

Fritsch läuft, spart sie vorher und leistet sich eine Loge. Das ist dann wie ein Fest für mich, hat sie Letta erzählt.

Das Thema aus dem ersten Satz der h-Moll-Sinfonie klingt leise auf, und das dumpfe Kino erweitert sich zur Welt. Die Verzauberung ist die gleiche. Nichts von Abnutzung durch Wiederholung, eher das Gegenteil. Man dringt tiefer ein, kann auf Einzelheiten achten, erlebt genauer und intensiver. Keine Tante Gusti, die mit Bienenstich und überflüssigen Bemerkungen die Hingabe stört.

Nach dem Schlußbild, als sie den belanglosen Beifilm und die Wochenschau nebst Reklame über sich ergehen lassen muß, verspürt sie heftigen Hunger, da wäre ihr ein Stück Bienenstich schon sehr willkommen gewesen. Sie hat nur eine trockene Schnitte Graubrot dabei, die sie sich heute früh heimlich abgeschnitten und in die Manteltasche gestopft hat, weil das Frühstücksbrot allein für den ganzen Tag nicht reicht. Mutter denkt natürlich, daß sie bei Fee zu Mittag ißt.

Um fünf Uhr ist das Zwischenspiel ausgestanden, Schuberts Melodien erklingen aufs neue, und Lettas Kopf geht wiederum in die Höhe.

Es ist lausig kalt, als sie nach der Vorstellung das Kino verläßt, und dummerweise fährt ihr auch noch die Straßenbahn vor der Nase weg, sie hätte eben nicht mehr aufs Klo gehen sollen. Nun muß sie eine Viertelstunde warten. Sie trampelt auf der Stelle, weil ihr die Füße steif und gefühllos werden, sie kann die Schultasche kaum noch halten mit ihren starren Armen, der Atem dampft ihr vor dem Mund. In ihrem Innern aber ist alles Jubel und Musik. Es hat sich gelohnt, oh, und ob es sich gelohnt hat! Wieder und wieder würde sie es tun, auch wenn es niemand begreift. Man braucht nicht in allen Dingen das Einverständnis der anderen; es gibt Erlebnisse, die nicht übertragbar sind.

Du kommst aber spät, sagt Mutter. Habt ihr so viel für die Schule tun müssen?

Wir haben ein bißchen vorgearbeitet. Kann ich noch ein paar Bratkartoffeln haben?

Natürlich, nimm dir! – Und ein paar Minuten später: Du haust ja rein wie ein Scheunendrescher. Hast du denn bei Fee nicht zu Abend gegessen?
Doch, hab ich. Kartoffelsalat mit Fleischstücken drin. Ich glaube, es war Schweinefleisch.
Diese Ausrede wird akzeptiert. Das nachklappende Mißtrauen kommt unerwartet, aus einem nicht bedachten Zusammenhang. – Find ich komisch, sagt Mutter, daß die an einem Freitag Fleisch essen. Wo du mal erzählt hast, daß sie so fromme Katholiken sind.
Letta zuckt die Achseln.
Mit solchen Lügen bewegt man sich auf schmalem Grat, jeden Augenblick in Absturzgefahr. Der Doppelsinn des Wortes Schwindel fällt ihr ein: Ich schwindle, daß mir schwindlig wird. Für den äußersten Notfall wird sie Fee einweihen, die macht da mit. Ohne schlechtes Gewissen übrigens. Was denkst du, wie oft ich meine Eltern schon angeschwindelt hab? hat sie neulich noch gesagt. – Und wenn es rauskommt? – Dann kommt es eben raus. Deshalb reiß ich mir doch kein Bein aus.
So viele Beine, wie Fee sie sich *nicht* ausreißen würde, hat höchstens ein Tausendfüßler.
Zur Karnevalszeit gehen die Eltern nach Wochen einmal wieder abends aus. Sie wollen bei Tante Gusti und Onkel Hermann in der Kolonie ein bißchen feiern, mit Luftschlangen und einer Bowle. Tante Gerda kommt auch hin. Von den Krapfen, die Tante Gusti so gut backen kann, will sie Mutter für Letta und Hanni welche mitgeben, das hat sie schon versprochen. Man muß mal wieder eine Freude haben, sagt Vati, und wir können es ja unbeschwert tun, weil Onkel Peter bald freigelassen wird.
Es ist dafür gesorgt, daß auch Letta an diesem Abend ihre Freude hat. Schuberts fünfzehntes Streichquartett in G-Dur wird gesendet. Nicht vom Reichssender Köln, der in diesen Tagen bloß Büttenreden bringt und Schlager von Willi Ostermann, sondern von Radio Luxemburg. Vati hat ihr

den Sender genau eingestellt. Im Film, erzählt Letta, zünden sie sich beim Konzert immer Kerzen an, dann ist es noch feierlicher.
Kannst du auch haben, sagt Mutter und holt die Haushaltskerze aus dem Schrank, die auf einer Untertasse aufgeklebt dort immer steht, weil auf dem Speicher kein elektrisches Licht ist. – Die kannst du niederbrennen lassen. Und leg vorher noch ein paar Kohlen in den Herd, sonst mußt du mittendrin aufstehen. Hanni steck ins Bett, daß sie dich nicht stört.
Aber Hanni möchte auch Schubert hören. Laß sie sitzen, bittet Letta, Hanni stört überhaupt nicht.
Es wird ein wunderschöner Abend, gemütlich und warm. Das Streichquartett spielt, die Kerze brennt ruhig in der Dunkelheit, das Feuer im Küchenherd wirft durch die Lükke im innersten Ring einen Flackerschein gegen die Wand. Sie sitzen in ihren Nachthemden jede in einer Sofaecke, die Füße hochgelagert, bis zur Hüfte in eine Wolldecke eingehüllt. Einmal gibt es eine Störung, ein kratzendes Geräusch, aber Letta wagt nicht, am Knopf zu drehen, aus Sorge, den Sender zu verlieren. Es geht vorbei, schon klingen die Instrumente wieder sauber und weich. Hanni hört die ganze Zeit andächtig zu, erst während des letzten Satzes schläft sie ein. Als Letta sicher ist, daß nichts mehr kommt – die Absage in Französisch versteht sie bereits –, knipst sie schnell das Radio aus, damit nicht profanes Gequassel oder Schlagermusik die Stimmung verdirbt. Sie nimmt Hanni auf den Arm und trägt sie ins Bett.
Das ist ein Abend, den sie so leicht nicht vergessen wird. Das sind die Stunden, für die sich das Leben, trotz allem, lohnt. Und heute hat sie nicht einmal mit einem schlechten Gewissen bezahlen müssen.

13

Lettas Beziehung zur Schule bleibt ambivalent. Die Morgengrauen-Angst ist gelegentlich identisch mit Schulangst, vor allem, wenn eine Mathearbeit bevorsteht. An manchen Tagen aber macht die Schule wieder Spaß, der Lehrstoff ist interessant, und auf die Albernheiten in den Pausen möchte sie auch nicht verzichten. Dann lernt sie um der Sache willen, aus reiner Freude am jeweiligen Gegenstand. Nur wo Freude und Interesse erlahmen, wird das Ziel aus der Gedächtnistruhe hervorgekramt und mit Anstrengung blankgeputzt: ich kann mir schlechte Noten nicht erlauben. Wenn ich nachlasse, ist hier für mich Feierabend. Dann fliege ich von der Penne und kann als Ladenmädchen Schmierseife verkaufen. Ade dann, o Wien!
Es kostet viel Disziplin, im Alter von zwölf Jahren derart realitätsgerecht zu handeln und doch seine Träume in Sicherheit zu bringen, damit sie nicht Schaden leiden. Es kostet genau jene Disziplin, in der man eine frühe Übung erlangen muß und die niemals als ein Geschenk vom Himmel fällt. Die einem schon als Sechsjährige auferlegt wird, wenn Mutter die lässig hingekritzelten Buchstaben von der Tafel wischt und befiehlt: Die schreibst du noch einmal! Ich weiß, daß du es besser kannst. – Man fügt sich und nimmt sich zusammen, man lernt sogar, im Zustand der Müdigkeit die letzten Kräfte zu bündeln. Daß auch die Disziplin ihren Preis fordert, früher oder später, steht auf einem anderen Blatt.
Sie lamentiert nicht, wenn die anderen nach Schulschluß in die Eisdiele gehen, um dort bei Schokoladeneis mit Sahne noch ein bißchen lustig zu sein, bevor man sich trennt. Daß sie da nicht mithalten kann, wird von ihr nicht als Opfer empfunden, sie ist zu sehr daran gewöhnt. Fee weiß längst, daß Letta jede Einladung ausschlägt, weil sie keine Gegeneinladung aussprechen kann, und sie respektiert es.

Viel ärgerlicher an der Armut ist, daß sie allenfalls Trotz hervorzurufen vermag und keine Souveränität. Zum Selbstbewußtsein gehört ein Quentchen Freiheit und nicht diese Abhängigkeit von allem und jedem, von lächerlichem Kleinkram. In den alten Bänken sind Tintenfässer eingelassen, und nun will der Hausmeister sie nicht mehr füllen, weil die Kinder ja alle längst Füllhalter haben. Letta beschwert sich bei ihrem Klassenlehrer und läßt ihn erst gar nicht aussprechen, was er anscheinend aussprechen will. – Ich weiß nicht, was ich anfangen soll, wenn die Tintengläser hier weggenommen werden, sagt sie mit ungewohnter Härte in der Stimme. Denn einen Füllhalter, Herr Studienrat, den können meine Eltern mir nicht auch noch kaufen. Die Anspielung auf den großen Diercke hat er verstanden, und die trotzige Entschiedenheit in Lettas Stimme beeindruckt ihn immerhin so weit, daß er auf der Anschaffung des Füllers nicht besteht und wortlos davongeht. Nach der Pause findet sie auf ihrem Platz einen gebrauchten Füllhalter, gut erhalten und frisch mit Tinte gefüllt.
Es ist schon bitter, von einem Menschen etwas annehmen zu müssen, den man im Grunde haßt. Sollte sie den Mann bisher verkannt haben? Diese Handlungsweise paßt so gar nicht zu ihm.
Ich hab dir meinen alten Füller dahingelegt, sagt Fee, die wieder mal vom Klo zu spät kommt. Den wirst du ja hoffentlich nicht ausschlagen, so gut, wie wir uns stehen. Ich brauch ihn wirklich nicht, ich hab noch zwei andere.
Letta bedankt sich und atmet auf. Nun muß sie ihre Menschenkenntnis nicht revidieren, was in diesem Fall eine Selbstverleugnung erfordert hätte, für die sie einfach noch nicht reif genug war.
Zum Geburtstag im März, der im übrigen mit der Einführung der Allgemeinen Wehrpflicht zusammenfällt, wünscht sie sich einen Zirkelkasten, weil sie in der nächsten Klasse Geometrieunterricht haben wird, dazu Hefte, Schreibpapier, Buntstifte, Wasserfarben, Zeichenblöcke. Die Schule

geht vor. Nur wenn man auf dem Gebiet der Pflicht alles pedantisch geregelt weiß, darf man sich seinen Träumen überlassen. Dann werden es Träume, die einen tragen und halten, und man braucht keine Angst zu haben, darin zu ertrinken. Zu Tante Gusti sagt sie: Schenk du mir bitte nichts! Von dir wünsch ich mir, daß du mich ins Kino einlädst, wenn sie in Meerbeck wieder einen Wien-Film spielen.

Lisa hat sich endlich ein Paar neue Schuhe gekauft von Rudis heimlich gespartem Geld, das war sein Geburtstagsgeschenk. Konnte man ja nicht mehr mitansehen, wie du dir die Füße verdirbst in den durchgetretenen Latschen. Daß du dieselbe Schuhgröße hast wie Wilma, hab ich schon manchmal verwünscht.

Sag das nicht! protestiert Lisa. Wilmas Schuhe sind immer noch ganz gut im Schuß.

Sie feiern den Doppelgeburtstag bescheiden und wegen der räumlichen Enge in zwei Schichten: erst mit den Hüskens, dann mit den Reichmanns. Für Oma Meta ist es das letzte Beisammensein mit ihren Lieben. In der Woche darauf muß sie ins Krankenhaus, und als Peter, soeben auf freien Fuß gesetzt, sie dort besucht, trifft er auf eine Sterbende.

Daß sie Willi so gern noch mal gesehen hätte, ihn und seine junge Frau, vertraut sie ihm an, denn sie hat zum Schluß erfahren, daß Willi seine Ausreise aus der Sowjetunion betreibt, weil er es dort vor Heimweh nicht mehr aushält.

Sie war ganz klar bei Verstand, erzählt Onkel Peter, als er die Nachricht von Omas Tod in die Ulmenstraße bringt. Bloß daß sie mich immer mit Alfred verwechselt hat. Für den Alten ist es ein schwerer Schlag, er kann es gar nicht fassen. Er hat ja nicht gut mit ihr gelebt, aber ohne sie scheint es auch nicht zu gehen. Und nun allein in der großen Wohnung! Hoffentlich wird Willis Antrag auf Rückkehr genehmigt, dann kann er mit seiner Trudi gleich zum Opa ziehen.

Am Tag der Beerdigung regnet es, sie müssen aufpassen, daß sie vor dem offenen Grab auf dem Lehmboden nicht ausrutschen. Letta hält Hanni fest an der Hand. Sie haben keine schwarzen Mäntel, darum tragen sie einen Trauerflor am Ärmel. Oma hat ein Gewächs im Leib gehabt, daran ist sie gestorben, hat Vati erzählt. Hanni stellt sich vor, daß Oma Meta einen Kaktus verschluckt hat aus ihrer Topfblumensammlung im Türmchen, und Letta versucht vergeblich, ihr diesen Unsinn auszureden. Doch, doch, es war ein Kaktus, beharrt sie finster. Mit Stacheln dran. Wenn man so was im Bauch hat, muß man ja sterben. Dann weint sie, weil sie den Opa so bitterlich weinen sieht.
Letta hat keine Tränen. Dafür ein Gefühl wie Morgengrauen-Angst, obwohl es früher Nachmittag ist. Vom Rangiergeleise der nahen Kreisbahn dringen klirrende Geräusche herüber, in der Ferne tutet eine Zechensirene. Hinter dem aufgeschütteten Erdhügel sieht man Onkel Alfreds Grab, die Thuja darauf hat Oma Meta noch selber gepflanzt. Bei der Beerdigung damals war sie es, die so heftig geweint hat wie jetzt der Opa, und einmal wird auch der Opa nicht mehr weinen und still in seinem Sarg liegen. Manchmal geht das sehr schnell. Wie sie vorhin in der Kapelle gesungen haben: Es kann vor Nacht leicht anders werden, als es am frühen Morgen war. –
Nun tritt Oma Hüsken ans Grab, hager, schwarzgewandet, in einem Mantel, dessen Länge zufällig mit der Mode übereinstimmt, denn die kurzen Säume sind passé. Sie wirft drei Hände voll Erde auf den Sarg und sagt vor dem Weggehen laut und vernehmlich: Sie war eine gute Frau. Trotz allem. – Die kleine Einschränkung ist Friederike ihrer Aufrichtigkeit schuldig, denn sie hat sich mit Meta Reichmann bis zuletzt nicht geduzt.
Die sogenannte Nachfeier findet in Opas großer Wohnung statt. Nachbarinnen aus den unteren Stockwerken sind zum Helfen gekommen, sie haben weiße Schürzen umgebunden und stehen mit verschwitzten Haaren am glühen-

den Küchenherd, um immer wieder Kaffee in die Kannen zu füllen. In allen Zimmern ist gedeckt. Die Bäckerei in der Kirschenallee hat große Bleche voll Beerdigungskuchen angeliefert: Apfelschnitten, Streuselkuchen, Bienenstich. So ein lieber Mensch, die Frau Reichmann, sagen die Frauen. So gesprächig und lustig. Zuletzt soll es ziemlich rasch gegangen sein. Und noch so jung, erst siebenundfünfzig. Letta steht daneben und wundert sich, daß sie eine Siebenundfünfzigjährige für jung halten. Sie bietet ihre Hilfe an, möchte auch eine Kanne hineintragen, wird aber weggeschickt. Nee, Letta, du nich. Du has Trauer, geh du ma bei die andern und setz dich schön am Tisch.
Sie geht durch das Schlafzimmer in den Erker, wo die engste Familie sitzt, Opa Gottlieb, Onkel Peter, Tante Minchen und Vati. Die Vettern haben sich jeder ein Stück Kuchen vom Blech genommen und spielen unten auf dem Hof, und Mutter sitzt mit Hanni und den Hüskens bei den anderen Leuten im Wohnzimmer. Hier im Türmchen sind sie etwas abgeschieden, hier kann Onkel Peter es wagen, von seiner Haft zu erzählen. Er tut es mit gedämpfter Stimme, er muß vorsichtig sein. Letta sieht, wie Vati an seinen Lippen hängt und sich abquält, deshalb tippt sie ihn an und nickt ihm zu. Komm her, Kind, sagt er und rückt einen Stuhl an seine Seite. Es ist eine Übereinkunft zwischen ihnen, daß sie ihm zu Hause alles dolmetschen wird, was er nicht mitbekommen hat.
Geschlagen – erzählt Onkel Peter – haben sie mich nur ein einziges Mal. So ein junger Schnösel von der Gestapo. Auch noch frech werden! hat er geschrien, und dann mit dem Ochsenziemer über mich her. Den hab' ich fertiggemacht, so schnell konnten ihm die anderen gar nicht zu Hilfe kommen. Laß du dich mit einem Bergmann ein, Bürschen, hab' ich gesagt, meine Muskeln tun es noch lange, auch wenn ihr mich hier bloß mit Wassersuppe füttert.
Rudi ist voll Bewunderung für seinen Bruder. Er selbst, das weiß er, hätte nicht zurückgeschlagen.

Aber das hat ja wohl Folgen gehabt, meint Opa.
Onkel Peter nickt. Könnt ihr euch denken. Verschärften Arrest haben sie mir aufgebrummt, einen Tag überhaupt nichts zu essen. Aber dafür hat mich auch keiner mehr angerührt von denen.
Was jetzt mit seinem Arbeitsplatz wird, will Rudi wissen. Ob er nun stempeln gehen muß.
Ach, woher. Die sind auf der Zeche froh über jede Fachkraft. Unser Betriebsführer hat mich sofort wieder eingestellt. Er hat nicht mal von mir ein Bekenntnis zum Führer verlangt, nur daß ich mich nicht mehr politisch betätige. Der Boß ist ein prima Kerl, er macht es einem nicht unnötig schwer. Ich hab ihm das Versprechen gegeben und werde es halten, ich hab es auch Minchen gegeben. Wir müssen an die Kinder denken, und diese Lawine hält ein einzelner ja doch nicht auf gegen Millionen, die sich begeistern lassen. Im Pütt läuft die Arbeit rasant wie noch nie, für die Aufrüstung natürlich. Allgemeine Wehrpflicht, Nachtigall, ich hör dir trapsen. Wo das mal endet, kannst du dir an drei Fingern ausrechnen.
Drüben, im Wohnzimmer, sind sie beim Likör angelangt, Nachbarn und Bekannte. Die Hüskens hatten sich sofort verabschiedet, als die ersten Anzeichen froher Laune aufkamen, und Mutter steht mit hochrotem Kopf in der Tür zum Türmchen und winkt. Es ist Zeit, Letta, daß wir das Feld räumen, sonst hocken die hier noch bis gottweißwann herum. Dem Opa wird es auch zuviel. Zum Abendessen haben wir nicht eingeladen, wir feiern hier schließlich keine Hochzeit.
Anfang Mai erfahren sie, daß Willi Reichmann mit seiner Frau nach Deutschland zurückkehren darf. Opa Gottlieb hat bei seiner Zeche vorzeitig Urlaub genommen und tapeziert die Wohnung für das junge Paar. Ein Segen für den Opa, daß er nun nicht mehr allein sein wird, berichtet Vati. Der Mann wurde ja schon ganz trübsinnig. Er vermißt die Oma an allen Ecken und Enden. Sie hat immer so interes-

sant erzählt, sagt er, und nun redet keiner mehr mit ihm. In diesem Frühsommer lernt Letta einen neuen Begriff kennen: verbotene Literatur. Daß man Bücher verbietet, will ihr nicht einleuchten. Ist ein Buch schlecht, klappt man es zu, man muß es ja nicht lesen.
Onkel Karl ist der einzige in der Familie, der einen Bücherschrank besitzt, einen Schrank eigens für Bücher, oben verglast, damit man die Titel lesen kann. Onkel Karl ist ja auch kein Arbeiter, sondern ein Angestellter, also etwas Gehobenes, sagt Mutter. Kusine Anita ist eine höhere Tochter mit Schülermütze und Klavierunterricht. Das Klavier haben sie gebraucht gekauft, ein sperriges Ding mit schwarzer Politur, links und rechts sind drehbare Kerzenhalter angebracht, und obendrauf steht die Gipsbüste eines Mannes, der seine Lippen bis zu einem schmalen Strich zusammenkneift. Das ist Beethoven, sagt Anita, aber spielen kann ich von dem noch nichts, der hat ziemlich schwere Sachen komponiert. Auch Schubert ist bei mir noch lange nicht dran. Stell dir das mal nicht so einfach vor. Darum hält sich Letta an den Bücherschrank. Goehte brauchst du dir nicht aus der Bücherei zu holen, meint Onkel Karl, die Groschen könnt ihr sparen. Nimm dir die zwei Bände mit nach Hause, du kannst sie längere Zeit behalten, es eilt damit nicht.
Was er da unten stehen habe, fragt Letta, denn sie hätte sich gern einen Überblick verschafft für später, und Onkel Karl antwortet: Dir kann ich es ja verraten, du wirst das nicht hinausposaunen. Das da unten ist mein Giftschrank. Heinrich Heine, Heinrich Mann, Stefan Zweig, Jakob Wassermann. Es sind verbotene Bücher, deshalb stelle ich sie nicht hinter Glas.
Verboten – warum?
Sie wird mit einer vagen Erklärung abgespeist und fragt nicht weiter. Für solche Themen ist Vati zuständig, der ihr das hierzu Nötige sagt.
Auf Goethes Gedichte ist sie erneut gestoßen, und zwar

durch die Schubertschen Vertonungen, denen kürzlich eine eigene Sendung im Radio gewidmet war: Schubertlieder nach Texten von J. W. v. Goethe. Sie hat sich auf einem Zettel den Anfang eines jeden Gedichts notiert, schlägt in Onkel Karls Büchern nach und wird wieder einmal fündig. Wie lange hat sie sich nicht mehr mit Gedichten beschäftigt! In der Schule nehmen sie nur selten eines durch, da lesen sie jetzt Wilhelm Raabe.

Diese Bücher müßte sie in ihrem Besitz haben, um immer mal wieder hineinzusehen, denn man kann die Verse ja nicht alle auswendig lernen. Aber abschreiben kann man sich einige, sie hat da noch die alte Kladde liegen mit ihren eigenen Gedichten. O Gott, ist das ein Käu, was hat sie sich da eigentlich zusammengeschustert! Alles, alles ist erwachet, auch das Jagdhorn wieder schallt. Im Frühling. – Bloß weg damit.

Sie reißt die Blätter mit ihren eigenen Produkten kurzentschlossen heraus, verbrennt sie im Herd und handelt sich wegen dieser Eigenmächtigkeit eine Ohrfeige von ihrer Mutter ein. Lisa ist enttäuscht und empört. Ohne mich zu fragen, und: Die schönen Gedichte! Das mußt du schon anderen Leuten überlassen, ob die was taugen oder nicht. Nachdem das Donnerwetter ausgestanden ist, schreibt Letta in Schönschrift aus Onkel Karls Bänden heraus, was ihr wichtig erscheint: *Erlkönig, Wanderers Nachtlied, An den Mond, Der Musensohn, Ganymed, Prometheus,* nicht zu vergessen das *Lied des Harfners* »Wer nie sein Brot mit Tränen aß«. Ach, Wohlmuthausen. Meine Kammer dort oben mit den rotkarierten Betten! Aus und vorbei. Von wildfremden Menschen besetzt. Im Januar dieses Jahres haben sie die liebe Amande in Meiningen beerdigt, und Gudel erwartet ihr zweites Kind. Das geht mich nichts mehr an. Sie muß zum Zahnarzt, blättert in alten klebrigen Zeitschriften, stutzt bei einem bibliographischen Hinweis. Im Jahr 1928, zum hundertsten Todesjahr von Franz Schubert, ist ein Buch über ihn erschienen, eine Lebensbeschreibung. Den

Titel merkt sie sich, auch den Verfasser, vielleicht haben sie den Band in der Friedrich-Wilhelm-Bücherei.
Nein, sagt man ihr dort und verweist sie an die nächste Buchhandlung. Der Buchhändler sei ein netter, zuvorkommender Mann, der würde ihr die Biographie sicher ausleihen, wenn sie die für eine Arbeit brauche.
Der Buchhändler ist ein netter, zuvorkommender Mann. »Franz Schubert, Skizze seines Lebens und Wirkens« von Max Friedländer? Da müsse er leider passen. Friedländer sei Jude, seine Werke zählten zur verbotenen Literatur. Ja, ich weiß schon, sagt Letta traurig, diese Bücher haben Sie in Ihrem Giftschrank stehen.
Daraufhin ist der Buchhändler nicht mehr nett und schon gar nicht zuvorkommend. Sie wird barsch zurechtgewiesen und kann gehen. Von den Arbeitern, die Rudi aus seinem Schachclub kennt und denen er manchmal die Haare schneidet – spät abends, wenn mit Kontrollen nicht mehr zu rechnen ist –, gehört einer zu den sogenannten Alten Kämpfern. Es ist der Kasulke, oder der »Herr Kasulke«, wie Rudi ihn mit Betonung nennt, weil Lisa auch immer von »Herrn« Wiedemann spricht.
Herr Kasulke kommt jetzt nicht nur zum Haareschneiden. Zweimal in der Woche erscheint er bei Reichmanns und zieht ein paar beschriebene Blätter aus der Aktenmappe, Briefentwürfe, die Rudi ihm in Stil und Rechtschreibung korrigieren möchte, bitte. Herr Kasulke bringt für seinen neuen Beruf als Vorsteher eines NS-Büros zwar die rechte Gesinnung mit, nicht aber die rechte Orthographie. In absehbarer Zeit soll er eine Schreibkraft bekommen, der er dann nur noch zu diktieren braucht, und bis dahin mag er sich nicht blamieren. Wer mag das schon?
Rudi bringt die Briefe in Ordnung und schreibt sie sorgfältig ab. Geld will er dafür nicht nehmen, es sei ein Freundschaftsdienst, aber damit kommt er bei Herrn Kasulke schlecht an. Wir Nationalsozialisten sind doch keine Ausbeuter, sagt er vorwurfsvoll und legt Rudi zwei Mark hin.

Lisa findet auch, daß man die zwei Mark ruhig nehmen kann, und reiht den Kasulke von diesem Tag an unter die Herren.
Das große Ereignis des Sommers ist natürlich die Rückkehr von Willi Reichmann aus Nowosibirsk, die »Heimkehr des verlorenen Sohnes«, wie die bibelfeste Lisa es nennt. Mit dem wird man jetzt endlich reden können, frohlockt Onkel Peter, der ist geheilt. Der hat die Nase pleng von seinem Sowjetparadies. Auch Letta freut sich auf Onkel Willi, den sie noch in guter Erinnerung hat, und ist vor allem neugierig auf seine Frau. Die werden einem viel Abenteuerliches zu erzählen haben, die kommen ja fast vom anderen Ende der Welt.
Leider kann sie an dem wichtigen Tag des Wiedersehens in Opas Wohnung nicht teilnehmen, weil sie mit den Jungmädeln auf Fahrt geht. Diese Fahrt mit der Kreisbahn nach Xanten war schon geplant, als Fräulein Meier noch die Jungmädel führte, ihre ehemalige Lehrerin, die auch dafür sorgte, daß Letta weder Fahrgeld noch Eintritt für das Amphitheater bezahlen mußte. Inzwischen hat man Fräulein Meier abgesetzt, weil sie als Führerin zu alt sei. Jugend soll durch Jugend geführt werden, heißt jetzt die Parole, und die neue Jungmädelschaftführerin ist fünfzehn Jahre alt, hat lange Zöpfe und ein schnippisches Wesen. Ihr Vater ist Studienrat und Gebietsführer bei den Pimpfen. Als Gebietsführer darf er ruhig Familienvater sein, nur bei den unteren Chargen achten sie auf Jugendlichkeit.
Felicitas hat Letta für die Fahrt ihren Affen geborgt, in den man alles verstauen kann, was man unterwegs braucht: Proviant, Trainingsanzug, Turnschuhe, Badezeug, Kulturbeutel. Ein Kochgeschirr und eine zusammengerollte Wolldecke werden obendrauf geschnallt. Tschüs, sagt Letta, als sie die Wohnung verläßt, und grüßt mir Onkel Willi einstweilen. Schade, daß ich heute nicht mit euch gehen kann. Aber aufs Theater freu ich mich doch sehr.
Sie trägt jetzt die richtige Uniform: den blauen Rock, die

weiße Bluse mit dem schwarzen Gebietsdreieck am Ärmel, um den Hals Schaltuch und Knoten. Ihre alte Kletterweste tut es noch, obwohl sie um die Brust ein bißchen spannt, denn Letta kriegt allmählich einen Busen. Der Rock ist nicht ganz vorschriftsmäßig, der müßte an die Bluse angeknöpft werden. Im Laden von Holtmann kann man vorschriftsmäßige Uniformteile kaufen, konnte man schon vor der Machtergreifung. Aber woher nehmen und nicht stehlen? wie die Mutter immer sagt, und darum trägt sie einen Rock, den Tante Erna ihr aus einem blauen Kleid von Oma Meta genäht hat. Der Holtmann steht übrigens längst nicht mehr hinter der Theke in seinem Uniform-Geschäft, den haben sie mittlerweile zum Landrat gemacht. Ein Goldfasan, sagt Vati, und platzt bald aus allen Nähten. Wenn so einer zu Geld kommt, schlägt er sich erst einmal den Wanst voll.
Vom Amphitheater in Birten ist Letta enttäuscht. Man führt »Kriemhilds Rache« auf, den letzten Teil von Hebbels Nibelungentrilogie, und angesichts des grausigen Geschehens unten in der Arena fragt sie nun doch, was sie sich denn davon versprochen hatte? Sie kennt ja die Sage, sie weiß, was die rachsüchtige Kriemhild alles anrichtet, daß sie sogar ihr eigenes Söhnchen in Gefahr bringt und preisgibt – aber es ist doch etwas anderes, ob man es still für sich liest oder vor seinen Augen ablaufen sieht. Die Schauspieler drehen mächtig auf. So blutig, denkt Letta, muß es vor zweitausend Jahren hier in Wahrheit zugegangen sein, als man in dem runden Fleck die christlichen Märtyrer von wilden Tieren zerfleischen ließ. Einer hieß Viktor, der wurde dann heiliggesprochen.
Großartig, die Kriemhild, nich? fragt eine neben ihr. Letta schüttelt den Kopf. Und ist gleichzeitig ein bißchen unsicher über sich selbst, weil sie an diesem Gemetzel nichts Großartiges finden kann. Ich tauge nicht zur Heldin, überlegt sie, woran mag das liegen? Es wird überall Mut und Tapferkeit und Kühnheit verlangt, wozu, ist nicht recht ersichtlich, aber verlangt wird es, und es gilt als eine große

Schande, wenn man vor irgend etwas Angst hat. Hart wie Kruppstahl soll die deutsche Jugend sein, hat der Führer gefordert. Endlich haben sich die Nibelungen in der Arena gegenseitig umgebracht, und die Führerin pfeift ihre Jungmädelschaft zusammen. Durch dunkles Gehölz marschieren sie zu ihrem Nachtquartier, einem Bauernhof in der Nähe des alten Rheinarms. Dort schlafen sie in einer Scheune auf Stroh.

Um sieben in der Frühe reißt die Trillerpfeife sie aus dem Schlaf. Badeanzüge anziehen, hopp, hopp. Und dann, als sie noch etwas verfroren über den Hof schleichen: In Linie zu einem Glied antreten, marsch, marsch! Durchzählen! Zu dreien abzählen! Rrrechts – um! In Dreierreihen formieren – eins, zwei, drei! Im Gleichschritt – marsch! Ein Lied.

In Turnschuhen und Badeanzügen.

Die Bauersleute stehen unter der Tür, sehen sich die seltsame Marschkolonne an und fassen sich an den Kopf.

Im Altrhein nehmen die Jungmädel ein Bad, jubeln und planschen und werden nun erst richtig wach. Als sie nach dem Mittagessen – es gab Erbsen mit Speck – in Richtung Xanten marschieren, ist es so heiß, daß der Teer in den Fugen des Straßenpflasters schwarzsilbrig glänzt und an den Sohlen klebenbleibt. Letta fühlt, wie ihr schlecht wird. Sie hat von dem Eintopfgericht nichts essen können, nur eins von Mutters Käsebrötchen, das schon ein bißchen ledrig war. Vornweg marschiert Jungvolk, ein Pimpf schlägt den Marschtakt auf einer Landsknechtstrommel. Singen – drei, vier.

»Wir ziehen über die Straßen
mit ruhig festem Schritt, festem Schritt.
Und über uns die Fahne
die knallt und flattert mit.
Dong-dong, do-hong, hei-diri-diri-dong.«

Die Jungmädel haben keine Fahne, nur einen Wimpel, und der kann jetzt weder knallen noch flattern, da es absolut windstill ist. Die Hitze kocht. Auf dem kleinen Marktplatz

in Xanten findet eine Kundgebung statt, der Landrat wird zu der Jugend seines Kreises sprechen, deshalb marschiert diese Jugend in ihren Uniformen vor ihm auf. Das Ganze – halt! Nun stehen sie im Viereck, einige hundert, zackig und stramm und prima auf Vordermann gebracht, denn Ausrichtung ist das wichtigste.
Einer, der bisher Wäsche verkauft hat oder Uniformen, muß nicht unbedingt ein guter Redner sein. Leider hält er sich für einen solchen, das ist das fatale. Er redet gern, und darum redet er lange. Ein Deutsch wie von Herrn Kasulke. Die Frau Landrat wird immer blonder, hat wohl ein bißchen nachgeholfen mit Wasserstoffsuperoxyd. Steh gerade, Letta! – zischelt es hinter ihr, und sie hebt ruckartig den Kopf. Das hätte sie nicht tun sollen. Doch ist eine Ohnmacht gar nichts so Schreckliches. Es wird Nacht, und man versinkt in lauter Watte.
Als sie zu sich kommt, liegt sie auf einer Bank in einem Wirtshaus. Einige Kameradinnen bemühen sich um sie, tauchen einen Lappen in kaltes Wasser, legen ihn ihr auf die Stirn. Nur die Führerin ist ärgerlich. Schlappmachen, das hab ich gerade gern. Ausgerechnet eine aus meiner Schaft.
Gegen Abend fahren sie mit der Kreisbahn nach Hause, da fühlt sich Letta wieder ganz normal. Den Eltern erzählt sie: Stellt euch vor, als der dicke Holtmann seine lange Rede hielt, bin ich doch wahrhaftig umgekippt, einfach so.
Man erzählt immer viel zuviel. Das muß sie noch lernen, zur richtigen Zeit den Mund zu halten, darin könnte sie sich an Hanni ein Beispiel nehmen. Aus Hanni wird so rasch keiner klug, und es ist ihr schon oft zum Vorteil ausgeschlagen. Denn jetzt wird Letta von den Eltern zum Gesundheitsamt geschickt zu einer Generaluntersuchung und muß zwei Nachmittage dafür opfern.
Das Ergebnis ist zufriedenstellend. Die Lunge ist in Ordnung, doch hat Letta wieder einmal erhebliches Untergewicht, weil sie zu rasch gewachsen ist. Der Stadtarzt ver-

schreibt ihr Traubenzucker. Es ist ein neu eingestellter Arzt, der sich über die Arbeitslosigkeit und ihre Folgen seine besonderen Gedanken macht. Früher hab ich immer Pepsinwein verschrieben, der den Appetit anregt, sagt er zu Letta. Bis ich drauf kam, was das für ein Blödsinn ist bei Kindern, die zu Hause nichts zu beißen haben. Die bekommen dann ja noch mehr Hunger als vorher. Letta fragt sich im stillen, ob er vielleicht dabei ist, ein Medikament zu erfinden, das den Appetit bei armen Kindern gänzlich stoppt, daß sie überhaupt nicht mehr zu essen brauchen.
Fünf Jahre arbeitslos, fährt der Doktor fort, wie haltet ihr das nur aus? Aber lange kann es nicht mehr dauern. Dein Vater ist bestimmt bald dran, es wird jetzt jeder gebraucht.
Dieses Gespräch behält Letta für sich.
Wenn Vati und Onkel Peter hofften, daß sich mit ihrem heimgekehrten Bruder Willi nun vernünftiger über Politik reden ließe, dann hatten sie sich geschnitten. Nachdem der Rausch des Wiedersehens verflogen ist, präsentiert sich dieser Willi Reichmann als ein allzusehr Bekehrter.
Sie glauben ihm ja gern, daß der Gegensatz zwischen einer deutschen und einer sibirischen Arbeiterfamilie ein eklatanter ist; daß Errungenschaften, die im Westen längst als selbstverständlich gelten, in der Sowjetunion noch lange nicht verwirklicht sind. Nur finden sie beide, Rudi und Peter, daß ihr Bruder dies auch vorher habe wissen können. Was hat er sich denn vorgestellt?
Der deutsche Mensch! – zitiert Peter Reichmann, als er mit Rudi unter vier Augen über Willis eigenartige Wandlung spricht. Immerzu: der deutsche Mensch. Ich kann es schon nicht mehr hören.
Ich auch nicht, pflichtet Rudi ihm bei. Früher, wenn man da mal sein Vaterland erwähnte, hat er drauf gespuckt. Und auf einmal bläst er die nationale Flöte.
Wundert es dich? fragt Peter zurück. Im Grunde ist er sich gleich geblieben. Er hatte immer was Radikales, ich kann mir nicht helfen. Schon als wir Kinder waren. Erinnere

dich, wie rabiat der immer Fußball spielte – Aber davon weiß Rudi nichts, es fällt Peter gerade noch ein. Entschuldige, das warst gar nicht du, das war Alfred. Du hast ja nie Fußball gespielt, bloß immer gelesen.

Einmal gerät Onkel Peter wieder mit seinem Bruder Willi in Streit, weil der die nationale Flöte bläst. Da hört Letta ihn plötzlich sagen: Als Kommunist warst du mir lieber!

Sie faßt es nicht, ihre Verwirrung ist komplett. Gerade Onkel Peter hatte früher immer so eifrig versucht, Onkel Willi von seinem Kommunismus abzubringen. Es ist schon ein Kreuz mit der Politik. Und die Heimkehr der »Sibiriaken« hat nichts Interessantes oder Abenteuerliches an sich, sie erzählen überhaupt nichts von ihren Erlebnissen in jenem fernen Land, sie sind froh, daß sie es hinter sich haben. An Tante Trudi ist das einzig Interessante, daß sie demnächst ein Baby bekommt.

Mitte Juli tritt eine Diphtherie-Epidemie auf. Es gibt gleich zu Anfang mehrere Todesfälle, als die Leute noch nicht wußten, um welche schwere Krankheit es sich bei ihren Kindern handelte, und darum zu spät nach dem Arzt schickten. Im Umkreis werden sämtliche Schulen geschlossen, drei Wochen vor den großen Ferien. Furcht breitet sich aus, und sie ist nur zu begründet.

Die Reichmanns bangen um Hanni. Nach den ersten Anzeichen – Fieber, Erbrechen, Schluckbeschwerden – ist Lisa zu den Paschkes hinuntergelaufen, die ein Telefon haben, und hat ihren Hausarzt angerufen, denselben, der schon bei Lettas Geburt dabei war. Er ist alt und grau geworden, trägt immer noch seinen abgeschabten Lodenmantel und strampelt bei jedem Wetter auf seinem Fahrrad zu den Patienten, die dreieckige Tasche hinten auf dem Ständer. Gewissenhaft und pflichtgetreu, ein Asket unter den Jüngern Äskulaps, hat er vor allem jenem Tod den Kampf geschworen, der sich einem Kinderbett zu nähern wagt.

Er untersucht die fiebernde Hanni, sieht ihr in den Hals, streift ihr das Nachthemd herunter. Dann nickt er zufrie-

den. Die Diagnose ist klar. Das da, sagt er, auf die rosa Flecken deutend, von denen Hannis Schulter übersät ist, das ist keine Diphtherie, das ist eindeutig Scharlach. Und für Scharlach besteht zur Zeit keine Meldepflicht, den Deuwel werde ich tun. Die legen mir das Kind dann auf die Isolierstation, und dort wird sie sich eine Diphtheritis holen. Macht der Onkel Doktor nicht, Hanni, hab man keine Bange. Du bleibst bei Muttern, die pflegt dich gesund. Letta hat Scharlach gehabt, die ist immun.
Er verschreibt Lutschtabletten, einen fiebersenkenden Tee, eine Flasche Sagrotan. Immer alles schön desinfizieren, mahnt er, und oft die Hände waschen. Ich komme morgen wieder.
Er kommt jeden Tag.
Dieser Mann wird mal einen besonderen Platz im Himmel einnehmen, prophezeit Lisa. Was ich dem schon zu verdanken habe!
Es ist eindeutig Scharlach. Die Halsschmerzen vergehen, die Temperatur wird normal, nach vierzehn Tagen fühlt Hanni sich pudelwohl und findet es komisch, daß sie sich überall pellt. Nicht die Haut abziehen, Hanni, du wirst ja ganz wund. Die Epidemie klingt ab, schwere Fälle sind nicht mehr aufgetreten. Und als alles ausgestanden scheint, Anfang September, als Hanni längst wieder im Sandkasten spielen darf, erleidet sie einen Rückfall, eine Nach-Krankheit. Das Kind wird von einem so schmerzhaften Gelenkrheuma befallen, daß man es durch die Wände hindurch weinen und stöhnen hört.
Es sind Tage, an denen einen nichts freut, an denen einem auch nichts gelingt. Letta kommt aus der Schule, wirft die Tasche in die Ecke, kniet neben dem Sofa, auf dem die wimmernde kleine Hanni liegt. Sie ist nur mit einer leichten Wolldecke zugedeckt, da sie das Gewicht auch eines dünnen Oberbetts auf ihrem Körper schon als Qual empfindet. Mein Stüppken, mein armer kleiner Lepamuck! Und Hanni jammert: Meine Beine, oh, meine Beine!

Rudi ist mit dem Fahrrad unterwegs, vielleicht irgendwo Haare schneiden, wo er es riskieren kann, doch hat er auch eine große Tasche mitgenommen, um Spitzmorcheln zu sammeln. Das ist seine Legitimation, denn in Wahrheit nimmt er Reißaus vor dem Anblick seines gepeinigten Kindes, dem er nicht helfen kann. Seine Hilflosigkeit in allem und jedem nimmt nachgerade überhand.
Das Kind wird gesund, muß nicht mehr leiden, kann wieder herumgehen. Langsam kehrt der Appetit zurück. Verwandte und Freunde haben gespendet: Apfelsinen, Bananen, Kakao, Honig, Büchsenmilch. Es sind Gaben, die wie Manna vom Himmel fallen, da mit ihnen zuverlässig nie zu rechnen ist. Sie können auch ausbleiben, man hat ja keinen Anspruch drauf.
Mit dir ist doch irgendwas, sagt Lisa in diesen Tagen zu Letta, sie sagt es nun schon zum drittenmal. Mich kannst du nicht verkohlen. Seh ich dir doch an, daß bei dir was schiefgelaufen ist. Also.
Letta starrt vor sich hin.
Mit der Schule? So sag es schon endlich.
Ja, mit der Schule. Es könnte sein, daß hier demnächst ein blauer Brief eintrifft. Daß man mir die Freistelle nimmt. Ich bin in Physik drangekommen und hab nichts gewußt, und die letzte Arbeit in Mathe wird wahrscheinlich ein Mangelhaft. – Letta wirft sich über den Korbtisch und fängt an zu schluchzen.
Lisa weint nicht, sie überlegt. So schnell schießen die Preußen nicht, sagt sie. Das war in letzter Zeit manchmal zuviel, das ist uns allen an die Nieren gegangen. Kein Wunder, daß du nicht lernen konntest. Eh du die Freistelle verlierst, geh ich erst mal zu deiner Direktorin und erzähle ihr, was hier los war. Und jetzt, wo Hanni es hinter sich hat, wirst du auch wieder lernen können. Du mußt dich eben dahinterklemmen.
Nein, meint Letta und wischt sich das Gesicht ab, so einfach ist das nicht, Mutter. Du stellst dir vor, Lernen ist

immer Auswendiglernen. Man setzt sich hin, schlägt das Buch auf und strengt sich an. Nützt mir aber gar nichts, wenn ich das Geometriebuch aufschlage, ich hab's nämlich nicht kapiert. Da kannst du dich dahinterklemmen, wie du willst, davon geht dir noch lange kein Licht auf. Fee kommt auch nicht mehr mit, die nimmt Nachhilfestunden. Ich müßte jemanden haben, der es mir erklärt.
Es ist eine neue Erfahrung für Lisa Reichmann, daß ihre Älteste in der Schule irgend etwas nicht begriffen haben könnte. Bei ihrer Intelligenz, und wo ihr doch »alles nur so zufällt«. Sie ist irritiert, sinnt aber sofort auf Abhilfe. Onkel Karl wird dir helfen. Der war immer gut in Mathematik, er hilft Anita auch jedesmal, wenn sie was nicht verstanden hat. Nimm dein Geometriebuch und fahr zu ihm hin. Bis Homberg gilt deine Monatskarte, für den Rest der Strecke gebe ich dir fünfzig Pfennig mit.
Letta packt das Buch, den Zirkelkasten und ihre Schreibsachen in die Mappe und geht zum Königlichen Hof. In Homberg steigt sie aus, sie hat keinen Fahrschein gelöst, den Weg nach Ruhrort über die Brücke kann sie zu Fuß gehen. Wenn sie stramm durchmarschiert, schafft sie ihn in einer halben Stunde. Die fünfzig Pfennig spart sie sich für einen Kinobesuch, sie hat schon einen ganz bestimmten Film im Auge.
Es ist ein Mittwoch, der Tag, an dem Onkel Karl nur vormittags im Büro sein muß, und so trifft sie ihn zu Hause an. Anita ist nicht da, die hat Klavierstunde, und Tante Berta verzieht sich mit Oma in Tante Ernas Nähstube, damit die beiden Mathematiker nicht abgelenkt werden.
Sieh mal, Letta, ich ziehe jetzt eine senkrechte Gerade von der Spitze auf die Grundlinie, so kann man die Höhe des Dreiecks bestimmen. Wenn ich nun in einem rechtwinkligen Dreieck die eine Kathete als Grundlinie annehme – sagen wir: diese hier –, so gibt mir die andere die Höhe an, ist das klar? Ich glaube, da hat der Fehler in deiner Rechnung gesteckt. Geometrie ist eigentlich leichter als Algebra,

weil man das meiste sofort durch Anschauung beweisen kann. Den Lehrsatz zum Beispiel, daß beim Dreieck eine Seite stets kleiner ist als die Summe der beiden anderen oder der Unterschied zweier Seiten immer kleiner als die dritte. Das werde ich dir gleich demonstrieren.
Wart mal, sagt Letta, laß mich das tun. Damit du siehst, daß ich's kapiert habe.
Gut, mach nur zu.
Dann sagt Onkel Karl noch, daß er ihr Geometriebuch schlecht findet, weil es keinerlei Erklärungen enthält und alles immer voraussetzt. Es kann ein Schüler doch krank werden, der hat dann keine Möglichkeit, den Stoff nachzuarbeiten. Er hat da so eine alte Schwarte im Schrank liegen, Raumlehre für das Selbststudium, die will er Letta mitgeben. Denn er, Onkel Karl, hat sich viele Kenntnisse in Geometrie selber beigebracht, aus diesem Buch hier. Auch in Englisch, Letta, bin ich eigentlich ein Autodidakt. Das bißchen Englisch in der Handelsschule war nicht der Rede wert. Ich habe mich darin im Selbststudium weitergebildet, daß ich es heute beinahe fließend spreche.
So erfährt Letta an diesem Nachmittag auch noch, was ein Autodidakt ist und daß man vor Leuten Hochachtung haben soll, die sich ihr Wissen mühsam auf eigene Faust erworben haben, ohne die Hilfe von Gymnasium und Universität. Mein Pech, denkt sie, daß Vati kein Autodidakt ist, sondern bloß Friseur.
Als sie sich verabschiedet hat, kommt Oma ihr in den dunklen Flur nachgelaufen und drückt ihr ein Markstück in die Hand. Für dich, Letta, sagt sie hastig, mach dir eine Freude damit, die Mutter braucht es nicht zu wissen.
Diese fromme Oma, von der man immer annahm, daß sie die Ehrlichkeit über alles stellt!
Es wird eben erst dämmrig, und Letta beschließt, den Rückweg über die Brücke zu nehmen bis zu ihrer Homberger Haltestelle. Fünfzig ersparte Pfennige in der Reserve sind Glücks genug; für die eine Mark von Oma wird sie

ihren Lieben etwas mitbringen, eine Schachtel Pralinen. Mutter ißt leidenschaftlich gern Pralinen, und wann kriegt sie schon mal welche? Die wird man natürlich bei Onkel Lutz an der Trinkhalle kaufen und ihn etwas daran verdienen lassen, weil er immer so klagt über den schlechten Gang seiner Geschäfte. Es ist kein Umweg, sie braucht nur um die Ecke zu flitzen.

An Stelle von Onkel Lutz sitzt heute Tante Johanne hinter der Scheibe. So eine Freude, Kind, schade, daß du keine Zeit mehr hast. Ach, steck die Mark nur weg, die Pralinen bekommst du von mir geschenkt. Und nimm für Hanni ein Röhrchen Liebesperlen mit. Das arme Herzchen hat soviel ausstehen müssen diesen Sommer. Letta gesteht sich ein, daß sie mit der Schenkung im Grunde gerechnet hat. Mutter spricht immer sehr abfällig über Schnorrer. – Heute habe ich geschnorrt, sagt sie sich, aber ich habe es nicht für mich selbst getan. Wenn man es für andere tut, fällt es nicht unter Schnorrerei, sondern unter die Rubrik Nächstenliebe. Darum liefert sie zu Hause die Pralinen ebenso ab wie die eine Mark von Oma.

Fein, sagt Mutter und legt die Schachtel sofort in den Schrank. Die bringen wir Tante Trudi ins Krankenhaus mit, sie hat letzte Nacht einen Jungen bekommen. Ich hätte nicht gewußt, was ich ihr schenken soll, und mit leeren Händen will man auch nicht dastehen. Opa ist ganz aus dem Häuschen, das Kind soll Gottlieb heißen.

Hier, nimm die Liebesperlen, sagt Letta leise zu Hanni, und steck sie gleich weg, sonst werden die auch noch verschenkt.

Dann muß Letta erzählen, ob es mit der Geometrie geklappt hat, und sie gibt wieder einmal einen ihrer ausführlichen Berichte. Diesmal wird sie nicht unterbrochen. Lisa hört sie bis zu Ende an und hat feuchte Augen. Ja, mein Bruder, sagt sie, meine Familie. Wo wäre ich ohne die? Geschwister sind eben doch eine nützliche Einrichtung.

Auf den Straßen wird wieder überall gesammelt für das

WHW, das Winterhilfswerk. Keiner soll hungern und frieren. Eine Frau von der NS-Volkswohlfahrt hat einen Zettel an der Tür abgegeben, sie können sich Lebensmittel bei der Dienststelle abholen, eine Tasche voll. Lisa will nicht hingehen. Wie ein Bettler kommt man sich vor, und zum Schluß wird man wieder weggeschickt und hat sich ganz umsonst hingestellt.
Laß mich nur machen, sagt Letta und nimmt die größte Tasche, die sie findet. Als sie zurückkommt, bringt sie fünf Konservenbüchsen Gemüse mit und ein Paket Wäsche. Die hat sie sich aus einem Stapel selbst herausgesucht: Makostrümpfe für Mutter, Wollsocken für Vati, ein warmes Nachthemd für Hanni, Biber, innen aufgerauht. Und für dich, Letta? Oh, für mich hab ich auch was gefunden, ein Paar Fausthandschuhe. Die hatte ich schon in der Hand, da kam eine und wollte sie mir wegschnappen. Na, hab ich gesagt, bei dir piept's wohl, wenn du mich beschubsen willst, mußt du es schlauer anfangen.
Eigentlich entwürdigend, findet Lisa.
Nö, meint Letta, wieso denn? Ich fand's ganz lustig. Eine Woche vor Weihnachten soll ich nochmal hinkommen, da kriegen sie eine neue Ladung Sachspenden. Die sagen aber gar nicht mehr Weihnachten, die sagen Julchenfest oder so ähnlich.
Julfest, korrigiert Rudi, der gerade seine Socken anprobiert. Und als Pädagoge, der er gern geworden wäre, schickt er sich sogleich an, den Begriff zu erklären. Wintersonnenwende, wie bei den ollen Germanen. Dahin kehren wir nun zurück.
Wir nicht! bestimmt Lisa. Bei uns wird Christi Geburt gefeiert und nichts anderes.
Noch ist November, und fast um dieselbe Zeit wie voriges Jahr erscheint Tante Gusti, um Letta ins Kino einzuladen. Es läuft der Film mit dem Titel »Maskerade«, auf den sie Letta seit längerem vorbereitet hat, denn sie hält sich eine Zeitschrift, in der alle Filme schon während ihrer Drehzeit

besprochen werden. Daher kennt sie nicht nur die Darsteller, sondern auch den jeweiligen Regisseur. Es ist Willi Forst, erzählt sie, derselbe, der auch den Schubert-Film gemacht hat.
Und er spielt wieder in Wien?
Ich weiß es genau.
Stunden des Entzückens und der Wiederkehr von Vertrautem. Schubert erklingt leider nicht, man befindet sich nicht im Biedermeier, sondern im Wien der Jahrhundertwende. Aber anläßlich eines Opernbesuchs singt Caruso, steht mitten auf der Bühne und schmettert die Arie aus dem *Rigoletto,* die Letta als ganz kleines Mädchen aus Onkel Willis Grammophon vernommen hat. Das alte Ding ist längst verschollen, und gerade darum ist es so reizvoll, das Musikstück wiederzuhören nach langer, langer Zeit.
Keine Landschaft diesmal, leider. Ein paar verschneite Straßen in Wien, sonst nur Interieur: das Atelier eines Malers, ein Ballsaal, das Palais einer Fürstin mit einem verschwenderisch schönen Treppenhaus. Ein Gesellschaftszimmer, Feuer im Kamin, ein Schaukelstuhl. Schönheit überall. Nun braucht man sich nicht mehr in eine katholische Kirche zu flüchten, die flimmernde Leinwand zeigt genug von allem, was dem Auge wohlgefällt.
Das Kino ist beinahe voll an diesem Sonntag, es herrscht ein widerlicher Mief von den Ausdünstungen der vielen feuchten Mäntel, aber das stört nur vorübergehend, das vergißt man bald. Diese Paula Wessely sieht sehr lieb aus, sie hat große Ähnlichkeit mit Mutter, das gleiche runde Gesicht, die Stupsnase, dunkle Augenbrauen zu dunklem Haar. Die meisten Filmschauspielerinnen rasieren sich die Augenbrauen weg und malen sich einen Strich dorthin, sagt Tante Gusti. Das tut die Paula Wessely nicht, die setzt auf Natürlichkeit.
Beim Hinausgehen fällt es Letta flüchtig auf, daß viele Frauen und Mädchen genauso schreiten wie die Wessely. Auch Tante Gusti hält sich kerzengerade und hat einen

fremden Tonfall in der Stimme. Es ist nur ein vager, vorübergehender Eindruck, und sie denkt auch nicht weiter darüber nach.
Wenn Letta ein Kino verläßt, spricht und geht sie wie Letta Reichmann und nicht wie Marta Eggerth oder Paula Wessely. Letta schreitet nicht, sie stiefelt drauflos mit weitausholenden Schritten, weil sie es meistens eilig hat. Das Privatleben der Stars interessiert sie nicht, ihr liegt auch nichts an Autogrammen. Und den Regisseur hat sie sich nur deshalb eingeprägt, weil sie inzwischen weiß, daß er in hohem Maß für das Gelingen eines Film verantwortlich ist. An Enthusiasmus allerdings nimmt es keiner mit ihr auf. Was sie im Kino erlebt, kann mit den Worten »Ablenkung« oder »mal sein Elend vergessen« nur dürftig umschrieben werden. Für Letta handelt es sich in den zwei Stunden um nichts anderes als die Vorwegnahme ihrer Zukunft.
Auch »Maskerade« muß sie zweimal sehen, wie denn nicht? Sie hat ja noch die fünfzig Pfennig gespart, es kommt nur darauf an, sich die Zeit für den Kinobesuch zu stehlen. Mutter darf nicht erfahren, daß sie zweimal in denselben Film läuft, die hätte ihr den Marsch geblasen. »Maskerade« wird nämlich in der Woche darauf in Hochheide gegeben, und da der Handarbeitsunterricht auf den Dienstagnachmittag fällt, will Letta sich für diesen Nachmittag beurlauben lassen. Wegen einer Familienfeier. Sollte die Lehrerin sich nach Einzelheiten erkundigen, wird sie sagen: Mein Onkel ist soeben aus Sibirien zurückgekehrt. Aus Sibirien? Nein, besser: aus Kanada. Sonst erfährt sie, daß er ein Kommunist war, und das braucht nicht gerade aufs Tapet zu kommen. Ein Kommunist ist für die meisten Leute so etwas wie ein Schwerverbrecher, das hat sie schon gemerkt. Die Lehrerin will es gar nicht so genau wissen, Familienfeier genügt ihr. Natürlich, Letta, ausnahmsweise. Bist ja sonst immer pünktlich.
Sie sieht sich »Maskerade« ein zweites Mal an und fährt dann nach Hause, um dieselbe Zeit wie an jedem Dienstag.

Kein Märchenwinter wie in Wien, nur Nieselregen. Die Straßenbahn gleitet an den grauen, schäbigen Häusern vorbei, über den Bahndamm rollt ein endloser Zug mit Güterwagen. In Lettas Gesicht liegt der Widerschein einer großen Freude. Sie summt den Filmschlager leise vor sich hin: »Ich wandle wie im Traum einher –«
Es ist mit nichts zu vergleichen, und es hält an. Wer sie damals gefragt hätte, ob sie an den Führer glaube, wäre einer raschen Zustimmung sicher gewesen, einer raschen und sehr oberflächlichen. Begeisterung ist keine mehr dabei, Letta geht auch nicht mehr gern zu den Heimabenden der Jungmädel. Der Österreicher Willi Forst hat den Österreicher Adolf Hitler aus ihrem Herzen verdrängt, ohne daß es ihr zu Bewußtsein käme. Irgendwann einmal wird sie erkennen, daß dies ein guter Tausch war, in mancherlei Hinsicht.
Der befürchtete blaue Brief bleibt aus. Kurz vor Beginn der Ferien erfährt sie es von ihrem Ordinarius. War aber diesmal ganz knapp, hat er gemeint. Nun können sie Weihnachten feiern.
Aber wenige Tage vor dem Fest kommt auf Lettas Eltern noch eine große Versuchung zu. Herr Kasulke hat Rudi ein Angebot gemacht, das ihre Not mit einem Schlag beseitigen könnte. Als Leiter des kleinen NSKK-Büros, was zu deutsch Nationalsozialistisches Kraftfahrer-Korps heißt, braucht Herr Kasulke eine Schreibhilfe. Nein, nicht Sekretär, sagt Rudi zu Lisa, einfach eine Schreibkraft, aber die Stelle wird gut bezahlt. Nur daß ich dann eben in die Partei eintreten müßte, das ist die Bedingung. Herr Kasulke will sich für mich verwenden, dann nähmen sie mich auf.
In die NSDAP? Ein Bonze werden? – Das Gespräch zwischen Lisa und Rudi wird von Anfang an in einem Ton geführt, der die Antwort bereits enthält.
Lisa Reichmann bewährt sich. Sie weiß, was auf dem Spiel steht und warum Rudi ihr die Entscheidung überläßt. Wenn es darauf ankommt, ist er nicht entscheidungsscheu,

also hat er andere Gründe. Sie, Lisa, trägt die Hauptlast bei der schwierigen Führung des kleinen Haushalts, ihr obliegt es, das Familienschiffchen immer wieder flottzumachen und durch die zahlreichen Klippen hindurchzusteuern. Sie braucht nur zu sagen, daß es ihre Kraft übersteigt, dann wird er das Opfer bringen. Das weiß sie und kennt auch die Alternative: eine sichere Existenz, und ein unglücklicher Mann. Sie möchte aber neben einer gesicherten Existenz auch einen glücklichen Mann haben, nach ihrer Devise: Lieber reich und gesund als krank und arm. Darunter tut sie es nicht.
Wenn man nicht soviel wüßte! sagt sie und rückt dicht an Rudi heran. Denn die tun sich ja leicht, die sich um Politik nicht kümmern oder einfach wegsehen, die halten ihr Herzchen rein. Unsereiner kann das nicht. Wir wissen nun mal von all den Ungesetzlichkeiten und Verbrechen, da brauch ich bloß an die Sache mit Röhm zu denken oder an die Konzentrationslager und wie sie die Juden immerzu unterdrücken, ganz unschuldige Menschen. Diese neuen Gesetze schon wieder, die du mir erklärt hast, die vom letzten Parteitag. Und da sollst du jetzt mitmachen und das ganze Unrecht vielleicht noch absegnen mit dem runden Dings im Knopfloch? – Nee, lieber nich. Da lassen wir die Finger von. Letta ist bei den Jungmädeln, damit muß es genug sein. Du wirst schon eines Tages eine Arbeit kriegen, auch ohne den Kasulke.
Ohne Herrn Kasulke! verbessert Rudi mit flüchtigem Lächeln.
Die Entscheidung ist gefallen. Sie sitzen da, arm wie die Kirchenmäuse, haben wieder einmal Schulden gemacht – man muß doch den Kindern etwas schenken zu Weihnachten – und wissen nicht, wie sie durch den Winter kommen sollen. Aber sie leisten sich den Luxus einer Gesinnung. In Traurigkeit, und ohne eine Spur von Stolz.

14

Das Jahr 1936 steht offiziell im Zeichen der Olympischen Spiele, die das Deutsche Reich für die Jugend der Welt ausrichtet. Es ist Winter, und nicht nur die deutsche Jugend blickt nach Garmisch-Partenkirchen. Am Homberger Gymnasium zeichnen die Mädchen im Kunstunterricht viele Male die Skiläuferin Christel Kranz bei der Abfahrt oder das Eislaufpaar Maxi Herber und Ernst Baier bei ihren Sprüngen und Pirouetten. Da kommt das Ausland nicht mit, sagen sie.
Lettas Interesse am Wintersport ist schwach, auf Schlittschuhen würde sie sicher umkippen, Skilaufen dagegen stellt sie sich ganz hübsch vor. Nicht so einen steilen Hang hinunterrasen, sondern auf den Brettern durch einen verschneiten Tannenwald dahingleiten, das müßte die Seligkeit sein, und möglichst in der Nähe von Wien. Felicitas kann Ski laufen, sie fährt mit Eltern und Bruder in allen Weihnachtsferien nach Tirol oder Vorarlberg.
Am Niederrhein fällt kein Schnee. Nur Anfang Februar, in der Karnevalszeit, schneit es einmal eine ganze Nacht, und Letta überlegt gerade, bei wem sie sich einen Schlitten ausborgen könnte, um mit Hanni am Bahndamm ein bißchen zu rodeln, da ist die weiße Pracht bereits weggetaut und liegt als schmutziger Matsch auf den Straßen.
Für Hanni hat das Gesundheitsamt die Verschickung in ein Solbad vorgesehen, sie soll sechs Wochen nach Raffelberg. Das ist ganz in der Nähe, im Duisburger Wald. Ist mir schon recht, sagt Lisa, denn wenn das Kind Heimweh kriegt, hole ich es mir sofort zurück. Sechs Wochen sind eine lange Zeit, wo Hanni noch nie von zu Hause weg war. Ich wette hundert gegen eins, daß Hanni kein Heimweh kriegt, sagt Letta.
Nach einer Woche kommt eine Karte von der Heimleitung

aus Raffelberg. Johanne fühlt sich sehr wohl bei uns und ißt mit gutem Appetit. Sie ist ein liebes Kind, wir haben sie alle ins Herz geschlossen. Leider spricht sie nur wenig, doch macht sie alle Spiele fröhlich mit.
Was ich euch sagte! triumphiert Letta.
Dafür werden dann Letta und ihre Eltern von einer verzehrenden Sehnsucht nach Hanni befallen. Wie lange ist sie denn jetzt weg? fragt Rudi und zieht ein Gesicht, als er hört, daß es erst in die vierte Woche geht. – Auch wenn sie immer ein stilles Kind war, man vermißt sie doch sehr. Ob man nicht mal hinfährt?
Untersteh dich! warnt Lisa. Das sehen die gar nicht gern. Sie hat sich ja eingelebt, was wollen wir mehr? Und ein so gutes Essen, wie sie dort bekommt, kann ich dem Kind nicht bieten.
Zum Doppelgeburtstag von Lisa und Letta kommt eine Gratulation von Hanni, sie hat ihnen eine Rose gemalt und mit Buntstiften einen Glückwunsch dazugekritzelt. Die Worte hat ihr die Kindergärtnerin vorgezeichnet, sagt Letta, aber es ist doch erstaunlich, daß sich Hanni an unseren Geburtstag erinnert, daß sie das Datum behalten hat.
Rudi strahlt übers ganze Gesicht, als sei er es, dem der Glückwunsch gilt. Ja, unser Lepamuck, unsere schweigsame Deern. Die steckt uns noch alle in die Tasche. – Er stellt die Karte mit der Rose auf dem Küchenschrank so hin, daß jedermanns Blick sofort darauf fallen muß.
Im übrigen sprechen sie wieder über Politik, sie sind ja unter sich. Lisa hat solche Gespräche nicht mehr gern, seit Willi sich immer deutlicher zu den Nazis hin entwickelt. Anfang des Monats sind deutsche Truppen in das Rheinland einmarschiert, in die entmilitarisierte Zone. Das ist ein Verstoß gegen den Locarno-Pakt, meint Peter Reichmann, und er wundere sich doch sehr, daß die Westmächte es einfach hingehen ließen.
Weil sie ein schlechtes Gewissen haben, behauptet Willi. Und was haben wir schon getan, Peter? Wir sind mit

unseren Truppen in unser eigenes Territorium einmarschiert. Wenn man dich hört, könnte man meinen, der Hitler hätte ein fremdes Land besetzt.
Das kommt schon noch, ereifert sich Peter. Wartet's nur ab. Erst das eigene, dann die fremden. »Denn heute gehört uns Deutschland, und morgen die ganze Welt.«
So heißt das aber gar nicht, mischt Letta sich ein. Das wird bloß immer falsch gesungen, Onkel Peter. Es heißt: »Denn heute da hört uns Deutschland.« In meinem Liederbuch *Uns geht die Sonne nicht unter* steht der Text, ich kann ihn dir zeigen.
Daß es anders gesungen wird, ist eben auch ein Symptom, meint Vati, und Mutter sagt: Ich denke, wir wechseln mal das Thema, ja? – Ihr Wort als Gastgeberin und Geburtstagskind hat doppeltes Gewicht, darum müssen die anderen ihr folgen.
Von den drei Mark, die Letta am Geburtstag in ihrer Spardose vorfindet, gibt sie Mutter die Hälfte ab. Der Rest reicht für drei Kinobesuche. In Meerbeck spielen sie »Episode«, einen Wien-Film mit Paula Wessely. Tante Gusti hat ihn schon gesehen und nicht besonders gut gefunden. Sie wartet auf einen neuen Film mit Willy Fritsch und Lilian Harvey, der den Titel »Glückskinder« trägt und in der *Filmwoche*, ihrer Zeitschrift, bereits angekündigt wurde.
Auch bei »Episode« handelt es sich um eine Liebesgeschichte, aber das ist eher unwichtig, es zählt nur das Milieu. Ein Wintertag in Wien, in der heutigen Zeit, denn die Leute gehen ganz normal gekleidet. Paula Wessely heißt Valerie Gärtner und ist eine Malerin, die sich mühsam durchs Leben schlägt. So behauptet es der Film, und darum muß man es wohl glauben. Anstatt aber Mitleid mit dieser armen Person zu haben, kann Letta nicht anders, als sie glühend zu beneiden. Valeries bescheidene Einkünfte reichen nur für eine sparsam möblierte Mansardenwohnung – aber was ist das für eine Wohnung! Durch das schräge Atelierfenster, das eine ganze Wand einnimmt, fällt der

Blick auf die verschneiten Dächer Wiens und auf die Turmspitze der Stephanskirche. Es ist bitter kalt, und die kleinen Quadrate des Sprossenfensters haben in ihren Ecken glitzernde Eisblumen, die lassen nur jeweils in der Mitte einen runden Ausguck frei, ein romantischer Rahmen für eine winterliche Stadt! Für diese Stadt.
Vielleicht werde ich auch einmal Malerin, überlegt Letta. Künstlerin ja auf jeden Fall. Zum Dichten langt es bei mir nicht, obwohl Mutter sich das einredet – mal gut, daß ich das Geseire im Herd verbrannt habe, man wurde ja schamrot bei dem Gedanken, es könnte einem Fremden in die Hände fallen. Aber zeichnen und malen kann ich ganz anständig, und wenn ich mich darin übe, bestehe ich mit viel Glück sogar die Aufnahmeprüfung an einer Kunstakademie. In Wien, wo denn sonst? Falle ich durch, wie der Führer damals, versuche ich es eben als Autodidakt. Hitler hat Postkarten gemalt seinerzeit und sich damit den Lebensunterhalt verdient. Aber dem genügte das natürlich nicht, weil er dieses Höhere in sich fühlte, was sich später ja auch erwies. Bei mir ist das etwas anderes. Ich hab nicht vor, ein neues Reich zu gründen, ein viertes oder fünftes, mir würde es glatt genügen, mich als Postkartenmalerin in Wien durchs Leben zu schlagen, auch wenn ich dabei manchmal trockenes Brot essen müßte wie diese Valerie Gärtner. Das wäre das Schlimmste nicht. Trockenes Brot hab ich schon oft gegessen, ohne daß ich eine Mansarde bewohnen dürfte mit Atelierfenster und Blick auf den Stephansdom. Mir wäre es die Sache schon wert.
Heute ist Letta ganz legal im Kino gewesen, brauchte sich weder Geld noch Zeit zu erschwindeln und hat nur leider ein steifes Genick vom Sitzen in der vordersten Reihe, wo man ständig den Kopf in den Nacken legen muß. Draußen ist Frühling – kein Schnee, keine Eisblumen, sondern Tulpen und Osterglocken in den Vorgärten der Zechenkolonie. Übermorgen kommt Hanni zurück von Raffelberg, unser Stüppken, es wurde ja auch Zeit.

Weil Hanni nach den Osterferien eingeschult wird, bereitet Letta für den Ankunftstag alle Sachen vor, die eine Erstkläßlerin braucht. Ihr eigener alter Tornister tut es noch, die Schlaufen hat Opa mit Schustergarn wieder festgenäht, nun muß man das Leder mit Bohnerwachs einreiben und mit einem Wolltuch polieren. Sieht fast wie neu aus, nicht? – Mutter findet das auch.

Onkel Lutz und Tante Johanne haben für die Neuanschaffungen gesorgt: Schiefertafel mit Schoner, eine Kollektion Griffel, Fibel, Rechenbuch, ein paar Hefte. Schwammdose und Griffelkasten sind noch aus Lettas Volksschulzeit vorhanden, die Tafellappen hat sie unlängst gehäkelt, aus weißer Baumwolle mit roten Mausezäckchen drumherum, denn Rot ist Hannis Lieblingsfarbe. Jetzt noch Watte in den Kasten, damit die dünnen Spitzen der Griffel nicht abbrechen. Tintenwischer braucht sie keinen, mit Tinte schreiben sie erst im zweiten Schuljahr.

Rudi hat es sich nicht nehmen lassen, seinen Lepamuck in Ruhrort selber abzuholen. Am Königlichen Hof steigen sie aus der Straßenbahn, dort stehen Lisa und Letta und fallen beinahe über Hanni her. Die sieht richtig süß aus mit ihrem runden Topfhütchen, und sie hat sieben Pfund zugenommen, was sie gleich stolz erzählt. Ein paar Polster haben ihr ja dringend gefehlt, nun ist sie wieder ein hübsches Kind. Leider sind ihre zweiten Zähne schlecht ausgefallen, wie Sägeblätter, sagt Vati, das kommt noch von der Englischen Krankheit. Der Zahnarzt kann das später mal abschleifen, es eilt nicht. Viel eiliger ist ein frischer Haarschnitt. Das Kind läuft ja rum wie'n Landstreicher, ich hätte sie beinahe nicht erkannt.

Nun bist du aber froh, daß du wieder bei Mutter bist? fragt Lisa schon zum zweitenmal, denn beim erstenmal hat sie keine Antwort darauf bekommen. Die erhält sie dann.

Och, nö, sagt Hanni und blinzelt arglos zu ihrer Mutter hinauf. Eigentlich wäre ich gern noch 'n bißchen in Raffelberg geblieben. Wenn ich nich in die Schule müßte.

Gott, Hanni, bist du geschwätzig! ruft Letta und lacht.
Lisa lacht nicht mit, Lisa ist gekränkt. Ein zutiefst getroffenes Mutterherz. Da tut man nun alles für das Kind, gerade für dieses Kind, nie hab ich Hanni auch nur ein einziges Mal geschlagen, und das ist dann der Dank, nicht mal 'n bißchen Anhänglichkeit. Laut sagt sie: Das versteh ich nicht. Da komm ich einfach nicht mit. Letta war damals nur eine halbe Woche im Krankenhaus und hat sich fast zu Tode gesehnt.
Letta schweigt, und Rudi hat Lisas Klage wohl gar nicht mitgekriegt.
Hanni kommt in die Schule, und Herr Paschke wird ihr Klassenlehrer. Mutter ist sehr froh darüber. Der kennt Hanni, der weiß, wie lange sie krank war, und wird mit ihr Nachsicht haben. Ein netter Mann, überhaupt nette Leute, die Paschkes, und wenn mal was nicht klappt in der Schule, brauche ich nur hinunterzugehen. Im Mai hat Felicitas Geburtstag, sie wird schon vierzehn und möchte diesmal ein paar Mädchen aus ihrer Klasse einladen. Immer in Familie, das ist ja langweilig, hat sie gesagt. Mein Vater will eine Bowle ansetzen mit viel Sprudel und wenig Wein, und auf unserer Terrasse wird getanzt. Mal sehen, ob ich nicht ein bißchen Wein hinzuschmuggeln kann, damit wir richtig in Stimmung kommen. Das wird er hinterher natürlich merken und Krach schlagen, aber deswegen reiß ich mir kein Bein aus.
Was schenke ich da bloß? sinniert Letta. Ich muß Fee doch etwas mitbringen. Bei der ist das nicht einfach, die hat nämlich schon alles.
Mutter geht an den Wäscheschrank, kramt aus dem obersten Fach ein mit rosa Band umwickeltes Päckchen hervor, löst die Schleife und überreicht Letta ein umhäkeltes Batisttüchlein. In der einen Ecke ist mit Seidengarn ein zierliches F hineingestickt. Das heißt Friederike, sagt Mutter, aber es kann ja ebensogut Felicitas heißen. Dein Konfirmations-Taschentuch? meint Letta erschrocken. Das schon die Oma

zu ihrer Konfirmation bekommen hatte? Wenn sie das wüßte!
Sie muß es ja nicht erfahren. Zu deiner Konfirmation nächstes Jahr kriegst du ein neues, ebenso schönes. Werd ich schon für sorgen. Bis dahin hat Vati bestimmt Arbeit.
Letta schlägt die Kostbarkeit in das dünne Goldpapier, das letztes Jahr unter dem Christbaum lag, und ist überglücklich, weil sie sich mit diesem Geschenk bei Fee nicht blamieren wird. Die wirft aber nur einen flüchtigen Blick darauf, sagt lachend »Danke« und »Fröhliche Weihnachten«, denn auf dem Goldpapier sind Tannenzweige mit Kerzen aufgedruckt, etwas unzeitgemäß mitten im Mai. Das Geschenk geht unter in einer Fülle gleichwertiger oder wertvollerer Dinge, und Letta schluckt an ihrer Enttäuschung. Nicht einmal das F hat sie gewürdigt. Hat das Tüchlein beiseite gelegt, als hätte ich ihr 'ne tote Maus geschenkt.
Die Villa von Fees Eltern liegt in der Nähe des Rheins, mitten in einem parkähnlichen Garten, der von einer hohen Mauer umgeben ist. Unter den alten, dichtstehenden Bäumen ist es dämmrig, auch das Haus hat etwas Düsteres. Letta war schon zweimal hier, kennt aber nur das Treppenhaus und die Zimmer von Fee im ersten Stock. Es sind gleich drei, die ineinander übergehen: Wohnzimmer, Schlafzimmer, Ankleidezimmer. Das Bad ist auf der anderen Seite des Korridors, das muß sie leider mit ihrem Bruder teilen, hat sie gesagt. Letta fand es erstaunlich, daß Fee ein Ankleidezimmer hat, ein Zimmer, bloß um sich darin umzukleiden, mit hohen Schränken und Spiegeln. Nun lernt sie auch die unteren Räume des Hauses kennen, denn unten wird gefeiert.
Musikzimmer, Rauchsalon, Speisezimmer. Vom Speisezimmer geht es gleich auf die Terrasse, an warmen Tagen wird draußen gedeckt. Heute gibt es nur ein Kaltes Büfett, an dem sich die Kinder bedienen können. Meine Mutter war erst für ein gesetztes Diner, erzählt Felicitas, wir haben

ja Personal genug, aber ein gesetztes finde ich immer so steif, du nicht auch? Letta pflichtet ihr bei und hat nicht die geringste Ahnung, wovon die Rede ist.
Sie ist heute ziemlich still und nachdenklich, geht durch die Räume, sieht sich alles genau an. Riesige geschnitzte Schränke, Renaissance, hat Fee ihr erklärt, ausladende Sessel, in denen mehr als einer Platz hätte, schwere Kronleuchter, zwei Stehlampen mit umfangreichen Schirmen aus bedrucktem Pergament. Überall dicke Teppiche, einige übereinandergelegt.
Möchte sie hier wohnen? Nein, das möchte sie nicht. Ihr Traum sieht bescheidener aus, und daß in dieser Bescheidenheit zugleich ein Anspruch steckt, geht ihr an diesem Nachmittag zum erstenmal, wenn auch nur ahnungsweise, auf. Eine innere Stimme sagt ihr, daß die Biedermeierkammer in Wohlmuthausen und die Wiener Mansarde der Valerie Gärtner es mit diesem Pomp hier nicht nur aufnehmen können, sondern ihm vielleicht sogar überlegen sind. Es ist ein Gedanke, durch den Letta sich gestärkt weiß, der ihr das vorhin verlorene Selbstgefühl zurückgibt. Und abgesehen von der Mißachtung ihres Geschenks durch Fee besteht kein Grund, sich in irgendeiner Weise benachteiligt vorzukommen. Sie wird voll akzeptiert, man bemüht sich um sie, Fees Bruder hat ihr eben noch den Teller mit appetitlichen Schnitten gefüllt. Ihr Kleid fällt nicht aus dem Rahmen, auch das ist bereits wichtig für eine Dreizehnjährige. Ein weißes Kleid von modischem Schnitt, Seidenleinen mit Lochstickerei, Tante Erna hat es ihr zum Geburtstag im März geschneidert. Und Lettas Frisur mit dem fülligen Hinterkopf ist die schickste von allen.
Im Garten wird es langsam zu kühl, man entscheidet sich für Pfänderspiele und bleibt auf der Terrasse. Eins-zwei-drei, was soll der tun, dem dieses Pfand gehört? Einige Mädchen treiben sich im Haus herum, liegen ausgestreckt in Sesseln, blättern in Bildbänden. Die Winter-Olympiade, ach ja. Es geht zwanglos zu, jeder soll sich nach Herzenslust

amüsieren. Fees Bruder, der ein Obersekundaner ist und Gaston heißt, füllt Lettas Bowlenglas nach und zeigt dann auf eine schadhafte Stelle in der Gartenmauer.
Das waren Kommunisten. Im Revolutionsjahr müssen die hier toll gewütet haben, das rote Gesindel vom Spartakus. Wollten meinen Vater umbringen, aber der war zum Glück nicht im Hause. Das Loch in der Mauer läßt er nicht ausbessern, das bleibt so als Menetekel. Letta zeigt sich sehr beeindruckt und ist ganz erschrocken bei dem Gedanken, es könnte Onkel Willi dabeigewesen sein. Sie rechnet schnell nach und kann sich beruhigen: der war bei Kriegsende noch ein Kind.
Dann wird sie von Fee mit ins Musikzimmer gezogen, Platten aussuchen, während Gaston mit ein paar Mädchen das Grammophon bei der Terrassentür installiert.
Letta hebt die Platten in ihren Hüllen eine nach der anderen hoch und liest die Titel vor, damit Fee ihre Wahl treffen kann. Plötzlich zuckt sie zusammen. Die h-Moll-Sinfonie von Franz Schubert, gespielt von einem Münchner Orchester unter der Leitung von Hans Knappertsbuch. Fee, o Fee, laß mich die Platte anhören, bitte. Einmal die Unvollendete ganz hören, das wär mein Traum. Dein Bruder hat doch ein eigenes Grammophon in seinem Zimmer, da würde es keinen stören –
Fee nimmt ihr die Platte aus der Hand und sortiert sie aus. Na, so was, wie kommt die denn in meine Sammlung? Die Unvollendete, Letta? Du spinnst wohl. Was willst du mit diesem langweiligen Zeug? Die hat mein Bruder mal ein halbes Jahr auf dem Klavier geübt, zum Davonlaufen, sag ich dir. Aber hier hab ich was, du, darauf kann man sogar Tango tanzen. Ich tanz leidenschftlich gern Tango. Bring das zu Gaston, ich such noch 'n bißchen weiter.
Letta nimmt den Schlager und geht mit steifen Schritten zur Terrassentür. Gaston nickt, legt die Platte auf, untersucht die Nadel, ob sie auch fest sitzt. Zur Tanzfläche, meine Damen! Keine Müdigkeit vorschützen, s'il vous plaît –

Regentropfen, die an mein Fenster klopfen –
Ich muß mich zusammennehmen, sagt sich Letta. Ich bin hier Gast, ich hab nicht zu bestimmen, und eine schlechte Laune läßt man sich nicht anmerken. Gute Miene zum bösen Spiel, nennt man so etwas. War es ein böses Spiel? Bös gemeint auf keinen Fall. Vielleicht hätte ich meine Bitte noch flehender, noch eindringlicher vortragen sollen, bei Fee muß man ja immer auf alle Knöppe drücken, um ihre Dickfelligkeit zu druchstoßen. Diesmal aber wäre es wohl zwecklos gewesen, weil Begeisterung nicht übertragbar ist. Meine Begeisterung jedenfalls nicht.
Bei der Verabschiedung wird Letta von Fees Mutter gefragt, ob sie von ihrem Vater mit dem Wagen abgeholt werden, wie die anderen Mädchen? Nein, nicht? Nun, Kind, dann kann mein Mann dich nach Hause fahren.
Danke, sagt Letta, das ist ganz bestimmt nicht nötig. Es ist nämlich, müssen Sie wissen, es ist nämlich so: Ich fahr schrecklich gern Straßenbahn. Man trifft da so interessante Leute –
Eine dämlichere Ausrede hätte mir nicht einfallen können, denkt sie gleichzeitig und ist ganz verzagt. Aber die Ausrede wird ohne weiteres angenommen, ohne das geringste Befremden. In diesem liberalen Haus respektiert man jede Marotte, und die Straßenbahnhaltestelle ist direkt nebenan, auf dem Bürgersteig draußen am Eingangstor.
Zu Hause will Mutter natürlich sofort wissen, wie es war, in allen Einzelheiten. Was Fee zu dem Geschenk gesagt hat?
Also die war ganz vonne Socken, kannst du dir denken, berichtet Letta. Besonders über das eingestickte F. Die meint, wir hätten das extra ihretwegen hineinarbeiten lassen.
Lügen wie diese, die keinen anderen Zweck verfolgen, als Mutter ein bißchen aufzumuntern, fertigt Letta noch jedesmal mit bestem Gewissen an.
Eigentlich müßtest du Fee auch einmal einladen, schlägt Lisa vor. Du bist schon ein paarmal bei denen gewesen, da

schickt es sich, daß man eine Gegeneinladung ausspricht. Hier in der Ulmenstraße können wir es wagen, das ist ja nicht so ein Dreckloch wie früher in Hochheide, da hätte ich dir das nicht zugemutet. Wo wir doch hier eine abgeschlossene Etage haben.
Letta sitzt am Küchentisch, hat die Arme wieder einmal aufgestützt und brütet vor sich hin. – Ich weiß nicht, Mutter, ob das angebracht wäre.
Schämst du dich deiner Eltern? fragt Lisa etwas spitz im allerfeinsten Traktätchen-Deutsch. Blaukreuzblättchen und Hedwig Courths-Mahler in einem. Mit so einem vornehmen Genitiv geht sie im Alltag sonst nicht spazieren.
Es ist genau die Frage, die Letta befürchtet hat. Jetzt muß sie vorsichtig antworten, sich ganz behutsam bewegen, denn hier liegen lauter potentielle Taktlosigkeiten wie Fallstricke herum. Nein, Mutter, so ist das nicht, antwortet sie mit Nachdruck. Das kannst du mir schon abnehmen, daß es sich darum nicht handelt. Bei Fee ist eben alles ganz anders. Ich hab schon ein paarmal versucht, ihr zu erklären, wie wir leben – die kapiert das einfach nicht. Daß man kein Telefon hat, zum Beispiel. Heute abend hat sie mich wieder einmal gefragt, ob ich nicht zu Hause anrufen möchte, damit ihr mich abholt. Ich kann Felicitas einladen, gut, und sie würde sicher gern kommen. Sie wird sich bei uns umsehen und dann alles in den falschen Hals kriegen. Und das paßt mir nicht. Nun, Lisa Reichmann ist nicht auf den Kopf gefallen. Versteh schon, Letta, sagt sie, und wahrscheinlich hast du recht. Man soll die Perlen nicht vor die Säue werfen, so hast du es doch gemeint? Genau das meine ich, bekräftigt Letta. Ganz so meinte sie es allerdings nicht, aber das behält sie für sich. Die Bibel muß immer alles so furchtbar übertreiben in ihren Gleichnissen. Säue und Felicitas, das geht nicht zusammen, und Mutters Wohnung ist keine Perle, nicht einmal ein Schmuckkästchen. Die billigen Möbel aus der Inflationszeit brauchten dringend einen Anstrich, sagt Vati schon seit langem, und das Linoleum am Küchenfuß-

boden ist so abgewetzt, daß man das Muster gar nicht mehr erkennen kann. Und doch möchte sie in der Villa von Felicitas nicht wohnen, auf keinen Fall.
Nur das Grammophon und die Schubert-Platte, die hätte sie allzugern, die würde sie denen am liebsten stehlen. Nein, stehlen nicht, weil das rauskommt, und dann ist man vorbestraft. Aber Letta hat heute zum erstenmal ein wenig Verständnis für Leute, die unter bestimmten Umständen in Versuchung geraten, irgendwo einzubrechen und etwas zu entwenden.
Wohl ist Franz Schubert immer noch ihr Lieblingskomponist, doch hat sie mittlerweile durch diesen Einstieg auch den Weg zu anderen Tonkünstlern gefunden. Mozarts *Kleine Nachtmusik*, die Arien aus der *Zauberflöte*, etwas Händel und Haydn, Webers *Aufforderung zum Tanz* – das alles streicht sie mit dem Rotstift an, wenn es im Radioprogramm erscheint. Beethoven ist ihr zu gewaltig, Wagner zu laut, für beide braucht sie noch Jahre. In der Schule singen sie Choräle von Bach und Cornelius, ein paar mittelalterliche Volkslieder, dazu Lieder von Hermann Löns und Hans Baumann. Musikgeschichte ist noch nicht dran.
Es ist vieles noch nicht dran, wofür sie sich interessiert – aber soll sie darauf warten? Dazu ist sie zu neugierig und zu ungeduldig. Goethes Leben nehmen sie erst in der Oberstufe durch, kurz vor dem Abitur, sie hat sich bei älteren Schülerinnen erkundigt. Das dauert ihr zu lange. Sie macht sich über den Prosaband von Goethes Gesammelten Werken her, den Onkel Karl ihr geliehen hat, und als sie erst einmal mit *Dichtung und Wahrheit* anfängt, kann sie gar nicht mehr aufhören. Schon als kleines Kind hat sie alle Bücher, die sie ja wieder abgeben mußte, mehrere Male gelesen, und diese Gewohnheit behält sie bei. Sie verschlingt keine Bücher, wie Lisa behauptet, der es angesichts der Fülle von Lettas literarischem Konsum so vorkommt, sie liest im Gegenteil mit Bedacht. Den *Werther* läßt sie aus, der sagt ihr nichts mehr. In Wohlmuthausen hat sie

mit Amande über ihn geweint, nun findet sie ihn überkandidelt. Nun hat sie es mit dem Sesenheimer Idyll.
Im Goetheband stößt sie auf ein Bild der Friederike Brion in elsässischer Tracht, mit Häubchen und langen Zöpfen. Letta zeichnet es mehrmals ab. Im Abzeichnen hat sie sich eine gewisse Routine erworben, die ihr auch in der Schule zugute kommt. Ihr Zeugnis vor den Sommerferien enthält nicht nur in Deutsch, sondern auch in Kunsterziehung eine Eins. Das ist wichtig, erklärt sie zu Hause mit tiefer Befriedigung, denn nun habe ich einen Ausgleich, wenn es mit Mathe nicht so hinhaut. Latein macht mir ja keine Schwierigkeiten.
Sie könnte nicht behaupten, daß sie mit Begeisterung Latein lernt, manchmal ist es doch eine arge Schinderei, das Auswendiglernen der vielen Formen. Aber in diesem Fall »klemmt sie sich dahinter«. Das Motiv ist ein ebenso natürliches wie banales: sie schwärmt für ihren Lateinlehrer. Er ist groß, hat weizenblondes Haar und trägt eine Brille mit hellem Hornrand. Letta wird rot, wenn er sie in der Stunde aufruft, und sie würde sich verstecken vor Scham, wenn sie die Antwort nicht wüßte. Und da sie schlechterdings nicht erwarten kann, daß dieser Abgott ihre Verliebtheit erwidert, sorgt sie dafür, daß er sie wenigstens für eine gute Schülerin hält. Geachtet werden, das ist auch schon was.
Lettas Tage sind ausgefüllt, sind überfüllt. Daß es Menschen gibt, die sich langweilen, geht über ihre Begriffe. Sie hat nur immerzu Mühe, sich ein Stündchen Freizeit abzuzwacken, denn es versteht sich, daß sie weiterhin alle auswärtigen Besorgungen erledigt und Mutter im Haushalt hilft. Sie tut es nicht gern, und sie schludert darin. Jeden Samstag putzt sie die beiden Schlafzimmer und die Diele, das ist ihre Aufgabe. Unter die Betten kriechen, hinter den Kleiderschrank, alle Ecken mit dem nassen Aufnehmer auswischen und mit dem ausgewrungenen nochmal hinterher, wie lästig, wie zeitraubend! Wenn Letta sicher ist, daß Mutter nicht kontrolliert, läßt sie die Ecken aus, setzt sich

auf den Bettrand, den zusammengedrehten Aufnehmer in der Hand, und träumt vor sich hin. Schneller fertig werden als üblich ist nicht ratsam, das fiele auf. Wird sie bei einer Pfuscherei von Mutter erwischt, ist eine Ohrfeige fällig, klatsch. Dir werd ich helfen, hier herumdösen, wo ich vor Arbeit nicht aus noch ein weiß. Stell du dich mal jeden Tag ans Waschfaß! Bei dem bißchen Wäsche muß ich doch immer hinterher sein, sonst würdet ihr 'rumlaufen wie die Zigeuner.

Dafür darf Letta abends Radio hören, wenn ein Konzert gegeben wird, da sind sie ihr zuliebe alle ganz still. Tagsüber geht es leider nicht mehr, auch nicht bei Schubertmusik, weil in der Küche die Nachbarinnen herumsitzen und mit Lisa ein Klätschchen machen. Man kann sie nicht hinauswerfen, man ist zu oft auf sie angewiesen. Von Frau Wiedemann bekommt Letta das Radioprogramm, seit der Opa ihr seins nicht mehr geben darf. Onkel Willi und Tante Trudi haben es ihm verboten, sie brauchen es selbst. Opa wird gut von ihnen versorgt, hat aber nicht mehr viel zu sagen. Auch Frau Paschke, die Lehrersfrau, könnte man nicht hinauswerfen, wegen Hanni nicht und weil sie ihnen jede Woche den *Allgemeinen Wegweiser* schenkt, nachdem sie ihn ausgelesen hat. Sie brauchen dringend Zeitungspapier, womit sollten sie den Herd morgens anzünden? Frau Paschke sitzt leider ziemlich oft hier oben, manchmal den ganzen Nachmittag, wenn ihr Dienstmädchen unten die Wohnung putzt.

Der *Allgemeine Wegweiser* hat einen Wettbewerb ausgeschrieben für eine Kurzgeschichte, ein Erlebnis mit einem Tier. Soll möglichst humorvoll sein. Letta stellt sich vor, sie hätten einen Kanarienvogel, und sucht sich aus Vatis Lexikon alles Wissenswerte über diese Tierart heraus. Dieses Lexikon und die Bibel sind nach wie vor die einzigen Bücher, die Rudi und Lisa ihr eigen nennen. Den Eltern verrät Letta nichts von ihrem Plan, um sie nicht zu enttäuschen, wenn sie keinen Preis gewinnt. Sie verfaßt die

Erzählung im Anschluß an ihre Schulaufgaben und bastelt so drei, vier Tage daran herum, bis ihr die Fassung gefällt. Humor herzustellen ist besonders schwer, hätte sie gar nicht gedacht. Hinterher liest sich das alles so leicht herunter. Nun noch in Schönschrift abschreiben und dann an die Zeitschrift schicken. Geld für das Porto entnimmt sie ihrer Sparbüchse, es sind ihre letzten Pfennige.
Lisa staunt nicht schlecht, als ihr an der Wohnungstür zehn Mark ausgehändigt werden, denn der Geldbriefträger ist bei Reichmanns ein seltener Gast. Ob da auch kein Irrtum vorläge? – Nein, das hat Ihre Tochter gewonnen, es ist der zweite Preis. Hier auf dem Abschnitt können Sie es lesen. – Ja, wahrhaftig!
Nun kann ich endlich beim Metzger bezahlen, es steht immer noch 'ne Latte bei ihm an. Was bist du doch für ein Glückspilz, Kind, mit deiner Begabung. Wie lange müßten Vati und ich arbeiten, um zehn Mark zu verdienen? Und dir fällt das alles so in den Schoß – Ein Sommer mit kleinen Lichtpunkten, hier und da. In der Schule sprechen sie fast ausschließlich über die Olympischen Spiele in Berlin, der Medaillen-Spiegel hängt an einer seitlichen Tafel und wird fast täglich neu bestückt zu des Dritten Reiches Ruhm und Glanz. Letta investiert auch nicht einen Funken Begeisterung in die sportlichen Disziplinen, ihr ist Leichtathletik ein Greuel, diese öde Aschenbahn, das phantasielose Rennen um die Zahl. Auch verträgt sie keine Hitze, sie schwillt immer gleich an, ihr Gesicht wird rot bis violett. Weil ihre Schweißdrüsen nicht richtig funktionieren, hat der Hausarzt gesagt. Sie soll dann in den Schatten gehen und sich nicht überanstrengen. Die Turnlehrerin im Gymnasium hat Verständnis, die Jungmädelschaftführerin läßt es nicht gelten. Quatsch, Hitze nicht vertragen, das ist Willenssache. Du drückst dich bloß wieder.
Aber sie ist eine gute Bodenturnerin, und bei Schwimmwettkämpfen immer die Erste, das gleicht vieles aus. Vati geht in diesem Sommer mit seinen Töchtern zum Schwaf-

heimer Baggerloch, so oft das Wetter es erlaubt. Denn Hanni soll schwimmen lernen, es ist höchste Zeit, und am Ende kann sie es dann auch. Im September fährt er wieder mit dem Rad in den Baerler Busch und bringt jedesmal einen Eimer voll Brombeeren mit. Letta kann Brombeeren schon nicht mehr sehen.
Zu Hause reden sie vom Spanischen Bürgerkrieg und vom Vierjahresplan. Gebt mir vier Jahre Zeit! hat der Führer gefordert. Letta hofft, daß sich dieser Zeitplan nicht auf Vatis Arbeitszuweisung bezieht, vier Jahre könnten sie nicht mehr warten. Mutter ist wieder über die Maßen nervös, und Vati spielt sehr oft Schach oder liest Theodor Fontane im katholischen Bahnhof.
Der Herbst, der Spätherbst zumal, ist Lettas mieseste Jahreszeit. Da rollt sie die Fahne ein, da fallen ihre Aktien, rien ne va plus. Sie fragt sich, ob es anderen auch so geht. In der Schule sind ihr dumme Fehler unterlaufen, die sie möglichst bald korrigieren muß, sonst steht sie wieder einmal vor einem Loch. Im Frühjahr und Frühsommer hatte sich alles so gut angelassen, und nun flutscht es nicht mehr.
Seit dem Sommer hat sie ihre Periode. Sie muß sich mit Mutter in die Stoffbinden teilen, und anfangs ging es ganz gut, weil sie nicht zur gleichen Zeit ihre Tage bekamen. Bei Letta aber ist der Rhythmus noch nicht eingespielt, und so kann es passieren, daß sie morgens aufgeregt nach einer Binde fragt und erfährt, daß Mutter sie in Gebrauch hat. Die sind alle noch feucht, Letta, ich hab sie gerade erst ausgewaschen. Du bist doch noch gar nicht dran? Reiß dir was von einem alten Bettlaken ab.
Die Angst, wie lange das Stück Stoff vorhält und ob es auch für den ganzen Morgen reicht! Nicht auszudenken, wenn sie einen Flecken hinten im Kleid hätte, wenn man da etwas sähe. In den beiden letzten Stunden wagt sie nicht mehr, den Finger zu heben, obwohl sie die Antworten genau weiß. Wer drankommt, muß aufstehen, und wer sich langsam erhebt, macht einen trägen Eindruck, es muß im-

mer rasch gehen, und das kann sie nicht riskieren. Die anderen Mädchen tragen Zellstoffbinden und wechseln sie notfalls während der Pause. Auch die beiden Arbeiterkinder in der Klasse, denn ihre Väter sind Facharbeiter, die können sich das leisten. Letta kann das nicht, eine Packung Camelia kostet immerhin eine Mark. Eine ganze Mark. Mit Sorgen dieser Art hatte sie überhaupt nicht gerechnet, höchstens mit Schmerzen, weil einige Mädchen darüber klagten. Aber Schmerzen hat sie keine.
In Meerbeck spielen sie einen alten Film, berichtet Tante Gusti. Einen Film über den Wiener Kongreß. Fünf Jahre ist der alt, und weil er so ein großer Erfolg war, wird er wiederholt. Ich hab ihn damals gesehen, ich glaube, den könnte ich zehnmal sehen. Kommst du mit, Letta, wenn ich dich einlade?
Geh nur, sagt Mutter. Vielleicht möbelt dich das ein bißchen auf. Sie kommt gerne mit. Für Französisch und Latein hat sie gelernt, für Mathe nicht, weil sie die letzten Aufgaben nicht verstanden hat. Die Pythagoreischen Zahlen. Zum Teufel mit diesem Pythagoras. Wien in der napoleonischen Zeit, die Mode ist Empire, die kennt Letta aus den Bildbänden der Stadtbücherei. Die Frauen tragen ihre Kleider unter der Brust gerafft wie die Königin Luise auf dem Bild in Wohlmuthausen. Ein paar Jahre weiter, und dieser Stil wird in das Biedermeier übergehen, in ihre liebste Epoche. Da lebten die Menschen zurückgezogen und beschaulich zwischen ihren schönen Möbeln in kleinen Häusern und Gärten und hatten Zeit, viel Zeit.
In diesem Film geht es turbulent zu, es wird immerzu getanzt, er heißt ja auch »Der Kongreß tanzt«. Aber nicht mehr lange, dann wird ihnen der Bonaparte das Vergnügen versalzen. Noch sind sie ahnungslos fröhlich und drehen sich und verrenken ihre Glieder. Das ist das Ballett der Staatsoper, flüstert Tante Gusti und versorgt Letta mit überflüssigen Informationen. Diese ständigen Hinweise auf Lilian Harvey: Die ist doch ent-zückend, nich?

Letta nickt, obwohl sie ganz anderer Ansicht ist. Für ihren Geschmack ist diese Frau viel zu mager, man hat immer Angst, sie bricht mal mittendurch. Daß die so unterernährt sein muß bei ihrer tollen Gage, ist mir schleierhaft, sagt sie zu Tante Gusti.
Schön ist gegen Schluß die Kutschfahrt der Lilian Harvey durch den sommerlichen Prater. Endlich sieht man etwas von Wien und nicht immer nur Ballsäle und Konferenzzimmer.
Das ist aber gar nicht Wien, behauptet die Tante. Diese Aufnahmen wurden alle in Babelsberg gedreht.
Babelsberg liegt bei Potsdam, das weiß Letta mittlerweile aus Tante Gustis *Filmwoche*, und damit ist ihr Interesse jäh erloschen. Sie fühlt sich genarrt und betrogen.
Auf dem Heimweg seufzt Tante Gusti darüber, daß sie wieder diese Leere in sich verspüre, diese Hoffnungslosigkeit, und daß sie gar nicht mehr gern lebe. Ob es Letta nicht manchmal auch so ergehe? – Und Letta antwortet: Nein, leer bin ich nicht. Ich hab nur Angst vor der nächsten Mathearbeit. Wenn die einigermaßen ausfällt, lebe ich wieder gern. Ich bin auch nicht ohne Hoffnung. Aber daß man so lange auf die Zukunft warten muß, das fällt mir schon sehr schwer. Man müßte seine Kindheit einfach überspringen können.
Abends im Bett geht ihr der Schlager nicht aus dem Kopf, ein ziemlich alberner Text. »Das gibt's nur einmal, das kommt nicht wieder, das ist zu schön, um wahr zu sein.« Letta kriecht unter die Decke und weint ein bißchen. Warum, hätte sie nicht sagen können. Noch vor sechs Uhr ist sie wieder wach und starrt auf den Küchenwecker. Gleich wird er losrasseln. Die Morgengrauen-Angst kriecht ihr an den Beinen hoch. Draußen ist Nebel.
Die Mathearbeit an diesem Vormittag hat sie natürlich verhauen. Drei Tage später erhält sie das Heft zurück, ein Mangelhaft. Verstehe ich nicht, Reichmann, sagt der Lehrer. Du bist sonst eine gute Schülerin, und ausgerechnet für

mein Fach bringst du kein Interesse auf. Es gibt weniger intelligente Mädchen in deiner Klasse, die haben es doch auch begriffen.
Er zählt zwei, drei Namen auf, und Letta darf nicht verraten, was sie weiß: diese Mädchen bekommen zu Hause Nachhilfestunden. Der Mathematiklehrer ist ein freundlicher Mann, er hat viel Geduld und eben nur die eine Schwäche, daß er nicht gut erklären kann. Weil er zuviel voraussetzt, weil er jedesmal zu hoch greift. Aber das sage ihm mal einer! Wie es in der Parabel von der Mäuseversammlung heißt: Wer hängt der Katze die Schelle um? – Letta nicht, Letta wird sich hüten. Lieber klemmt sie sich hinter ihr Lateinbuch, dabei springt immer etwas heraus.
Onkel Peter hat Geburtstag, sie sind alle zu ihm in die Kolonie eingeladen und können sich wieder einmal an Tante Minchens Christstollen sattessen. Opa hat Sonntagsschicht, und auch Onkel Willi ist nicht gekommen, denn er hat mit Onkel Peter einen Knaatsch wegen Politik. Willi Reichmann ist als gelernter Schlosser längst untergekommen, er arbeitet auf der Waggonfabrik in Uerdingen. Das bolschewistische Abenteuer wurde ihm allerorts verziehen. In die NSDAP will er nicht geradewegs eintreten, und die SA ist seit dem sogenannten Röhmputsch nicht mehr attraktiv, nun liebäugelt er mit der SS.
Doch nicht im Ernst? fragt Rudi und wird blaß.
O ja, ihm ist es schon ernst, meint Peter. Aber da hat er die Rechnung ohne unseren Alten gemacht. Wenn du das tust, hat der Opa zu ihm gesagt, dann schmeiß ich dich hier raus. Noch ist das meine Wohnung. Einmal nur seh ich dich in der schwarzen Uniform, und du brauchst mir nie mehr unter die Augen zu treten mitsamt Trudi und Klein-Gottlieb. Dann ist der Ofen aus.
Rudi sieht nachdenklich vor sich hin. Hätte ich unserem Vater gar nicht zugetraut, sagt er gerührt. Soviel Festigkeit, soviel Konsequenz. Und wo er doch an dem Kleinen hängt.
Dann ist ganz unvermutet Letta an der Reihe. Daß sie so oft

mit der Gusti ins Kino geht, findet Onkel Peter durchaus nicht in Ordnung und begründet es auch. Sie wohnen ja in derselben Straße und sehen die beiden jedesmal hier entlangkommen.
Gusti ist kein Umgang für Letta, stellt Peter fest. Diese verkorkste Frau mit ihrem Ersatzleben. Fimstars und Autogramme und Filmzeitschriften, dieser ganze erborgte Glanz. Bis in die Nacht hinein häkelt sie Filetdeckchen für ein Handarbeitsgeschäft, und für das sauer verdiente Geld kauft sie sich schicke Fähnchen und bildet sich ein, sie sieht aus wie Greta Garbo oder sonstwer. Lebt immer nur von einem Kinobesuch zum anderen, dazwischen ist nichts. An ihrem eigentlichen Leben geht so eine doch glatt vorbei. Die kann auf Letta nur einen schlechten Einfluß ausüben für die Dauer – Letta sieht ihren Vater erschrocken an. Auch die anderen sehen auf Rudi, denn er ist angesprochen, und es war laut genug. Lisa hält sich heraus, dies soll nun ihr Mann entscheiden. Und Rudi bleibt seinem neunmalklugen Bruder die Antwort nicht schuldig.
Ersatzleben! – wiederholt er, und es klingt beinahe höhnisch. Wie sieht denn das eigentliche Leben unserer lieben Gusti aus? Kannst du ihre Ehe kitten und dem Hermann ins Gewissen reden? Oder willst du ihr den Unterhalt zahlen, wenn sie sich scheiden läßt? Nein, Peter, das kannst du nicht. Du kannst bloß klugschieten über Ersatzleben und erborgten Glanz und den sozialkritischen Zeigefinger heben. Ich weiß, aus welcher Ecke bei dir der Wind weht. Na, dann gib doch der Gusti eine Fahne in die Hand und schick sie auf die Straße, daß sie für die Rechte der Frauen demonstriert! Versuch's doch mal! Der nächste Schutzmann an der Ecke nähme sie beim Schlafittchen, und das Gelindeste wäre, daß man sie in die NS-Frauenschaft steckt, damit sie sich da betätigt. Laß du der Gusti man ihre Illusionen und ihren erborgten Flitter, denn ohne die Kinostunden würde die ihr Leben gar nicht mehr ertragen. Und laß mir Letta in Ruhe, Letta lebt nicht an ihrem eigenen Leben vorbei. Sie

hilft im Haushalt und arbeitet für die Schule, das bißchen Ablenkung hat sie sich verdient. –
Danach schweigt Rudi für den Rest des Abends. Eine so lange Rede hat er seit Jahren nicht mehr gehalten. – Das sind aber keine angenehmen Themen, die ihr hier verhackstückt, brummt Tante Minchen, jetzt laßt uns mal von Schönerem reden. Wo bald Weihnachten ist. Was wünscht sich die Hanni denn vom Christkind? Eine Blockflöte, antwortet Hanni. Es ist das einzige Wort, das sie während der Dauer dieses Besuches von sich gibt.
Vor dem Einschlafen grübelt Letta noch längere Zeit über Vatis Verteidigungsrede nach. Sie ist ihm so dankbar, sie weiß wieder, wie sehr sie ihn liebt. Auch wenn er im Haushalt nicht mithelfen mag und lieber zum katholischen Bahnhof geht mit seinem Fontane in der Tasche. Warum hat Mutter auch immer die vielen Weiber in der Küche herumsitzen? Wie zartfühlend hat er heute über Tante Gusti gesprochen, so voll Verständnis für deren Elend. Ob es daher kommt, daß er selber sich auch zuweilen aus seinem eigentlichen Leben davonschleicht, ins Schachspiel oder in die Welt des Theodor Fontane? Das könnte schon sein. Das eigentliche wahre Leben ist eben nicht immer danach, daß man es gerne lebt.
Vor den Weihnachtsferien gibt es wieder Zeugnisse, das letztemal in diesem Jahr. In den kommenden Jahren sollen sie erst Ende Januar ausgefertigt werden, damit sie der Familie nicht das Fest verderben. Die Zeugnisse von Letta und Hanni sind so-so, nicht gerade zum Jubeln, aber das Weihnachtsfest brauchen sie nicht zu verderben. Bei Letta steht ein Vermerk: Die im allgemeinen strebsame Schülerin hat im mündlichen Unterricht etwas nachgelassen, obwohl es anscheinend am guten Willen nicht fehlt.
Klemm dich dahinter, sagt Lisa.
Hannis Zeugnis, es ist ja ihr erstes, enthält lauter Ziemlichgut, und mehr hat auch keiner erwartet. Im nächsten Jahr sollen die Noten anders lauten: Sehr gut, gut, befriedigend,

ausreichend, mangelhaft, ungenügend. Bei sechs Noten könne man besser differenzieren, hat Lettas Ordinarius gemeint.
Am Heiligen Abend erlebt die Familie eine Überraschung. Lutz und Johanne haben ihrem Patenkind eine Blockflöte gekauft, die liegt da unterm Christbaum. Hanni nimmt sie aus dem Futteral, kramt ein Notenheft aus ihrem Tornister, lehnt es gegen die Brottrommel auf dem Küchenschrank und beginnt zu spielen. Es ist ein Ros' entsprungen –
In Lettas Klasse spielen einige Mädchen Blockflöte, auch bei den Jungmädeln. Es ist immer eine peinigende Quietscherei, wenn die loslegen. Hannis Stück erklingt rein und makellos, den letzten Ton läßt sie zart verhauchen. Vati kniet am Boden neben ihr, sein Ohr dicht am Instrument. Spiel das noch einmal, Kind, bittet er, und Hanni, in ihren Noten blätternd, erklärt mit schöner Selbstverständlichkeit: Ich kann noch viel mehr.
Eine jüngere Lehrerin an ihrer Schule erteilt einigen Schülern freiwillig Flötenunterricht, sie hatte dem Kind bisher ihre eigene Blockflöte geborgt. Im Zeugnis wird Hannis Musikalität nicht belohnt, denn den offiziellen Musikunterricht hat sie bei Herrn Paschke, und bei dem singen sie nur. In Hannis Zeugnis steht daher beim Fach Musik dieselbe Note wie bei allen anderen Fächern: Ziemlich gut.

15

Im Februar, wenige Wochen vor Lettas Konfirmation, kommt Schwester Agnes von der Inneren Mission zu Lisa Reichmann in die Ulmenstraße und legt ihr ein Paket auf den Tisch. Sie kennen sich flüchtig, haben an den Nachmittagen der »Frauenhilfe« schon mal ein paar Worte gewechselt, denn seit sie in der Kreisstadt wohnen, geht Lisa dort in die Kirche. Der Weg in die Freie Evangelische Gemeinde nach Scherpenberg wäre zu weit.
Das Paket enthält vier Meter schwarze Kunstseide, neunzig breit, eine Seite matt, die andere glänzend. Aus einer Krefelder Fabrik, sagt die Schwester, prima Qualität. Für Lettas Konfirmationskleid. Lisa ist sehr verlegen. Wirklich lieb von Ihnen, Schwester Agnes, daß Sie an uns gedacht haben. Aber Lettas Kleid ist schon in Arbeit, meine Schwester ist nämlich gelernte Näherin, und den Stoff hat meine Mutter gestiftet. Sie werden für die schöne Seide sicher jemand anderen wissen, Sie kennen ja genug arme Leute.
Und Sie selbst, Frau Reichmann, brauchen Sie nicht mal ein schwarzes Kleid? Für festliche Anlässe, Familienfeiern oder so? Ja, geht denn das? fragt Lisa schüchtern.
Wer viel fragt, kriegt viel Antwort, erklärt Schwester Agnes bündig. Den Stoff nehme ich nicht wieder mit. Wo der geblieben ist, geht keinen was an. Daraus lassen Sie sich von Ihrer Schwester bei Gelegenheit ein Feiertagskleid nähen.
Ich weiß nicht, wie ich Ihnen danken soll.
Mir? Mir überhaupt nicht. Danken Sie dem lieben Gott. Und wenn ich Ihnen einen Rat geben darf, Frau Reichmann, dann merken Sie sich mal den Spruch, den meine gute Mutter mir hinter die Ohren geschrieben hat: Bescheidenheit ist eine Zier, doch weiter kommste ohne ihr. – Wir waren neun Kinder zu Hause. So, und nun Tschüs bis zum nächstenmal.

Damit poltert sie davon.
Lisa zeigt Rudi den Stoff und bringt ihm auch die Lebensweisheit von Schwester Agnes zu Gehör. Ist ja 'ne komische Einstellung bei einer Diakonisse.
Nicht komisch, meint Rudi, sondern wirklichkeitsnah. Die Frau weiß, wo uns der Schuh drückt. Und ich freu mich schon darauf, dich einmal wieder in einem schönen Kleid zu sehen.
Zur Konfirmation am Palmsonntag ist es noch nicht fertig, Erna kann schließlich nicht zaubern. Da trägt Lisa ihr braunes Sonntagskleid, das längst aus der Mode ist, es stammt aus der »Systemzeit«, ist viel zu kurz, und die Taille hängt auf der Hüfte. Erna begutachtet die Seide, bekommt leuchtende Augen und sagt: Lisamädchen, da nähe ich dir 'ne ganz schicke Robe draus. Wir nehmen die matte Seite, sonst sieht es ordinär aus, und mit der glänzenden wird es überall abgepaspelt. Seh' ich direkt vor mir, wie gut es dir stehen wird.
Lettas Kleid war eines der hübschesten unter allen Konfirmandinnen. Das weiße Tüchlein, in das sie ihr Gesangbuch eingeschlagen hat, stammt von Tante Gerda. Die hat es nicht nur eigenhändig umhäkelt, sondern auch ein Monogramm hineingestickt. Sehr apart, sagt Oma Friederike. Deiner Mutter konnte ich damals leider kein eigenes Taschentuch schenken, der hab ich meins gegeben, denn es war ja Krieg und alles rationiert. Du hast es doch noch, Lisetta?
Na klar, ruft Lisa vom Herd her, wo sie Kaffee aufbrüht. Ob sie rot wird, kann Letta nicht feststellen, denn vor der heißen Herdplatte ist ihr Gesicht sowieso gerötet.
Letta hat vor ihrem Ehrentag eine Wunschliste herumgehen lassen, damit man ihr nicht irgendwelchen Unsinn schenkt und das Geld zum Fenster hinauswirft. Sie braucht keine Unterwäsche aus Charmeuse, ein paar Baumwollschlüpfer tun es auch. Im übrigen alles, was sie für die Schule nötig hat, damit es dort nicht wieder einen Engpaß gibt. Hefte,

Blöcke, Zeichenmaterial, das neue Lehrbuch für Französisch und die broschierte Lektüre »Lettres de mon moulin« von Alphonse Daudet. Ein paar Meter Nessel für die Handarbeitsstunde, etwas Stickgarn dazu, denn sie werden demnächst Nachthemden nähen. Sie ist sehr zufrieden, als sie das alles vor sich sieht. Andere Mädchen bekommen Siegelringe oder Armbanduhren, darauf kann sie verzichten. Zu Hause haben sie den Wecker, auf den Verlaß ist, und draußen gibt es die Normaluhr.

Das Lehrbuch aber – wer hätte ihr das kaufen sollen? Es ist ein Kreuz, daß jetzt in fast allen Fächern neue Bücher eingeführt werden. Die bekommt sie nämlich nicht in der Schulbücherei für »Minderbemittelte«, auf die sie doch angewiesen ist wie keine sonst. Man hat diese neuen Bücher dort noch nicht eingestellt.

Das neue Lateinbuch heißt LINGUA LATINA. Es kostet sechs Mark, und der Studienrat hat eine Sammelbestellung für die ganze Klasse aufgegeben. Alle haben bezahlt, nur Letta nicht. Das Buch ist bereits eingetroffen, noch vor Beginn des neuen Schuljahrs, und der Lateinlehrer hat es ihr anstandslos hingelegt, ohne nach dem Geld zu fragen. Noch nicht oder überhaupt nicht? Letta ist beunruhigt deswegen. Handelt es sich um ein Freiexemplar, so hätte er es ihr doch sagen können. Sie findet nicht die Unbefangenheit, sich bei ihm danach zu erkundigen, und daß sie in ihn verliebt ist, macht es doppelt schwer. Wie peinlich, wenn sich herausstellte, daß er immer noch auf die Bezahlung wartet! Wie Bettelei sähe das aus. Von diesen Sorgen brauchen die Eltern nichts zu wissen, die macht sie mit sich allein ab. Und ihren Feiertag läßt sie sich dadurch nicht verderben.

Hanni soll den Gästen auf der Flöte etwas vorspielen, wünscht Mutter, aber Hanni ist verschwunden. Zum Spielen hinuntergelaufen auf die Straße, den Streuselkuchen in der Hand. So ein Dummchen, seufzt Lisa. In häuslichen Dingen ist sie ja viel praktischer als Letta, aber mal was im Kopf behalten? Nicht für fünf Pfennig.

Letta grinst in sich hinein. Sie kennt ihre kleine Schwester besser, die hat das mitnichten vergessen. Der ist es bloß unangenehm, sich vor so vielen Leuten zu produzieren. Darin ist sie wie Opa Gottlieb, der sich früher immer erst Mut antrinken mußte, wenn er in Gesellschaft den Mund aufmachen sollte. Seit die Oma tot ist, trinkt er allerdings nicht mehr.

In der Woche darauf, am Gründonnerstag, kommt wieder jemand von der NSV und gibt einen hektographierten Zettel an der Tür ab, einen Gutschein für zwei Pfund Kabeljau. Muß heute noch geholt werden, weil morgen Karfreitag ist. Um vier Uhr in dem großen Schuppen an der Kirschenallee.

Das ist gut, sagt Lisa. Auf Kabeljau hätte ich überhaupt mal wieder Appetit. Ich hab für morgen bloß vier Heringe eingelegt. Da springst du wohl eben hin, Letta?

Letta »springt hin«. Mit ihren ausgreifenden Schritten ist sie schnell an Ort und Stelle, wo es dann leider nur langsam vorangeht. Eine lange Schlange, und die beiden Frauen hinter der Theke, die immer mit der Holzschere in die salzverkrusteten Fässer greifen und die bereits abgewogenen Fischstücke in Zeitungspapier einschlagen, gehören nicht eben zu den Eilfertigen. Sie sind zu dieser Arbeit abkommandiert worden, zeigen deutlich ihre Unlust und scheinen der Meinung zu sein, man könne Leute wie diese ruhig warten lassen.

Letta ist nicht ungeübt im Warten. Sie memoriert dann entweder ein auswendig zu lernendes Gedicht für die Schule, oder sie denkt sich fabelhafte Geschichten aus, in deren Mittelpunkt immer eine erwachsene Letta steht. Wenn sie erst in Wien leben wird, als Postkartenmalerin. Zu Mutter darf sie von solchen Plänen nicht reden, denn die hält das Malen für eine brotlose Kunst, was es sicher auch ist. Letta soll Lehrerin werden, das ist etwas Reelles, und im Grunde möchte sie das auch gern. Nur wäre sie damit ja eine Beamtin und könnte ihren Beruf in Wien

nicht ausüben, weil es in Österreich liegt, in einem anderen Staat. Da wäre vorher noch manches zu klären.
Letta ist an der Reihe, nimmt ihr Fischpaket entgegen und nickt mechanisch. So kommt sie aber nicht davon.
Die Frau hinter der Theke platzt beinahe vor Wut. Nicht mal danke sagen, schreit sie Letta an, das hast du wohl nicht gelernt zu Hause, für soviel Bildung reicht es wohl nicht bei euch. Und mit so was muß man sich hier herumschlagen.
Letta weiß nicht, wohin sie blicken soll, alle starren sie an. Sie stopft eilig den Fisch in die Tasche, murmelt: Heil Hitler! und zwängt sich durch die dichtstehenden Leute zum Ausgang. Sie würgt und schluckt an ihren Tränen, sie findet einfach nicht zur Selbstbeherrschung, es war zuviel und kam zu unerwartet. Und mit diesem verheulten Gesicht läuft sie an der Straßenecke geradewegs ihrem Opa in die Arme.
Der ist auf dem Weg zum Omnibus, mit dem er neuerdings nach Friemersheim zur Nachtschicht fährt, weil es mit dem Fahrrad nicht mehr geht. Da war er immer schon müde, bevor er in den Schacht einfuhr, er ist ja nicht mehr der Jüngste. Nun sieht er Lettas Verzweiflung und will sofort wissen, was passiert ist. Sie erzählt es unter Tränen.
Opa Gottliebs Gesicht wird hart. Komm mal mit, Kind! befiehlt er und faßt Letta bei der Hand. Dafür laß ich den Omnibus sausen und nehme den nächsten, das ist die Sache mir wert.
Und im Schuppen, vor der Theke, wo sich die Ansammlung der Wartenden inzwischen gelichtet hat: Zeig mir die Frau, Letta. Welche von den beiden war es?
Die bekommt den Mund nicht wieder zu vor Staunen, als man ihr das Fischpaket über die Theke schiebt. Mein Name ist Reichmann, sagt der Opa, indem er seine Mütze abnimmt, und dies ist meine Enkelin. Damit Sie sehen, daß wir wissen, was sich gehört. Und den Fisch da, den verschenken Sie bitte an Leute, die besonders gern danke

sagen, immer und überall. Wir gehen jetzt ins nächste Fischgeschäft, Letta, und da kauft dir der Opa ein großes Stück Kabeljau. Das werden wir ordnungsgemäß bezahlen, und dann wird es die Verkäuferin sein, die danke sagt. Nichts für ungut, meine Dame, und Gott befohlen.
Mit Heil Hitler hätte der Opa nie gegrüßt, für kein Geld in der Welt.
Deiner Mutter erzählst du nichts davon, schärft er Letta an der Omnibushaltestelle ein. Die hat schon Brassel genug. Soll sie ruhig denken, es wär der Kabeljau von der NSV. Schmeckt ja alles egal.

Als Letta das nächstemal ihre Periode hat und wieder einmal in Not gerät, steigt sie auf der Rückfahrt von der Schule in Scherpenberg aus und geht zu Tante Gerda. Sie hat Mittagspause, von zwölf bis zwei Uhr ist der Eier-Butter-Käse-Laden geschlossen, da ist sie meistens in ihrer Wohnung und wärmt sich ihr Essen auf. Tante Gerda kann ihr sofort helfen. Es wurde höchste Eisenbahn, sagt Letta, diesmal hätte ich es nicht bis in die Ulmenstraße geschafft. Die Tante ist beinahe böse. Warum hast du nicht längst was gesagt, Letta, ich hab immer mehrere Packungen im Schrank. Davon holst du dir jetzt öfter einen Vorrat. Du brauchst sie ja nur für die Schule, zu Hause kannst du waschbare Binden tragen. Ich bin mit einem Drogisten befreundet, ich kriege das Zeug umsonst. So eine Peinlichkeit, in der Schule sitzen und vor Angst nicht wissen, wohin. Wo bei euch auch Studienräte unterrichten. Denn das kann ich dir sagen, Letta, auf diesem Gebiet sind Männer so ungefähr das Dümmste, was unter Gottes Sonne herumläuft. Wissen natürlich Bescheid, haben ja selber Frauen und Töchter – aber vergeßlich wie Methusalem. Oder war der nicht vergeßlich?
Nein, sagt Letta. Der war bloß alt.
Diese Sorge ist sie also los. Eine Bagatelle war das nicht, das hat Tante Gerda schon richtig erkannt.

Seit ihrer Konfirmation kommt sich Letta mitunter wie eine Erwachsene vor und wird auch so behandelt. Wachsen wird sie ja hoffentlich nicht mehr. Mit ihren einssiebzig hat sie Mutter fast um Haupteslänge überflügelt und reicht nahe an Vati heran. Aufgeschossen und mager, mit unkoordinierten Gliedmaßen, die sich erst runden müssen, um harmonische Bewegungen hervorzubringen, empfindet sie sich als linkisch und leidet darunter. Darum ist es ihr besonders lieb, wenn jemand zu ihr wie zu einer Erwachsenen redet.
Tante Gusti zum Beispiel, die spricht jetzt öfter zu ihr von Frau zu Frau. Dann stellt Letta die Ohren auf, denn zu Hause wird ihr derlei Wissen nicht vermittelt, Lisa Reichmann ist eher ein bißchen prüde. Die Tante hat wieder einmal zu einem Kinogang eingeladen, weil sie in Meerbeck einen Wien-Film spielen, einen älteren, den Letta noch nicht kennt. »So endete eine Liebe«, in den Hauptrollen Paula Wessely und Willy Forst.
Laß uns nicht durch die Eupener Straße gehen, bittet Letta. Ich möchte nicht, daß Onkel Peter und Tante Minchen uns sehen. Die haben was gegen meine Kinogänge.
Tante Gusti ist es recht, es bleibt auch noch Zeit genug für einen Umweg.
In diesem Film taucht endlich wieder viel Landschaft auf, nicht Babelsberg, sondern das echte Wien und seine Umgebung, dazu ein Schloß in Ungarn, wohin die kaiserliche Familie vor Napoleon geflüchtet ist. Letta weiß bereits, daß der Kern der Handlung auf historischer Wahrheit beruht. Daß der Kaiser seine Tochter Marie-Louise an den unersättlichen Bonaparte verschachern mußte, um sein Land vor weiteren Kriegslasten zu bewahren. Ob die Liebesgeschichte so stimmt, wie sie da vorgeführt wird, wagt sie zu bezweifeln. Sie sieht solche Filme mit erwachender Skepsis, ist kritischer geworden, läßt sich nicht mehr in alles hineinziehen. Die Faszination braucht darunter nicht zu leiden, denn die gilt nach wie vor dem Ambiente: einem

Schloßpark mit Springbrunnen und Alleen, einer Kutschfahrt durch die ungarische Ebene, den Gemächern von Schönbrunn mit den seidebezogenen Möbeln und herrlichen Spiegeln. Das Ende zeigt die Trauung vor dem Hauptaltar der Stephanskirche, und Lettas Herz gerät in Wallung. Das ist die Welt ihrer Träume, unverrückbar, unwandelbar, das ist der Urquell auch, aus dem sie ihre Bildungserlebnisse schöpft. Wo andere sich lediglich entspannen, sammelt sie ihre verborgenen Schätze in die Scheuern.
Der Weg zurück durch die Bergarbeiterkolonie – die Eupener Straße meiden sie mit Bedacht –, welch ein Kontrast zum vorhin Erlebten! Das muß man auf sich nehmen, das ist die Gegenwart und wird einmal durchlittene und ausgestandene Vergangenheit sein. Von der Kokerei stinkt es herüber, die Schlackenhügel dampfen, die brav gehegten und beschnittenen Hecken vor den Zechenhäusern sind fleckig von Staub und Ruß. Der Himmel vom Rauch verdunkelt, kein frisches Grün, wohin man sieht, in dieser Gegend nicht. Und Tante Gusti redet sich ihr Leid von der Seele, von Frau zu Frau. Daß sie so gern ein Kind gehabt hätte und immer noch eins bekommen könnte, sie ist noch nicht zu alt. Daß es am Onkel Hermann läge. Er hat es aus dem Krieg mitgebracht, Letta, er kann nichts dafür. Und nun muß er sich immerzu seine Männlichkeit beweisen, bei fremden Weibern, denn impotent ist er nicht, bloß zeugungsunfähig. Aber das wissen die anderen Frauen nicht. Denen erzählt er nichts davon, damit die ihn für einen Mordskerl halten. Denen macht er wahrscheinlich sogar weis, daß er eine unfruchtbare Frau hat. Am liebsten würde ich mir ein Kind aus einem Waisenhaus holen.
Und warum tust du es nicht?
Weil Onkel Hermann es nicht will. Er meint, daß er für ein fremdes Kind nicht die richtige Liebe aufbringen kann. Es ist doch oft schief eingerichtet im Leben: Die einen wünschen sich vergeblich ein Kind, die anderen müssen sich davor hüten. Denn was glaubst du, Letta, wie schwer es

deinem Vater fällt, sich jahrelang in acht zu nehmen, wo er deine Mutter so sehr liebt! Aber ein drittes Kind wäre in eurer Lage direkt eine Katastrophe.

Darüber hat Letta noch nicht nachgedacht. Sie schweigt betroffen, denkt längst nicht mehr an den Film, ist für den Rest des Weges mit ganz anderen Gedanken beschäftigt. Die Eltern bringen demnach weitaus mehr Opfer, als sie bisher angenommen hat. Für wen? Für mich etwa, für mich allein, damit sie mich durch die höhere Schule schleusen? O nein, bitte nicht, das darf nicht sein. Das bin ich nicht wert. Das könnte ich nie, nie im Leben irgend gutmachen, das ginge über meine Kraft. Da dürfte ich ja auch nicht nach Wien ziehen, da wäre es ja geradezu egoistisch, sich ein Leben nach eigenem Gutdünken aufzubauen.

Es ist Sommer, aber die Morgengrauen-Angst wird wieder einmal mächtig in diesen Tagen.

Vati redet manchmal auch merkwürdige Sachen daher. Herr Kasulke kommt abends zum Haareschneiden und zu einer anschließenden Schachpartie, er spielt sehr schlecht und daher am liebsten mit Rudi Reichmann, weil der für ihn die nötige Geduld aufbringt. Herr Kasulke hat es noch nicht ganz verwunden, daß Rudi den schönen Posten als Schreibkraft bei ihm ausgeschlagen hat, daß er lieber weiter stempeln geht, als in die Partei einzutreten. Er argwöhnt, daß eine solche Enthaltsamkeit auf einem starken Widerstand gegen den Nationalsozialismus beruht, und bittet Rudi geradezu flehentlich, doch ja keine Dummheiten zu machen wie sein Bruder Peter damals mit den Flugblättern. Bei dem sei es eben noch gutgegangen, und der andere, der Willi, habe wohl auch dazugelernt durch seine Reise ins Arbeiterparadies.

Rudi hält eine Schachfigur in der Hand, versteht nicht gleich alles, Lisa ist bei einer Nachbarin, aber Letta kommt zu ihm an den Korbtisch und spricht ihm die Befürchtungen des Herrn Kasulke ins Ohr. Daß er keinen Widerstand leisten, sondern an seine Familie denken soll.

Lieber Herr Kasulke, sagt Rudi, als er alles verstanden hat, und lehnt sich dabei zurück. Da kann ich Sie wirklich beruhigen. Zum Heroismus, müssen Sie wissen, gehört nämlich 'ne ganze Portion Mut. Und den habe ich nicht, den haben auch Willi und Peter nicht. Den hat von meinen Brüdern nur unser Alfred gehabt.
Damit setzt er endlich den Springer auf das für ihn vorgesehene Quadrat.
Es ist nicht anzunehmen, daß Herr Kasulke die Antwort verstanden hat. Aber auch Letta hat sie nicht verstanden und fragt sich nun immerzu, wie Vati das gemeint haben könnte mit dem Mut von Onkel Alfred, der sich im Utforter Baggerloch ertränkt hat. Mit einem dicken Pflasterstein in der Tasche. Onkel Alfred sei lebensmüde gewesen, lautete seinerzeit die Erklärung von Opa Gottlieb, mit der auch Letta sich bislang behalf. Und nun soll er mutig gewesen sein, als er ins Wasser ging. Hat Vati am Ende selber keinen Lebensmut mehr, daß er so redet?
Lisa ist in diesem Sommer derart nervös, daß Letta dazu übergeht, ihr eine schlecht ausgefallene Klassenarbeit zu unterschlagen. Weil sie sich jedesmal so unmäßig erregt. Dabei ist ein Ausreichend in Mathematik eine ganz akzeptable Note für ein Fach, das einem nicht liegt. Mutter kann sich immer noch nicht an die neue Notenzählung gewöhnen. Was denn, eine Vier? ruft sie entsetzt, und Letta muß erst wieder erklären, daß dies kein Mangelhaft bedeutet wie früher. So glaub mir doch, Mutter, ich komme ganz gut über die Runden dieses Jahr. Wo wir doch ein paar Monate geschenkt kriegen.
Der Zentralismus des Dritten Reiches regiert in alle Institutionen hinein, was bedeutet, daß fortan der Schuljahrsbeginn reichseinheitlich auf den Herbst verlegt wird, auf die Zeit nach den großen Sommerferien. Die Oberschulen mit ihrem strengen Lehrplan können sich ein »Überfliegen« ihrer Schüler nicht leisten; in den Volksschulen dagegen wird aussortiert. Hanni hat im letzten Zeugnis von oben

bis unten »Befriedigend« stehen gehabt, und weil sie bei ihrer Einschulung schon fast sieben war, braucht sie das zweite Schuljahr nur drei Monate lang zu besuchen und soll danach gleich in das dritte übernommen werden. Mein Mann will es mit ihr probieren, sagt Frau Paschke, die wieder mal bei Lisa oben hockt und redet und redet.
Letta sitzt beim Fenster am Korbtisch und stopft ihre Strümpfe, auch ein Paar Socken von Vati liegt vor ihr. Sie macht das immer sehr akkurat, mit dünnem Garn und so dicht, daß man hinterher fast nichts von dem Gestopften sieht. Obwohl sie eigentlich zwei linke Hände hat. In ihrer Schulmappe steckt eine Französischarbeit, die sie heute morgen mit einer Vier zurückbekam. Braucht Mutter nicht zu wissen. Ausreichend reicht aus, die erste Arbeit dieses Semesters war ein Sehrgut gewesen, die Zwei in Französisch ist ihr fürs Zeugnis sicher. Aber bis man Mutter so was klargemacht hat –
Und Frau Paschke erzählt von ihrer Tochter, daß die Kinder manchmal so Touren haben, wo sie partout nicht die Wahrheit sagen wollen, wo sie es darauf anlegen, ihre Eltern zu beschummeln. Zum Glück vergeht das dann wieder. Es sind die Entwicklungsjahre, die sogenannte Pubertät. Frau Paschke spricht das Fremdwort mit einem gewissen Stolz.
Lisa wirft eine geschälte Kartoffel ins Wasser, plitsch! und erklärt rundweg, daß sie für so was nicht das geringste Verständnis aufbringe. Entwicklungsjahre hin oder her – ein Kind hat nicht zu lügen, das wäre ja noch schöner. Wenn ich merken würde, daß eine von meinen mich anlügt, dann setzt es einen Schlag mit der Wichsbürste.
Ja, aber mit der weichen Seite, sagt Letta vom Fenster her, ohne von ihrem Stopfstrumpf aufzublicken. Da geht Lisa schnell zu etwas anderem über.
Die Sommerferien kommen, und – es geschehen noch Zeichen und Wunder! – man hat dem Rudi auf dem Arbeitsamt eine Stelle zugewiesen. Leider nur eine vorübergehende Beschäftigung, als Aushilfe bei einem Friseur.

Der Friseur heißt Wittkamp und hat sein Geschäft in der Aldekerker Straße, nicht weit vom Arbeitsamt. Es ist ein Herrensalon, ähnlich demjenigen, den Rudi früher in Homberg besaß. Da stand auch »Herren-Friseur« auf einem Emaille-Schild, und darunter hing an zwei Kettchen die blanke Messingscheibe und schaukelte bei starkem Wind. Nur daß hier auf der Schaufensterscheibe nicht »Reichmann« steht, sondern »Wittkamp«. Der Name hat zunächst einen ganz neutralen Klang; zum Alptraum wird er erst noch werden.

Herr Wittkamp hat einen Sohn, der wie er ein ausgelernter Friseur ist und dazu bestimmt war, in Zukunft das Geschäft seines Vaters zu übernehmen. Dieser Sohn hat sich den rüstigen Fünfziger angesehen und sich gedacht, das kann ja wohl noch Jahre dauern, das wart ich lieber nicht ab. Er hat Geld aufgenommen und ist nach Koblenz gezogen, wo er sich binnen kurzer Frist selbständig machte. Seit der Zeit ist Herr Wittkamp immer noch ein Fünfziger, aber kein rüstiger mehr. Der Ärger über die Untreue des Sohnes brachte ihm ein Nervenleiden ein, das ihn von Zeit zu Zeit zur Bewegungsunfähigkeit verurteilt. In unregelmäßigen Abständen, er weiß nie genau, wann es auftritt.

Aber er kann deswegen beruhigt sein. In allen künftigen Krankheitsphasen, ob sie nun zwei oder fünf Wochen dauern, springt dieser Rudolf Reichmann ein, der ihm durch seine Geschicklichkeit neue Kunden zuführt, dem er die Kasse anvertrauen kann, der auch den fünfzehnjährigen Lehrling anleitet, kurzum: der ihm trotz seiner Schwerhörigkeit den Laden schmeißt. Mit Bravour und Zuverlässigkeit.

Herr Wittkamp kann es gar nicht besser haben, und darum trägt er seine Schmerzen mit Gelassenheit. Er muß diesen Rudolf Reichmann nämlich nicht nach Tarif bezahlen, weil er immer nur für kurze Zeit zur Aushilfe kommt und keinen Vertrag hat, und kommen muß er, weil das Arbeitsamt dahintersteckt und ihm im Weigerungsfalle die Unterstützung entzöge. Herr Wittkamp hat kein schlechtes Gewissen deswegen. Er zahlt dem Reichmann einen Wochenlohn, zwar nicht nach Tarif, aber doch um einiges mehr als das Stempelgeld, und so ist denn beiden geholfen. Der ist ja heilfroh, dieser arme Schlucker, wenn er mal ein bißchen dazuverdient. Sieben Jahre erwerbslos, nicht zu fassen. So einem muß man einfach unter die Arme greifen, findet Herr Wittkamp.

Rudi ist anfangs froh, auch Lisa. Jede Mark, die zusätzlich in den Haushaltstopf kommt, wird hoch eingeschätzt. Mit der Zeit aber reißt ihnen die Geduld, wegen der Unregelmäßigkeit, der Unsicherheit. Der Wittkamp ist wieder gesund? Also Stempelgeld ab der nächsten Woche. Dann kann ich Hanni die Schuhe nicht kaufen. Wie lange wird es diesmal dauern, bis er seinen Nervenanfall kriegt? Eigentlich schrecklich, daß man einem Menschen Schmerzen wünschen muß, damit du etwas mehr verdienst.

Es dauert eine Weile, bis Rudi und Lisa kapieren, daß ihnen die Wittkampschen Intermezzi weit Ärgeres eintragen als die zermürbende Ungewißheit hinsichtlich der Arbeitszeiten. Daß jetzt noch weniger Aussicht auf einen festen Arbeitsplatz besteht, auf eine Anstellung als Hilfsarbeiter in einem Hüttenwerk etwa, die Rudi auf dem Amt immer wieder zur Sprache bringt. – Bei Ihrer Schwerhörigkeit, Herr Reichmann, wäre das zu gefährlich.

Da kann er beteuern, wie er will, daß er sich in solcher Arbeit auskennt, daß er sie als junger Mann jahrelang ausgeübt hat, und nie sei auch nur das geringste passiert. Er steht vor dem Hochofen ja nicht allein, er hat gute Augen, und bei dem Lärm in der Werkshalle kommt es vor allem auf die Augen an. Die Arbeit dort wird relativ gut bezahlt. Umsonst – sie schicken ihn zum Wittkamp. Oder auch nicht, wenn der wieder gesund ist.

Peter Reichmann hat etwas in Erfahrung gebracht, worüber er mit Lisa unbedingt sprechen muß. Hundertprozentig weiß er es nicht, aber es besteht der Verdacht, daß der

Leiter des Arbeitsamtes mit dem Wittkamp unter einer Decke steckt. Die beiden sind nämlich befreundet. Merkst du was, Lisa? Legal ist so eine Sache nicht, und wenn das rauskommt, gibt es einen Skandal. Man müßte es nur mit hundertprozentiger Sicherheit wissen. Aber Sicherheit oder nicht – so herumgeschoben zu werden wie eine Schachfigur, das sollte der Rudi sich nicht gefallen lassen. Der sollte auf dem Arbeitsamt mal feste auf den Tisch kloppen.
Sprichst du von Rudi? fragt Lisa gedehnt. Von unserem Rudi? Kannst du dir das bei ihm vorstellen?
Nein, sagt Peter resigniert, das kann ich nicht. Dazu wäre er wohl nie imstande. Eher geht ein Elefant durch ein Nadelöhr.
Ein Kamel, korrigiert Lisa, die es nicht leiden kann, wenn man ihre Bibel falsch zitiert.
Sie haben beide recht, und darum treten sie mit einem solchen Ansinnen gar nicht erst an Rudi heran. Von einem, der sich als Kind in einem wilhelminischen Waisenhaus wohlgefühlt hat, kann man schlechterdings nicht verlangen, daß er im späteren Leben irgendwo auf irgendwelche Tische klopft.
Letta hat um diese Zeit hinter Lisas Rücken – man muß Mutter schließlich nicht alles erzählen, auch wenn man dafür einen Schlag mit der Wichsbürste verdiente – der Frau Paschke in einem diskreten Gespräch klargemacht, daß Hanni ihrer Meinung nach in Musik eine bessere Note verdient hätte. Herr Paschke möchte doch einmal, bitte, mit Hannis Flötenlehrerin sprechen, die könnte es bestätigen. Das Kind spielt wundervoll Blockflöte, sogar schon kleine Stücke von Johann Sebastian Bach, einfach gesetzte natürlich. Aber ganz rein, mit feinem musikalischem Empfinden. Frau Paschke will es ihrem Mann sagen, und: nein, nein, Lettas Mutter braucht von der Intervention nichts zu erfahren.
Im Sommerzeugnis vor den großen Ferien steht bei Hanni

im Fach Musik jetzt ein Gut. Sonst wieder lauter Befriedigend, wie gehabt. In Rechtschreibung, meint Letta, hätte Hanni eigentlich auch eine Zwei verdient, sie macht doch kaum Fehler.
Das kannst du gerade beurteilen! kommt es unwirsch von Lisa. Du kümmere dich um deine eigenen Noten. Ich hab mit Herrn Paschke gesprochen. Er hat mir versichert, daß Hanni nicht dumm ist, aber auch nicht besonders intelligent. Außerdem ist sie viel zu still. Er weiß nie, ob sie aufgepaßt hat, weil sie sich überhaupt nicht meldet.
Da muß Hanni protestieren, so stimmt das nämlich nicht. Früher, sagt sie, hab ich mich immerzu gemeldet, da hab ich mir fast den Arm ausgerenkt. Denkt ihr, der hätte mich mal drangenommen? Nicht ein einziges Mal. Jetzt ist mir das zu doof, jetzt melde ich mich nicht mehr.
Für Hannis Verhältnisse sind das erstaunlich viele Sätze. Aber das hat sie nun von ihrer Gesprächigkeit, daß Mutter und Letta gleichermaßen in sie dringen, sie möge sich nicht einfallen lassen, die beleidigte Leberwurst zu spielen. Immer den Finger hoch, Hanni, auch wenn es dir zwecklos vorkommt. So sieht Herr Paschke doch wenigstens, daß du nicht gedöst hast.
Kuck dir Hannis Hefte an, sagt Mutter und hält Letta eins unter die Nase. Willst du etwa behaupten, in Handschrift hätte sie eine Zwei verdient?
Es paßt ihr nicht, daß man den netten Herrn Paschke für ungerecht hält.
In Handschrift, nein – antwortet Letta. Aber Schönschrift ist gar nicht so wichtig, und dann hast du Hanni damit auch nicht so geelendet wie mich. Ich mußte ja immer wie gestochen schreiben, da warst du hinterher wie der Deuwel hinter der armen Seele.
Mit Recht, Letta, mit Recht. Wirst mir noch mal dankbar dafür sein. Als Lehrerin kommst du ohne schöne Handschrift nicht aus. Lettas Zeugnis ist annehmbar. In Mathematik und Physik ein Ausreichend, in Deutsch, Geschichte

und Kunst eine Eins, alles übrige gut bis befriedigend. Die Freistelle ist ihr weiterhin sicher.
In diesem Sommer sind sie oft mit dem BDM auf Fahrt, es nimmt Letta viel Freizeit weg. Schwänzen darf ich das nicht, erklärt sie den Eltern, da kann man großen Ärger bekommen. Seid froh, daß ich nicht den Ehrgeiz hab, eine Führerin zu werden, sie nehmen gern Oberschülerinnen dazu. Dann wäre ich nur noch zum Schlafen zu Hause. Aber ich bin ja nicht plem-plem, ich kann mit meiner Zeit was Besseres anfangen. In meiner Klasse sind Fee und ich übrigens die einzigen, die keine Führerinnen-Kordel tragen.
Es interessiert Lisa, wie Fees Eltern eigentlich zum Nationalsozialismus stehen.
Letta zuckt die Achseln. Ich hab mal mit Fee darüber gesprochen, nur oberflächlich. Ihr Vater ist in die Partei eingetreten, weil man das in seiner Position von ihm erwartet, aber daß die Tochter auch noch Führerin wird, will er verhindern. Er ist nicht direkt gegen Hitler, glaube ich, mehr gegen Himmler und gegen Alfred Rosenberg, der dieses dumme Buch geschrieben hat vom Mythos des zwanzigsten Jahrhunderts. Das ist ein Stein des Anstoßes für die Familie, weil sie so stramm katholisch sind. Mit Sozialdemokraten hat er deswegen noch lange nichts im Sinn, die wirft er mit Kommunisten in einen Topf. Rot ist rot, sagt er, für ihn sind alle Roten gleich.
Kunststück! sagt Lisa und lacht bitter. Als Bergwerksdirektor.
Im September, zu Schuljahrsbeginn, ist Hanni nicht mehr bei Herrn Paschke, sondern bei einer Lehrerin, die neu zugezogen ist. Sie ist nicht mehr jung und auch nicht alt, sie hat etwa zehn Dienstjahre auf dem Buckel. Das erfährt Lisa von Frau Paschke, und auch, daß der Rektor ihrem Mann die zweite Jahrgangsklasse mit den schwächeren Schülern angehängt hat, weil solche Kinder einen besonders fähigen Lehrer brauchen. Lisa findet es sehr schade, es war immer so praktisch, den Lehrer des Kindes im Hause

zu haben. Sie tröstet sich aber, als sie sieht, wie gut es Hanni bei ihrer neuen Lehrerin gefällt. Der Flötenunterricht bei der Junglehrerin geht weiter, er ist kostenlos. Das Kind spielt mitunter schon recht schwierige Sachen.
Rudi hat im Juli zwei Wochen bei dem Wittkamp ausgeholfen, ist danach drei Wochen stempeln gegangen, Ende August eine Woche Wittkamp, danach zwei Wochen Stempelgeld, zwei Septemberwochen Wittkamp – so geht das fort. Lisa ertappt sich dabei, daß sie dem Wittkamp nicht nur sein intermittierendes Nervenleiden, sondern gleich die Schwindsucht an den Hals wünscht. Daß der mal für einige Jahre in einem Sanatorium verschwände und der Rudi das Geschäft dann übernehmen könnte. Sie schämt sich solcher Regungen, aber sie kann nichts dafür, es kommt einfach über sie. Versündige dich nicht, Kind, sagt die Mama in Ruhrort.
Sie sind wieder einmal bei Karl zu Besuch, an einem Sonntag, denn es ist Wittkamp-Zeit, da muß der Rudi wochentags im Laden stehen.
Er hat heute für Erna etwas mitgebracht, eine große Pakkung Siebenundvierzigelf mit zwei Stücken Seife und einer Flasche Eau de Toilette, die hat er beim Wittkamp zum Einkaufspreis erworben. Hast du dir verdient, Erna, du treue Seele, und Erna wird ganz rot und nimmt ihren Schwager um den Hals, als sie sich bedankt. War doch nicht nötig, Rudi, ausgerechnet die große Packung, und ich hab nicht mal Geburtstag heute. – Lisa sieht herüber und scheint erstaunt, sagt aber nichts.
In Tante Bertas Wohnzimmer, wo das Klavier steht, sitzt Hanni ganz allein, man hört sie durch die geschlossene Tür klimpern, es klingt gedämpft, und darum stört es nicht. Bis man auf einmal einen schönen, vollen Akkord vernimmt.
Anita springt auf, Letta läuft hinterher, sie finden drinnen eine glühende Hanni auf dem Klavierhocker, und wieder schlägt sie ihren Akkord an.
Anita legt von hinten ihre Arme um die kleine Kusine. Du kannst ja Klavier spielen, Hanni, wer hat dir das gezeigt?

Niemand, sagt Hanni. Ich hab ein bißchen prackesiert, bis ich es raushatte.
Was hast du?
Praktiziert, erklärt Letta. Sagt meine Mutter immer, wenn sie an einer Sache herumprobiert. Ja, unsere Hanni, die ist musikalisch! In der Dunkelheit, auf dem Weg zur Straßenbahn, der zunächst über eine der vielen Hafenbrücken führt, hadert Lisa mit Rudi wegen der Schachtel Siebenundvierzigelf für Erna und meint, eine kleinere hätte es auch getan. Als er sie verstanden hat, fährt er auf. Was sie sich einbilde, herrscht er sie an, Erna jahrelang auszunutzen und niemals eine Gegengabe, ob ihr das nicht selber peinlich sei, immer nur Dankeschön sagen und weiter nichts. Ja, ja, nickt Lisa und gibt ihren Fehler zu. Wenn Rudi einmal die Beherrschung verliert, hat sie den Bogen überspannt. Da ist man besser still.
Letta bleibt mit Hanni etwas zurück, sie will beim Streit der Eltern nicht Zeuge sein. Und Hanni vertraut ihr etwas an, ganz leise, weil Mutter es nicht hören soll. Daß sie so schrecklich gern Klavier spielen lernen möchte, so über alles gern. Sie ist ganz sicher, daß sie es rasch und gut begreifen wird. Aber das ist ja wohl viel zu teuer, schließt sie ergeben.
Ja, zu teuer, bestätigt Letta und drückt Hannis Hand. Vorläufig bestimmt. Vorläufig bleibst du bei deiner Flöte. Ich hab mal irgendwo gelesen, daß man das Klavierspielen auch als Erwachsener noch erlernen kann, daß es dazu nie zu spät ist. Wenn ich erst Lehrerin bin und ein gutes Gehalt kriege, kann ich dir den Unterricht ohne weiteres bezahlen. Vielleicht können wir uns dann sogar ein gebrauchtes Klavier kaufen, Vati wird ja nicht ewig erwerbslos bleiben. Du mußt nämlich zu Hause üben können, sonst kommst du nicht weiter. Träum einstweilen davon und versprich mir, daß das Gespräch unter uns bleibt.
Bleibt unter uns, versichert Hanni.
Ausgerechnet im Weihnachtsmonat ist der Wittkamp wohl-

auf und kann seinen Laden selber regieren. Rudi strampelt auf seinem Fahrrad in entfernte Dörfer zur notleidenden Bauernschaft, die sich immer noch als solche empfindet, obwohl sie durch die Hitlersche Autarkie-Wirtschaft ganz gute Einnahmen hat. Reichsnährstand heißen sie jetzt und haben einen Reichsbauernführer mit Namen Walter Darré. Rudi schneidet Haare, läßt sich ein Stück Schinken oder Wurst einpacken, hört sich schweigend die Klagen an. Er muß immer noch vorsichtig sein, denn was er da tut, ist auch im Dritten Reich einem Unterstützungsempfänger verboten. Obwohl auf allen Litfaßsäulen vom »Adel der Arbeit« die Rede ist. Dann geht ihm das Rad kaputt, und er gibt es zu seinem Bruder in Reparatur. Bring ich dir in Ordnung, sagt Willi, aber vor Weihnachten geht das nicht mehr, da mache ich Überstunden. Junge, Junge, das olle Ding! An dem stammt aber auch kein Schräubchen mehr vom Original.
Bei Lisa sitzen wieder diese Weiber herum und schütten ihr das Herz aus, Frau Wiedemann, Frau Paschke und eine jüngere Frau aus dem Nebenhaus, die der Lisa neulich ihren Einkochkessel geborgt hat für die vielen Brombeeren. Da nimmt Rudi lieber sein Buch und geht zum katholischen Bahnhof. Er liest jetzt »Unterm Birnbaum« von Theodor Fontane. Daß der auch Kriminalromane schreiben konnte, hätte er gar nicht gedacht.
Es ist an einem Freitag vor Weihnachten, Hanni übt in der Küche auf ihrer Flöte für eine Schulfeier, und Letta, in ihren Wintermantel eingemummt, bastelt im kalten Schlafzimmer an einem Geschenk für die Eltern, als Mutter mit einem Auftrag für sie hereinkommt. Vater hat dem Metzger in Utfort die Haare geschnitten, und der hat ihnen zum Wochenende dafür einen Ballen Fleisch versprochen, mageres Rindfleisch mit Suppenknochen. Das muß abgeholt werden.
Zu Fuß bis nach Utfort! ruft Letta entgeistert.
Schon sausen ihr zwei Backpfeifen um die Ohren, eine

links und eine rechts. Genau die Sorte, von der Lisa gern behauptet, daß sie nicht von schlechten Eltern stammten. Darüber kann man streiten. Die Tasche hängt im Flur, sagt Lisa noch, bevor sie sich in die Küche verzieht, wo Hanni ihr Flötenspiel unterbrochen hat. Letta stülpt sich ihre Strickmütze über den Kopf, nimmt die Tasche vom Haken und schlägt die Wohnungstür um einiges lauter zu als nötig. Nach Utfort fährt weder Straßenbahn noch Omnibus. Sie muß den Weg durch die ganze Zechenkolonie nehmen und dann noch über Meerbeck hinauswandern, wo keine Häuser mehr stehen und ein scharfer Wind über die Felder weht. Die Metzgerei liegt am Ende der Ortschaft. Hätte bloß noch gefehlt, daß sie sich in dem vollen Laden hinten anstellen müßte, aber das tut sie natürlich nicht. Sie geht gleich in die Wohnung und wartet dort, bis man ihr das Fleischpaket aushändigt.

Auf dem Heimweg sieht sie mal eben am Kino nach, was sie spielen, auch die Vorschau für die kommende Woche kuckt sie sich an, es hängen an der Tür immer schon ein paar Bilder und Plakate von der nächsten Vorstellung. Die geben hier wieder einmal den Olympia-Film von Leni Riefenstahl, den sie schon zweimal gesehen hat; das erstemal waren sie von der Schule dazu abkommandiert, das zweitemal vom BDM. Im Kasten der Vorankündigung hängt »Ritt in die Freiheit« mit Viktor Staal, Tante Gustis neuem Schwarm. Interessiert Letta nicht. Sie wartet auf »Die ganz großen Torheiten«, einen Film, der fast ausschließlich in Wien spielt und die Liebesgeschichte einer Schauspielschülerin behandelt. In Tante Gustis *Filmwoche* hat sie einiges darüber gelesen, auch schon ein paar Fotos gesehen, alles so recht nach ihrem Herzen. Wird wohl noch ein bißchen dauern, bis sie ihn in diesem Flohkino bringen. Gerade jetzt, wo es überall so kalt und finster ist, brauchte man mal wieder eine Freude. Auf Weihnachten kann man sich ja leider nicht mehr freuen, das hat man noch gekonnt, als man klein war und nicht zuviel wußte.

Wie Hanni, die sich ganz unverhohlen freut und glänzende Augen bekam, als der Opa gestern den Nadelbaum mitbrachte und ihn auf den Speicher trug.
Gegen Abend ist sie zu Hause, gibt das Fleisch ab, setzt sich an den Korbtisch, um noch einen Abschnitt aus dem Daudet zu übersetzen. Frau Wiedemann war vorhin da, sagt Mutter, aber ich hab sie weggeschickt, weil ich mir dachte, daß du noch lernen mußt. Entschuldige die Ohrfeige, ich bin zur Zeit wieder ziemlich nervös.
Es waren zwei, hält Letta ihr vor. Und nicht von schlechten Eltern. Du solltest dir einen Sandsack hinhängen, wie der Max Schmeling einen hat, den kannst du dann verkammesolen, wenn du in Wut kommst. Nervös bin ich schon lange. Und du weißt ganz genau, daß ich alles tue, was du sagst, auch wenn ich zunächst 'n bißchen meckere. Zu Fuß nach Utfort laufen ist schließlich nicht zum Jubeln.
Ich könnte ja auch mal gehen, meint Hanni, aber Lisa schüttelt den Kopf. Du nicht, Hanni, du hast zu schwache Knochen.
Zum Jubeln ist in diesen Tagen überhaupt nichts, nicht einmal Weihnachten. Es geht still vorbei, in gedrückter Stimmung. Der Schuldenberg ist zu groß.
Im Januar liegt der Wittkamp wieder im Bett, hat grausliche Nervenschmerzen und gibt Nachricht ans Arbeitsamt, daß sie ihm den Reichmann schicken. Das Fahrrad hat Onkel Willi in Ordnung gebracht. Gott sei Dank, sagt Rudi und stopft seinen Friseurkittel in die Tasche, aber Lisa meint: Mir ist schon alles egal.
Sie bleibt morgens liegen, wenn Letta und Hanni in die Schule müssen, die Kinder sind alt genug, sie können sich auch mal alleine versorgen. Dann ist die Küche nicht geheizt, sie müssen sich am Spülstein mit kaltem Wasser waschen, was Hanni seltsamerweise nichts ausmacht, Letta aber sehr viel. Wenn sie sich von Mutter verabschieden, liegt die auf dem Rücken im Bett und starrt gegen die Schlafzimmerdecke. Ja, geht nur, geht.

Fühlst du dich nicht wohl, Mutter? Hast du irgendwelche Schmerzen?
Nein, geht nur. Mir fehlt nichts. Ich bin jetzt nur immer so schrecklich müde.

16

Der Doppelgeburtstag wird dieses Jahr nicht gefeiert, bestimmt Lisa, als der März heranrückt. Mir ist nicht nach Feiern zumute. Du sollst zu Tante Gerda gehen und dir dort dein Geschenk abholen, sie will auch einen Kuchen für dich backen.

Und bei uns gibt es keinen Kuchen? fragt Hanni enttäuscht.

Ich nehme dich mit zu Tante Gerda, verspricht Letta.

Sie hätte allen Grund, den Kopf hängen zu lassen, weil zu Hause immerzu dieses Bedrohliche in der Luft liegt, dieses Unaussprechliche, das ihr schon von Jahresbeginn an so oft die Kehle zuschnürte. Aber Letta ist wider Erwarten glücklich, trotz allem. Drei Tage vor ihrem Geburtstag hat der Führer die Ostmark heim ins Reich geholt.

Sie dürfte in dieser Familie die einzige sein, die sich ehrlich darüber freut. Es hat nichts mit Nationalismus oder großdeutschen Ambitionen zu tun wie bei den meisten; Letta hat ihre ganz privaten Gründe, den »Anschluß« zu begrüßen. Denn nun ist Österreich kein fremder Staat mehr, nun besteht erhebliche Aussicht, daß sie später einmal in Wien studieren und dort als Lehrerin tätig sein kann, wie der Schubert Franzl in der kleinen Schule von Lichtenthal. In Wien oder um Wien herum, so genau will sie es nicht nehmen.

Onkel Willi scheint sich ebenfalls über den »Anschluß« zu freuen, aber bei dem ist es reiner Opportunismus, behauptet Vati. Willi Reichmann hat eine Hakenkreuzfahne zum Turmfenster hinausgehängt, und der Opa hat sie wieder abmontiert und zusammengerollt. Denn noch ist das seine Wohnung. Als der Blockwart zu ihnen kommt und sich erkundigt, weshalb die Fahne dort nicht mehr hängt, erst hing sie dort und nun nicht mehr, erzählt ihm der Opa, daß die Halterung kaputtgegangen sei und man es nicht verant-

worten könne, daß der schwere Fahnenschaft womöglich jemandem auf den Kopf falle, aus solcher Höhe, oder ob er das vielleicht verantworten wolle? Nein, sagt der Blockwart, das will er nicht, und zieht unverrichteter Dinge ab. Danach ist Ruhe. Draußen flattern schon genug Fahnen herum, knurrt der Opa, man sieht ja nur noch rot.
Die Reichmanns in der Ulmenstraße haben eine ganz kleine Fahne hinausgehängt, auch Onkel Peter in der Eupener Straße, denn auf ihn haben die Bonzen ein besonders wachsames Auge geworfen. Am Geburtstag erscheint Oma Friederike, jetzt 78 Jahre alt, hager, schlohweiß und immer noch rüstig. Man hat sie nicht eingeladen, und eben deshalb kommt sie und knöpft sich ihre Tochter Lisetta vor. Was das zu bedeuten habe? Was das für eine Neuerung sei, den Geburtstag nicht zu feiern, wie es sich gehört? Wo du weißt, sagt sie, daß die Familie die Kosten übernimmt, daß wir es dir bezahlen. Berta hatte schon eingekauft, um die Torten für euch zu backen. Aber das ist es ja gerade, schreit Lisa. Das kann ich einfach nicht mehr ertragen, Mama, immer und ewig nur nehmen zu müssen. Das steht mir bis oben hin. Weißt du, was ich am liebsten möchte? Am liebsten möchte ich unsere paar Klamotten verkaufen, Möbel, Bettzeug, Kleider, und euch alle von dem Geld zu Grünewald einladen, für ein Abendessen tät es gerade reichen. Und dann einen Strick nehmen und mich aufhängen – aus und vorbei. Nichts mehr hören und sehen und meinen Frieden haben.
Jetzt versündigst du dich aber wirklich, Kind, sagt Oma Hüsken und ist tief erschüttert. Hast du vergessen, daß geschrieben steht: Befiehl dem Herrn deine Wege und hoffe auf Ihn, denn Er wird's wohl machen?
Ach, Mama, deine frommen Sprüche, die nützen mir gar nichts mehr.
Gleich darauf nimmt sie sich zusammen, ist ganz normal, spricht sachlich und ruhig. Daß der Rudi beim Wittkamp wieder mal Schluß machen mußte, weil der momentan

keine Schmerzen hat, daß Letta in der letzten lateinischen Klassenarbeit eine Eins bekam, daß Hanni jetzt so gern in die Schule geht bei ihrer neuen Lehrerin. Als Friederike Hüsken die Ulmenstraße verläßt, ist sie überzeugt, durch ihren Besuch die Tochter aufgerichtet und zur Räson gebracht zu haben.

In der Nacht, die auf den nicht gefeierten Geburtstag folgt, hat Letta einen unruhigen Schlaf. Sie hört Geräusche aus der Küche, der Wecker auf dem Stuhl neben ihrem Bett zeigt auf zwei Uhr, vielleicht hat Vati sich ein Glas Wasser geholt, das tut er manchmal. Da jedoch das gleichmäßige Scharren nicht aufhört, steht sie leise auf, um Hanni nicht zu wecken, und knipst auch das Deckenlicht nicht an. Meistens hat Hanni ja einen festen Schlaf.

Unter der Küchentür schimmert ein Streifen Licht. Letta macht langsam die Tür auf und sieht nach, erst neugierig, dann beklommen. Mutter hat Tisch und Stühle zur Seite gerückt, steht auf dem Linoleum vor dem Wassereimer und wickelt den ausgewrungenen Aufnehmer um den Schrubber. Sie blickt kaum hoch, als Letta in der Tür erscheint.

Mußt du jetzt die Küche wischen, mitten in der Nacht? Es ist zwei Uhr, Mutter.

Lisa betätigt den Schrubber, energisch und konzentriert. Sie hat eine Schürze über das Nachthemd gebunden, die Haare hängen als wirrer Zopf über ihrem Rücken. Leg dich wieder hin, Letta, und kümmere dich nicht um das, was ich tu. Ich finde keinen Schlaf, und eh' ich mich mit verrückten Gedanken im Bett herumwälze, will ich mich lieber nützlich machen. Es lenkt mich ab, mußt du wissen. So geh schon, sonst bist du morgen früh nicht ausgeschlafen.

Letta geht, aber einschlafen kann sie vorerst nicht. Sie hat ein Gefühl, als sei ihr alles zu eng: am Hals, um die Brust, sogar die Beine sind wie in einen Schraubstock geklemmt. Hanni hat zum Glück nichts gemerkt.

Am Morgen steht Mutter vor dem Herd und macht ihnen das Frühstück. Sie redet dabei wie alle Tage, und einmal

lacht sie und sagt: Ihr seid doch sehr verschieden, ihr zwei. Ich hab euch eben eure Brote in die Schultaschen getan. In Hannis Tornister ist alles tipp-topp und picobello, aber in deiner Tasche, Letta, da liegen die Sachen wie Kraut und Rüben durcheinander. Daß du dich überhaupt zurechtfindest damit –
Ich weiß genau, wo jedes Teil steckt, verteidigt sich Letta. Sie hätte hinzufügen können, daß Mutters Schubladen auch nicht gerade ein Muster an Ordnung sind, aber sie möchte die zurückgekehrte gute Stimmung nicht zerstören.
In der Mittagspause, als sie ihr Brot gegessen hat, läßt sie sich von Fee zu einem Eis einladen. Fee war zum Essen kurz zu Hause gewesen, und nun bleibt ihnen noch eine Stunde bis zum Beginn des Handarbeitsunterrichts.
Ihre Freundschaft war nie innig, ist aber von einer schwer zu erschütternden Beständigkeit. Sie respektieren einander, bleiben auf Distanz und mögen sich gern. Ist Fee von Lettas Lebensernst beeindruckt, so braucht Letta umgekehrt die unbekümmerte Art der Freundin als ein Gegengewicht. Es wäre nicht die erste Freundschaft, die auf der Faszination durch den Gegensatz beruht. In der letzten Zeit aber hat sich fast unauffällig eine Gemeinsamkeit eingeschlichen, die zwischen ihnen nur kurz erörtert wird und sich danach als ein starkes Bindeglied erweist.
Sie kommen beide aus christlichen Elternhäusern und beharren darauf, was man von den anderen Mädchen der Klasse nicht sagen kann. Die Konfession ist dabei belanglos. Entscheidend ist, daß sowohl Letta als auch Fee den immer deutlicher werdenden, sich immer plumper darstellenden Atheismus des Dritten Reiches von sich weisen. Einen Atheismus, der sich diesen Namen ausdrücklich nicht gibt, um nicht im Geruch des Bolschewismus zu stehen. Meine Eltern sind nicht christlich, sie sind gottgläubig, hat eine in der Klasse es unlängst genannt. Über diese »Gottgläubigkeit« können Fee und Letta sich nur lustig machen.

Und nun sitzen sie einander gegenüber in der Eisdiele, und Letta überlegt, ob sie Fee das Erlebnis mit Mutter von der letzten Nacht erzählen soll oder nicht, und unterläßt es dann. Sie hat gelegentlich die eine oder andere Einzelheit ihrer bescheidenen Lebensumstände preisgegeben, damit Fee sich ein ungefähres Bild machen kann, und mußte unter der Hand feststellen, daß es kein ungefähres Bild wurde, sondern ein exotisches. Das sei ferne. Es gibt genug anderen Gesprächsstoff, daran fehlt es zwischen ihnen nie. Als Fee bezahlt, sagt sie mit der Genugtuung einer Siegerin: Den Tag werde ich mir im Kalender rot anstreichen. Daß ich dich mal zu einem Eis einladen darf, hab ich nicht mehr zu hoffen gewagt. Es bleibt auch eine Ausnahme, kontert Letta sofort.

In Handarbeit ist Letta keine Koryphäe. Das »Befriedigend« in ihrem Zeugnis ist eher zu hoch als zu niedrig gegriffen, und sie weiß es. Das Nachthemd vorigen Sommer hat sie total verschnitten, was Mutter weit mehr erboste als die Lehrerin. Die ist keine Berufsfanatikerin wie Fräulein Angenfoort, Lettas Plagegeist in der Volksschule, die stellt ihr eigenes Fach nicht über alle anderen. Sie hat Verständnis dafür, daß es auch auf dem Gebiet der Nadelarbeiten Minderbegabte gibt, und sie hat sich überdies nach Lettas häuslichen Verhältnissen erkundigt, was längst nicht alle Lehrer tun. Denn es liegt ja nicht nur an der Unlust, daß Letta in den kunstgewerblichen Arbeiten nicht viel leistet, es liegt auch an mangelnder Übung. Sie braucht ihre knapp bemessene Zeit zum Lesen und hat seit langem erkannt, wie sehr ihr dies nützt, obwohl der Nutzen keineswegs das Motiv ihrer Lesesucht bildet, sondern lediglich als Nebeneffekt mitgenommen wird. Einmal hat die Handarbeitslehrerin Lettas reparierte Strickjacke unter die Lupe genommen und gefragt, ob sie das selbst gestopft habe. Ja? Na, schön. So etwas sei gar nicht zu verachten, da wisse man wenigstens, daß sie später nicht verschlampen wird, auch wenn sie keine anständigen Hohlsäume anfertigen kann.

Es geht seit einigen Monaten problemlos in der Schule zu, sogar in Mathematik. Sie haben mitten im Schuljahr eine ältere Studienrätin in diesem Fach bekommen, weil der bisherige Lehrer zu den Abiturientinnen versetzt wurde, und die neue Lehrerin versteht es, auch schwierige Aufgaben für Letta einigermaßen einsichtig zu machen. Da fallen einem gleich mehrere Steine vom Herzen, wenn man sich nicht mehr vor jeder Mathestunde fürchten muß.
Dann kommt die Nacht – Ostern ist gerade vorbei, und es sind noch Ferien –, als Letta plötzlich hochschreckt, weil sie ihren Namen zu hören vermeint, ihren Namen und Hilferufe. Ich hab geträumt, denkt sie, richtet sich gänzlich auf, lauscht genauer hin und springt mit beiden Füßen aus dem Bett. Sie nimmt sich gar nicht die Zeit, das Licht anzuknipsen, das tut sie erst drüben im Elternschlafzimmer, mit zitternden Fingern, sie kann im Dunkeln ja nicht erkennen, was sich abspielt und weshalb Vati so ausdauernd nach ihr ruft. Schon ist sie an seiner Seite, um ihm zu helfen, Mutter vom offenen Fenster wegzuziehen. Denn Mutter hat sich hinunterstürzen wollen, hat mit dem Oberkörper schon halb auf dem abschüssigen Dach gelegen. Und wehrt sich immer noch, mit einer Kraft, die niemand ihr zugetraut hätte.
Schließlich gibt sie ermattet auf und läßt sich ins Bett führen. Letta breitet ihr die Zudecke über den Körper und stopft sie an allen Seiten fest. Mutter hat Schüttelfrost und klappert mit den Zähnen. Rudi stöhnt: Tu das nie wieder, Lisa, hörst du, nie wieder. Das mußt du mir versprechen. Was sollen wir denn anfangen ohne dich, die Kinder und ich?
Und zu Letta: Leg dich schlafen. Ich bleibe wach und passe auf Mutter auf.
In der Tür steht Hanni, die aus ihrem festen Schlaf durch diesen Tumult natürlich geweckt wurde, und erkundigt sich angstvoll, ob Mutter sehr schlimm krank sei.
Nicht so schlimm, sagt Letta und geht mit Hanni hinüber

ins Kinderzimmer, wo sie beide in Lettas Bett kriechen und in Löffelkes-Stellung engumschlungen liegenbleiben. Keine Angst, Hanni. Vati ist ja bei ihr, und morgen früh hole ich unseren Onkel Doktor. Der alte Herr mit Bart und Zwicker übt immer noch seine Praxis in der Altstadt aus und fährt mit dem Fahrrad zu seinen bettlägerigen Patienten, im abgewetzten Lodenmantel, das Hebammen-Köfferchen hinten auf dem Ständer. Er ist ein guter Arzt, was die Reichmanns wissen, er ist aber auch, was sie nicht wissen können, ein unverbesserlicher Positivist. Als junger Student hat er in Berlin zwei Semester pathologische Anatomie beim greisen Virchow gehört, jenem Virchow, der gern darauf hinwies, daß er schon in zahlreiche menschliche Körper hineingeblickt, aber in keinem je eine Seele entdeckt habe. So ist auch unser Hausarzt zutiefst der Überzeugung, daß der Mensch ausschließlich an seinen Organen erkrankt, an Teilen, die man sehen, anfassen und nötigenfalls herausschneiden kann. Eine kranke Seele? Humbug und Einbildung. Nerven – gut und schön, die läßt er gelten. Obwohl es ihn sehr stört, daß sich heutzutage »Jan und Jedermann« auf schwache Nerven beruft.
Er kommt in die Ulmenstraße, hat bereits am Morgen aus Letta einiges herausgefragt und läßt nun die Patientin selbst zu Wort kommen. Lisa ist voll Vertrauen und schildert, wie ihr zumute ist. Daß sie immerzu diesen unwiderstehlichen Drang verspüre, mit dem Leben Schluß zu machen. Daß sie es eigentlich nicht wolle, durchaus nicht, aber es sei so mächtig in ihr, geradezu übermächtig. Quatsch, knurrt der Doktor, als sie erschöpft geendet hat. So was läßt man gar nicht in sich aufkommen, liebe Frau Reichmann, das ist reine Willenssache. Sie werden sich schön zusammennehmen und an Ihre Familie denken. Daß Sie mit den Nerven herunter sind, ist verständlich bei Ihrer wirtschaftlichen Lage, aber glauben Sie mir, ich kucke noch in ganz anderes Elend hinein, beinahe jeden Tag, bei Patienten, die *wirklich* krank sind und sich winden vor Schmerzen. Da

können Sie mit Ihren Wehwehchen gar nicht dran tippen. Also Kopf hoch.
Ob er ihr nicht Phanodorm verschreiben möchte, bittet Lisa mit schwacher Stimme. Weil es so schrecklich ist, wenn man ganze Nächte wach liegen muß. Phanodorm habe ihrer Schwester damals so gut geholfen.
Schlaftabletten? Nee, Frau Reichmann, die schlagen Sie sich man aus dem Kopf. Daß Sie mir am Ende noch Dummheiten machen. Gegen Ihre Nervosität verschreibe ich Ihnen Baldriantropfen, die tun's auch. Und wie gesagt, raffen Sie sich auf. Zähne zusammenbeißen, und hindurch. Es kommen auch wieder bessere Tage.
Damit geht er ab. Schwingt sich auf sein Rad und fährt zu den vielen Patienten, die *wirklich* krank sind.
Nun kann mir keiner mehr helfen, klagt Lisa. Der Doktor war meine letzte Hoffnung. Aber wie soll mich einer verstehen? Ich versteh mich ja selbst nicht mehr.
Rudi hat einen Einfall. Wenn man Schwester Agnes holte, die patente Diakonisse, die Mutter von der Frauenhilfe her kennt? – Ich spring da mal hin, sagt Letta, ich weiß, wo sie wohnt.
Schwester Agnes kommt noch am selben Tag, schickt die anderen aus dem Schlafzimmer hinaus und führt mit Lisa ein Gespräch, das beinahe zwei Stunden dauert. Gegen das Ende hin werden Rudi und Letta hereingerufen, weil es eine Art Familienrat abzuhalten gilt. In der folgenden Nacht schläft Lisa nach langer Zeit wieder einmal ohne Unterbrechung durch, und das verdankt sie nicht allein den Baldriantropfen.
Schwester Agnes hat eine Verschickung vorgeschlagen, einen mindestens sechswöchigen Erholungsurlaub für Lisa Reichmann in einem Heim der Inneren Mission. Weil sie hier mal raus muß, mal abschalten, ganz was anderes sehen und erleben. In schöner Umgebung mit viel Wald und guter Luft. Und dabei wissen, daß die Ihrigen versorgt sind, das ist die Voraussetzung.

Letta bietet sich an, den Haushalt zu übernehmen, aber das schlägt die Gemeindeschwester aus. Wenn du mittags aus der Schule kommst, brauchst du ein warmes Essen und sollst dich nicht erst an den Herd stellen. Ich könnte dir einen Mittagstisch bei einer Familie vermitteln.
Das ist dann nicht nötig, es sind schon bald in der Verwandtschaft und im Freundeskreis genug helfende Hände zur Stelle. Hanni soll zu Tante Johanne und Onkel Lutz nach Ruhrort übersiedeln, wo sie während der Zeit auch die Schule besuchen muß, Mutters alte Volksschule, und sie ruft gleich begeistert: Au prima, da kann ich bei Anita öfter auf dem Klavier spielen, die hat mir das erlaubt. Und auf die Süßigkeiten aus der Trinkhalle freu ich mich auch.
Tante Trudi, die von Opa einen Schubs gekriegt hat, will für ihren Schwager Rudi mitkochen, und Tante Gerda läßt es sich nicht nehmen, für Letta zu sorgen. Du kommst zum Mittagessen zu mir, daß ich auch mal eine Gesellschaft habe, und wenn du Handarbeitsunterricht hast, Letta, dann schmierst du dir nächstens keine Brote mehr für die Mittagspause. Bis Scherpenberg ist es nicht zu weit, das kannst du in den zwei Stunden schaffen.
Letta will die Wohnung putzen, Mutter soll ganz beruhigt sein. Die laß ich nicht verkommen, verspricht sie, ich wische mit dem nassen Aufnehmer auch die Ecken aus, wie es sich gehört. Und mache selbstverständlich das Abendessen für Vati und mich, irgendwas prötschle ich schon zusammen.
Ja, du Prötschler, sagt Mutter und seufzt, weil sie von Lettas Kochkünsten nicht viel hält. Sie nimmt alle diese Angebote dankbar entgegen und ist erleichtert, weil sie nun mit gutem Gewissen zur Kur fahren kann. Jetzt scheint sie sich beinahe darauf zu freuen und blättert im Kalender.
Lisa könnte auch von der NSV verschickt werden, hat Schwester Agnes gemeint, sie müsse darauf aufmerksam machen. Es bestehe seit längerem eine Konkurrenz zwischen den braunen und kirchlichen Wohlfahrtseinrichtun-

gen, aber die Entscheidung liege bei dem Erholungsbedürftigen selbst.
In ein NS-Heim, mit lauter Nazitanten zusammen? Darauf möchte Lisa gern verzichten, da fände sie keine Erholung. Ihr ist das Heim der Evangelischen Frauenhilfe gerade recht, ein christliches Haus, in dem auch gesungen und gebetet wird.
Mitte April ist es soweit, und bleiben wird sie bis Ende Mai. In der Eifel, in einer schönen, waldreichen Gegend. Der Ort heißt Hellenthal.
Wenn Letta jetzt Schulschluß hat, fährt sie mit der Straßenbahn bis Scherpenberg, steigt an der Karlstraße aus und geht hinauf zu Tante Gerda in die gemütliche kleine Wohnung. Dort wird immer etwas Leckeres gekocht, mit Nachtisch, den Letta sonst nur an Feiertagen bekommt, und manchmal darf sie beim Kochen helfen und lernt eine Menge dabei. Zu Hause gibt es in dieser Hinsicht nicht viel zu lernen, dazu ist die Kost zu eintönig, immer nur Kartoffeln und Kappes. Unter »Kappes« wird der billige Weißkohl verstanden und der Wirsing, die vornehmeren Kohlsorten gibt es sonntags: Rotkohl, Blumenkohl, Rosenkohl. Mit Mehlschwitze. Das hat Letta alles längst gekocht, an Pfannengerichten aber bringt sie nur Frikadellen und Bratwürste zustande. Nun zeigt Tante Gerda ihr, wie man ein Schnitzel brät und was in Rouladen alles hineinkommt. Das Schnitzel stammt vom Kalb, und die Rouladen sind vom Rind. Die Tante kleidet sich elegant wie eh und je und trägt auch im Alltag ihren teuren Schmuck, Ohrringe und einen dazu passenden Brillantring. Den Drogisten hat sie immer noch zum Freund. Letta erinnert sich an ein Gespräch ihrer Eltern über Tante Gerda, das einige Wochen zurückliegt. Daß der Drogist die Gerda gern heiraten möchte, hat Mutter erzählt, und daß sie es ist, die sich dagegen sträubt. Weil sie ihre Freiheit nicht aufgeben will, ihre schöne Unabhängigkeit. Und Vati hat darauf erwidert, er fände das schon reichlich komisch. Redet daher wie ein Mann, von Freiheit

und so. Richtig unweiblich. Die wird sich noch mal umkukken später und es schwer bereuen, wenn sie im Alter allein dasteht, denn der Mensch wird nicht jünger, auch unsere Gerda nicht. Hat schon ein paar silberne Fäden, die man in ihrem schwarzen Haar auf den ersten Blick sieht.
Letta entnahm diesem Gespräch lediglich die Ansicht, daß es nur Männern zukomme, sich ihre Freiheit zu bewahren. Das will ihr nicht einleuchten. Sie selbst hat sich auch bereits vorgenommen, ledig zu bleiben und sich allein durchs Leben zu schlagen. Ein Mann könnte ihr vieles verderben und hätte auch vielleicht kein Verständnis für ihren Plan, sich eine Doppelexistenz als Lehrerin und Malerin aufzubauen. In Wien oder dort irgendwo in der Nähe.
Zu Hause geht alles glatt. Vorläufig gibt es nichts zu putzen in der Wohnung, denn die Küche wird von Grund auf renoviert. Machen wir alles selbst, Letta, dann kommt es billiger, sagt Vati. Der Opa stiftet die Tapeten und hilft mit, aber nur an den Sonntagen, weil er jetzt keinen Urlaub nehmen kann. Weißen Schleiflack kriege ich zum Einkaufspreis von einem Schachkollegen, und beim Anstreichen kannst du mir helfen. Mir sind die fiesen Küchenmöbel schon lange ein Dorn im Auge, diese künstliche Maserung, die überall abblättert. Und ein neues Linoleum kommt auf den Fußboden, ich dachte an ein Muster in Lindgrün, das suchen wir gemeinsam aus. Daß das hier wirklich ein Schmuckkästchen wird, wie Mutter immer sagt.
Können wir das eigentlich bezahlen? fragt Letta mißtrauisch.
Aber klar. Rechne mal aus, was wir allein am Mittagessen ersparen. Und nächstens muß ich wieder zum Wittkamp, weil der auf der Nase liegt, ich hab so was läuten gehört.
Der Wittkamp.
Es wird nur die Wohnküche neu gemacht, der Raum, wo sich ihr Leben zur Hauptsache abspielt. Opa kommt sonntags zum Tapezieren und auch noch Montagabend nach der Frühschicht, weil sie nicht ganz fertig geworden sind. Die

Küchenmöbel haben sie auf die beiden Schlafzimmer verteilt. Ein romantisches Tapetenmuster wird entrollt, cremefarbige und lindgrüne Streifen mit zarten Blumenranken. Biedermeier, erklärt Vati dem Opa. Da hat unsere Letta dran gedreht.
An einem Samstag streichen sie die Möbel fertig. Den Erstanstrich hatten die beiden Männer schon an den vorausgegangenen Abenden vollendet, und nun greift auch Letta wieder einmal zum Pinsel und macht es sehr geschickt. Der Schleiflack ist nicht weiß, er ist cremefarben wie die Streifen in der Tapete, Vati sagt: Elfenbein. Und er will auch noch einen kleinen Topf lindgrüne Farbe besorgen für die hinteren Flächen der beiden Küchenschränke, damit man es nicht so sieht, daß dies imitierte Kacheln sind, aus gepreßter Pappe. Dann ist alles farblich gut aufeinander abgestimmt. Schade nur, daß sie den größeren Schrank halbieren müssen, daß das Oberteil wieder auf dem Fußboden stehen muß, aber es reicht wegen der schrägen Wände mit der Höhe nicht hin.
Auf dem kleineren Schrank stehen immer die Porzellanbehälter mit der Aufschrift ZUCKER, REIS, LINSEN, SAGO, in denen Mutter natürlich ganz andere Sachen aufbewahrt, nämlich Fliegenfänger, Heftzwecken, Mangelknöpfe, Haarnadeln, Radiergummis, Bleistiftstummel und Rabattmarken, und das blaue Zwiebelmuster wird in Zukunft zu dem zarten Grün des neuen Anstrichs nicht mehr ganz passen. Wenn man lindgrüne Gardinchen hinter den beiden Glastüren des Schrankes anbringen könnte statt der bisherigen weißen, sähe es besser aus.
Morgen ist Sonntag, sagt Vati, da rühren wir hier nichts an. Das muß ja auch alles 'ne Weile trocknen. Da fahren wir nach Ruhrort und kucken, was unser Stüppken macht. Ich hab schon solche Sehnsucht.
Hanni fühlt sich bei ihren Paten wohl, wie zu erwarten war, und in der fremden Schule hat sie sich rasch zurechtgefunden. Der Lehrer ist des Lobes voll, erzählt Tante Johanne,

und am Samstag vor dem Muttertag machen sie eine Schulfeier, da soll Hanni ein Stück auf der Flöte vorspielen. Daß ich es nicht vergesse, Letta, du nimmst dir heute eine große Schachtel Pralinen mit, ich hab sie schon herausgelegt. Zum Muttertag schickst du ein Päckchen nach Hellenthal.
Ja, fein, sagt Letta. Den Muttertag hätte ich über der ganzen Anstreicherei doch glatt vergessen.
Dann holt sie den letzten Brief von Mutter aus der Tasche und liest ihn vor. Auch Oma und Tante Erna, die mal eben zu Onkel Lutz herübergekommen sind, hören interessiert zu. Sie lassen das Foto aus Hellenthal herumgehen, wo alle diese Frauen beim Sonntagskaffee im Gemeinschaftsraum sitzen, mittendrin Lisa in dem schönen schwarzen Feiertagskleid aus Lettas Konfirmationsseide. Oma wischt sich verstohlen ein paar Tränen ab.
Wenn ihr nächstens wiederkommt, sagt Hanni, dann spiele ich euch auf Anitas Klavier eine richtige Melodie vor, auch die Begleitung dazu. Mit beiden Händen spielen hat Anita mir beigebracht. Heute habt ihr ja keine Zeit mehr.
Nein, leider, Hanni. Vati und ich sind einfach zu müde. Nächsten Sonntag gehe ich mit dir zu Onkel Karl, dann spielst du es mir vor. Zum Abschied flüstert Tante Erna: Mal sehen, Letta, ob ich was Passendes auftreibe. Ich kenne in der Ruhrorter Altstadt ein Restegeschäft. Lindgrüner Voile oder Batist. Gib mir so bald wie möglich die alten Gardinchen, daß ich die Maße habe.
In der zweiten Maiwoche ist Vati wieder beim Wittkamp. Er bringt abends eine Packung Siebenundvierzigelf mit, zwei Stück Seife und Eau de Cologne, so groß wie die vorige, die für Tante Erna bestimmt war. Tu das zu den Pralinen, sagt er. Du mußt das Päckchen morgen abschikken, sonst kommt es nicht rechtzeitig hin.
Der Mai wird schwierig, kein Wonnemonat, jedenfalls nicht für Letta und Rudi. Die letzten Renovierungsarbeiten gehen nur langsam voran, weil Vati jetzt den ganzen Tag beim Wittkamp im Laden stehen muß und abends zu müde

ist, um noch viel anzustreichen. Das Durcheinander geht einem allmählich auf die Nerven, es wird Zeit, daß alles wieder an seinem Platz steht. Letta hat sich vorgenommen, Mutters Schubladen mal richtig aufzuräumen, man muß sich ja schämen, sie vor fremden Augen herauszuziehen – was macht das für einen Eindruck! – Aber sie kommt damit nicht weit. Weil es nicht möglich ist. Weil man bei so vielen verschiedenartigen Dingen, die ja alle irgendwo untergebracht werden müssen, kein System entwickeln kann. Letta erkennt, daß es am Platzmangel liegt, und kapituliert. Es ist ganz heilsam, daß Mutter einmal verreist und ihr den Haushalt überläßt, denn nun sieht man, mit welchen Schwierigkeiten sie täglich zu kämpfen hat. Man kann hier nicht so aufräumen, wie man es möchte. Kraut und Rüben? Ja, gewiß. Um solche Mischungen zu verhindern, brauchte man ein paar Fächer mehr, und die fehlen eben.
Wenn Lisa Reichmann irgend etwas vergeblich sucht, pflegt sie sich mit dem Satz zu trösten: Das Haus verliert nichts! Aber so ein Haus gleicht mitunter einem tückischen See, der seine Beute erst nach Jahren freigibt.
Für die Schule hat Letta ziemlich viel zu tun in diesen Tagen. Eine neue Lateinarbeit steht bevor: ACI und ABLATIVUS ABSOLUTUS. Mit dem Dahinterklemmen allein ist es nicht getan, es muß auch ein gewisses Sprachgefühl dazukommen, damit sie die Übersetzung trifft. Ihre Aufgaben fertigt sie tagsüber im Bett an, mit dem großen Diercke als Unterlage auf den Knien. Denn das Korbtischchen hat Vati noch einmal überstreichen müssen, in Cremefarbe oder Elfenbein, das war noch nicht ganz sauber.
Vor der Putzerei graut ihr insgeheim. Sie hat auch an den Schlafzimmern bisher nichts getan, nicht einmal Staub gewischt, das wird zum Schluß alles in einem Arbeitsgang gemacht, sonst ist es ja wieder schmutzig, wenn Mutter kommt. Wäre sie nur erst hier.
Es wird aber nicht so schlimm, wie sie befürchtet hat. Tante Minchen erscheint in der letzten Maiwoche und packt mit

an, Letta kann nur staunen, wie der alles von der Hand geht, ruck-zuck. Das ist Übung, Letta, das hab ich in deinem Alter auch noch nicht gekonnt.
Die Küche ist hübsch geworden, so hell und harmonisch. Den Handtuchhalter streicht Letta allein mit der restlichen Elfenbeinfarbe, den hätten sie beinahe vergessen. Gestern hat sie bei Tante Erna die Schrankgardinchen abgeholt und zu Hause sofort angebracht, lindgrüner Chiffon. Ein paar Streifen waren übriggeblieben, die sind im Nu umgelegt und gesäumt; dann bindet Letta sie als Schleifchen in die weißen Mullvorhänge am Mansardenfenster. Nicht übertreiben, Kind! wird sie von Vati ermahnt. Sonst sieht das nachher affig aus.
Am Abend kommt Tante Gusti, um Letta Bescheid zu geben, daß der langersehnte Wien-Film endlich im Meerbecker Flohkino gespielt wird: »Die ganz großen Torheiten«. In der Stadt hier ist er längst gelaufen, aber damals war das gerade mit Mutter passiert, da hatte man andere Sorgen.
Ich kann nicht mit dir hingehen, sagt Tante Gusti, weil Onkel Hermann ab morgen Urlaub hat. Wir fahren für eine Woche ins Sauerland zu seinen Verwandten. Der Film läuft nur noch bis Donnerstag, das wollte ich dir sagen.
Letta sieht sich um. Ich weiß nicht recht? Es ist noch so viel zu tun. Aber Vati, der es verstanden hat, erklärt ohne Umschweife: Du gehst selbstverständlich ins Kino, Kind, das hast du dir verdient. Morgen nachmittag. Wir kommen schon auch einmal ohne dich aus.
Letta bringt Tante Gusti hinunter an die Haustür, und dort drückt ihr die Tante eine Mark in die Hand. Für den Ersten Platz, Letta. Damit du keine Genickstarre kriegst.
Es ist Donnerstag, und es regnet. Letta hat keinen Schirm, sie darf sich Vatis Ölhaut umhängen, als sie sich auf den Weg ins Meerbecker Kino macht. Durch die Eupener Straße, Tante Minchen weiß es ja ohnehin. Sonntag kommt Mutter zurück. Sie werden sie in Duisburg am Hauptbahnhof abho-

len und dann auch Hanni mit nach Hause nehmen. Mutters Briefe haben in letzter Zeit ganz zufrieden geklungen, ein gutes Zeichen, denn verstellen kann sie sich nur schlecht.
»Die ganz großen Torheiten«. Wieder einmal Wien, und wieder im Schnee, es ist Faschingszeit. Alle die lieben, vertrauten Winkel. Paula Wessely spielt eine Schauspielschülerin, die in unglücklicher Liebe zu ihrem Lehrer entbrennt. Das gibt es, damit muß man fertigwerden. Ein Caféhaus, so ein süßes, altmodisches, das könnte Demel sein. Letta kennt sich aus in ihrem Wien, dafür haben die Bildbände und Stadtpläne aus der Friedrich-Wilhelm-Bücherei gesorgt. Sie weiß, wie man vom Burgtheater zum Kohlmarkt kommt oder vom Graben in die Kärntnerstraße. Am Stephansdom vorbei.
Und dann regt sie sich auf einmal schrecklich auf. Da will sich dieses Mädchen doch wahrhaftig von einem Hochhaus in die Tiefe stürzen und kann gottlob im letzten Augenblick daran gehindert werden. Hat das Glück, in Wien zu leben, und nicht einmal schlecht, sondern in der vornehmen Villa einer mütterlichen alten Dame – hat dieses unerhörte Glück, und will Selbstmord begehen? Ohne wirtschaftliche Not und Nahrungssorgen, bloß weil sie von ihrem Lehrer nicht wiedergeliebt wird? Das ist schon beinahe ein Frevel, findet Letta. Die versündigt sich ja geradezu.
Sie ist so aufgebracht, daß nicht einmal das Happyend sie mit dem Film versöhnen kann. Während des ganzen Heimwegs ist sie mit dem Thema *unglückliche Liebe* beschäftigt. Es hat zu regnen aufgehört, es ist dämmrig-feucht, um acht Uhr wird es in dieser Jahreszeit noch nicht dunkel. Die Kastanien vor dem Schacht IV der Zeche Rheinpreußen stehen im vollen Kerzenschmuck, vom Regen blankgewaschen.
Nein, aus unglücklicher Liebe bringt man sich nicht um. Ich werde auch nicht wiedergeliebt von meinem Lateinlehrer; der hat kürzlich sogar geheiratet. Alle Mädchen der Klasse haben zusammengelegt und ihm ein Gästebuch

geschenkt. Mit Vornamen heißt er Winfried, es war nicht schwer, dies herauszukriegen.
Eigentlich will Letta ja nicht heiraten. Aber es ist doch schön, sich einmal vorzustellen, wie das wäre: Sie lebt in Wien, ist inzwischen natürlich erwachsen und hat zu Ende studiert, und da tritt eines Tages Winfried in ihr Dachzimmer – es ist das mit dem großen Atelierfenster – und eröffnet ihr, er habe sich von seiner Frau getrennt. Weil ich immer nur dich geliebt habe, Letta. Von allen Schülerinnen bist du mir die liebste gewesen, so bescheiden und dennoch eine Persönlichkeit. Das weiß ich erst heute, Liebste, sagt Winfried, kannst du mir verzeihen? Und er zieht ein Etui aus der Rocktasche, das ist mit blauem Samt ausgeschlagen, und darauf liegen zwei goldene Ringe, Verlobungsringe –
In diesem Augenblick prallt Letta mit dem Kopf gegen einen Laternenpfahl. Wie einen das ernüchtert, kann man gar nicht beschreiben. Es ist ihr lange nicht mehr passiert, und nun ausgerechnet auf der Kirschenallee, wo viele sie kennen, hoffentlich hat es keiner bemerkt. Sie reibt sich die schmerzende Stelle und denkt: Dies ist die Strafe Gottes für den lästerlichen Wunsch, daß Winfried sich meinetwegen scheiden lassen soll. So was tut man eben nicht.
Am Sonntag ist die Beule an der Stirn zurückgegangen, man sieht nur noch einen dunklen Fleck. Mutter ist viel zu glücklich, um auf solche Kleinigkeiten zu achten. Sie hatten ihr von der Renovierung nichts nach Hellenthal geschrieben, um sie zu überraschen. Nun, das ist gelungen.
Sie sitzt in Hut und Mantel auf einem der frischgestrichenen Küchenstühle, die Hände im Schoß gefaltet, und sagt nur immer: Wie schön, wie wunderschön habt ihr das gemacht. Ja, wo bin ich denn eigentlich? Kneif mich mal, Letta, damit ich weiß, daß ich nicht träume.

17

Ende gut, alles gut?

Dies ist nicht das Ende, und gar nichts ist gut. Im Juni hat der Wittkamp seine Nervenschmerzen gerade wieder überstanden, Rudi geht stempeln, und Lisa muß anschreiben lassen. Sie hat jetzt eine schöne Küche, aber die Sorgen sind geblieben.

An Hanni erleben sie ihre Freude, so prima hat die sich herausgemacht. Nicht nur ihr Körper hat sich gekräftigt – von kleiner Statur wird sie wohl bleiben –, auch ihr Selbstbewußtsein hat eine Stärkung erfahren. Man hatte ihr in der fremden Schule von Anfang an die Achtung entgegengebracht, wie sie nur guten Schülern zuteil wird, das war ein neues und förderndes Erlebnis. An einem so stillen Kind sehen die Lehrer ja gern vorbei.

Was Hanni von Letta unterscheidet, ist ihre Natürlichkeit. Keine Phobien, keine Morgengrauen-Angst. Eine Zeitlang Furcht vor Hunden, nachdem einer sie in die Hand gebissen hatte, nicht tief, aber immerhin. Das ging vorbei. Dieses Kind ist nie ein Objekt mütterlichen Ehrgeizes gewesen, es hat bei weitem nicht die Anregungen empfangen, die auf Letta schon in den ersten Lebensjahren einstürmten.

Sollte sich Hannis geistige Entwicklung durch diesen Mangel verzögert haben, so blieb ihr dafür die seelische Gesundheit erhalten. Und die gleicht vieles aus.

Wenn sich Letta beim Überqueren einer belebten Straße wie ein aufgescheuchtes Huhn benimmt, schüttelt die kleine Schwester den Kopf und sagt: Versteh ich nicht, daß du hier so herumhüppen mußt. Ein Auto ist doch kein wildes Tier. Da sitzt doch ein Fahrer drin, der dich sehen kann. – Dann verteidigt sich Letta, indem sie antwortet: Ja, Hanni, das weiß ich auch. Aber einmal hat mich einer nicht rechtzeitig gesehen, und da wäre es beinahe aus gewesen.

Und denkt bei sich: Jetzt schwindle ich, denn so war es gar nicht. Dem bin ich damals direkt vor den Kühler gelaufen, der konnte nichts dafür. Es ist nur immer so schwer, anderen zu erklären, wieso man plötzlich im Straßenverkehr von dieser lähmenden Angst befallen wird, manchmal wahrhaftig ohne erkennbaren Grund. Dann käme man ohne weiteres hinüber und bleibt doch stehen, seiner selbst nicht sicher. Und Hanni steht drüben und winkt: Nun komm doch endlich!
Hanni ist und bleibt Lisas Hausmütterchen, ein praktisches Kind. Geht jetzt auch einkaufen, vergißt nichts, verklüngelt sich nicht, läßt nichts auf der Theke liegen wie Letta, dieser zerstreute Professor. So verschieden sind eben die Kinder, sagt Lisa. Das hat der himmlische Vater gut eingerichtet, daß in einer Familie verschiedene Begabungen zutage treten, die sich gegenseitig ergänzen können. Noch vor den Sommerferien wird Letta in einer Schulpause von ihrem Ordinarius zurückgerufen, während die anderen hinausgehen. Es ist der Erdkundelehrer, der mit dem Großen Dierkke. Er habe da etwas für sie. Ihre Eltern könnten einen Antrag stellen auf eine einmalige Erziehungsbeihilfe von fünfzig Mark. Für Schulbücher und andere Lernmittel. Ihr Vater sei doch Arbeiter, oder?
Mein Vater ist erwerbslos, sagt Letta leise.
Der Lehrer hebt ruckartig den Kopf. Was denn, der ist immer noch Stempelbruder? entfährt es ihm. In der heutigen Zeit, wo in der Rüstungsindustrie jede Kraft gebraucht wird? Na, ist nicht meine Sache. Das Formular wird er wohl ausfüllen können.
Bestimmt, Herr Studienrat. Vielen Dank.
Sie nimmt das Papier und verläßt die Klasse. Wenn sie wütend ist, stiefelt sie nicht los, dann bekommt sie immer diesen staksigen Gang wie jemand, der steife Kniegelenke hat.
Stempelbruder.
Ein paar Tage danach faßt sie einen schwerwiegenden,

folgenreichen Entschluß, von dem die Eltern nichts wissen dürfen. Auf gar keinen Fall. Sie zerbricht sich den Kopf, wie sie es deichseln soll, daß die Eltern es nicht erfahren, vor allem Vati nicht. Sie will nämlich einen Brief an den Führer schreiben. Die Adresse ist einfach, danach braucht sie nicht zu suchen: An den Führer und Reichskanzler Adolf Hitler, Berlin, Neue Reichskanzlei. Auch die Anrede kennt sie, die lautet schlicht: Mein Führer! Der Entwurf wird schwieriger, den wälzt sie um und um, bevor sie ihn endgültig niederschreibt.

Daß ihr Vater nun beinahe acht Jahre lang ohne Arbeit sei und Stempelgeld beziehe, ein zwar schwerhöriger, aber kräftiger Mann. Daß er so gern wieder in einem Hüttenwerk wäre, weil er schon als junger Mann vor dem Hochofen gearbeitet hat. Daß sie ihn beim Arbeitsamt immer zu diesem Friseur Wittkamp schickten, immer nur zur Aushilfe, und dann wieder nicht. Daß der Führer da einmal ein Machtwort sprechen soll. Nur dürften die Eltern es nicht erfahren, daß sie, Letta, diesen Brief geschrieben habe. Denn es müsse einen Vater ja demütigen, zu wissen, daß er die Arbeitsstelle seiner Tochter verdankt. Ob der Führer dies einsehe? Wenn ja, besten Dank im voraus –

Mit Deutschem Gruß! schreibt sie zum Schluß. »Heil Hitler!« kann sie ja schlecht druntersetzen, weil es an Hitler selbst gerichtet ist.

Sie wirft den Brief in den Kasten und hat nur hinsichtlich des Zeitpunkts einige Zweifel. Der Führer ist gerade mit der Tschechoslowakei so sehr beschäftigt, wo sie mal wieder die Deutschen drangsalieren. Die Volksdeutschen, die unbedingt heim ins Reich wollen.

Wenn das man keinen Krieg gibt, bangt Mutter. Es sieht ganz danach aus. Hitler könne die Sudetendeutschen doch nicht im Stich lassen, hat Frau Wiedemann heute morgen gesagt. Die armen Menschen, wie die von den Tschechen unterdrückt würden.

Und Lisa fügt hinzu: Wer meine Meinung hören will – ich

find's schon merkwürdig, daß sie immer gerade dort einen Stunk machen, wo Hitler sich ein neues Stück Land unter den Nagel reißen will. Hab ich natürlich für mich behalten, ich setz mich ja nicht in die Nesseln. Sprich du auch nicht drüber, Letta, hörst du!
Wo werd ich denn, sagt Letta und winkt ab. Ihre Gedanken kreisen um den abgeschickten Brief, und sie fragt sich täglich, ob der Führer ihn inzwischen wohl erhalten habe, er oder sein Adjutant oder ähnliche Leute, denn alle Briefe wird er nicht selber lesen können, dafür hat er seine Hilfskräfte. Hauptsache, daß die hier beim Arbeitsamt eins auf den Deckel kriegen, damit sie wach werden und Vati endlich sein Recht verschaffen.
Die Sudetenkrise spitzt sich zu, die Kriegsgefahr rückt näher trotz mancherlei Anstrengungen des Auslands, vor allem des Herrn Chamberlain, über dessen Regenschirm so viele Spottverse gesungen werden. Letta singt sie nicht mit, auch Fee findet sie albern. In England regnet es eben häufig – soll der Mann vielleicht mit durchnäßtem Anzug herumlaufen, als Premierminister?
Rudi füllt das Antragsformular für die einmalige Erziehungsbeihilfe ordnungsgemäß aus, und die fünfzig Mark treffen wenige Tage später ein. Von dem Geld werden Schulden bezahlt, wird wieder einmal eine große Lücke gestopft.
Zum Schuljahrsende gibt es Zeugnisse, und Letta hat in Mathematik diesmal ein Befriedigend. Es ist zwar ein Fach, das ihr nicht liegt, aber ein bißchen kommt es auch auf die Lehrkraft an, wie man sieht, und darum hofft sie inständig, daß sie die nette Studienrätin für das kommende Jahr behalten. In Geschichte ist sie von der Eins auf eine Zwei gerutscht. Dafür hat sie in Latein ein Sehrgut. Für Winfried strengt sie sich an, für ihn hat sie stur und verbissen alle Zeitformen der Deponentien gepaukt, damit er sie wenigstens achtet, wenn er sie schon nicht liebt.
Die Sensation in der Familie bildet das Zeugnis von Hanni.

Es ist noch besser ausgefallen als dasjenige von Letta, als die im dritten Schuljahr war, denn die hatte in Musik keine Eins und in Handarbeit sogar nur ein Ziemlichgut gehabt, wegen der Angenfoort.
Rudi strahlt und behauptet, er habe es immer gewußt. Aber Lisa meint zu Letta unter vier Augen: Ich kann mir nicht helfen, diese Lehrerin überschätzt das Kind. Die hat einen Narren an Hanni gefressen. Wie mein Volksschullehrer früher, der mich auch viel zu gut beurteilte, und darum hab ich mir überhaupt keine Mühe gegeben und in den Stunden immer Blödsinn gemacht. Ich weiß bis heute nicht, wo Prag liegt oder dieses Eger, von dem jetzt dauernd die Rede ist, das hat man dann davon. Die Eins in Musik hat sie ja sicher verdient, und in Handarbeit auch. Die gestrickten Topflappen – da ist eine Masche wie die andere, picobello und tipp-topp und nicht so wie bei dir, wo sich der erste Lappen nach oben hin verschmälerte, daß du alles wieder aufriffeln mußtest. Wenn Hanni sich später mal ein Nachthemd näht, wird sie den Stoff nicht verschneiden, da kannst du Gift drauf nehmen –
Der Sommer könnte so schön sein, wenn die Furcht vor einem Krieg nicht wäre. Man versucht manchmal, sie abzuschütteln, und den Kindern gelingt es auch, aber nur zeitweilig, weil aus allen Lautsprechern, wohin man kommt, andauernd die Berichte von den schrecklichen Leiden der Volksdeutschen durchgegeben werden, mit dröhnender Wochenschau-Stimme. Es ist nicht leicht, daran vorbeizuhören, und man möchte auch wissen, woran man ist.
Zu ihrem Geburtstag im August bekommt Hanni von ihren Paten eine neue, verbesserte Blockflöte und erteilt ihrer älteren Schwester Flötenunterricht. Das ist eine vernünftige Sache. Letta hat erfahren, daß sie als Volksschullehrerin ein Musikinstrument beherrschen muß, wenigstens eines. Daß man schon auf der Hochschule für Lehrerbildung von ihr verlangen wird, Noten vom Blatt zu spielen und zu singen, und daß es daher geboten ist, rechtzeitig damit anzufan-

gen. An eine Geige käme sie nicht heran, die wäre zu teuer, und die billige Flöte tut es fürs erste. So schnell wie Hanni lernt sie es nicht, bei ihr dauert es länger. Doch bald spielen sie zweistimmig einen einfach gesetzten Choral: »Ach, wie flüchtig, ach, wie nichtig ist des Menschen Leben –«

An einem Donnerstag kommt Rudi vom Arbeitsamt nach Hause, stellt das Radio ab und sagt: Nehmt mal alle Platz, damit ihr nicht umfallt, wenn ihr diese Neuigkeit hört. Ich hab endlich Arbeit gekriegt. Nein, Lisa, keine vorübergehende wie beim Wittkamp, sondern eine feste Anstellung auf dem Hüttenwerk in Rheinhausen. Bei den Stahlwerken von Krupp. Kommenden Montag darf ich anfangen. Eigentlich weiß ich es schon seit vorgestern, da hatte ich es aber noch nicht schriftlich. Großes Ehrenwort, Herr Reichmann, hat der Kaffer auf dem Arbeitsamt zu mir gesagt, und ich hab ihm geantwortet: Vielen Dank, ein kleines tut's auch. Ich konnte es einfach noch nicht glauben nach all diesen Jahren. Nun kann sich der Wittkamp nach einem anderen umsehen, der ihm den Schlattenschammes macht.

Letta geht ins Schlafzimmer und schließt die Tür fest hinter sich zu. Sie muß jetzt ein bißchen allein sein.

In der Küche sitzen Lisa und Rudi am Tisch und kalkulieren. Vom Monatslohn eines Hilfsarbeiters kann man keine großen Sprünge machen, das erwarten sie auch nicht. Aber er wird das Dreifache der Krisenunterstützung betragen, oder beinahe das Dreifache. Mit einer Summe, wie sie Peter, Willi, Hermann oder Opa als Facharbeiter in ihrer Lohntüte nach Hause bringen, haben sie sowieso nie gerechnet. Wer wird denn nach den Sternen greifen?

Was sie alles anschaffen wollen, überlegen sie. Handtücher, sagt Lisa, die zerfallen mir fast, die bestehen nur noch aus den Stellen, die Letta gestopft hat. Und Leibwäsche. Unterhosen für dich und Hemdchen für Hanni, denn die ist jetzt gewachsen, und wenn sie eins ihrer Hemdchen überzieht, kuckt der blanke Po unten raus. Aber zunächst einmal den Arbeitsanzug für dich, Rudi, der geht natürlich vor.

Wenn nur kein Krieg kommt, seufzt sie. Mit Fliegerangriffen und so. Letta hat im BDM eine Luftschutzübung mitgemacht und mußte sich eine Gasmaske aufsetzen, sie hat kaum Luft gekriegt unter dem Ding. Und dann könnte man auch nichts anschaffen bei noch soviel Sparsamkeit, weil sie dann alles rationieren und nur auf Karten abgeben. Dann müßte man mit den alten Klamotten auskommen – wer weiß, wie lange!

Ja, es sieht nicht gut aus, bestätigt Rudi.

Wenn aber kein Krieg kommt, meint Lisa, wenn die Vernunft den Sieg davonträgt, dann sind wir in zirka drei, vier Jahren aus dem Gröbsten heraus. Ach, Rudi, schon der Gedanke, daß ich im Geschäft jetzt immer gleich bezahlen kann, wie der mir das Herz erleichtert! Das Anschreibeheft steck ich als erstes in den Herd, das wird ein Freudenfeuer, wenn das verbrennt. Da werd ich ein Gefühl haben wie der Martin Luther, als er die Bannbulle in die Flammen schleuderte.

Rudi muß lachen. Deine Vergleiche, Lisa. Hast du es nicht ein bißchen kleiner?

In den kommenden Wochen gibt es für ihn nicht viel zu lachen, denn der Anfang bei Krupp ist eine Schinderei. Sein Körper ist seit fast zehn Jahren an harte Muskelarbeit nicht mehr gewöhnt, und der aufgezwungene Dauerurlaub, genannt Erwerbslosigkeit, hat ihn weitgehend erschlafft. Wenn Rudi abends nach Hause kommt, ist er ganz grau im Gesicht und lehnt sich erst einmal gegen den Türrahmen, bevor er sich aufs Sofa setzt, neben sein Radio. Dann sagt er: Sisyphus läßt grüßen! – was Letta versteht, was sie Mutter und Hanni aber erst erklären müssen, und manchmal, indem er sich die schmerzende Schulter reibt: Hoch sollen die Invaliden leben! Bei diesem Satz wird Letta jedesmal rot, und Hanni kuckt verständnislos.

In Rudis Augenwinkeln aber sitzt ein Funken von Glück, von Genugtuung. Es ist richtig so, es wurde höchste Zeit. Man kam sich schon vor wie ein Arbeitsscheuer, man

wurde von den Leuten ja bloß noch über die Schulter angesehen.
Er fährt mit dem Bus zur Fabrik, nicht mit dem Fahrrad, das hat Lisa durchgesetzt. Kommt nicht in Frage, Mann. Daß du schon müde bist, wenn du am Werkstor ankommst? Das Geld für 'ne Arbeiterwochenkarte sitzt auch noch dran.
Am Königlichen Hof steigt er ein, und gelegentlich trifft er den Opa, wenn der um die gleiche Zeit zur Schicht fährt und am Bahnhof zusteigt, weil seine Zeche Diergardt-Mevissen in Friemersheim auf derselben Strecke liegt. Dann sitzen sie einander gegenüber und schweigen sich an. Nur einmal sagt der Opa ganz leise: Nun hast du es geschafft, Jung – und Rudi nickt. Diesen Satz hat er seinem Vater mühelos von den Lippen abgelesen.
Mitte September sind die Ferien zu Ende, und die Sudetenkrise treibt ihrem Höhepunkt zu. Obwohl einem das Gebrüll aus dem Radio auf die Nerven geht, wagt man doch kaum, es abzustellen, weil jetzt alles auf des Messers Schneide steht. Von Kriegsbegeisterung weit und breit keine Spur, nur Beklommenheit und Furcht, selbst bei einem eingefleischten Nazi wie dem Herrn Kasulke. Was soll nur werden?
Wenn ihr in der Schule nach dem Beruf des Vaters gefragt werdet, sagt ihr Arbeiter, schärft Lisa ihren Töchtern ein. Nicht Hilfsarbeiter, hört ihr!
Ist er das denn nicht? fragt Hanni.
Doch, das ist er, aber das geht eure Lehrer nichts an. Die kennen ja Vatis Geschichte nicht. Unter einem Hilfsarbeiter stellen die sich einen vor, der früher die Hilfsschule besucht hat und kaum lesen und schreiben kann, denn weshalb hätte er sonst keinen Lehrvertrag.
Letta möchte wissen, ob es keine Möglichkeit gibt, daß Vati die Ausbildung zum Facharbeiter irgendwie nachholt.
Wie denkst du dir das, Kind? Als Lehrling verdiente er doch bloß ein Taschengeld, davon könnte er keine Familie ernähren. Nein, nein, das muß nun mal so gehen.

Und es geht ja auch.
Am vorletzten September findet in München die Konferenz statt, die mit der Abtretung der Sudetengebiete an Großdeutschland endet. Die Kriegsgefahr ist gebannt. Ein Freudentaumel ohnegleichen bricht aus, Freude über den geretteten Frieden ebenso wie über den errungenen Sieg. Fahnen, Glockengeläut, Aufmärsche. Hitler verspricht, daß dies seine letzte territoriale Forderung gewesen sei.
Wer's glaubt, wird selig, spottet Peter Reichmann.
Darüber gerät er nicht nur mit seinem Bruder Willi, sondern auch mit Rudi aneinander. Seit Rudi wieder Arbeit hat, ist seine Verbitterung verflogen, ist er milde und zukunftsfroh gestimmt.
Mußt du denn immer unken, Peter? Ich bin wirklich kein Freund von Hitler, das kannst du mir nicht nachsagen. Aber der Mann müßte von allen guten Geistern verlassen sein, wenn er die Geduld der Großmächte jetzt weiter strapazieren wollte. Damit würde er ja alles Erreichte aufs Spiel setzen, und das tut kein vernünftiger Mensch. Kann ich mir jedenfalls nicht vorstellen.
Nein, du nicht, sagt Peter und schweigt.
Letta ist froh, daß Vati nicht auch gegen Hitler aufmuckt wie Onkel Peter. Der Führer hat ihrer Meinung nach in letzter Zeit viel Gutes getan, und vielleicht besinnt er sich noch und wird davon ablassen, immer gegen die Juden und die christlichen Kirchen zu hetzen. Der Gedanke, so Großes erreicht zu haben, könnte ihn eigentlich ruhiger und versöhnlicher stimmen.
Daß er Österreich zu Deutschland gebracht hat – nie wird sie ihm das vergessen! Sie sagt übrigens nicht Ostmark, sie ist altmodisch und bleibt bei Österreich, weil es immer schon so hieß. Letta ist noch fast ein Kind, aber bereits durch und durch konservativ.
Und dann hat Hitler ihre Bitte erhört und Vati Arbeit gegeben, das muß man auch bedenken. Natürlich war dies für ihn kein besonderes Opfer, denn Vati schuftet ganz

schön für das bißchen Geld, und in der Schwerindustrie können sie heutzutage jede Kraft gebrauchen. Aber er hat sich eben doch darum gekümmert und ihren Brief nicht einfach in den Papierkorb geworfen.
Die Reichmanns in der Ulmenstraße sind von einer großen Last befreit. In Lisas Schmuckkästchen herrscht Zufriedenheit, oder sagen wir: eine zufriedene Gelassenheit. Bis zu dem Tag, Anfang Oktober, als Hanni pfeifend aus der Schule heimkommt und die Treppen zur Mansardenwohnung hinaufstapft, den Tornister auf dem Rücken, einen Brief in der Hand. Von meiner Lehrerin, sagt sie munter, knallt den Brief auf den Küchentisch und schnallt sich den Tornister ab. Ich geh noch mal runter, ein bißchen spielen, bis das Essen fertig ist.
Rudi hat Nachtschicht gehabt, ist gerade erst aus dem Bett gekommen und blickt mit verschlafenen Augen auf den blauen Umschlag. Na, mach ihn schon auf, sagt Lisa, die am Herd steht und in der Suppe rührt. Was wird schon drinstehen.
Es steht eine ganze Menge drin. Daß sie, die Lehrerin, jetzt alle Kinder zu melden habe, die nächstes Jahr zur Oberschule abgingen, als erste diejenigen, die vom Schulgeld befreit werden müßten, was auf Hanni als Arbeiterkind ja zutreffe. Sie nehme als selbstverständlich an, daß die Eltern damit einverstanden seien, da ja auch die ältere Tochter seit Jahren das Gymnasium besuche. Eine Freistelle bekäme Hanni ohne weiteres, denn sie sei nicht nur ein begabtes, sondern auch ein fleißiges und lernfreudiges Kind. Mit freundlichen Grüßen und Heil Hitler! –
Lisa schiebt den Topf vom Feuer, damit ihr die Suppe nicht anbrennt, und setzt sich auf einen Stuhl. In ihrem Gesicht steht etwas wie Bestürzung, ja, Verzweiflung. Daß ihr zweites Kind so intelligent sein soll wie das erste – für eine Arbeiterfamilie ist das beinahe ein Unglück. Wegen der Verpflichtung, die daraus erwächst und die Lisa natürlich erkennt. An ihr wird es in der Hauptsache hängenbleiben,

das Auskommen mit ein paar Kröten, das Einteilen, das Sicheinschränken. Und darum wehrt sie sich gegen die Zumutung und will, was als Tatsache auf dem Tisch liegt, noch nicht wahrhaben.
Die schätzt das Kind ganz falsch ein, sagt sie mit erhobener Stimme. Weil Hanni so lieb ist und mit ihren Sachen so ordentlich umgeht. Sie ist bestimmt nicht dumm, aber für die höhere Schule reicht es nicht, so wahr ich hier sitze. Hanni ist ein Hausmütterchen und kein Lerntyp wie Letta, der alles immer so zufällt. Blockflöte spielt sie fabelhaft, und in Handarbeit eine Eins, darin ist sie akkurat, geb ich ja zu. Wenn sie einen Lappen umsäumt, siehst du nachher keinen Faden. Letta studiert auf Volksschullehrerin, und unsere Hanni lassen wir Näherin lernen, denn das liegt ihr am besten. Du mußt zugeben, Rudi, wie praktisch es ist, wenn man eine Näherin in der Familie hat –
Das ist der Punkt, an dem Rudi Reichmann auf den Tisch klopft, zum erstenmal in seinem Leben, nota bene. Da hört sich für ihn doch alles auf. Da geht ihm etwas aber ganz gewaltig über die Hutschnur. Näherin – sein kleiner Lepamuck! Mit diesem glänzenden Zeugnis – Näherin! Um später einmal wie Erna gebückt an der Maschine zu sitzen und die liebe Verwandtschaft ringsum mit Kleidern zu versorgen, eine bedürfnislose graue Hausmaus mit dicken Brillengläsern. Diese Vision hat für Rudi etwas Gespenstisches, ist ihm ein wahrer Schrecken.
Was dem einen Kind recht war, Lisa, das muß dem anderen billig sein. Wir dürfen uns keine Unterschiede einreden, die nicht bestehen. Wenn ich mich an meine neue Arbeit gewöhnt habe – und das dauert nicht mehr lange –, dann kann ich auch Überstunden machen und mal eine Sonntagsschicht einlegen, die werden jetzt sehr gut bezahlt. Dann kommen wir über die Runden, ich verspreche es dir. Wir müssen Vertrauen haben.
Gibt Gott ein Häslein, gibt er auch ein Gräslein, – ist jetzt sogar er, der Rudolf Reichmann, bei dieser von ihm stets

abgelehnten Traktätchen-Weisheit angelangt, wider besseres Wissen? So scheint es beinahe. Aber unser Agnostiker glaubt wohl eher an den Deus ex machina, der die schlechten Bühnenstücke gegen alle Wahrscheinlichkeit zu einem guten Ende bringt. Daß einer nach acht Jahren Erwerbslosigkeit endlich eine Stelle als Hilfsarbeiter bekommen hat, muß ihn noch nicht zu einem frommen Menschen machen. Allenfalls zu einem dankbaren, der die Fahne der Hoffnung aus dem Staub aufhebt und ein bißchen in die Höhe hält. Und der sich erneut den ironischen Satz abringt, mit dem er den armen Herrn Kasulke überfordert hatte: Zum Heroismus, Lisa, gehört nun einmal ein Quentchen Mut.
Diesmal meint er nicht den traurigen Mut, den sein Bruder Alfred aufbrachte, als er mit einem Pflasterstein in der Tasche ins Utforter Baggerloch ging. Diesmal meint auch Rudi Reichmann den eigentlichen, wahren, den Lebensmut.

Viele Personen des Romans sind frei erfunden; die Ereignisse hingegen sind der Wirklichkeit nacherzählt.

E. B.

Roman

Als Band mit der Bestellnummer 12 071 erschien:

Hiltgunt Zassenhaus

EIN BAUM BLÜHT IM NOVEMBER

Bombennächte – Trümmer und Tote, Chaos und Feuersbrünste, deren heiße Glut mitten im November Bäume zum Blühen brachte. Ein Symbol der Hoffnung in einer Zeit unermeßlichen Leids.
Hiltgunt Zassenhaus schildert das Leben und die Menschen in jenen dunklen Jahren des Zweiten Weltkrieges. Zugleich berichtet sie von den Gefahren, die sie auf sich nahm, weil ihr Gewissen sie dazu trieb. Als Dolmetscherin hat sie Zutritt zu den Zuchthäusern, in denen skandinavische Widerstandskämpfer inhaftiert waren. Sie schmuggelte Lebensmittel, Medikamente und Briefe in die Zellen, spendete den Verzweifelten Trost, ließ sie neuen Mut schöpfen.
Ständig selber in Lebensgefahr, gelingt ihr am Ende des Krieges das schier Unmögliche: die meisten »ihrer« Gefangenen zu retten, die auf Befehl Hitlers ermordet werden sollten. Dieser Bericht ist mehr als eine Lebenserinnerung; er ist ein ergreifendes Zeugnis der Nächstenliebe und Menschlichkeit.